ullstein

DANIEL COLE wurde 1983 geboren. Er ist Autor der international erfolgreichen *Ragdoll*-Serie, die in 34 Ländern erschienen ist. Bevor er mit dem Schreiben begann, hat er als Sanitäter, Tierschützer und Seenotretter gearbeitet. Cole lebt im sonnigen Bournemouth in Südengland.

Von dem Autor sind in unserem Hause außerdem erschienen:
Ragdoll • *Hangman* • *Wolves*

DANIEL COLE

DIE MUSE

In Schönheit sollst Du sterben

Thriller

Aus dem Englischen
von Sybille Uplegger

Ullstein

Besuchen Sie uns im Internet:

www.ullstein.de

Deutsche Erstausgabe im Ullstein Taschenbuch

1. Auflage Februar 2024

© für die deutsche Ausgabe Ullstein Buchverlage GmbH, Berlin 2024

© 2021 by Daniel Cole

Die englische Originalausgabe erschien 2021 unter dem Titel *Mimic*

(Orion, London)

Wir behalten uns die Nutzung unserer Inhalte für Text und Data Mining

im Sinne von § 44b UrhG ausdrücklich vor.

Umschlaggestaltung: zero-media.net, München

Titelabbildung: © Ilanphoto/PhotoStock-Israel / Alamy Stock Foto, ©

jvphoto / Alamy Stock Foto

Gesetzt aus der Quadrdaat powered by *pepyrus*

Druck und Bindearbeiten: ScandBook, Litauen

ISBN 978-3-548-06882-4

DER TAG, AN DEM DER TOD ZU BESUCH KAM

Einmal kehrte der alte Mann nach Hause zurück und sah, dass der TOD, der endlich gekommen war, um ihn zu holen, in seinem Sessel saß und schlief. Aber, so dachte der alte Mann, ist der TOD nicht auch nur ein Feind unter vielen? Ein müder und einsamer noch dazu?

Vorsichtig stieg er über das Gewand hinweg, das sich auf dem Fußboden ausbreitete wie vergossener Teer, und suchte in seinem kleinen Haus nach einem Messer, ehe er, geräuschlos wie der TOD selbst, den Weg zurück zu seinem schlafenden Gast fand. Berauscht von dem Wunsch, ewig zu leben, hob der alte Mann das Messer hoch über den Kopf und stach mit aller Kraft zu. Die Klinge drang tief in den ausgedörrten Körper ein, allerdings bewirkte dies wenig mehr, als den TOD aus seinem Schlummer zu wecken. Dieser erhob sich, zorniger und grausamer denn je und gänzlich unbeeindruckt von der Klinge, die noch im Sessel steckte, und baute sich vor dem wimmernden Mann auf.

»Du willst mir entrinnen?«, fragte er lachend. »Dann brauchst du mich doch nur zu fragen. Sei dir versichert, dass ich dir *niemals* meine Gnade erweisen werde. Nur die Lebenden können so leiden, wie du leiden wirst.«

Mit diesen Worten verließ der TOD das Haus.

Denn er hatte noch viel zu tun.

Fast auf den Tag genau sieben Jahre später kehrte der TOD in das kleine Haus zurück und fand den alten Mann schlafend in seinem Sessel vor, ein vertrautes Messer im Schoß.

Vorsichtig stieg er über das Blut hinweg, das sich auf dem Fußboden ausbreitete wie scharlachrote Bänder, und umfasste die runzligen Arme des Alten. Sobald dieser die kalte Berührung spürte, regte er sich. Sein Blick fiel auf die verheilten Wunden, und seine Augen füllten sich mit Tränen.

»Bitte!«, rief er. »Hast du mir nicht schon alles genommen? Habe ich denn nicht genug gelitten?«

Mit einem Lächeln beugte sein Besucher sich zu ihm herab und flüsterte ihm ins Ohr: »Nein, mein alter Freund … noch nicht.«

Mit diesen Worten verließ der TOD das Haus.

Denn er hatte noch viel zu tun.

DONNERSTAG,
2. FEBRUAR
1989

KAPITEL 1

Der Blinker klickte laut, und einzelne Umrisse leuchteten auf, nur um gleich darauf wieder von der Schwärze verschluckt zu werden, als würde ein unsichtbares Publikum in der Dunkelheit Streichhölzer anzünden. Als eine schlaksige Gestalt ihm winkte, bog Detective Sergeant Benjamin Chambers in den Hyde Park ein. Die Gestalt eilte zum Tor, um es zu öffnen, und das Scheinwerferlicht fiel auf seine dunkelgrüne Jacke von der *Parkverwaltung*, während er sich mit dem Schloss abmühte. Mit bloßen Händen machte sich der Mann an dem eiskalten Metall zu schaffen, dann bedeutete er Chambers, ihm zu folgen, wobei er vorauslief.

»Überfahr ihn bloß nicht ... Überfahr ihn bloß nicht«, murmelte Chambers halblaut vor sich hin. Er vermochte nicht abzuschätzen, ob er rechtzeitig würde bremsen können, sollte sich sein Begleiter dazu entschließen, stehen zu bleiben. Immer häufiger drehten die Räder durch, je tiefer sie in den weitläufigen Londoner Park vordrangen.

Plötzlich rutschte der Mann vor ihm aus, verlor das Gleichgewicht und verschwand unterhalb der Motorhaube aus Chambers' Blickfeld. Im selben Moment war ein dumpfer Aufprall zu hören. Das Bremspedal zitterte unter Chambers' Fuß, als sein Wagen gemächlich zum Stehen kam.

Er verzog das Gesicht, beugte sich auf seinem Sitz nach vorn und beobachtete nervös die Front des Autos ...

Kurz darauf tauchte zwischen den Lichtkegeln der Frontscheinwerfer ein fröhlich lächelndes Gesicht auf, und einen Augenblick lang wurde das Namensschild des Mannes erhellt, das ihn als *Deano* auswies.

»Tut mir leid!« Der Mann winkte und rappelte sich wieder auf.

»*Ihnen* tut es leid?«, rief Chambers mit einem ungläubigen Kopfschütteln.

»Es ist gleich hinter den Bäumen da!«, rief Deano, der seine Lektion offenbar noch nicht gelernt hatte, denn er lief weiterhin drei Schritte vor dem Auto her.

Widerwillig gab Chambers Gas. Er versuchte, ausreichend Abstand zu halten, und parkte wenig später neben einem Streifenwagen, in dem zwei uniformierte Polizisten Schutz vor dem kalten Wind gesucht hatten, der einem entgegenpeitschte, sobald man die Tür öffnete. Er biss die Zähne zusammen, stieg aus und klappte den Kragen seines Mantels hoch, während sein Begleiter von der Parkverwaltung ihn verdutzt ansah.

»Ich habe noch nie einen schwarzen Detective gesehen«, teilte er Chambers mit.

Dieser nahm die dumme Bemerkung hin, ohne mit der Wimper zu zucken. »Es gibt für alles ein erstes Mal. Obwohl – wenn man's genau nimmt, bin ich in Wahrheit sehr, sehr, *sehr* dunkelbraun«, gab er in sarkastischem Tonfall zurück, während er gleichzeitig die Umgebung nach einer Leiche absuchte.

Deano lachte leise. »Ja, da haben Sie recht. Deshalb sind Sie von uns beiden auch der Detective, schätze ich mal.«

»Muss wohl«, entgegnete Chambers. Dann runzelte er die Stirn, da er außer zahlreichen Fußabdrücken um den steinernen Sockel eines Standbilds herum nichts sehen konnte. »Der Teufel steckt ja bekanntlich immer im Detail ... Details wie: Wo ist die Leiche, die ich mir anschauen soll?«

In dem Moment wurde eine Autotür zugeschlagen: Einer der uniformierten Polizisten hatte sich ein Herz gefasst und wieder ins Freie gewagt. Er hatte dunkelblondes zurückgekämmtes Haar und war mindestens zehn Jahre jünger als Chambers – einundzwanzig, wenn es hochkam. Er verstaute den Rest eines Schokoriegels in seiner Hosentasche und trat auf den Detective zu, um ihm die Hand zu schütteln.

»DS Chambers?«, fragte er mit Südlondoner Akzent. »Adam Winter. Und das da ...« Er deutete auf seine Partnerin, eine große, stämmige Frau mit beinahe wikingerhaftem Aussehen, die ihm missmutig folgte. »... ist Reilly.« Die Frau nickte knapp, ehe sie sich wieder der Aufgabe widmete, nicht zu erfrieren. »Wir sind uns schon mal begegnet«, fuhr Winter fort. »Beim Springer-Fall.«

Chambers nickte. »Mit der ...«

»Sache.«

»Und der ...«

»Anderen Sache.«

»Ja, ich erinnere mich.«

Die Unterhaltung geriet ins Stocken, als ein bitterkalter Windstoß zwischen den Bäumen hindurchfegte und beide Männer einen Moment brauchten, um sich dagegen zu wappnen.

»*Jesus Christus*«, schimpfte Winter und schüttelte sich.

»Also. Mir wurde mitgeteilt, Sie hätten unter einer Statue eine Leiche gefunden?«, sagte Chambers beiläufig. Er vermutete, dass die Fahrt hier raus pure Zeitverschwendung gewesen war. »Mit der Zentrale ist es manchmal so, als würde man Stille Post spielen«, scherzte er, weil er keinesfalls den Anschein erwecken wollte, als würde er dem jungen Constable die Schuld geben. *Er hatte schon genug Feinde.*

»Ohne Witz«, sagte Winter und lotste ihn zum Sockel, wo sich zu den Dutzenden von Fußabdrücken im Gras nun auch noch seine eigenen hinzugesellten. »Ähhh ... die Leiche ist allerdings nicht *unter* der Statue ... Die Leiche *ist* die Statue.«

Chambers zog ungläubig die Augenbrauen hoch, ehe er zu dem mit Eis bedeckten Standbild aufblickte, das drei Meter über ihnen auf seinem steinernen Podest thronte.

»Wurde zum ersten Mal gegen halb zwölf von einer Joggerin bemerkt.«

Chambers warf einen Blick auf die Uhr.

»Mittags«, stellte Winter klar. »Um halb zwölf Uhr *mittags*.«

Durch diese Information nur noch mehr verwirrt, trat Chambers einige Schritte zurück, um die Szene in ihrer Gesamtheit zu betrachten. Mit zusammengekniffenen Augen blickte er auf das, was er nach wie vor für ein altes, verwittertes Kunstwerk hielt: Auf dem rauen steinernen Sockel saß nackt ein muskulöser Mann, das Kinn auf die rechte Faust gestützt, als wäre er tief in Gedanken versunken. An den Stellen, die dem Wind ausgesetzt waren, bedeckten winzige Eiszapfen die Oberfläche der Statue wie Fell, während sie auf der dem Wind abgewandten Seite eine bläuliche Färbung angenommen hatte.

Chambers war nach wie vor skeptisch, während Winter mit seiner Erklärung fortfuhr. »Sie hat ausgesagt, sie sei schon hundertmal an dem Standbild vorbeigelaufen, ohne es wirklich zu beachten, aber diesmal kam es ihr irgendwie anders vor. Sie hat den ganzen Tag darüber nachgegrübelt, bis sie dann heute Abend noch mal zurückgekommen ist und festgestellt hat, dass wirklich was nicht stimmt – in erster Linie die Tatsache, dass es sich in Wahrheit um einen erfrorenen Mann handelt.«

»Und der soll *den ganzen Tag* da oben gesessen haben?«, fragte Chambers, während er um den Sockel herumging, um sich einen besseren Überblick zu verschaffen. »*Ohne* dass es jemandem aufgefallen wäre?«

»Würde es Ihnen denn auffallen?«

»Mir ist es immer noch nicht aufgefallen«, räumte Chambers ein, ehe er abermals blinzelnd zu der Statue emporspähte.

»Ich würde sagen«, meldete sich Winters Furcht einflößende Kollegin, deren Namen er bereits wieder vergessen hatte, zu Wort, »wir können das als bizarre Selbstmordmethode Nummer sieben Millionen und eins verbuchen. So was kommt in Parks ziemlich oft vor. Aber was weiß ich schon? Das müssen natürlich Sie in Ihrer unendlichen Weisheit entscheiden.«

Die Frau hatte ganz offensichtlich ein Problem mit ihm, aber Chambers war zu verfroren und zu müde, um sich auf eine Auseinandersetzung mit ihr einzulassen.

»Tut mir leid wegen der«, sagte Winter und deutete kopfschüttelnd auf seine Partnerin. »Wenn man sie kennt, ist sie ein echter Sonnenschein. Stimmt's, Kim?«, rief er, wofür er statt einer Antwort lediglich einen ausgestreckten Mittelfinger kassierte.

»Waren Sie schon oben?«, fragte Chambers.

»Wollte den Tatort nicht verunreinigen.« Winter lächelte ihn an. Er hatte seinen *Joker* perfekt ausgespielt. »Außerdem, na ja … Wir dachten uns, er läuft ja nicht weg.«

Chambers stieß einen zitternden Seufzer aus. »Wir können nicht viel tun, so ganz ohne Lei…«

»Es ist eine in den Sockel eingebaut«, warf Deano, der dem Gespräch gelauscht hatte, hilfsbereit ein. »Hinten.«

Winter machte keine Anstalten, sein Grinsen zu verbergen. Chambers hingegen hätte heulen können.

»Hervorragend.«

Die fünfzehn Sprossen kamen ihm deutlich mehr vor, und der

beißende Wind gewann mit jedem Zentimeter des Aufstiegs an Kraft, ehe Chambers, eine Mini-Taschenlampe zwischen den Zähnen, endlich die flache Oberfläche des Sockels erreicht hatte. Die sitzende Gestalt kehrte ihm ihren breiten Rücken zu. Aus der Nähe wirkte sie genauso makellos und unbelebt wie vom Boden aus. Vorsichtig balancierte Chambers über die vereiste Oberfläche, nahm die Taschenlampe aus dem Mund und ließ den Strahl über die opake Patina wandern. Er war sich immer noch nicht sicher, womit er es zu tun hatte ... bis sein Blick auf die Armbeuge der Statue fiel: auf eine Falte in der bläulich verfärbten Haut – denn dass es Haut war, daran bestand nun kein Zweifel mehr. Obwohl er insgeheim damit gerechnet hatte, erschrak Chambers und ließ die Taschenlampe fallen, die vom Sockel rollte und wie eine Sternschnuppe in hohem Bogen durch die Luft segelte.

»Scheiße!«, fluchte er leise und ein wenig verlegen.

»Alles klar da oben?«, rief Winter.

»Alles okay!«, antwortete er, ehe er sich zaghaft aufrichtete, um im Schein des Mondes das erfrorene Gesicht der männlichen Leiche zu inspizieren. Es war attraktiv – sehr attraktiv, wie das eines Filmstars, mit perfekt proportionierten Zügen. *Vielleicht war er Schauspieler*, überlegte Chambers. Das hätte jedenfalls zu der aufmerksamkeitsheischenden Mentalität gepasst, die man brauchte, um nackt auf einen Denkmalsockel zu steigen, sich in Pose zu werfen und reglos sitzen zu bleiben, bis man durchgefroren war.

Allmählich etwas trittsicherer, stellte Chambers sich hin und beugte sich dichter über die Leiche, um nach Identifikationsmerkmalen oder unveränderlichen Kennzeichen zu suchen. Sein Gesicht war nur wenige Zentimeter von dem des Toten entfernt, sodass sein Atemnebel von der glänzenden Haut zurückgeworfen wurde.

Irgendetwas stimmte nicht ... Er konnte nicht genau sagen,

was es war. *Vielleicht lag es an den Augen?* Eisblau … intensiv … stechend … Dies war nicht der leere, glasige Blick eines Verstorbenen.

Wie hypnotisiert starrte er hinein … bis er plötzlich von einer Hand gepackt wurde.

Instinktiv wich Chambers zurück, riss seinen Arm aus dem Griff und spürte, wie er den Halt verlor. Im Fallen schnappte er nach Luft, die ihm beim Aufprall auf den Erdboden prompt aus der Lunge gepresst wurde.

»Detective!«, rief Winter, der als Erster zu ihm geeilt kam.

»Er …«, ächzte Chambers, der auf dem Rücken lag und hinauf in den Nachthimmel blickte. »Er …«

»Was? Ich kann Sie nicht verstehen! Bleiben Sie einfach still liegen!« Winter wandte sich an seine Partnerin. »Ruf einen Krankenwagen!« Chambers machte Anstalten, sich aufzusetzen. »Bitte, Sir, nicht bewegen!«

»Er ist … er ist noch … am Leben!«, japste Chambers, ehe er sich wieder zu Boden sinken ließ. Er rang verzweifelt nach Atem, während die entsetzten Mienen der beiden Kollegen urplötzlich hektischer Geschäftigkeit wichen.

Er selbst lag einfach nur da, unfähig, etwas anderes zu tun, als zu den funkelnden Sternen und der tragischen Gestalt von nahezu unmenschlicher Schönheit über ihm emporzuschauen.

Winter hatte dem reglosen Mann seine Jacke um die Schultern gelegt. Das war gut gemeint, aber ungefähr so hilfreich, als würde man mit einem Schwamm gegen einen Tsunami ankämpfen. Sie hatten versucht, ihn von der Stelle zu bewegen, jedoch festgestellt, dass ein Großteil seiner Gelenke vollkommen steif gefroren war, und aufgrund der sitzenden Position war jeder Plan, ihn ohne Hilfsmittel vom Sockel zu heben, von vornherein zum Scheitern verurteilt. Also blieb Winter oben bei dem Mann hocken und murmelte unablässig tröstende, wenngleich leere Versprechungen, um die Zeit zu überbrücken, bis Deano einer ganzen Prozession von Blaulichtern den Weg auf die Lichtung gewiesen hatte.

Chambers rappelte sich gerade rechtzeitig wieder auf, um den Einsatzkräften Platz zu machen. Mithilfe eines Kirschenpflückers breiteten zwei Feuerwehrleute Decken über den halb erfrorenen Mann, ehe sie ihn vom Sockel herunter in einen Rollstuhl manövrierten, wobei sich seine Körperhaltung kaum veränderte. Auf festem Boden angekommen, übergaben sie den Patienten an die Sanitäter, die mit ihm sofort zum Krankenwagen eilten.

»Ich hoffe, Sie hatten nicht die Absicht, im nächsten halben Jahr irgendwann mal zu schlafen«, witzelte Winter, während er sich zu Chambers gesellte, der dem medizinischen Personal bei der Arbeit zusah. Sie hatten Mühe, den Mann an ihre Apparate anzuschließen. »Ich glaube, ich habe heute Abend *ziemlich große* Scheiße gebaut.«

Chambers gab keine Antwort. Er mochte den redseligen Officer, aber seiner treffenden Selbsteinschätzung konnte er nur schwer widersprechen.

»Ich meine – wir waren eine gute Stunde vor Ihnen hier«, fuhr Winter fort. »Ich hätte da raufklettern müssen … oder?«

Chambers drehte sich zu ihm um. Dies war einer jener Momente, in denen er, als der Ältere und Erfahrenere, dem jungen Mann eine Perle unschätzbarer Weisheit schenken konnte, die diesem noch auf viele Jahre hin nützlich sein würde. »Stimmt.«

Man sah Winter an, dass er sich Vorwürfe machte, trotzdem wechselte er das Thema. »Keine Anzeichen von Gewalteinwirkung?«

»Hab jedenfalls keine gesehen.«

»Wer tut sich so was an?«

Chambers öffnete den Mund, um zu antworten, als es hinten am Krankenwagen plötzlich laut wurde.

»Defi!«

Ein monotones Piepsen schallte über die Lichtung, während Sanitäter und Notarzt hilflos herumstanden.

»Geladen!«

»Schock!«

Trotz des Stromstoßes, der durch seinen Körper jagte, bewegte sich der Mann kaum.

»Kein Puls!«

»Laden!«

Das Unvermeidliche nahm seinen Lauf. Chambers kehrte den vergeblichen Wiederbelebungsmaßnahmen den Rücken zu und ging noch einmal zum nunmehr leeren Denkmalsockel zurück.

»Also, was halten Sie davon?«, fragte Winter, der ihm gefolgt war. » ... Detective Chambers?«

»Wer tut sich so was an?«, murmelte dieser, noch immer in Gedanken versunken, anstelle einer Antwort, während er die Fußabdrücke inspizierte. »Das ist extrem, keine Frage. Und trotzdem kommt es mir ein bisschen ...« Er suchte nach dem passenden Wort, während der Mann, über den sie redeten, keine zwanzig Meter entfernt mit dem Tode rang. » ... halbherzig vor.«

»Halbherzig?«, fragte Winter und klang nur ein kleines bisschen entsetzt.

»Die Joggerin hätte es schon vor zwölf Stunden melden können«, argumentierte Chambers und schaute zu den dunklen Bäumen hinüber, als stünde dort jemand. »Dann wäre die Sache ganz anders ausgegangen.«

»Richtig.«

»Und warum hier?«, fuhr er fort. »Wir sind an einem öffentlichen Ort, aber gleichzeitig ist diese Stelle auf fast allen Seiten durch Bäume verdeckt. Außerdem befand er sich nur drei Meter über dem Boden. Wenn ihm ein großes Spektakel vorschwebte, warum ist er dann nicht auf die Nelson-Säule geklettert oder hat sich zumindest einen Ort ausgesucht, an dem etwas mehr los ist?«

» ... halbherzig«, wiederholte Winter und betrachtete den Detective fasziniert.

»Halbherzig.« Chambers nickte, ehe er den Blick endlich von den Bäumen losriss.

Als die letzten, eher symbolisch gemeinten Versuche einer Herzmassage nachließen und schließlich ganz eingestellt wurden, seufzte Winter. »Tja, so wie es aussieht, hat er trotzdem bekommen, was er wollte.«

»Ehrlich gesagt«, meinte Chambers, der in die Hocke ging, um einige der Fußabdrücke genauer zu betrachten, »bin ich mir da nicht so sicher.«

FREITAG

KAPITEL 2

»Detective? ... Detective?«

Chambers erwachte mit einem Ruck, packte die Frau vor sich am Laborkittel und blickte mit wirren Augen zu ihr auf.

»*Ganz ruhig!*«, sagte Dr. Sykes, die Leitende Rechtsmedizinerin von New Scotland Yard.

Nachdem er sich einen Moment Zeit genommen hatte, um seine triste Umgebung in Augenschein zu nehmen, ließ er die Medizinerin los und rieb sich das Gesicht. »Entschuldigung!«

»Nichts passiert«, meinte Sykes lächelnd. Wahrscheinlich war sie nur noch ein oder zwei Jahre von der Pensionierung entfernt und konnte auf tätliche Angriffe am frühen Morgen gut verzichten. »Lange Nacht gehabt?«

»Kann man so sagen«, antwortete Chambers, wortkarg wie immer.

»Haben Sie denn bald Dienstschluss?«

Er warf einen Blick auf seine Uhr. » ... Vor zwei Stunden.«

Sykes zog die Augenbrauen hoch. »Wie wär 's, wenn wir Ihnen einen Kaffee besorgen?«

Da der Patient offiziell der Verantwortung der Notfallsanitäter übergeben worden war, hatten diese die tauende Leiche vorschriftsgemäß ins St. Mary's Hospital gebracht, sodass Chambers den Rest seiner Dienstzeit damit verbringen musste, ihre Verlegung ins rechtsmedizinische Labor zu organisieren, damit sie forensisch untersucht werden konnte. Nachdem er dies endlich geschafft hatte, war er auf einem der Plastikstühle im Gang eingeschlafen, bis er von der Person geweckt wurde, auf die er die ganze Zeit gewartet hatte.

»Ich bin sowieso schon mit meiner Arbeit im Rückstand«, sagte Sykes, während sie an ihrem Kaffee nippte. »In London wurde in der letzten Woche besonders eifrig gemordet.«

»Schauen Sie kurz in die Akte. Mehr verlange ich gar nicht.«

»Detective, ich ...«

»Werfen Sie einfach nur einen Blick rein.«

Sichtlich gereizt, stellte die Rechtsmedizinerin ihre Tasse hin und nahm die Fotokopie des Fallberichts sowie das dazugehörige Behandlungsprotokoll der Sanitäter von ihm entgegen. Mit gerunzelter Stirn überflog sie die erste Seite.

»Merkwürdiger Fall, das gebe ich zu«, räumte sie ein, nachdem sie den Bericht vollständig gelesen hatte. »Und Sie vermuten Fremdeinwirkung?«

»Nur so ein Gefühl.«

»Wegen eines Gefühls kann ich den Fall nicht vorziehen«, beschied ihn Sykes und ließ die Unterlagen in ihren Schoß sinken, während sie auf weitere Erklärungen wartete.

»Ich ...« Chambers zögerte. Er hatte noch keine rechte Ordnung in seine Gedanken gebracht. »Es gab Dutzende Schuhabdrücke am Tatort, aber keine von nackten Füßen. Die Kollegen haben die ganze Nacht lang den näheren Umkreis abgesucht und in alle Abfalleimer geschaut. Es wurden weder Kleidungsstücke noch Schuhe gefunden.«

»Ihrem Bericht zufolge hat er mindestens zwölf Stunden da oben gesessen. In der Zeit können Fußabdrücke verwischt werden oder sogar komplett verschwinden, zumal die wärmsten Stunden des Tages in dieses Zeitfenster fallen. War es gestern zwischendurch mal über null?«

»Knapp.«

Die Medizinerin zuckte mit den Achseln, wie um zu sagen: Na also, da haben Sie's.

»Ich kann mir nicht vorstellen, dass er nackt so weit durch einen Londoner Park laufen kann, ohne dass ihn jemand bemerkt.«

»Es sind schon seltsamere Dinge passiert«, meinte Sykes, die Gefallen an ihrer Rolle als Advocatus Diaboli gefunden zu haben schien.

»Okay. Rein theoretisch wäre es möglich.«

»Könnte er seine Kleider irgendwo vergraben haben?«

Chambers wollte die Theorie schon abschmettern, doch dann kam er zu dem Schluss, dass sie vielleicht gar nicht so dumm war. Er lehnte sich auf seinem Stuhl zurück und rieb sich ein weiteres Mal das müde Gesicht, auch wenn er das Gefühl hatte, einen aussichtslosen Kampf zu kämpfen.

»Also schön«, sagte Sykes. »Ich schaue ihn mir heute im Laufe des Vormittags an. Fahren Sie nach Hause, ruhen Sie sich aus. Rufen Sie mich gegen Mittag an.«

Chambers schenkte ihr ein erschöpftes Lächeln. »Ich bin Ihnen was schuldig.«

Leichtsinnigerweise hatte Chambers es für eine gute Idee gehalten, auf seinem Weg aus dem Gebäude noch einen Abstecher zu seinem Schreibtisch zu machen, weil er während der vergangenen Schicht nicht ein einziges Mal dort gewesen war.

Gleich beim Betreten des Büros stellte er fest, dass jemand die alte Weihnachtsdekoration zweckentfremdet hatte. Auf seinem Stuhl thronte ein eins fünfzig großer Schneemann, und sein

Computer war mit einer Schicht Watte bedeckt. Erwartungsvolle Mienen wichen allgemeinem Gelächter, als er die oberste Schreibtischschublade aufzog und merkte, dass sie bis zum Rand mit künstlichem Schnee gefüllt war. Er nickte grinsend, um kein Spielverderber zu sein, obwohl ihm das Ausmaß der Sauerei schon beinahe bösartig vorkam.

»*Deckung, Deckung, Deckung!*«, warnte DI Graham Lewis, sein ehemaliger Ausbildungsleiter, inzwischen einer seiner wenigen noch verbliebenen Freunde und ein Mann der leisen Töne. »Der Boss sucht dich.«

Chambers kauerte sich hinter den lädierten Schneemann, während Lewis ein freundliches Lächeln aufsetzte.

»Morgen, Boss.«

»Schleimen Sie nicht so rum, Lewis.«

»Jawohl, Sir ... Okay, er ist weg.«

Chambers kam aus seinem Versteck hervor und zeigte auf den Schreibtisch. »Ich nehme an, du hast auch schon davon gehört?«

Lewis nickte. »Du weißt ja, Neuigkeiten verbreiten sich hier schnell.« Er zögerte. Wie so oft fiel es ihm zu, der Überbringer schlechter Nachrichten zu sein, zumal er dank jahrelanger Berufserfahrung das bürokratische Unwetter, das auf seinen Freund niedergehen würde, bereits vorausahnte. »Du bist hochgestiegen, um die Leiche zu begutachten, *sobald* es die Sicherheitslage deiner Einschätzung nach erlaubte. Was auch immer du tust, sag bloß nicht ›Ich dachte, er wäre tot‹ oder ›Er hat tot ausgesehen‹ oder irgendwas in der Richtung. Bei der Sache werden Köpfe rollen, und Hamm hat es auf deinen abgesehen. Und jetzt sieh zu, dass du nach Hause kommst, bevor er ...«

»Chambers!«

»Scheiße«, zischte Lewis.

»Ja, Boss?«, rief Chambers quer durchs Büro. Seine Kollegen

hatten dasselbe schadenfrohe Grinsen im Gesicht wie kurz zuvor bei seinem Eintreten, als er mit dem Winter-Wunderland auf seinem Schreibtisch konfrontiert worden war.

»In mein Büro! Sofort!«

»*Sobald* es die Sicherheitslage deiner Einschätzung nach erlaubte«, schärfte Lewis ihm nochmals leise ein.

DCI Hamm hatte seinen Posten erst seit achtzehn Monaten inne. Das war kurz genug, um von engen Freunden und ehemaligen Weggefährten nach wie vor als einer der Ihren betrachtet zu werden, und alten Bündnissen sei Dank wurde jegliche Kritik an seiner unverhohlenen Günstlingswirtschaft und fragwürdigen Beförderungskriterien im Keim erstickt. Immerhin war Hamm vernünftig genug, seine extreme Abneigung und sein beleidigendes Verhalten gegenüber Chambers seit der Beförderung ein wenig zu zügeln, was seine Attacken, wenn sie dann kamen, allerdings umso unberechenbarer machte.

»Hinsetzen!« Chambers tat wie geheißen. »So ... was *zum Teufel* ist da los?«

»Das steht alles im Bericht, Sir.« Chambers schnitt eine Grimasse. Es war nicht seine Absicht gewesen, so sarkastisch zu klingen. »Ich kam am Tatort an, wo mir die Situation erläutert wurde. Sobald ich die Lage als sicher eingeschätzt habe, bin ich zum Opfer hochgeklettert.«

»Opfer?«, höhnte Hamm und kaute heftig auf dem Kaugummi, den er permanent im Mund zu haben schien. »Keine Anzeichen von Verletzungen. Er saß einfach nur da. Er hat sich das ganz *eindeutig* selbst angetan. Das ist ja, als würde ich behaupten, mein fetter Arsch wäre ein ›Opfer‹ meiner Vorliebe für KFC.«

»Dann eben zum Verstorbenen«, sagte Chambers. »In dem

Moment habe ich jedenfalls erkannt, dass er noch lebte, und sofort den Notarzt verständigt.«

»Mhm«, machte Hamm, dessen Augen fast aus ihren Höhlen traten, während er seinen Untergebenen auf kleinste Anzeichen von Schwäche oder Zweifel hin beobachtete.

»Bei allem Respekt, Sir.« Wieder zuckte Chambers zusammen. Er musste wirklich damit aufhören. »Ich hatte vor zweieinhalb Stunden Dienstschluss. Ich bin völlig erledigt.«

Nach einem kindischen Versuch, ihn niederzustarren, machte Hamm eine wegwerfende Handbewegung. »Dann gehen Sie.«

Chambers stand auf und streckte die Hand nach der Türklinke aus.

»Eine Sache noch«, stieß Hamm hervor, woraufhin Chambers wie angewurzelt stehen blieb. »Was ist Ihre Meinung zu diesem Constable Winter?«

Chambers' Mut sank. Wie es aussah, forderte die Chefetage ihr Pfund Fleisch.

Er zwang sich, eine neutrale Miene aufzusetzen, dann drehte er sich zu seinem Boss um. »Zu wem?«

»Adam Winter. Er wird im Bericht genannt, weil er als Erster am Tatort war«, erklärte Hamm und nahm die Akte vom Tisch.

»Ach so. Da waren zwei«, sagte Chambers. »Er hatte noch eine Partnerin.«

»Irrelevant. Es war Winters Auftrag ... Also?«

Rasch ging Chambers im Kopf seine begrenzten Optionen durch.

»Völlig inkompetent«, antwortete er brüsk. »Ich überlege, ob ich Beschwerde gegen ihn einreichen soll. Typischer Möchtegern-Ermittler – kann sein eigenes Ego nicht lange genug im Zaum halten, um auch nur die Grundlagen korrekt zu erledigen. Ich würde

Ihnen empfehlen, dafür zu sorgen, dass er wegen dieses Fiaskos seinen Job verliert.«

Hamm wirkte angesichts dieser hitzigen Reaktion ein wenig verblüfft. »Würden Sie das?«

»Ja, das würde ich ... Sir.« Diesmal benutzte er das Wort mit voller Absicht.

»Nun, ich werde mir Ihren Rat zu Herzen nehmen. Sie können jetzt gehen.«

Chambers nickte und schloss die Tür hinter sich. Hoffentlich würde sein vernichtendes Urteil über den Kollegen seinen Boss dazu bewegen, die richtige Entscheidung zu treffen.

Um zehn Uhr fünfunddreißig stolperte Chambers durch die Tür seiner Loftwohnung in Camden. Eine Erbschaft, bedauerlich, aber zur rechten Zeit, hatte es ihm ermöglicht, auf dem überstrapazierten Londoner Immobilienmarkt Fuß zu fassen. Er ging in die Küche, weil sein verwirrter Magen vor Hunger knurrte, und fand einen Zettel an der Kühlschranktür.

Musste los.
Schlaf gut.
E. X

Lächelnd nahm er den Zettel ab. Er wollte ihn schon in den Mülleimer werfen, zögerte dann jedoch. Es mochte irrational sein, aber er fühlte sich schuldig, wenn er etwas zerstörte, das Eve ihm geschenkt hatte, mochte es auch noch so klein und unwichtig sein. Er öffnete eine Schublade und schob den Zettel unter die Bedienungsanleitungen für Mikrowelle und Anrufbeantworter, wo sie ihn hoffentlich niemals finden würde.

»Was ist los mit dir?«, tadelte er sich selbst und durchstöberte den Kühlschrank nach Resten, ehe er ins Schlafzimmer ging.

Er hatte sich gerade das Hemd ausgezogen und die Zähne geputzt, als das Telefon klingelte. In seiner Erschöpfung hatte er vergessen, den Stecker zu ziehen. Nach einem sehnsuchtsvollen Blick auf sein Bett ging er zurück in den Flur und nahm den Hörer ab. »Ja?«

»Detective? Hier ist Charlotte Sykes ... aus der Rechtsmedizin.«

»Oh, hallo.« Chambers fragte sich, wie die Rechtsmedizinerin an seine Nummer gekommen war.

»Tut mir leid, dass ich Sie zu Hause belästige. Wir können auch später reden, wenn es Ihnen lieber ist?«

»Nein, schon gut.« Er gähnte und streckte den freien Arm aus, um sich am Deckenbalken über seinem Kopf festzuhalten.

»Ich dachte mir nur, Sie möchten lieber gleich wissen, dass Sie richtiglagen.«

»Ich lag richtig?«

»Mit Ihrem Gefühl. Denn es ist absolut *ausgeschlossen*, dass der Mann Selbstmord begangen hat ... Jemand hat ihm das angetan.«

Chambers rieb sich die brennenden Augen. Er war schrecklich müde. »Ich komme, so schnell ich kann.«

KAPITEL 3

Chambers war in der U-Bahn eingeschlafen und hatte seine Station verpasst. Wütend auf sich selbst, stieg er in Victoria aus und machte sich auf den Fußmarsch zurück durch die eisige Stadt – dreckiger Schneematsch auf den Straßen, der Wind, die vom Fluss heraufsteigende Kälte – und das Labyrinth aus grauen Gebäuden. Nachdem er bei New Scotland Yard die Sicherheitsschleuse passiert hatte, warf ihm Lewis, der ihm im Foyer entgegengeeilt kam, einen fragenden Blick zu. »Was machst du denn schon wieder hier?«, fragte er genervt. »Sieh zu, dass du wegkommst! Der Boss sucht dich.«

»Schon wieder?«, klagte Chambers.

»Ja. *Schon wieder*. Fahr nach Hause.«

»Kann ich nicht. Aber ich gehe ihm aus dem Weg.«

Kopfschüttelnd trat Lewis zur Seite, um seinen Freund durchzulassen.

In einer taktisch klugen, aber kräftezehrenden Entscheidung nahm Chambers die Treppe. Es galt nicht nur, eine Begegnung mit DCI Hamm zu vermeiden, sondern auch mit seinem Netzwerk geschwätziger Untergebener. Nachdem er sich vergewissert hatte, dass die Luft rein war, eilte er den Gang der Forensik entlang und klopfte an die Tür am hinteren Ende. Doch kaum dass er die Schwelle übertreten hatte, entglitten ihm seine Gesichtszüge.

»Scheiße!«

»Das kann man wohl sagen«, pflichtete Hamm ihm bei, der sein Gespräch mit Dr. Sykes unterbrach, um sich vor Chambers aufzubauen. »Nachdem Sie weg waren, habe ich eine Anfrage auf Bewilligung von Überstunden auf den Tisch bekommen. *Anscheinend* wurden zwei Assistenten angewiesen, wenige Minuten vor Ende ihrer Schicht eine Leiche *unnötigerweise* quer durch die Stadt zu transportieren.«

Chambers öffnete den Mund, doch Hamm ließ ihn nicht zu Wort kommen. »Ich habe mir natürlich gesagt: ›Das kann nicht stimmen. Keiner *meiner* Detectives wäre so *dumm* oder so *dreist*, so was eigenmächtig, ohne vorherige Absprache mit mir zu entscheiden.‹ Nicht wahr, Chambers?«

»Ich bin nicht für deren Dienstplan verantwortlich ... Sir«, gab er zurück. Aufgrund des Schlafmangels war seine Lunte kurz. »Sie haben einen Job. Ich habe sie nur gebeten, ihn zu erledigen.«

Wie um zu demonstrieren, dass er für seinen Posten gänzlich ungeeignet war, versetzte Hamm Chambers einen heftigen Stoß. Dann kam er ihm unangenehm nah, obwohl er gut fünfzehn Zentimeter kleiner war als der groß gewachsene Detective. »Wollen Sie, dass ich Sie hier und jetzt vom Dienst suspendiere?«

» ... nein, Sir.«

»Jungs! Jungs! Jungs!«, mahnte die ältere Frau, die durchaus furchteinflößend sein konnte, wenn sie wollte.

Hamm funkelte Chambers immer noch finster an, ging jedoch einen Schritt auf Abstand. »Dann muss ich erfahren, dass Sie unsere leitende Rechtsmedizinerin auf Ihren lächerlichen Selbstmord angesetzt haben, statt dass sie an den *vier* Mordfällen arbeitet, die wir allein gestern reinbekommen haben!«

Ruhig wischte Chambers sich die Speicheltröpfchen aus dem Gesicht. »Fünf.«

»Wie bitte?«

»Fünf Mordfälle«, korrigierte Chambers seinen Boss und schielte zu Sykes.

»Er hat recht«, bestätigte die Rechtsmedizinerin. »Und aufgrund des … *Zustands* der Leiche mussten wir schnell handeln. Mit jedem Grad, das sie auftaut, riskieren wir, Spuren zu vernichten.«

Hamms verkniffener Gesichtsausdruck blieb, aber man sah, dass die fachliche Einschätzung der Rechtsmedizinerin seinen Zorn ein wenig gedämpft hatte. Abermals richtete er das Wort an Chambers. »Wenn Sie noch einmal hinter meinem Rücken agieren, *Bürschchen*, dann mache ich Sie *fertig* … Haben wir uns verstanden?«

»Jawohl, Sir.«

Hamm marschierte aus dem Raum, und Chambers und Sykes blieben allein mit der Leiche zurück. Sie stellten sich zu beiden Seiten des Stahltischs auf. Die zuvor eisig glatte, wie glasiert wirkende Haut des Mannes war voller Flecken. Zwei Finger seiner linken Hand waren vom Grundgelenk an schwarz verfärbt.

»Erfrierungen«, erklärte Sykes, als sie merkte, wie Chambers sie betrachtete. »Ich muss wohl nicht extra erwähnen, dass er an kritischer Hypothermie litt, als Sie ihn fanden. Seine Organfunktion war kaum noch ausreichend, um ihm am Leben zu erhalten. Dann kamen die Notfallsanitäter und haben ihn *viel* zu schnell aufgewärmt. Das hat seinem Organismus den Rest gegeben.« Sie seufzte. »Wahrscheinlich hätte es ohnehin keinen Unterschied gemacht. Ich muss Ihnen was zeigen. Helfen Sie mir, ihn umzudrehen.«

Sie streiften sich Einmalhandschuhe über und bemühten sich,

den schweren Leichnam weit genug anzuheben, dass der rote Punkt in seinem Nacken sichtbar wurde.

»Sehen Sie die Einstichstelle?« Es war eine rhetorische Frage, da Sykes den Toten bereits wieder losgelassen hatte. »Ihm wurde etwas injiziert … ein recht unangenehmer Cocktail, so wie es aussieht. Ich bin noch dabei, zu ermitteln, woraus genau er bestand – was davon sich Diätpillen, Proteinpräparaten oder Anabolikamissbrauch zuordnen lässt. Eine etwas voreingenommene, aber begründete Vermutung, basierend auf seinem körperlichen Erscheinungsbild.«

»Macht Sinn«, sagte Chambers.

»Ein Stoff, der allerdings ganz sicher *nichts* in seinem Blut zu suchen hatte, war eine recht hohe Dosis von Pancuroniumbromid.«

Chambers machte ein verständnisloses Gesicht.

»Es wird bei chirurgischen Eingriffen verwendet, bei denen der Patient bei Bewusstsein bleibt, aber das Risiko jeder noch so kleinen Muskelbewegung ausgeschlossen werden muss. Ohne einen klaren Zeitrahmen und in Anbetracht der extremen Temperaturverhältnisse ist es unmöglich, auch nur annähernd zu sagen, wie viel davon ihm verabreicht wurde.«

»Und er hätte sich das auf keinen Fall selbst spritzen können?«, fragte Chambers.

»Im Bericht steht nichts davon, dass eine Spritze oder Ampulle am Tatort gefunden wurde, und ich glaube nicht, dass er noch ausreichend Kontrolle über seine Gliedmaßen besaß, um sie weit wegzuwerfen. Ich würde vermuten, dass das Opfer sich in einem fast tranceartigen Zustand befand – wach, aber komplett willenlos. Er besaß gerade noch genug Muskeltonus, um die Position zu halten, in die ihn der Täter gebracht hat.«

»Dann ist er weggegangen und hat ihn erfrieren lassen. Wie krank.«

»Hier unten gibt es nur selten erbauliche Geschichten«, meinte Sykes mit einem Achselzucken. »Wissen Sie schon, wer er war?«

»Noch nicht. Fitnessstudios und Freizeitzentren scheinen mir ein guter Ansatzpunkt zu sein.« Chambers fiel etwas auf, und er bückte sich, um die Finger an der rechten Hand der Leiche genauer zu betrachten: Dort befand sich eine frische Wunde, die anders aussah als die anderen auf seiner vom Frost geschädigten Haut.

»Klebstoff«, teilte Sykes ihm im Vorgriff auf seine Frage mit. »Ähnliche Stellen befinden sich unter dem Kinn, am linken Unterarm, am linken Knie sowie an beiden Gesäßhälften. Primitive Methode, aber ...« Sie verstummte. »Also. Erste Eindrücke?«

»Der Verdächtige ist männlich ... höchstwahrscheinlich. Jedenfalls ist er stark genug, um diesen gut zweihundertfünfzig Pfund schweren Kerl durch die Gegend zu wuchten. Die Tat scheint mir eine persönliche Komponente zu haben: die Bloßstellung, indem er sein Opfer nackt auszieht und auf diese Weise präsentiert. Die Grausamkeit, ihn da oben erfrieren zu lassen. Das geschah mit Vorsatz ... Es war geplant ... und kaltblütig.«

Sykes nickte zustimmend. »Wir können nur hoffen, dass er nicht noch mehr Feinde da draußen hat.« Als Chambers sich mit besorgter Miene zur Medizinerin umwandte, lächelte sie unbeholfen. »Ich meine ja nur.«

»Nächste Station High Barnet. Dieser Zug endet dort. Bitte alle umsteigen. Bitte alle umsteigen.«

Chambers schaute mit glasigem Blick erst nach links und dann nach rechts in den menschenleeren Wagen. »Kacke!«

Als er irgendwann in Camden Town aus dem Fahrstuhl stieg, warf er einen Blick auf seine Uhr und stellte bestürzt fest, dass er nur noch vier Stunden und zehn Minuten Zeit hatte, bis sein Wecker klingelte und er wieder zur Arbeit musste. Weil er hungrig war, schlug er den Weg zu KFC ein. Aus irgendeinem Grund hatte er seit seinem Gespräch mit Hamm am Morgen Lust auf Fried Chicken.

Einen Super Deal Bucket in der Hand, suchte er sich eine Parkbank, auf der er sein Mahl verspeisen konnte, damit Eve es nicht in der Wohnung roch und ihm wieder einen Vortrag über seinen wachsenden Bauchumfang hielt. Irgendwann wurde ihm bewusst, dass er lange auf einen zugefrorenen Teich gestarrt hatte, während sein Essen kalt geworden war. Sein Kopf war immer noch im Dienst, seine Gedanken kreisten um tauende Leichen und leere Denkmalsockel. Er warf einen Blick über die Schulter zur Telefonzelle, schüttelte den Kopf und schob sich einige Pommes in den Mund. Er war fest entschlossen, nicht einzuknicken ...

»Ich hasse mich«, brummte er und ließ ein angenagtes Hühnerbein zurück in den Eimer fallen, ehe er aufstand, um sich in die enge rote Telefonzelle zu zwängen. Er nahm den Hörer ab und wählte mit derselben Hand ungeschickt die Nummer seiner Abteilung. »Chambers hier. Stellen Sie mich zu demjenigen durch, der heute meinen Eismann-Fall bearbeitet.« Die daraufhin eintretende Pause füllte er, indem er sich noch eine Handvoll Pommes genehmigte. »Ja. Wo stehen wir, was die Identifikation des Opfers betrifft? ... Mhm. Okay, bleiben Sie da dran. Haben wir noch jemanden vor Ort im Park? ... Gut. Sagen Sie ihnen, sie müssen mit der Suche noch mal von vorne anfangen. Diesmal sollen sie nach Nadeln und Spritzen Ausschau halten ... irgendwelche medizinischen Gegenstände ... Ich weiß. Schieben Sie alles auf mich. Und wir müssen rausfinden, wo man ein Mittel namens Pancuroniumbromid erhalten kann ... Nein. Pancu... Ich buchstabiere es.«

Das Telefon in einer Hand, den KFC-Bucket in der anderen, versuchte Chambers, sein Notizbuch aus der Tasche zu fischen, wobei prompt die noch verbliebenen Hühnerextremitäten auf dem Boden landeten.

»Scheiße! ... Nein, nicht Sie. Ich habe mein Frühstück fallen lassen ... oder mein Abendessen? Keine Ahnung. Es heißt P a n c u r o n i u m. Haben Sie das? ... Eine letzte Sache noch. Ermitteln Sie, wer sich in dem Park um die Instandhaltung der Denkmäler kümmert. Warum war der Sockel leer? Ist die Statue irgendwo anders untergebracht? Hat der Täter sie mitgenommen? Wir müssen das wissen ... Für den Moment wäre das alles ... Ja, neunzehn Uhr. Okay. Wiederhören.«

Er ging in die Hocke, um sein kontaminiertes Hühnchen vom Boden aufzusammeln. Unwillkürlich ging sein Blick erneut zur Uhr. Jetzt blieben ihm nur noch drei Stunden und fünfundvierzig Minuten.

Um achtzehn Uhr siebenunddreißig stieg Chambers wie geplant an der Station Embankment aus und machte sich auf den kurzen Fußmarsch zum New Scotland Yard. Er war stolz, sich diesmal ohne Zwischenfälle durchs Netzwerk der U-Bahn-Linien navigiert zu haben, wenngleich nicht ausgeruhter als auf seiner Fahrt nach Hause früher am Tag. Er hatte abermals vergessen, den Telefonstecker zu ziehen, außerdem war im Gebäude gegenüber ein Feueralarm losgegangen, und zwei Zeugen Jehovas, die einer Begegnung mit ihrem Gott sehr viel näher gekommen waren, als sie vermutlich ahnten, hatten ihm wieder einmal vor Augen geführt, wie unpraktisch es war, tagsüber schlafen zu wollen. Irgendwann hatte er es aufgegeben. Er hatte ein paar Salatblätter oben auf den

Mülleimer gestreut und Eve eine Nachricht an die Kühlschranktür gehängt. Wenn er mehrmals hintereinander Nachtdienst hatte, waren diese hastig hingekritzelten Wortansammlungen ihre einzige Form der Kommunikation.

»Henry John Dolan«, verkündete eine junge Detective Constable, während Chambers den Schneemann von seinem Stuhl hob. »Unser Opfer. Fitnesstrainer, Hintergrundtänzer und Z-Promi. Bestimmt erinnern Sie sich noch an seinen Auftritt als ›Muskelmann Nr. 5‹ in dieser einen Folge von *Der Aufpasser*?«

»Ach, *der* Henry John Dolan!«, gab Chambers mit ironischem Unterton zurück.

»Ich befrage morgen die Freundin. Was die Spritzen angeht, hatten wir allerdings kein Glück.«

»Was ist mit den Statuen?«, fragte Chambers und fluchte halblaut, während er versuchte, eine ganze Schubfachladung Watte in seinen Papierkorb zu stopfen.

»Das ist ein bisschen kompliziert. Der Park scheint unter der gemeinsamen Verwaltung von Royal Parks und dem Bezirk zu stehen, die solche Arbeiten wiederum an private Firmen vergeben.« Sie reichte ihm einen Zettel. »Bis dreiundzwanzig Uhr ist jemand da, falls Sie Lust haben, vorbeizufahren.«

Chambers warf einen Blick auf die Adresse und nickte. »Vielleicht mache ich das.«

Von außen sah die Werkstatt von *Sleepe & Co Restaurierungs- und Konservierungslösungen* nicht nach einer adäquaten Unterbringung für einige der teuersten Kunstwerke des Landes aus – nur ein schmuckloses Rolltor unter den alten Eisenbahnbögen in der Nähe des Zentrums von Hackney. Chambers suchte sich willkürlich eine Stelle am Tor aus und klopfte laut, um sich gegen das Radio zu behaupten, das im Innern plärrte. Er blickte zu der deutlich sichtbaren Kamera über dem Tor hoch, ehe ihm zwei weitere Kameras in der Nähe auffielen. Gleichzeitig verstummte drinnen die Musik.

»Wer ist da, bitte?«, rief jemand.

»Detective Sergeant Benjamin Chambers von der Metropolitan Police.«

»Können Sie sich ausweisen?«

»Ja.«

»Halten Sie ihn bitte in die Kamera.«

Chambers verdrehte die Augen, zückte seinen Dienstausweis und hielt ihn über den Kopf.

»Etwas dichter, bitte.«

Brummelnd streckte er den Arm höher und stellte sich auf die Zehenspitzen. Im nächsten Moment öffnete sich das Metalltor rasselnd. Dahinter kam ein seltsam aussehender kleiner Mann zum Vorschein. Er musste jenseits der fünfzig sein und hatte Ähnlichkeiten mit einem Zyklopen, weil eins seiner Augen von einer an einem ledernen Stirnband befestigten Lupe vergrößert wurde. Er hatte den Haaransatz eines Mönchs und trug eine Schürze voller Ölflecken, die fast ebenso schmutzig war wie seine Hände und sein Gesicht.

»Entschuldigung. Man kann nicht vorsichtig genug sein«, sagte der Mann und schaute nervös in beide Richtungen die Straße hinunter, ehe er Chambers zum Eintreten aufforderte, das Tor wieder schloss und absperrte. »Tobias Sleepe«, stellte er sich vor und beäugte Chambers neugierig.

Im Innern war die Halle nur schwach beleuchtet. Vier große Standbilder standen auf hölzernen Sockeln. Über jedem hing ein einzelner Strahler, als wären sie in einer Galerie ausgestellt. Ihre Größe wirkte in der Umgebung regelrecht einschüchternd. Cham-

39

bers schlenderte zwischen ihnen umher und registrierte die Details: den feinen Faltenwurf, der der bronzenen Kleidung Schwung verlieh, die Linien, die sich in müde Gesichter gegraben hatten. Er freute sich schon darauf, nach Hause zu kommen und Eve erzählen zu können, dass er nun endlich »einen Bezug zur Kunst gefunden« hatte … oder so ähnlich.

»Arbeiten Sie alleine hier?«, fragte er, während er gemächlich eine Runde durch die Halle drehte. Er registrierte die verschiedenen Werkzeuge, die auf einem Arbeitstisch lagen, eine verfärbte, mit roten Warnhinweisen bedruckte Pillendose sowie den einfachen Flaschenzug in der Mitte des Raums, dessen leeres Seil wie die Schlinge an einem Galgen erwartungsvoll in der Luft baumelte.

»Seit zweiunddreißig Jahren.«

»Harte Arbeit, möchte ich wetten«, sagte Chambers im Plauderton.

»Nicht, wenn man die richtigen Gerätschaften zur Verfügung hat«, gab der Mann zurück, ohne seinen umherwandernden Besucher aus den Augen zu lassen.

»Und Sie wohnen auch hier?«

»Manchmal … Das reicht dann auch mit den persönlichen Fragen, danke sehr.«

Lächelnd kehrte Chambers zu dem Mann zurück. »Entschuldigen Sie, ich schweife ab. Ich wollte auch immer was Kreatives machen. Die Statue aus dem Hyde Park – welche ist das?«

Der Mann kehrte ihm und den vier beleuchteten Standbildern den Rücken zu und verschwand in einer dunklen Ecke der Werkstatt. Chambers versteifte sich, als Sleepe an der Werkbank voller Geräte vorbeiging, doch dann zog er stattdessen an einem alten Tuch, unter dem das Standbild eines berittenen Mannes zum Vorschein kam, dem der rechte Arm fehlte. Sowohl dem Reiter als auch dem Pferd waren die Augen ausgekratzt worden, und eins der Pferdebeine lag kaputt in einer Kiste.

»Vandalismus«, verkündete Sleepe. »Schon komisch, dass ausgerechnet die schlimmsten Seiten der Menschheit dafür sorgen, dass ich in Lohn und Brot bleibe ... na ja.« Er lachte leise. »Wem sage ich das? Ich bin neugierig: Ich vermute, genau wie für mich ist auch für Sie der Beruf eher eine Berufung ... Ihre Bestimmung im Leben?«

Chambers schwieg.

»Mal angenommen, dass sich all Ihre harte Arbeit eines Tages auszahlt«, fuhr Sleepe fort, »und die Welt wie durch ein Wunder zu einem Ort des Guten wird, zu dem utopischen Paradies, von dem wir alle träumen ... Was wäre dann noch Ihr Lebenszweck, Detective? ... Hoffen wir, dass wir Menschen unseren kollektiven Sündenfall bis in alle Ewigkeit fortsetzen ... um unser beider Auskommen willen.«

Einen Moment lang standen die zwei Männer schweigend da, während die blinden Augen des Denkmals alles beobachteten.

Schließlich räusperte sich Chambers. »Sie haben das Standbild selbst aus dem Park abgeholt?«, fragte er.

»Ja, hab ich.«

»Wann?«

»Montag ... Vormittag.«

»Und ... wer ist das?«

»Das Denkmal? Wenn mich nicht alles täuscht, handelt es sich um eine weniger bekannte Darstellung des Duke of Wellington.«

»Entspricht es dem üblichen Vorgehen, die Standbilder für Reparaturen aus dem Park zu entfernen?«

»Nein, das passiert so gut wie nie und nur als allerletztes Mittel. Aber als klar wurde, dass ein Bein des Pferdes fehlt, wurde das

Standbild als potenzielle Gefahrenquelle eingestuft, und man hat mich gebeten, es unverzüglich zu entfernen.«

»Wurde sein Arm denn gefunden? Ich sehe nur das Pferdebein.«

»Nein. Und das Schwert auch nicht.«

Chambers machte ein verwirrtes Gesicht.

»Er hatte ein Schwert in der Hand«, klärte Sleepe ihn auf.

»Wurden denn Ermittlungen eingeleitet, wer dafür verantwortlich ist?«

»Ich denke, das wird wie so oft als unbedeutender Fall von Sachbeschädigung abgetan ... Schließlich haben wir es ja nicht mit einer Leiche zu tun, stimmt's?«

Chambers runzelte die Stirn und beäugte den Mann einen Moment lang. Dabei bemerkte er das seltsame kleine Lächeln, das dessen Lippen umspielte.

»Rühren Sie das Standbild nicht mehr an. Ich schicke so schnell wie möglich die Spurensicherung her, damit sie es auf Fingerabdrücke untersucht.«

Jetzt war Sleepe derjenige, der Chambers aufmerksam betrachtete. »Offenbar nimmt die Metropolitan Police Vandalismus neuerdings sehr ernst.«

Chambers hielt dem Blick des Mannes stand, gab jedoch nichts preis. »In diesem speziellen Fall schon.«

DIENSTAG

KAPITEL 4

Dem Tower of London gelang es nur selten, sich unbemerkt anzuschleichen, dennoch war Chambers ein wenig überrascht, als er ihn plötzlich durchs rechte Wagenfenster erblickte und feststellte, dass er sich auf der falschen Fahrspur befand. Er war wie auf Autopilot durch die Stadt gekurvt und zu sehr mit der festgefahrenen Ermittlung beschäftigt, als dass er sich um das wütende Hupen gekümmert hätte, das ertönte, als er einen anderen Autofahrer schnitt.

Sie hatten in Erfahrung gebracht, dass der Arbeitsauftrag für die Reparatur des Standbilds vier Tage vor seiner Entfernung aus dem Park eingegangen war. Bis dahin hatte zur Sicherung gelbes Absperrband herhalten müssen, das allerdings umgehend vom Wind davongeweht worden war. Wenn man davon ausging, dass der Täter den Schaden selbst verursacht hatte, schien es nur logisch, dass er danach regelmäßig in den Park zurückgekehrt war, in der Hoffnung, seinen gewählten Tatort endlich leer vorzufinden. Polizisten hatten mit sämtlichen Obdachlosen der Gegend, den Parkangestellten sowie jedem Hundebesitzer gesprochen, dessen sie habhaft werden konnten. Außerdem hatte man die Bänder aller Überwachungskameras beschlagnahmt, die Bilder aus dem Park lieferten – bisher alles ohne Ergebnis.

Ähnliches ließ sich über das Opfer Henry John Dolan sagen.

Am Abend vor der Tat war er wie immer im Fitnessstudio gewesen. Als Gewohnheitsmensch hatte er auf dem Nachhauseweg einen Abstecher zum nahe gelegenen Applegood Health Food Market gemacht, das verriet ein Kassenbon, den man in seinem Hausmüll sichergestellt hatte. Zwischen Verlassen des Supermarkts und Auffinden durch die Joggerin lagen vierzehn Stunden.

Keins der Krankenhäuser, die sie bislang kontaktiert hatten, wusste, wenn man Verluste durch beschädigte oder verlegte Ampullen mit einbezog, von fehlendem Pancuroniumbromid zu berichten. Da man die Suche mittlerweile auf Veterinäre sowie einige spezialisierte Zahnarztpraxen ausgeweitet hatte, war die Angelegenheit noch nicht abgeschlossen. Die Spurensicherung hatte eine Unzahl verschiedener Fingerabdrücke auf dem Standbild sichergestellt – etwas sonderbar, wenn man bedachte, dass es drei Meter über der Erde gestanden hatte.

Zu allem Überfluss hatte Chambers nun auch noch einen weiteren Mord sowie einen Fall von schwerer Körperverletzung auf den Schreibtisch bekommen, und Eve hatte den geheimen Vorrat des von seiner Mutter selbst hergestellten fetten Biltong-Dörrfleischs gefunden, obwohl er diesen, einem genialen Einfall folgend, ganz hinten im Kühlschrank in einem leeren Butterfässchen versteckt hatte.

Alles in allem waren die vergangenen Tage wenig produktiv gewesen. Der einzige Lichtblick war die Erkenntnis, dass der Täter, anders als eingangs gedacht, doch nicht notwendigerweise über außergewöhnliche Körperkräfte verfügen musste. Ein Flaschenzug hätte es ihm deutlich einfacher gemacht, eine schwere Leiche hin und her zu bewegen. Und natürlich hatte Chambers bereits einen entsprechend zwielichtigen, alles andere als kräftig gebauten Mann kennengelernt, der genau einen solchen Flaschenzug besaß und deshalb mit Recht als Verdächtiger eingestuft werden konnte.

Chambers trat auf die Bremse, nachdem er eine rote Ampel übersehen hatte. Sobald die anderen Fahrer in der scheinbar endlosen Schlange von Autos aufgehört hatten, ihm Beschimpfungen zuzurufen, beschloss er, dass er dringend Koffein benötigte.

Er parkte seinen Wagen und wollte gerade aussteigen, als das Funkgerät zum Leben erwachte. »An alle Einheiten. An alle Einheiten. Haben wir jemanden in der Nähe von Bethnal Green? Ich *glaube*, es könnte sein, dass wir es mit einer Leiche zu tun haben.«

»Sie *glauben*, es *könnte* sein?«, kam eine brummige Stimme mit Glasgower Akzent über Funk zurück. Gleich darauf legte der Betreffende seinem Publikum zuliebe noch eine Schippe drauf. »Sagen Sie dem Anrufer, wenn es entweder rosa oder braun ist, Arme und Beine hat und nicht aufsteht, wenn man es fragt, ob es eine Leiche sei ... dann ist es höchstwahrscheinlich eine Leiche.«

»Vielen Dank, Detective«, sagte die Disponentin, die Mühe hatte, sich ein Lachen zu verkneifen. »Aber die Anruferin spricht kein Englisch.«

Aus dem Lautsprecher kam ein lang gezogener Seufzer. »Okay, ich übernehme.« Eine Pause folgte. »Haben Sie das verstanden? Ich übernehme.«

»Entschuldigung«, sagte die Disponentin, die jetzt wieder ganz geschäftsmäßig klang. »Es kommen gerade zusätzliche Informationen rein. Jetzt hört es sich so an, als ginge es um *zwei* Leichen.« Ihre Stimme klang gedämpft, weil sie gleichzeitig mit jemandem am Telefon sprach. »Anscheinend hat es irgendwie mit Klebstoff zu tun ... oder darum, dass die beiden zusammengeklebt wurden?«

Chambers riss das Funkgerät aus seiner Halterung und antwortete, ehe jemand anders den Kanal blockieren konnte. »DS

Chambers«, identifizierte er sich, startete den Motor, schaltete die Sirene an und fädelte sich in den fließenden Verkehr ein. »Ich übernehme. Bin schon auf dem Weg.«

»Bist du sicher, Ben?«, fragte der Schotte.

»Ja, bin ich. Geben Sie mir die Adresse.«

In dem Moment klinkte sich zu Chambers' Überraschung eine vierte Stimme in die Unterhaltung ein. »Hier Constable Winter. Wir sorgen für Verstärkung.«

»Verstanden.«

Obwohl er keine Lust auf die Auseinandersetzung hatte, die ihm zweifellos bevorstand, beschleunigte Chambers und fuhr durch die Stadt in Richtung Norden.

»Pietà! Pietà!«, rief eine dunkelhaarige Frau in höchster Verzweiflung, als Chambers vor einigen Reihenhäusern hielt, deren Anblick die Vermutung nahelegte, dass Vernachlässigung ansteckend war. Sie hatte ihn erblickt, kaum dass er den Zündschlüssel abgezogen hatte, und war mit tränenüberströmtem Gesicht und einem Ausdruck nackten Entsetzens in den Augen auf ihn zugestürzt. Nun packte sie ihn am Mantel. »Pietà!«

»Ich schaue gleich nach ihm«, versprach er und machte einen Schritt in Richtung geöffneter Haustür. Weil die Frau keine Anstalten machte, ihn loszulassen, musste er ihre Hände mit Gewalt von seinem Mantel lösen.

»Nein. Nein. Nein. Pietà!«

»Sie müssen mich schon zu ihm lassen«, sagte er der Frau in strengem Ton und übergab sie der Aufsicht einer jugendlichen Verwandten, ehe er ins Haus trat. Sofort stieg ihm der Gestank in die Nase: schmutzige Katzenklos, Körperausdünstungen und Fäulnis. Das Schlafzimmer zu seiner Linken war leer, also ging er weiter den Flur hinunter, bis Winter sich ihm in den Weg stellte.

»Sergeant«, grüßte er Chambers kurz angebunden.

»Constable.«

»Wie Sie vielleicht riechen können«, begann Winter, der ein Würgen unterdrücken musste, »haben wir es mit zwei Leichen zu tun.«

»Sind Sie diesmal auch ganz sicher?«, fragte Chambers trocken – nicht weil er den jungen Mann provozieren wollte, sondern weil dieser ihm die Gelegenheit praktisch auf dem Silbertablett serviert hatte.

Winter wirkte nur mäßig belustigt. »Sieht so aus, als wären sie schon mindestens zwei Tage tot. Und ...«

»Und?«

»Wie die Zentrale gesagt hat: Sie wurden zusammengeklebt.« Er hielt sich die Hand vor Nase und Mund und bedeutete Chambers, ihm zu folgen. Sie betraten das düstere Wohnzimmer, wo ein kalter Windstoß ihnen Abfall vor die Füße wehte. Die Terrassentüren standen offen, weil Winters Partnerin kurz nach draußen gegangen war. Chambers achtete darauf, den bizarren Umriss zunächst nur aus dem Augenwinkel zu betrachten. Er wappnete sich innerlich ...

Erst dann drehte er sich um.

In der Mitte des abgewetzten Sofas saß eine Frau von etwa Anfang dreißig. Ein fließendes Tuch bedeckte ihren Kopf und reichte bis auf den Teppich. Auf ihrem Schoß lag ein Teenager. Sein Kopf war nach hinten überstreckt, seine Rippen traten deutlich sichtbar unter der Haut hervor. Bis auf einen schmalen Streifen Stoff um seine Hüften war er nackt. Obwohl die Leichen relativ spät entdeckt worden waren und einen üblen Geruch verströmten, wiesen beide noch eine gesunde Hautfarbe auf.

»Jetzt mal im Ernst. Sie *haben* sich doch vergewissert, dass beide auch wirklich tot sind, oder?«, hakte Chambers nach.

»Ja!«, gab Winter entrüstet zurück. »Kein Puls, keine Atmung. Keine Pupillenreflexe.«

Chambers nickte, dann zog er sich den Kragen seines Pullovers über die Nase, um etwas freier atmen zu können. »Festgeklebt?«, fragte er.

»Ihre Hand unter seiner Achsel. Seine Hand, seine Beine und sein Kopf an ihr ... und ihr Hinterkopf an der Wand.«

»*Jesus Christus*«, murmelte Chambers, ehe er sich ein Paar Einmalhandschuhe überstreifte und vorsichtig über die Falten der Robe hinwegstieg, um den Hinterkopf des jungen Mannes zu inspizieren.

»Suchen Sie was?«, fragte Winter.

»Hinweise«, gab er zurück.

»Auf irgendwas Bestimmtes?«

Da Chambers keine Einstichstelle entdecken konnte, antwortete er nicht. Gleich darauf runzelte er die Stirn, als ihm das beigebraune Pulver an den Fingerkuppen seiner Handschuhe auffiel. Vorsichtig versuchte er, den Kopf der Frau zu bewegen, ließ es jedoch sein, sobald ihm bewusst wurde, dass auch der Stoff mit Kleber an ihrer Kopfhaut befestigt worden war.

»Wissen wir, wer die beiden sind?«, fragte er.

Im selben Moment kam Winters dauerhaft schlecht gelaunte Kollegin mit einem Notizbuch in der Hand zurück ins Zimmer gestapft. »Ich nehme mal an, Sie haben auf dem Weg hier rein die Nachbarin getroffen?«, fragte sie.

Chambers nickte. »Sie hat einen der beiden Peter oder Peeta genannt, aber soweit ich ermitteln konnte, handelt es sich bei den Toten um Nicolette und Alphonse Cotillard. Mutter und Sohn. *Das hier* ist ihr Haus.« Reilly schlug das Notizbuch zu, als hätte sie den Fall damit aufgeklärt. »Wenn sie erfährt, dass diesem Peter nichts zugestoßen ist, wird sie sich vor Freude in die Hose scheißen.«

Sowohl Chambers als auch Winter warfen ihr einen missbilligenden Blick zu.

»Wir haben Methadon im Badezimmerschrank gefunden«, fuhr sie ungerührt fort. »Schauen Sie nur mal, wie mager die beiden sind. Da muss man kein Genie sein, um zu wissen, was hier abläuft ... dreckige Junkies«, schloss sie in einem Tonfall, der suggerierte, dass sie bekommen hatten, was sie verdienten.

Chambers kratzte sich am Kopf und sah sie an. »Der Briefumschlag von der *Zulassungsstelle der Cambridge University* im Flur, die Medaille von den britischen U18-Meisterschaften an der Wand im Schlafzimmer und die Tatsache, dass Sie mit Ihrem *Riesenfuß* auf einem Nasenclip stehen, sagen mir was anderes ... Er war Schwimmer. Und allem Anschein nach ein ziemlich guter.«

Winter musste gegen ein Schmunzeln ankämpfen, als er zusah, wie seine tollpatschige Partnerin den Fuß hob. Auf dem Teppich darunter kam ein gebogenes Stückchen Kunststoff zum Vorschein. Eingeschnappt, verlegen, beeindruckt und verwirrt zugleich stand sie auf einem Bein da und betrachtete den Detective, als hätte dieser ein Zauberkunststück vollbracht.

»Rufen Sie die Spurensicherung«, wies Chambers sie an, während er die bleicheren Hautstellen betrachtete, wo er das männliche Opfer berührt hatte. »Ich hole meine Kamera.« Er verließ das Haus und durchquerte den Vorgarten.

»Detective! ... Detective!«

Mit einem schweren Seufzer drehte er sich zu Winter um. »Jetzt nicht.«

»Pietà! ... Pietà!«

»Um Himmels willen«, knurrte er. Ehe er sichs versah, kam die Frau erneut auf ihn zugelaufen.

»Gehen Sie zurück in Ihr Haus«, bat er sie vergeblich, ehe er sich an die wachsende Menge der Schaulustigen wandte. »Könnte sich bitte jemand um sie kümmern?«

Ein freundliches Ehepaar brachte die Untröstliche weg.

Kopfschüttelnd drehte Chambers sich zu Winter um. »Bevor Sie irgendwas sa...«

»Was haben Sie eigentlich für ein Problem mit mir?«

»Okay. Bevor Sie noch *mehr* sagen ... Ich habe kein Problem mit Ihnen«, teilte er Winter mit, während er sich den Mantel zuknöpfte.

»Schwachsinn. Ich weiß genau, was Sie dem Chief über mich erzählt haben. Ihretwegen wäre ich fast suspendiert worden!«

»Tja, ich bin froh, dass Sie nach wie vor im Dienst sind«, sagte Chambers lächelnd und wollte gehen. Der junge Constable war so unvernünftig, ihn am Arm festzuhalten.

»Fassen Sie mich nicht an!« Chambers fauchte ihm eine warme Atemwolke ins Gesicht.

Winter gab ihn zwar frei, ließ sich jedoch nicht abwimmeln. »Sie waren an dem Abend selbst vor Ort. Sie kennen die Umstände, unter denen wir arbeiten müssen. Jeder hätte den Kerl für tot gehalten. Sie hätten mir den Rücken stärken können. Sie hätten ...«

»Ich habe Ihren Arsch gerettet«, schnitt Chambers ihm das Wort ab.

»Was haben ...?«, setzte Winter an, doch irgendwie gelang es ihm nicht, an seiner Entrüstung festzuhalten.

»Sie haben es doch eben selbst gesagt: Man hat Ihnen zugetragen, was ich dem Boss im Vertrauen erzählt habe. Also – was glauben Sie, auf wessen Seite diese Leute stehen?« Winter machte ein verdattertes Gesicht. »Mir konnten sie die Sache nicht anhängen, also haben sie nach einem anderen Sündenbock gesucht. Wenn ich mich für Sie eingesetzt hätte, dann hätte man Sie in die Pfanne gehauen, nur um mir eins auszuwischen. Stattdessen sind Sie mit einem blauen Auge davongekommen – wohlgemerkt für einen Fehler, der einen Rausschmiss gerechtfertigt hätte. Gern geschehen.«

»Dann glauben Sie also *nicht*, dass ich ein ›inkompetenter Möchtegern-Ermittler bin, der sein Ego nicht lange genug im Zaum halten kann, um auch nur die Grundlagen korrekt zu erledigen‹?«

»O doch, *das* war vollkommen ernst gemeint«, scherzte Chambers und klopfte dem erleichterten Winter auf die Schulter. Gleich darauf kam die aufgelöste Frau abermals aus einem der Häuser gestürzt.

»Pietà?«, mutmaßte Chambers.

»Pietà«, sagte Winter und nickte.

»Pietà!«, rief die Frau und drückte Chambers ein offenes Buch in die Hand. Auf der aufgeschlagenen Seite sah man ein Foto von Michelangelos Meisterwerk, bei dem Mutter Maria nach der Kreuzigung ihren toten Sohn in den Armen hielt. Die Position der beiden Figuren kam ihm unangenehm vertraut vor, so als wäre die fünfhundert Jahre alte Skulptur eine Nachahmung des keine zehn Meter entfernten Tatorts.

»Ach du Scheiße«, murmelte Chambers.

»Was ist denn?«, fragte Winter ungeduldig.

Chambers drehte das Buch um, damit der Constable das Bild sehen konnte. In dessen Miene spiegelte sich seine eigene Verblüffung wider. »*Pietà*.«

KAPITEL 5

»Ben? ... Ben? ... Ben!«

»Hm?«

»Hörst du mir überhaupt zu?«

Chambers starrte sie mit ausdrucksloser Miene an. Heute war ihr Paarabend, und sie saßen in ihrem Lieblingsrestaurant. Vor ihm stand ein noch voller Teller mit Hühnchen in Limetten-Kokos-Soße, während Eve ihre Portion bereits zur Hälfte aufgegessen hatte.

»Ja. Tut mir leid«, entschuldigte er sich. »Ich bin bloß müde. Also, ging es Paul gut?«

»Das habe ich dir doch schon vor zehn Minuten erzählt!«

»Oh ... Aber ging es ihm gut?«

»Das sage ich dir nicht.« Sie verschränkte die Arme vor der Brust. Wie üblich kam ihr jamaikanischer Akzent bei schlechter Laune stärker zum Vorschein.

»Das hier ...« Er deutete erst auf sie und dann auf sich. »... mal beiseite. Es klang ziemlich ernst. Ich mag Paul.«

»Ist er tot? Lebt er noch? Das wirst du erst erfahren, wenn wir ihn an seinem Geburtstag sehen.« Chambers wirkte erleichtert. »Oder auf seiner Beerdigung«, schob Eve hinterher, ehe sie sich wieder ihrem Abendessen widmete. »Ist irgendwas auf der Arbeit?«

»Auf der Arbeit ist immer irgendwas«, sagten sie unisono. Es war Chambers' Standardantwort, wann immer sie ihm diese Frage stellte.

Sie strafte ihn mit einem bösen Blick. »Ich kann damit umgehen.«

»Oh, daran habe ich nicht den geringsten Zweifel.« Chambers lachte.

»Dann erzähl es mir.«

Er schüttelte den Kopf.

Eve ließ ihr Besteck auf den Teller sinken und sah ihn ungehalten an.

»Hör mal«, sagte Chambers mit ruhiger Stimme. »Ich habe mir dieses Leben ausgesucht. Ich hätte auch Postbote oder so werden können.«

»Veronicas Mann ist Postbote ...«

»Das ist schön.«

» ... er wurde von einem Hund angefallen.«

»Oh!«

»Und jetzt kann er nicht mehr im Stehen pinkeln. Kannst du noch im Stehen pinkeln?«, fragte sie ihn eine Spur zu laut, woraufhin sich mehrere Gäste zu ihnen umdrehten. »Hm?«

»Ja«, antwortete Chambers im Flüsterton. »Ich kann noch im Stehen pinkeln.«

»Wie wäre es dann, wenn du dich nicht ganz so wichtig nimmst, du harter Hund?«

Lachend fragte er sich, weshalb er sich überhaupt die Mühe gemacht hatte, ihr Widerstand zu leisten. »Ich wollte damit nur sagen, dass ich mich aus freien Stücken dazu entschieden habe, mich mit alldem zu umgeben – mit der Dunkelheit, der Gewalt, dem Hass und den ...«

»Jumbees«, warf sie ein. Ihr karibischer Aberglaube fasste das Prinzip recht treffend zusammen.

»Genau. *Dämonen.*« Er nickte. »Ich verbringe meine Zeit mit Dämonen, und ich will nicht, dass auch nur *einer* von ihnen zu uns nach Hause kommt. Zu dir.«

Eve sah ihn mit unbewegter Miene an. Chambers wusste, dass er verloren hatte.

Er seufzte. »Na schön ...«

»... auf dem Rückweg war ich noch kurz in der Bibliothek und habe das hier gefunden.« Chambers hatte bereits mehr als acht Minuten lang geredet, ehe er eine zerknitterte Fotokopie aus der Tasche zog: ihr erfrorener Mann als alte Bronzeskulptur. *»Der Denker* von Auguste Rodin«, verkündete er. »Das bedeutet, dass an *beiden* Tatorten die Leichen in Nachahmung berühmter Kunstwerke inszeniert wurden.«

»Aber«, sagte Eve und schluckte ihren Bissen herunter, »keine der Leichen von heute hatte eine Einstichstelle im Nacken.«

»Stimmt«, räumte Chambers ein. »Oder Spuren des Medikaments im Blut, das beim ersten Mord zum Einsatz kam. Aber die Arme der Mutter waren sowieso voller Injektionsspuren. Alle Anzeichen deuten auf eine Heroin-Überdosis hin.«

»Und was ist mit dem Jungen? Der hat einen Schlag auf den Kopf bekommen?«

»Ich weiß es nicht. Vielleicht ist was schiefgelaufen, oder er hat sich gewehrt. In jedem Fall hat der Täter die Verletzung mit Schminke überdeckt, damit beide makellos aussehen. Ganz schön abartig, oder?« Er lächelte. Der Nervenkitzel, der die Nähe zu einem Dämon in ihm auslöste, führte nicht zum ersten Mal dazu, dass er sich vergaß. Auf Eves besorgten Blick hin räusperte er sich und setzte sich auf. »Ich rede morgen mit dem Chief darüber.«

»Wer gibt dir Rückendeckung?«, wollte Eve als Nächstes wissen.

»Hm?«

»Du weißt schon – wer passt auf dich auf? Mit wem arbeitest du zusammen?«

»Ein neuer ... Constable.« Sie machte ein langes Gesicht. »Er ist gut«, beteuerte Chambers. »Du würdest ihn mögen.«

»Hmmm«, machte sie und spielte mit ihren vielen dünnen Zöpfen, während sie sich die Reste ihrer Mahlzeit einverleibte.

»Was ist?«

Sie schob ihren Teller weg und blickte Chambers in die Augen. »Weißt du, wohin jeder Weg führt, wenn man ihm nur lange genug folgt?«

Chambers sah sie verständnislos an.

»Zu dem, was man sucht.«

»O...kay?«

»Und du suchst nach einem Dämon in Menschengestalt. Du wusstest bereits, dass der Täter intelligent ist. Jetzt weißt du auch, dass er brutal sein kann. Du sitzt da und grinst, als wäre das alles ein Spiel, aber das stimmt nicht. Es ist dein Leben, und von heute an ist es untrennbar mit seinem verbunden – mit dem Leben eines Serienmörders.«

Chambers nahm über den Tisch hinweg ihre Hand. »Erstens gehe ich kein Risiko ein, das schwöre ich dir. Und zweitens: Streng genommen ist er gar kein Serienmörder. Wir werden ihn fassen, lange bevor jemand mit solchen Begrifflichkeiten um sich wirft.«

· · ·

»Ich jage einen Serienmörder!«, grölte Winter, wobei die Hälfte seines Biers auf den Boden schwappte.

»Was?!«, rief die Frau über die laute Musik hinweg.

»Ich ... jage ... einen ... Serienmörder!« Er nickte aufgeregt und machte eine Bewegung mit dem Arm, als wollte er jemanden erstechen.

»Was?!«

»Einen Serienmörder!«

Diesmal verstand sie ihn – und entschuldigte sich gleich darauf, um auf die Toilette zu gehen.

»Zum Klo geht's da lang!«, sagte er hilfsbereit und zeigte in die entgegengesetzte Richtung, während sie die Stufen zum Ausgang hinaufeilte und verschwand. »Tja, die kommt wohl nicht wieder.«

Nachdem er zuvor bereits einige der besten Moves seines Lebens aufs Parkett gelegt hatte, kehrte Winter unverzagt auf die Tanzfläche zurück, gerade als das Synthesizer-Intro von »When Will I Be Famous« aus den Boxen dröhnte. Beim Refrain sang er statt *famous* jedes Mal *hunting a serial killer*, und mit der Zeit bildete sich um ihn herum eine freie Fläche von beachtlichem Ausmaß. Er fühlte sich unbesiegbar, war der glücklichste Mensch auf Erden – ein Held unter Normalsterblichen und immun gegen die Auswirkungen von Alkohol.

»Das ist ... *eine ganze Menge* Kotze«, seufzte der Putzmann des KlubsCyber Rooms, als er die größte Herausforderung seiner Karriere beäugte, die Winter ihm hinterlassen hatte. »Ich hasse mein Leben.«

Um acht Uhr fünfundfünfzig am nächsten Morgen fluchte Chambers, als er den Zustand seines Kollegen sah. Winter war nur teilweise angezogen, die strähnigen Haare fielen ihm in die Augen, und auf seiner Uniform prangte ein großer dunkler Fleck. Er hielt eine leere Tasse in der Hand und war auf seinem Stuhl im Sitzen eingeschlafen.

»He!«, blaffte Chambers und schnippte neben dem Ohr des Schlafenden mit den Fingern. »Winter! ... Winter!«

Winter erwachte ruckartig und fuhr gleich darauf vor Schmerzen zusammen, weil er die Hand an den Kopf gehoben und sich dabei mit der Tasse gegen die Schläfe gehauen hatte. »Ahhhh! Was ist los?«

»Besprechung in *fünf* Minuten.«

Winter atmete langsam aus und schaute an sich herunter. »Ihretwegen habe ich meinen Kaffee verschüttet.«

»Aufstehen!«

Schwankend kam er auf die Füße und ließ zu, dass Chambers seine Kleidung richtete, um ihn notdürftig präsentabel zu machen.

»Sind Sie *betrunken*?«, fragte Chambers, während er bei ihm den oberen Hemdknopf schloss.

»Mir ist nur übel ... Lebensmittelvergiftung.«

»Oh!« Sofort wurde Chambers ein wenig sanfter. »Was haben Sie denn gegessen?«

»Elf Bier«, antwortete Winter und rülpste.

Chambers betrachtete ihn missbilligend. »Wissen Sie, was? Vergessen Sie es. So kann ich Sie nicht brauchen.«

»He!«, rief Winter ihm nach, als er sich entfernte. »He! Warten Sie!«

»Fahren Sie nach Hause!«, wies Chambers ihn an. »Sie sind raus aus dem Fall.«

»Ich dachte, Constable Winter würde auch an der Besprechung teilnehmen«, sagte Hamm, der sich keinerlei Mühe gab, sein

Missfallen darüber zu verbergen, dass Chambers ihn um diesen Termin gebeten hatte. Er schloss die Tür zu seinem Büro.

»Der ist verhindert ...«

Jemand klopfte laut an die Scheibe.

»Ah. Er hat es also doch noch geschafft. Mehr Glück beim nächsten Mal«, sagte Hamm, der Winter hereinwinkte.

Mit nassem Gesicht, wenngleich seine Haare jetzt immerhin in die korrekte Richtung zeigten, sah der junge Constable beinahe vorzeigbar aus, als er Platz nahm.

»Okay. Ich habe heute viel zu tun. Worum geht's?«, begann Hamm. Im nächsten Moment klingelte das Telefon auf seinem Schreibtisch. »Warten Sie.«

»Ich habe Ihnen doch gesagt, Sie sollen nach Hause gehen«, zischte Chambers Winter zu, während der DCI anderweitig beschäftigt war.

»Ich gehöre zum Team«, gab Winter leise zurück.

»Ein Team, das nicht existiert, wenn wir Hamm die Sache nicht verkaufen können.«

»Ich bin doch hier, oder nicht?«

»Okay. Aber nicht vergessen: Er muss glauben, dass Sie mich hassen.«

»Dürfte nicht *allzu* schwer werden«, brummte Winter, gerade als Hamm den Hörer auflegte.

»Also dann«, sagte er und widmete ihnen endlich seine volle Aufmerksamkeit. »Was haben Sie für mich?«

Die beiden präsentierten ihren Fall fehlerfrei. Chambers gab sich selbstbewusst, was seine Theorie betraf, und vorausschauend in seinen Entscheidungen. Wie geplant, widersprach Winter ihm bei jeder Gelegenheit und nutzte ihre angebliche Abneigung untereinander, um sich bei Hamm einzuschmeicheln, während sie ihm genau das erzählten, was er hören sollte. Als der Detective Chief Inspector die Tatortfotos vom Vortag mit Bildern der berühmten Kunstwerke verglich, teilten Chambers und Winter ein heimliches Lächeln. Besser hätte es nicht laufen können.

Irgendwann hob Hamm den Kopf und fixierte sie. »Was für ein *riesengroßer* Haufen Schwachsinn«, verkündete er und warf ihnen die Fotos zu.

»Boss, ich ...«

»Mund halten!«, fiel er Chambers ins Wort. »Sie haben mich die letzten *fünfzehn* Minuten lang mit Ihren Dummheiten zugetextet, jetzt bin ich dran. Sie kommen mir mit zwei Tatorten, die meilenweit auseinanderliegen, drei unterschiedlichen Mordmethoden, *keinerlei* Verbindung zwischen dem Eismann im Park und auch nur *einem der beiden* Junkies und Ihrem *Wort*, dass er bei Auffinden so *dasaß* wie eine berühmte Skulptur. Es ist eine Skulptur von einem Kerl, der auf seinem Arsch hockt! *Ich* hocke gerade auch auf meinem Arsch – würden Sie sagen, dass ich so aussehe wie er?«

»Wobei man anmerken muss, dass er von der Statur her ein bisschen anders aussieht als Sie«, warf Winter ein, der offenbar immer noch leicht angetrunken war. »Sie sind etwas speckiger um den ... also, eigentlich überall.«

Hamm funkelte ihn zornig an.

»Wahrscheinlich ist es besser, wenn Sie nicht weiterreden«, raunte Chambers ihm zu.

»Ja.«

»Gibt es wenigstens einen Zusammenhang zwischen den beiden Kunstwerken?«, fragte Hamm. »Wer hat den sitzenden Kerl gemacht?«

»Rodin«, antwortete Chambers. »Ein Franzose.«

»Nie gehört. Und Jesus und Maria?«

»Michelangelo.«

»Den kennen Sie wahrscheinlich«, sagte Winter.

Hamm hob entnervt die Hände. »Im Übrigen weiß ich genau, worum es hier geht«, wandte er sich an Chambers und zeigte anklagend mit dem Finger auf ihn. »Leute wie Sie müssen anderen immer was beweisen, stimmt's? Das *Allerletzte*, was wir im Moment brauchen, ist, dass irgendein Quotenschwarzer seine halb garen Ideen in die Welt hinausposaunt und wegen nichts und wieder nichts die Presse kirre macht.«

Schockiert öffnete Winter den Mund, um etwas zu entgegnen, sah jedoch, wie Chambers leicht den Kopf schüttelte.

»Dienstanweisung«, fuhr Hamm fort. »Ermitteln Sie in beiden Fällen getrennt. Noch ein Wort über Skulpturen oder Serienmörder, und ich sorge dafür, dass Sie versetzt werden. Habe ich mich klar ausgedrückt?«

»Glasklar, Sir.« Chambers betrachtete dies als ihr Stichwort zum Rückzug.

»Sir«, sagte Winter, der ebenfalls aufstand. »Ich möchte darum bitten, bei den Fällen unter DS Chambers' Leitung mitarbeiten zu dürfen. Ich war als Erster an beiden Tatorten und habe das Gefühl, dass ich Dinge von unschätzbarem Wert lernen kann.«

Hamm wirkte gelangweilt. »Ich rede mit Ihrem Vorgesetzten.«

»Danke, Sir.«

Die beiden Männer verließen eilig das Büro und entfernten sich bis auf eine sichere Distanz von der Tür.

»Ich nehme an, ich soll alles vergessen, was er gerade gesagt hat?«, fragte Winter.

Chambers nickte.

»Und wohin jetzt?«

»Ins kriminaltechnische Labor ...«, entschied Chambers.

Nun, da die Vorstellung vorbei war, sah Winter langsam wieder so aus, als würde er jeden Moment das Zeitliche segnen.

» ... mit einem Abstecher zur Kaffeemaschine«, fügte Chambers hinzu.

»Ach, Gott sei Dank!«

KAPITEL 6

»Glauben Sie, beim nächsten Mal könnten Sie mir einen etwas weniger vertrackten Fall mitbringen?«, fragte Dr. Sykes, während sie vor Alphonse Cotillard stand, dem Teenager, der tot in den Armen seiner Mutter aufgefunden worden war. »Zum Beispiel einen Mann ohne Kopf. Sie fragen mich: ›Was war die Todesursache, Doc?‹, woraufhin ich antworte: ›Nun ... er hat keinen Kopf mehr, das könnte zu seinem Ableben beigetragen haben.‹«

Sie wirkte ein wenig gestresst.

Nachdem sie einen weiteren Schluck von ihrem Kaffee getrunken hatte, fragte sie: »Was ist aus der Theorie bezüglich der Skulpturen geworden?«

»Hat sich totgelaufen«, antwortete Chambers, der es besser fand, wenn möglichst wenige Personen wussten, dass sie noch in diese Richtung ermittelten.

»Wie überaus passend.« Sykes nickte, ohne ihre Bemerkung weiter auszuführen. »Nun, möchte einer von Ihnen vielleicht eine Vermutung über die Todesursache anstellen? Ich gebe Ihnen einen Tipp: Es fängt mit E an.«

Chambers und Winter tauschten einen Blick. Unter dem grellen Neonlicht und ohne Schminke war die Vertiefung im Schädel des jungen Mannes deutlich zu erkennen. Die Wunde in der Mitte war präzise zugeklebt worden.

»Ein stumpfer Gegenstand«, sagte Chambers achselzuckend.

Die Medizinerin wandte sich an Winter.

»Ein stumpfer Gegenstand«, stimmte dieser zu.

Sykes schüttelte energisch den Kopf. »Ertrinken!«

»Auf dem Sofa?«, fragte Winter.

»Zweifellos in der Folge seiner Kopfverletzung, aber die Menge an Flüssigkeit in seiner Lunge suggeriert, dass er noch lebte, nachdem er mit einem harten, runden Gegenstand von etwa sechs bis acht Zentimetern Durchmesser niedergeschlagen worden war. Ich habe außerdem zahlreiche Hämatome an Armen und Hals gefunden, was auf ein Kampfgeschehen hindeutet. Was ich allerdings noch nicht entdecken konnte, ist eine Einstichstelle irgendwo an seinem Körper.«

Schweigend betrachteten die drei die Leiche.

»Was für eine Flüssigkeit war es denn?«, hakte Chambers nach.

»Pardon?«

»In seiner Lunge.«

»Stinknormales Wasser, fürchte ich.«

»War es gechlort?«

Winter sah Chambers über den Sektionstisch hinweg an. Er hatte begriffen, worauf dieser hinauswollte.

»Nein. Wieso?«, fragte Sykes.

»Was ist mit seiner Haut?«, fragte Winter eifrig und warf Chambers einen vielsagenden Blick zu.

»Ich kann definitiv eine Probe nehmen und ...«

»Nicht notwendig.« Winter beugte sich vor, um am Arm der Leiche zu riechen.

»Äh. Entschuldigen Sie. Was glauben Sie, was Sie da machen?«, fragte Sykes beunruhigt.

»Das ist widerwärtig.« Chambers verzog das Gesicht.

»Ja«, sagte Winter, der würgen musste. »Ich bereue es auch.« Er richtete sich wieder auf, atmete einmal tief ein und nahm sich einen Moment Zeit, um sich zu sammeln. Dann sah er Chambers an und nickte.

»Chlor auf der Haut, Süßwasser in der Lunge«, erklärte der erfahrene Detective nachdenklich.

»Die Duschen im Schwimmbad?«, mutmaßte Winter.

»In welchem Schwimmbad?«, fragte Sykes, die sich ausgeschlossen fühlte.

»Gehen wir«, sagte Chambers.

Ohne ein weiteres Wort verließen die beiden Detectives den Raum und überließen die Rechtsmedizinerin ihrer fensterlosen Existenz und ihrer Entourage von Toten.

»Okay … dann auf Wiedersehen!«, rief sie ihnen nach. Einzige Antwort war das Zuschlagen einer Tür.

• • •

»Was ist das mit alten Männern und Umkleiden?«, fragte Winter, der regelrecht traumatisiert wirkte. »Ich meine, ich gehe auch von Zeit zu Zeit schwimmen, und ja, irgendwann muss man sich die Hose ausziehen, aber …«

»Aber dann wickelt man sich ein Handtuch um!«, pflichtete Chambers ihm bei. Offenbar hatte er ähnliche Ansichten zu dem Thema.

»Oder man nimmt das Handtuch zwischen die Zähne, sodass es vorne runterhängt wie ein Vorhang.« Diesmal legte Chambers' ausbleibende Zustimmung nahe, dass Winter ein bisschen zu sehr ins Detail gegangen war. »Jedenfalls steht man nicht einfach da und richtet sich in aller Seelenruhe die Krawatte, während die Kronjuwelen nackt im Wind baumeln.«

Chambers nickte, als sie den Duschbereich betraten. »Unser Tatort ... möglicherweise«, verkündete er.

»Ein perfekter Ort, um hinterher das Blut wegzuwaschen.«

»Ein perfekter Ort, um jemandem aufzulauern«, entgegnete Chambers, der vermutete, dass der Mörder nicht die Absicht gehabt hatte, sein »Kunstwerk« zu beschädigen.

»Gesprungene Fliese hinter Ihnen«, meldete Winter.

»Könnten Sie sich erkundigen, ob irgendjemand hier einen Kreuzschlitz-Schraubenzieher zur Hand hat?«

Winter sah Chambers fragend an, der auf die drei metallenen Abflussgitter deutete, die in den Fußboden eingelassen waren.

»Sicher.«

Er war kaum zwanzig Minuten weg, als Chambers ihn seinen Namen rufen hörte. Er eilte zur Treppe, die nach unten ins Schwimmbad führte, und sah seinen Kollegen an deren Fuß stehen. In seiner behandschuhten Hand hielt er eins der Gewichte, wie sie bei der Wassergymnastik verwendet wurden. Von dem kleinen Griff abgesehen, war es rund und offensichtlich sehr schwer.

»Unsere Tatwaffe? Vielleicht!«, rief er triumphierend, ehe ihm die besorgten Mienen der Badegäste auffielen, die gerade Unterricht nahmen. Er ließ das Gewicht sinken und winkte ihnen entschuldigend zu. »Beachten Sie mich gar nicht weiter.«

Sehr zum Missfallen des Managers des Freizeitzentrums und der Horde alter Männer, die gerne ihre Hosen runterließen, hatten Chambers und Winter die Duschen abgesperrt, weil sie zunehmend der Überzeugung waren, den Ort gefunden zu haben, an dem der junge Alphonse Cotillard ermordet worden war.

Um sich Zugang zum Abfluss zu verschaffen, war allerdings mehr nötig gewesen als ein Schraubenzieher. Der Hausmeister hatte das Wasser abgestellt, damit sie das Filtermodul aus Plastik entfernen konnten, das sich unter dem metallenen Rost verbarg. Es hatte über eine halbe Stunde gedauert, die ersten beiden Abflüsse auseinanderzunehmen, und sie hatten wenig mehr zutage gefördert als eine Zwanzig-Pence-Münze, einen verloren gegangenen Schrankschlüssel und – kurioserweise – den durchgeweichten Leihausweis aus einer Videothek.

Als der letzte Rost entfernt wurde, verließ Chambers seinen Platz neben der zerborstenen Wandfliese und trat erwartungsvoll näher.

Unter ausgiebigem Stöhnen und Schnaufen zog der Hausmeister das Kunststoffgehäuse aus dem Boden und schraubte es vorsichtig auf, um den Inhalt in Augenschein zu nehmen. Er machte ein erstauntes Gesicht. »Ist das ...?«

»Eine Nadel«, beendete Chambers an seiner Stelle den Satz.

»Und Glasscherben«, fügte Winter aufgeregt hinzu. »Nicht bewegen«, wies er den Mann an und ging mit einem Asservatenbeutel neben ihm in die Hocke. Ein Lächeln breitete sich auf seinen Zügen aus. »Da sind Blutspuren dran.«

Chambers nickte. Einige der Scherben wiesen tatsächlich dunkelrote Flecken auf. »Eintüten!«, befahl er Winter. »Ich lasse jemanden kommen, der es abholt.«

»Wieso? Was haben wir denn vor?«

»Wir statten Mr Sleepe einen zweiten Besuch ab. Mal sehen, ob wir ihn davon überzeugen können, uns seine Fingerabdrücke und eine Blutprobe zu geben.«

Um Viertel nach drei saßen Chambers und Winter in einem Pie & Mash Café in der Tower Bridge Road. Die Aufregungen des Tages, gepaart mit den häufigen Fahrten von und nach New Scotland Yard, hatten dazu geführt, dass sie die Mittagspause vergessen hatten. Und wie es der Zufall wollte, erinnerten die Wandfliesen des Lokals sie an ihre Entdeckung in der Dusche.

Sie hatten gut fünf Minuten schweigend gegessen, als Winter das Bedürfnis verspürte, etwas loszuwerden.

»Das mit heute Morgen tut mir leid.«

Chambers brauchte einen Moment, bis er verstanden hatte, wovon die Rede war; seitdem war so viel passiert.

»Der Geburtstag eines Freundes und dann die Aufregung, weil ich an einem *echten* Serienmörder-Fall mitarbeite ... Da bin ich ein bisschen entgleist«, fuhr er fort. »Das wird nicht noch mal vorkommen. Und ich weiß es wirklich zu schätzen, dass ich mit Ihnen zusammenarbeiten darf.«

Die lang gezogene Pause, die daraufhin eintrat, fühlte sich ein wenig unbehaglich an. Chambers aß den Rest seines Aals in Aspik auf, betupfte sich den Mund mit einer Serviette und blickte Winter über den Tisch hinweg an.

»Sie haben Ihre Sache ganz gut gemacht heute«, lautete sein wenig überschwängliches Urteil, ehe er aufstand. »Haben Sie ein Telefon, das ich benutzen kann?«, fragte er die Frau hinter dem Tresen und zeigte ihr seinen Dienstausweis.

»Hinten«, antwortete sie geistesabwesend. Ihre Unterhaltung mit einem Stammgast hatte Vorrang.

Er ging durch die Tür und zückte sein Adressbuch, um die Nummer der Rechtsmedizin herauszusuchen.

»Dr. Sykes«, meldete sich eine Stimme.

»Chambers hier.«

»Ah, Detective! Wollen Sie die gute oder die schlechte Nachricht hören?«

»Die gute.«

»An einem der Gewichte, die ich von Ihnen bekommen habe,

befanden sich Spuren von Alphonse Cotillards Blut. Sie haben die Tatwaffe gefunden.«

»Fingerabdrücke?«

»Abgewischt.«

Die Tür schwang auf und traf Chambers an der Schulter.

»Entschuldigung, mein Lieber«, sagte eine Frau, während sie sich mit einem Stapel schmutziger Teller an ihm vorbeidrängelte.

»Und die Nadel?«, fragte Chambers, sobald die Frau außer Hörweite war.

»Sie hat den richtigen Durchmesser, viel mehr gibt es über sie nicht zu sagen. Aber die Glasscherben sind gekrümmt und weisen winzige schwarze Markierungen auf. Ich bin bereit, meine Karriere darauf zu verwetten, dass sie von einer Spritze stammen. Ich weiß, was Sie als Nächstes fragen wollen, und die Antwort lautet: *Nein* – Reste von Pancuroniumbromid, falls es welche gab, sind weggespült worden. Aber Nadel und Spritze beweisen, dass Ihre zwei Fälle mit an Sicherheit grenzender Wahrscheinlichkeit zusammenhängen.«

»Und was ist dann die schlechte Nachricht?«

»Das Blut an den Glasscherben – es stammt nicht von Sleepe.«

Chambers schlug vor Frust mit der Faust gegen die Wand. »Das heißt nicht, dass er es nicht war.«

»Stimmt. Ich jage es trotzdem durch den Computer. Mal schauen, ob wir einen Treffer landen.«

»Geben Sie mir Bescheid«, bat Chambers, ehe er auflegte und an den Tisch zurückkehrte, um Winter Bericht zu erstatten.

»Also fahren wir direkt zu Hamm und sagen ihm, dass er sich geirrt hat, oder?«, fragte Winter, nachdem Chambers ihn auf den neuesten Stand gebracht hatte. »Oder?«

Chambers wirkte unsicher. »Er wird uns den Fall wegnehmen.«

»Aber ...?«

»Ohne Spuren des Medikaments reicht das nicht aus. Und es gab keine.«

Winter seufzte. »Okay, was machen wir dann?«

»Wir teilen uns auf. Sie fahren zurück ins Freizeitzentrum und versuchen, mehr rauszufinden ... Überprüfen Sie auch, ob Henry John Dolan irgendwann mal Mitglied dort war.«

»Und Sie?«

Chambers zögerte. »Ich finde bestimmt auch eine Beschäftigung.«

KAPITEL 7

Jason Donovans »Too Many Broken Hearts« sorgte für die unerwünschte musikalische Untermalung der Befragung, die dadurch, dass niemand ein Wort sagte, noch unangenehmer wurde. Winter musste mit aller Macht gegen den Drang ankämpfen, den letzten Refrain mitzusingen. Dann versuchte er aufs Neue, das Unmögliche möglich zu machen.

»Hat einer von euch zufällig mitbekommen, wie er sich mit jemandem unterhalten hat? Möglicherweise mit jemandem, den ihr hier vorher noch nie gesehen habt?«

Nach seiner Rückkehr ins Freizeitzentrum hatte er den Leiter gebeten, alle Mitarbeiter zusammenzurufen, die an dem Abend, als Alphonse Cotillard ermordet worden war, Dienst gehabt hatten. Das Ergebnis: sechs ahnungslose Teenager, von denen einer mit ziemlicher Sicherheit eingeschlafen war.

»Gar nichts?«, fragte er. Als jemand einen Arm in die Luft hob, schöpfte er Hoffnung – nur um gleich darauf erkennen zu müssen, dass er sich lediglich strecken wollte. » ... danke. Ihr wart sehr hilfreich.«

Während seine Zuhörer mit schlurfenden Schritten zurück an ihre Arbeit gingen, wandte er sich an den Zentrumsleiter.

»Teenager«, sagte dieser abfällig. Der Mann sah aus wie ein

Kind, dem zwei Drittel eines falschen Schnurrbarts im Gesicht klebten.

Winter nickte höflich und holte einen Asservatenbeutel aus seiner Tasche. Darin befand sich der Schrankschlüssel, den sie aus dem Abfluss in der Dusche gefischt hatten.

»Wissen Sie oder weiß sonst jemand Bescheid, wenn einer der Schlüssel aus den Umkleiden fehlt?«, fragte er. Ihm war bewusst, dass er sich an Strohhalme klammerte.

»Detective, wir wussten nicht mal, dass hier jemand ermordet wurde. Insofern … nein«, antwortete der Leiter abschätzig, änderte jedoch abrupt den Ton, als er Winters Miene sah. »Es sei denn, jemand meldet, dass er seinen Schlüssel verloren hat. Wir überprüfen das nicht regelmäßig.«

»Besteht die Möglichkeit, herauszufinden, zu welchem Schrank dieser Schlüssel hier gehört?«

»Wenn das Schild weg ist …« Der junge Mann zuckte mit den Schultern. »… müssten wir alle Schränke durchprobieren.«

Winter seufzte. »Das habe ich mir fast gedacht.«

Einer der zahlreichen Nachteile, wenn man seine Zeit unter stillgelegten Eisenbahnbögen verbringt, ist, dass sie zum öffentlichen Urinieren einladen. Seinen Vermutungen zufolge war Chambers, seit er Schutz vor dem Regen gesucht hatte, bereits in mehrere entsprechende Hinterlassenschaften getreten. Auf der anderen Straßenseite warf ein erleuchtetes Fenster einen einladenden Schein aufs Kopfsteinpflaster. Zähneklappernd schob er sich die Hände in die Achselhöhlen, hob den Fuß aus einer Pfütze und richtete den Blick auf das vertraute Rolltor.

Da er all diejenigen Schränke, in deren Schloss bereits ein Schlüssel steckte, ausschließen konnte, benötigte Winter tatsächlich nur eine Viertelstunde, um den richtigen zu finden. Ein befriedigendes Klicken ertönte, und gleich darauf hörte er, wie die zum Pfand eingeworfene Zwanzig-Pence-Münze ins Ausgabefach rasselte. Er war positiv überrascht, als er feststellte, dass der Schrank noch voll war. Er griff hinein und angelte eine Jeans heraus. Als er das Portemonnaie hervorholte, das in einer der Gesäßtaschen steckte, fiel ein Schlüsselbund zu Boden.

Mit wachsender Aufregung klappte er einen Führerschein auf. Er war auf den Namen Alphonse Cotillard ausgestellt.

Als Nächstes zog er den Rucksack aus dem Schrank, ließ sich auf der Bank nieder und begann, ihn auszupacken: ein zerknüllter Pullover ... eine Brotdose ... eine Wasserflasche ... verschiedene Lehrbücher ... ein Tagebuch. Er schlug es auf und blätterte darin, bis er die neuesten Einträge gefunden hatte.

Keine Ahnung, warum Jordan sich wie eine neidische Zicke benimmt.

Er blätterte weiter.

... meine Mum sich nicht umbringt.

Nächste Seite:

Hoffentlich sehe ich Robert heute Abend wieder. Er versteht mich, vor allem, weil er selbst in Cambridge war. »Reiche Bettler« – so nennen wir uns. Manchmal reden wir nach dem Training noch stundenlang. Er ist eine wahnsinnige Inspiration für mich und hat mir schon so viel beigebracht. Seine Leidenschaft für seine Arbeit und seine Kunst ist ...

Seine Kunst. Winter hatte genug gelesen. Er musste seine neueste Entdeckung unbedingt mit Chambers teilen. Er steckte das Tagebuch in seine Jackentasche und verschloss den Schrank wieder, behielt jedoch den Schlüssel. Als er aus der Umkleide eilte, stieß er geradewegs mit einem Mädchen zusammen, an das er sich noch von seiner nutzlosen Mitarbeiterbefragung erinnerte.

»Tut mir leid«, entschuldigte er sich und wollte ihr ausweichen, doch sie hielt ihn zurück.

»Eigentlich wollte ich zu Ihnen«, sagte sie und spähte nervös den Gang entlang. »Können wir uns unterhalten?«

»Sicher.« Er folgte ihr durch den nächstgelegenen Ausgang ins Freie.

Während er im Gebäude gewesen war, hatte der abendliche Himmel seine Schleusentore geöffnet, deshalb blieben sie unter dem überdachten Eingang stehen. Als das Mädchen ihm eine Zigarette anbot, nahm er sie und steckte sie an, während sie einen Moment lang dem Regen zusahen.

»Ich wollte vor den anderen nichts sagen«, begann sie und schloss die Augen, während sie genüsslich den Rauch einsog. »Langer Rede, kurzer Sinn: Ich hab mich schon mal über einen Typen beschwert. Er hat deswegen seinen Job verloren, aber mir hat trotzdem keiner geglaubt. Sie sagen ihnen doch nichts, oder?«

»Nicht, wenn ich es nicht muss«, antwortete er ehrlich.

Das Mädchen nickte, anscheinend zufrieden mit der Antwort. »Wie heißt du?«

»Jordan.«

»Danke, Jordan«, sagte er und deutete auf die Zigarette zwischen seinen Fingern, während er verzweifelt versuchte, nicht daran zu ersticken. Er rauchte nicht, aber eine Gemeinsamkeit war die beste Möglichkeit, Vertrauen zu einem Teenager aufzubauen.

»Ich mochte Alfie«, sagte sie traurig. »Alphonse. Sie wissen schon ... Ich mochte ihn *sehr*.«

»Cool«, röchelte Winter, der wusste, dass er es mit der Anbiederung ein wenig übertrieb.

»Es war wie ... wir zwei gegen den Rest der Welt, verstehen Sie? Ich hab oft beobachtet, wo er hingegangen ist ... und mit wem.« Sie musste tief Luft holen, um sich zu sammeln. »Da war dieser Mann ... total unheimlich. Es gab nichts Spezielles, was mit ihm nicht gestimmt hat, aber kennen Sie das, wenn man einfach so ein komisches Gefühl hat? Wie auch immer, er kam ziemlich oft, um sich mit Alfie zu treffen. Praktisch *jeden* Abend. Wenn sie sich unterhalten haben, hat er ihn ständig am Arm angefasst und so. Er war auch an ... an *dem* Abend da. Und seitdem ist er nicht mehr wiedergekommen.«

Sie ließ ihren Zigarettenstummel zu Boden fallen und trat ihn aus, als wäre er eine besonders widerliche Spinne. Froh, das grauenhafte Ding loszuwerden, folgte Winter ihrem Beispiel.

Sie warf ihm einen seltsamen Blick zu. »Sie hatten noch die Hälfte übrig.«

»Ja, aber die bessere Hälfte habe ich aufgeraucht«, sagte er weise und zückte sein Notizbuch. »Weißt du zufällig, wie dieser Mann hieß?«

»Robert.« Sie schüttelte den Kopf. »Aber seinen Nachnamen kenne ich nicht.«

»Kannst du ihn beschreiben?«

»Er war vielleicht in Ihrem Alter.« Sie zuckte mit den Achseln. »Komische Haare. Pottschnitt – sie hingen ihm ständig in die Augen. Er war schlank. Athletisch ... Groß.«

»Das ist sehr hilfreich«, erklärte Winter, der alles aufschrieb.

»Ach, kein Ding«, meinte sie. »Als er zum dritten Mal kam, hab ich versucht, ihn zu überreden, eine Mitgliedschaft abzuschließen, weil ich mehr über ihn rausfinden wollte. Aber er war nicht interessiert, deshalb bin ich ihm zu seinem Auto gefolgt.«

Winter behielt einen neutralen Gesichtsausdruck bei, spürte jedoch, wie sein Herz schneller schlug. »Weißt du zufällig die Farbe oder das Modell?«

»Vauxhall Cavalier, eins Komma sechs Liter. Bordeauxrot. Zulassungsplakette aus Wandsworth. Ich hab auch sein Kennzeichen.« Sie reichte ihm ein zusammengefaltetes Stück Papier.

Winter war zugleich überrumpelt, dankbar und ein bisschen skeptisch. »Aus dir wird mal eine verdammt gute Ermittlerin.«

Sie lächelte scheu. »Wie gesagt, er war mir irgendwie unheimlich … Sie rauchen gar nicht, stimmt's?«

»Nein.« Er öffnete die Tür und begleitete sie wieder hinein. »So. Ich übergebe mich jetzt erst mal, und dann mache ich mich sofort an die Arbeit«, versprach er, während er den Weg zu den Toiletten einschlug, um Schritt eins seines zweischrittigen Plans in die Tat umzusetzen.

Das Licht erlosch.

Im Schutz der Dunkelheit beobachtete Chambers, wie Tobias Sleepe die Werkstatt für den Abend zusperrte. Sein Verdächtiger bemerkte ihn nicht in seinem Versteck unter dem Eisenbahnbogen, als er an ihm vorbei durch den strömenden Regen lief, und auch nicht, als er seinen Lieferwagen wendete und die Lichtkegel der Frontscheinwerfer suchend über die Straße glitten.

Nachdem das rostige Fahrzeug in der Finsternis verschwunden war, eilte Chambers zum Rolltor und von dort die Feuertreppe hinauf bis zum ungesicherten Bürofenster. Nachdem er sich vergewissert hatte, dass die Luft rein war, drückte er mit dem Ellbogen eine der wackligen Scheiben ein. Das Klirren von Glas ging im Geräusch des immer stärker werdenden Regens unter. Er griff durch das entstandene Loch, entriegelte das Fenster von innen und öffnete es gerade so weit, dass er über den Schreibtisch klettern konnte, ehe er auf der anderen Seite recht unelegant am Boden landete.

Er knipste seine Taschenlampe an, schloss das beschädigte Fenster und legte einen Ast, den er draußen gefunden hatte, zu den Scherben, damit es so aussah, als wäre dieser, nicht ein verzweifelter Detective, für die Zerstörung verantwortlich.

Er begann damit, die Unterlagen auf dem Schreibtisch durchzugehen. Er suchte nach Hinweisen auf den *Denker*, Rodin, die *Pietà*, Michelangelo, Schwimmbäder, Krankenhäuser – irgendetwas, was Sleepe mit den Morden in Verbindung bringen konnte. Danach machte er mit den Schubladen weiter, war jedoch schon bald frustriert, weil er nichts als Kneipenrechnungen, Steuerbescheide und Fotos von Projekten in diversen Stadien der Restaurierung fand.

Er gab seine Suche auf. Da er sich der Tatsache bewusst war, dass er mit jeder Minute, die er hier verbrachte, seine Karriere aufs Spiel setzte, öffnete er die Tür zur Werkstatt. Die Statuen unten warfen unheimliche Silhouetten in die Düsternis – wie vier lauernde Wächter.

Er ging hinunter ins Erdgeschoss und erstarrte, als sein Fuß etwas Schweres von der unteren Treppenstufe stieß. Mit einem Geräusch, das in der Stille laut war wie ein Donnerschlag, traf es auf dem Boden auf, ehe es gegen eine metallene Werkzeugkiste rollte.

Dann war alles wieder ruhig.

Chambers atmete kurz durch, dann begutachtete er den Schaden im Schein seiner Taschenlampe. »Scheiße«, brummte er, als er die verräterische Spur Flüssigkeit sah, die quer durch den Raum bis zu einem Metallkanister führte, aus dem es immer noch reichlich floss. Da er nicht viel dagegen tun konnte, ging er weiter zum Flaschenzug. Er ließ den Strahl der Taschenlampe die gesamte Länge des dicken Seils entlangwandern, angefangen bei der Stelle, wo es mehrmals um die Rolle gewickelt war, bis hin zur Schlinge am anderen Ende. Dort entdeckte er etwas und riss die Augen auf.

Rasch ging er um den Flaschenzug herum, um die Innenseite der Schlinge besser in Augenschein nehmen zu können. Dort ragten aus dem gedrehten Seil einzelne Fasern hervor. Das Material war durch Schmutz und jahrelange Nutzung dunkel geworden, aber er hatte es zweifelsfrei erkannt: getrocknetes Blut und etwas, das wie ein menschliches Haar aussah.

Sein Atem beschleunigte sich. Er zog ein Paar Handschuhe aus seiner Tasche und hatte gerade einen Asservatenbeutel gefunden, um Proben zu nehmen, als das Geräusch nasser Reifen und das Brummen eines Motors an sein Ohr drangen ... Ein Fahrzeug hielt draußen vor dem Tor. Er schaltete die Taschenlampe aus, stand regungslos da und lauschte, hörte jedoch nur das Trommeln des Regens.

Dann glitt plötzlich das Rolltor auf.

Er ging hinter einer der Statuen in Deckung und zuckte zusammen, als die Lichter über ihm summend zum Leben erwachten. Gleich darauf näherten sich gemächliche Schritte.

»Da bist du ja!«, verkündete Sleepe triumphierend.

Chambers hielt den Atem an. Er rechnete damit, jeden Moment entdeckt und zur Rede gestellt zu werden, stattdessen hörte er das Klimpern von Schlüsseln, gefolgt vom Klang sich entfernender Schritte ... die jedoch plötzlich innehielten. Er riskierte einen Blick um die Statue herum, sah jedoch nur Sleepes Schatten, als dieser sich bückte, um etwas aufzuheben. Chambers verzog das Gesicht. Er wusste genau, was es war.

»Hallo?«, rief Sleepe. »Ist da jemand?« Chambers sah zu, wie der Schatten sich mit einem großen Werkzeug bewaffnete. »Wenn jemand hier ist, kommen Sie sofort raus!«

Die Schritte kamen erneut näher.

Chambers saß in der Mitte des Raums fest, ohne die Möglichkeit, sich irgendwo zu verstecken. Im Rhythmus mit Sleepes Schritten schlich er um die Statue herum. Er wusste, dass er so bloß das Unvermeidliche hinauszögerte und jeden Moment erwischt werden würde. Das geöffnete Tor war quälend nah und zugleich unerreichbar fern. Aber dann schlug ein Windstoß die Tür zum Büro mit einem lauten Knall zu und lenkte Sleepes Aufmerksamkeit für einen kurzen Moment ab.

»Ist jemand da oben?«

Chambers sah, wie Sleepe sich ein letztes Mal in der Werkstatt umschaute und dann langsam die Stufen hinaufging. Blitzschnell huschte er zur nächsten Statue, wobei er sich vergewisserte, dass Sleepe ihn nicht gehört hatte, ehe er sich zur dritten vorarbeitete. Hinter einen bronzenen Heiligen geduckt, spürte er bereits den Wind im Gesicht und die Regentropfen, die auf seinen Handrücken geweht wurden. Er hatte es fast geschafft.

»*Scheiße, Scheiße, Scheiße*«, wisperte er und schaute zurück zu dem Seil, das in der Mitte des Raums hing. Er konnte nicht einfach gehen. Nicht, wenn der Beweis zum Greifen nahe war.

Sleepe verschwand im Büro.

Chambers nutzte die Gelegenheit und sprintete aus seinem Versteck hervor. Da er keine Zeit für Handschuhe oder Asservatenbeutel hatte, packte er eine Handvoll der blutigen Seilfasern und hoffte, dass er auch einige Haare erwischt hatte, bevor er durchs offene Tor ins Freie floh.

Mit dem Ast in der Hand hörte Sleepe, wie draußen jemand am kaputten Fenster vorbeirannte. Er eilte zurück auf den Treppenabsatz und spähte nach unten in die Werkstatt, wo das Seil des Flaschenzugs wild hin und her pendelte wie eine Falle, die zwar ausgelöst worden, aber nicht zugeschnappt war. Von seiner erhöhten Position aus waren die nassen Fußabdrücke, die in einer Schlangenlinie zwischen den Statuen hindurchführten, ehe sie noch einmal umkehrten und schließlich draußen im Unwetter verschwanden, deutlich zu erkennen.

DONNERSTAG

KAPITEL 8

Chambers und Winter sprachen nicht miteinander.

Das frostige Schweigen zog sich über die gesamte Länge der Wandsworth High Street hin, auf der sie sich durch den frühmorgendlichen Stoßverkehr kämpften. Die nächste rote Ampel leuchtete als verschwommener Fleck durch die Windschutzscheibe, während sich der Niederschlag irgendwo zwischen Sprühregen und leichtem Schauer einpendelte. Die Briten hatten ungefähr ein Dutzend unterschiedlicher Ausdrücke für ein und dieselbe Sache: das übliche Sauwetter.

Chambers schnaubte. »Haben Sie vor, die ganze Fahrt über zu schmollen?«

»Ich finde einfach, Sie geben ihm keine Chance.«

»Ich habe mich doch bereit erklärt, ihn mir anzusehen, oder nicht?«

»Aber nur widerwillig«, höhnte Winter.

»Ich bin mir eben nicht sicher, ob er der Richtige ist«, erwiderte Chambers, während sie in der Autoschlange einen Platz aufrückten.

»Aber Ihr Mann ist der Richtige, was? Meiner *passt* perfekt«, argumentierte Winter. »Er ist groß und sportlich.«

»Er lebt zu Hause bei seiner Mutter«, sagte Chambers.

»Wenigstens ist er nicht alt.«

»Meiner hat Erfahrung. Außerdem ist er clever.«

»Meiner auch!«, fauchte Winter. »Er ist Dozent an der Universität!«

»Meiner arbeitet allein, weil er selbstständig ist.«

»Ach ja? Und meiner ...« Winter verstummte, als ihm bewusst wurde, dass die Unterhaltung allmählich ein wenig albern klang. »Ich will doch nur, dass Sie offen sind, bis Sykes sich mit den Testergebnissen zurückmeldet.«

»Selbstverständlich bin ich offen«, beteuerte Chambers, der es endlich über die Kreuzung geschafft hatte und in eine Wohngegend einbog. »Sehen Sie, wir sind da«, verkündete er kurz darauf und hielt vor einem hübschen Reihenhaus, in dessen makellos gepflegtem Vorgarten eine ganze Horde von Gartenzwergen angelte, Schubkarren schob und sich anderweitig betätigte. »Nicht gerade Scaramangas geheime Basis, oder?«

»Seien Sie still«, knurrte Winter und stieg aus. Er deutete auf den weinroten Vauxhall Cavalier, dann marschierte er Chambers voran durchs Gartentor zur Haustür. Beide streckten gleichzeitig die Hand nach dem Klingelknopf aus.

»Möchten Sie gerne?«, fragte Winter ungehalten.

»Nein, nein, machen Sie nur.« Lächelnd zog Chambers seine Hand zurück.

Er betrachtete das fröhliche Gartenpanorama, während die Klingel ihre kleine Melodie spielte. Es gab sogar einen winzigen Teich inklusive künstlichem Wasserfall. Auf dem Rasen lagen zerkaute Hundespielzeuge, und auf den Stufen stapelten sich so ziemlich alle Tageszeitungen, die im Abonnement erhältlich waren.

Drinnen näherte sich eine verzerrte Gestalt der Scheibe. Drei Schlösser klickten, dann ging endlich die Tür auf.

Winter setzte zu einer Begrüßung an, vergaß dann aber komplett, was er hatte sagen wollen. Sprachlos starrten beide Detectives den bizarr aussehenden Mann an. Er war groß, wie das Mädchen ihn beschrieben hatte. Seine mausbraunen Haare waren glatt und in leichten Stufen geschnitten, die sich unabhängig voneinander zu bewegen schienen. Wie die Klischees seines Berufsstandes es vorschrieben, trug er eine kackbraune Hose und ein Tweedsakko. Was Jordan allerdings nicht erwähnt hatte, war sein beinahe insektenartiges Aussehen – die unsteten kleinen Knopfaugen hinter dicken, runden Brillengläsern und der permanent geschürzte Mund, der so aussah, als wollte er sie beißen.

»Detective Constable Adam Winter vom Polizeirevier Shepherd's Green, nehme ich an?«, brach der Mann das Schweigen.

»Äh. Ja«, antwortete Winter, ein wenig erstaunt, dass Coates sich noch so präzise an ihr kurzes Telefonat erinnerte. »Und das hier ist ...«

»Chambers«, unterbrach Chambers seinen Kollegen. »Einfach nur Chambers.«

Coates betrachtete sie einen Moment lang. Fast schien es, als würde er sie studieren.

Winter, der sich unbehaglich fühlte, lächelte nervös. »Danke, dass Sie sich Zeit für uns nehmen.«

»Ich habe meinen Arbeitgeber rechtzeitig über mein unvermeidliches Zuspätkommen in Kenntnis gesetzt. Er müsste entsprechende Vorkehrungen getroffen haben.«

Weder Winter noch Chambers wusste, was er darauf erwidern sollte, also sagten sie gar nichts.

»Dürfen wir reinkommen?«, fragte Winter schließlich. Insgeheim hoffte er, dass der Mann verneinen würde. Doch er trat zur Seite, um sie hereinzulassen. Mit gemischten Gefühlen betraten die beiden Ermittler den düsteren Flur und hörten, wie hinter ihnen wieder abgesperrt wurde.

Sie gingen ins Wohnzimmer, wo eine zusammengewürfelte Ansammlung von Sesseln auf den offenen Kamin hin ausgerichtet war. Die Netzgardinen waren von Nikotin vergilbt.

»Ich habe ein bisschen Angst«, flüsterte Winter.

»Ja, ich auch«, gestand Chambers. Beide lächelten höflich, als ihr Gastgeber den Raum betrat.

»Bitte, nehmen Sie doch Platz«, sagte Coates.

Ihre Unentschlossenheit war alles andere als subtil, während sie zu ergründen versuchten, welcher der abgewetzten Sessel den am wenigsten dubiosen Eindruck machte.

Als Winter merkte, dass beide dasselbe Ziel ins Auge gefasst hatten, machte er praktisch einen Hechtsprung quer durchs Zimmer und ließ mit selbstzufriedener Miene sein Gesäß auf das von ihm eroberte Sitzmöbel sinken.

»Tee?«, fragte der Mann. »Kaffee? Kekse?«

»Nein danke«, sagte Chambers.

»Ich habe gerade erst einen Kaffee getrunken«, log Winter, »und Kekse gegessen.«

Chambers sah seinen Partner kopfschüttelnd an.

Coates trat zu den Sesseln und setzte sich. Beiden fiel sein stark ausgeprägter Gehfehler auf. Er hockte sich auf die äußerste Kante des Sitzkissens, als wollte er jederzeit angriffsbereit sein. Seine kleinen dunklen Augen verfolgten jede ihrer Bewegungen.

Winter holte sein Notizbuch hervor und schlug es auf. »So, Mr Robert Douglas Coates ...«

»Robert Douglas *Seymour* Coates«, korrigierte ihn der Mann.

»Natürlich«, sagte Winter. »Das schreibe ich mir sofort auf ...«

Wichser

»Ihr Alter?«

»Vierundzwanzig.«

»Wissen Sie, weshalb wir hier sind?«, fragte Winter und lauschte in der einsetzenden Pause dem Ticken der Uhr auf dem Kaminsims.

Coates nickte traurig. »Ich habe es in den Nachrichten gehört. Es geht um Alphonse.«

»Ganz genau. Dann kannten Sie ihn also?«

»Ich darf mich glücklich schätzen, das zu behaupten, ja.«

»Dürfte ich Sie fragen, wo Sie sich kennengelernt haben?«

Chambers musste sich die Jacke ausziehen, da er sich unklugerweise den Sessel in der Nähe des Heizkörpers ausgesucht hatte, der unangenehm viel Wärme abstrahlte.

»Im Freizeitzentrum.«

»Wo Sie ...?« Winter ließ die Frage offen.

»Ich gehe dort schwimmen.«

»Sie waren also miteinander befreundet?«

»Ich würde es eher als eine Mentor-Schüler-Beziehung bezeichnen. Ich habe mich in ihm wiedererkannt. In den Tiefen seines ungenutzten Potenzials.«

Eine unangenehme Pause entstand, während derer Winter und Chambers sich umschauten, wie um die Tiefen von Robert Douglas Wichser Coates' ungenutztem Potenzial auszuloten.

»Sie wohnen bei Ihrer Mutter?«, fragte Chambers, was ihm einen strafenden Blick von Winter einbrachte, weil er sich in das Gespräch mit seinem Verdächtigen eingemischt hatte.

»Nicht mehr«, antwortete Coates. »Sie ist vor einem Monat ins Heim gekommen.«

»Darf ich erfahren, was mit Ihrem Fuß passiert ist?«, fragte Winter, nun wieder die Gesprächsführung übernehmend. Coates machte nicht den Eindruck, als hätte er die Frage gehört, bis Winter sie ein zweites Mal stellte. »Mr Coates, dürfte ich fragen ...«

»Ich habe mich geschnitten ... an ein paar Glasscherben.«

Unwillkürlich lehnten sich Winter und Chambers nach vorn und spiegelten damit Coates' unbequeme Sitzposition.

»Wo war das?«, hakte Winter nach.

»Im Freizeitzentrum. Ausgerechnet in der Dusche.«

Die beiden Detectives wechselten einen erwartungsvollen Blick. Winter versuchte, sich daran zu erinnern, in welche Tasche er seine Handschellen gesteckt hatte.

»Das ist von eher geringem Interesse für die Polizei, würde ich sagen«, fuhr Coates fort. »Aber es sah aus wie eine Spritze, die jemand auf dem Boden zertreten hatte. Ich habe mir daran die Fußsohle aufgeschnitten. Es war sehr schmerzhaft. Dann habe ich die Reste, soweit ich ihrer habhaft werden konnte, in den nächstbesten Abfluss geschoben, damit sich nicht noch jemand daran verletzt. Natürlich war ich seitdem nicht mehr dort.«

Entwaffnet durch die plausible Geschichte des Mannes, entspannten sich die beiden ein wenig.

»Sie sind Dozent am Birkbeck College?«, wechselte Winter das Thema.

»Das ist richtig.«

»Für Kunstgeschichte?«

»Im weitesten Sinne.«

»Dann wissen Sie sicher eine Menge über ... *Bildhauerei*?«

Coates gab nichts preis, obwohl beide Männer ihn aufmerksam beobachteten.

»Rodins *Denker*? Michelangelos *Pietà*?«, fuhr Winter fort.

»Natürlich. Das sind zwei der berühmtesten und am meisten verehrten Skulpturen, die jemals geschaffen wurden.«

»Und als Experte ...«

»Kunstgeschichte ist ein *sehr* weites Feld«, fiel Coates ihm ins Wort.

»Aber im Vergleich zu uns sind Sie doch ein Experte«, sagte Winter, woraufhin Coates zustimmend nickte. »Fällt Ihnen irgendeine Verbindung zwischen den beiden Kunstwerken ein?«

»Eine Verbindung?«

»Irgendwelche Gemeinsamkeiten?«

Coates wirkte ratlos. »Ich dachte, es geht um den Mord an Alphonse?«

»Tun Sie mir doch den Gefallen.«

Der Dozent wirkte eine Zeit lang wie weggetreten und kaute an seinen Fingernägeln herum, während er nachdachte. »Ich glaube, der *Denker* war ursprünglich nur ein kleiner Teil eines deutlich ehrgeizigeren Werks mit dem Titel *Höllentor* ...« Ein wenig beunruhigt schrieb Winter dies auf. »Viele sind der Ansicht, dass er Dante darstellt, aber es gibt auch solche, die vermuten, dass es sich um Rodin selbst handelt. Die *Pietà* hingegen zeigt die Mutter Maria, die ihren toten Sohn im Arm hält«, grübelte er laut. »Eins der Kunstwerke befindet sich in Paris, das andere in Rom. Sie liegen mehrere Jahrhunderte auseinander. Eins ist aus Bronze, das andere aus Marmor ... Ehrlich gesagt, fällt mir nichts ein, was sie miteinander verbinden könnte.«

»Wir brauchen eine Blutprobe von Ihnen«, platzte Chambers heraus und überrumpelte damit sowohl Coates als auch Winter.

»Eine ... Blutprobe?«

»Um Sie als Verdächtigen ausschließen zu können.«

»Natürlich. Ich helfe Ihnen, wo immer ich kann.«

»Das wissen wir sehr zu schätzen. Dürfte ich kurz Ihr Bad benutzen?«

Auch diesmal antwortete Coates nicht gleich. Es war, als müsste er sich zunächst in seinen eigenen Kopf zurückziehen, um sich eine Antwort zurechtzulegen.

»Oben. Erste Tür links. Bitte entschuldigen Sie die Unordnung.«

Chambers nickte und stand auf. Winter konnte die Befragung alleine beenden. Unterwegs warf er einen Blick auf die in die Jahre gekommene Küche, registrierte dort jedoch nichts Ungewöhnliches. Dann machte er sich auf den Weg nach oben, wo der Teppich mit Hundehaaren in verschiedenen Farben übersät war. Zu seiner großen Enttäuschung waren beide Schlafzimmertüren geschlossen, und er wagte nicht, sie zu öffnen, weil das Haus knarrte und ächzte und dem Besitzer im Erdgeschoss jede seiner Bewegungen übermittelte. Er betrat das Bad, schloss die Tür hinter sich und trat sofort zum Medizinschrank. Darin befand sich eine beeindruckende Ansammlung von Medikamenten, von denen die meisten einer Mrs M. Coates verordnet worden waren, aber keins davon stach ihm ins Auge. Frustriert sah er sich in dem kargen Raum nach weiteren Einblicken in das Leben dieses seltsamen Mannes um. Weil ihm nichts Besseres einfiel, stieg er in die Badewanne, um an das Milchglasfenster zu gelangen. Gewaltsam öffnete er den verrosteten Riegel und blickte in den Garten. Verglichen mit der gepflegten Zwergenparty vor dem Haus, präsentierte sich der hintere Bereich des Grundstücks zugewuchert und wild – mit Ausnahme eines Stücks frisch aufgeworfener Erde ganz am Ende.

Chambers, der wusste, dass er bereits zu lange fort war, zog das Fenster wieder zu, betätigte die Spülung und wusch sich zusätzlich auch noch die Hände. Er streckte die Hand nach der Türklinke aus, hielt jedoch inne, als er das selbst gemachte Schild sah, das daran hing. Er drehte es um und las die ins Holz geritzte Inschrift:

Wenn eure Sünde auch blutrot ist,
Soll sie doch schneeweiß werden.
Jesaja 1:18

Stirnrunzelnd machte Chambers sich auf den Weg zurück nach unten. Winter war bereits aufgestanden und zum Gehen bereit.

»Ich habe Ihre Hunde noch gar nicht gesehen«, sagte Chambers, als er seine Jacke nahm.

Coates sah ihn argwöhnisch an.

»Mir sind die Haare auf dem Teppich aufgefallen«, erklärte er.

»Hund. Nur einer«, gab Coates zurück. »Leider ist er kürzlich gestorben. Ich glaube, das war für meine Mutter der Tropfen, der das Fass zum Überlaufen brachte.«

»Das tut mir leid«, sagte Chambers. »Was für ein Hund war es denn?«

»Ein Mischling. Wir haben immer herrenlose Hunde aufgenommen.«

»*Und wie ihr wollt, dass euch die Menschen tun sollen …*«, zitierte Chambers und ignorierte den fragenden Blick, den Winter ihm zuwarf.

Im ersten Moment wirkte Coates, als verstünde er nicht. Dann lächelte er zum ersten Mal seit ihrer Ankunft.

»Jetzt klingen Sie wie meine Mutter«, sagte er, während er sie zur Tür brachte.

Nachdem sie ins Auto gestiegen waren, sah Winter seinen Kollegen erwartungsvoll an.

»Und … Was meinen Sie?«

»Okay, ich habe mich geirrt«, räumte Chambers ein und ließ den Motor an. »Ich kann verstehen, warum Sie ihn verdächtigen.«

KAPITEL 9

Mit einem verächtlichen Lächeln schob Mrs Chambers ihr Hauptgericht auf dem Teller hin und her. Offenbar hatte der eine Bissen, den sie von der Vorspeise heruntergewürgt hatte, sie bereits gesättigt.

»Was ist das gleich noch mal?«, fragte sie und tauchte probehalber einen Finger in die Soße.

»Huhn«, gab Eve kurz angebunden zurück. »Ein flugunfähiger Vogel, den wir in unserer Heimat als Haustier halten. Das Rezept stammt von meiner Mutter.«

»Und wo war noch gleich Ihre Heimat?«

»Content, Jamaika.«

»Hmmm«, schnaubte die ältere Frau, ehe sie einen missbilligenden Blick über ihre zutiefst kritikwürdige Umgebung schweifen ließ. »Und das hier bezeichnet man also als ›Loft‹, ja?«, fragte sie und schob den Teller von sich.

»Ja, das tut man.«

»Auch nur ein überkandideltes Wort für ›Wohnung‹, stimmt's?«

»Wenn man so will.«

»Eine Wohnung, die so viel kostet wie ein ganzes Haus.«

»Kommt auf das Haus an.«

Nach einem weiteren Schnauben, das ihre allgemeine Unzufriedenheit kundtat, nahm sich Mrs Chambers einen Moment Zeit, um die ihr gegenübersitzende Gastgeberin zu mustern. Eve drückte in Erwartung dessen, was gleich kommen würde, die Hand ihres Ehemanns.

»Recht hübsch sind Sie ja ...«

»Danke. *Recht* freundlich von Ihnen, das zu sagen.«

» ... für eine von denen.«

»*Aua! Mein Gott!*« Chambers jaulte auf, als Eves Fingernägel sich in seine Haut gruben. Er schaute zwischen den beiden Frauen hin und her, von denen keine besonders glücklich aussah, und ihm kam der Verdacht, dass er irgendetwas Wichtiges nicht mitbekommen hatte.

»Sind Sie fertig, Lucile?«, fragte Eve und stand vom Tisch auf.

»O ja, definitiv.« Sie reichte Eve ihren Teller, als könnte sie ihn gar nicht schnell genug loswerden.

»Magst du mir vielleicht bei dem Dessert helfen?«, wandte Eve sich an Chambers.

»Ich dachte, das wäre schon fertig im ...«

»Hilf mir bei dem Dessert!«

Gehorsam stand er auf. »Mum, kann ich dir noch ein ... Leitungswasser bringen?«

»Nein. Danke.« Sie bedeckte ihr Glas mit der Hand, als bestünde die Gefahr, dass er ihr ohne ihre Einwilligung nachschenkte.

»Hast du das gehört?«, beschwerte sich Eve, als sie die Teller in die Küche brachten. »Nicht mal das Wasser schmeckt ihr!«

»Ich finde, es läuft doch ganz gut, oder?«, meinte Chambers mit einem hoffnungsvollen Lächeln, das ihm einen *Heute schläfst du im Gästezimmer*-Blick von seiner Frau einbrachte.

»Hast du nicht mit uns am Tisch gesessen?!«

»Sei leise! Was ist denn?«

»Sag mir ja nicht, dass ich leise sein soll!«

»Tut mir leid. Magst du sie nicht?«

»Sie mögen?!«, spie Eve aus, abermals ein wenig zu laut. »Ich hoffe, sie erstickt an meiner Mangotarte.«

Chambers wirkte ein wenig verunsichert ... und ein wenig nervös. »Sie mag eigentlich keine Mangos ... und Tartes auch nicht.«

Eve warf den wunderschön dekorierten Teller in die Spüle und verpasste ihrem Mann einen Fausthieb gegen den Arm.

»Aua!«

»Warum hast du mich nicht verteidigt?«

»Ich habe nicht mal gehört, was sie gesagt hat!«

»Weil du mit deinen Gedanken woanders warst ... wie immer«, schnaubte sie.

»Hör zu. Mum ist eben ... ein bisschen altmodisch. Sie ist sehr stolz auf ihre ghanaischen Wurzeln und darauf, dass sie Britin ist.«

»Und es gefällt ihr nicht, dass du dich an eine x-beliebige *Jamo* verschwendest?«

Chambers seufzte. »Das habe ich nicht gesagt.«

»Musstest du auch nicht ... Und was ist mit unseren Kindern? Wird sie die genauso behandeln?«

Chambers sah sie entsetzt an. »Bist du ... Willst du damit sagen, dass du ...?«

Eve verschränkte die Arme vor der Brust. »Und was, wenn es so wäre?«

»Dann würde ich sagen ... das ist toll!«

»Ich bin nicht schwanger.«

»Oh, dem *Himmel* sei Dank!«, keuchte er und presste sich die Hand aufs Herz.

Sie grinste. »Was ist los mit dir? Ist heute in deinem Fall was passiert?«

Chambers warf einen Blick nach nebenan, um sich zu vergewissern, dass seine Mutter immer noch so gelangweilt, angewidert und von der Einstöckigkeit ihrer Wohnung empört dasaß wie zuvor.

»Das Blut und die Haare, die ich vom Seil mitgenommen habe, passten nicht zu unserem Opfer ... zu *keinem* der Opfer.«

»Aber immerhin: Blut und Haare. Was haben die dort zu suchen?«

»In der Tat«, pflichtete Chambers ihr bei.

»Lass uns später darüber reden«, bat Eve und drückte seine blutende Hand. »Erst muss ich das hier durchstehen. Ich brauche dich.«

Am nächsten Morgen kam Chambers ins Büro gehumpelt. Offenbar hatte sich das Bett im Gästezimmer in der Auseinandersetzung auf Eves Seite geschlagen. Er übersprang jegliche Höflichkeitsfloskeln und bedeutete Winter, ihm in den Besprechungsraum zu folgen. Er schloss die Tür, dann legte er sich mit einem Seufzer der Erleichterung auf den Fußboden.

Winter zückte unbeeindruckt sein Notizbuch, setzte sich neben Chambers und blickte hinauf zu der fleckigen Deckenverkleidung.

»Wie hat es jemand geschafft, da oben Kaffee zu verschütten?«, wunderte er sich.

»Der Boss hat damit nach jemandem geworfen, den er nicht leiden konnte.«

»Wer war das?«

»Ich.«

»Oh! Sieht ein bisschen so aus wie der Millennium-Falke«, meinte er und kniff die Augen zusammen.

»Ich habe eher an das Blatt einer Axt gedacht«, gab Chambers zurück. »Aber es ist gut zu wissen, wie Sie als zukünftiger Detective im Morddezernat so ticken. Also, Robert Coates' Alibi für den Abend des ersten Mordes?«

»Er war allein zu Hause.«

»Macht nichts. Ich habe eine neue Spur, der wir nachgehen sollten«, verkündete Chambers, ehe er in seine Jackentasche langte und Winter ein grell orangefarbenes Kauspielzeug präsentierte. »Hunde.«

»Toll«, sagte Winter eifrig. »Moment mal ... was?«

»Hunde«, wiederholte Chambers. »Das habe ich im Vorgarten aufgehoben, als wir gegangen sind.«

»Vielleicht sollten Sie sich mal einen Tag freinehmen«, schlug Winter vor.

»Schauen Sie sich die Bissmarken an. Es gibt eine mit sieben nah beieinanderliegenden Zähnen. Dann sind da vier in etwas größerem Abstand und noch mal zwei tiefe, punktförmige Bissspuren, die ganz anders aussehen als die anderen.«

»Okay?«

»Auf diesem Ding haben mindestens drei verschiedene Hunde herumgekaut. Und als ich nach oben gegangen bin, war der Teppich voll mit Hundehaaren in allen erdenklichen Farben.«

»Okay?«

»Und hinten im Garten ist ein Grab.«

»Ein Grab?«

» ... eine Stelle, an der die Erde umgegraben wurde.«

Winter wirkte skeptisch. »Das heißt noch lange nicht, dass es sich um ein Grab handelt.«

»Wissen Sie noch, was unser erster Eindruck von der Tat war, als wir Henry John Dolan auf dem Sockel gefunden haben?«

»Ähhh ...«

»Halbherzig. Vielleicht war es sein erster Mord, und er hat noch gezögert? Er hat alle Vorbereitungen getroffen, aber das Wetter die Drecksarbeit erledigen lassen. Wissen Sie, womit die meisten Serienmörder anfangen, ehe sie Menschen töten?«

»Mit Tieren«, sagte Winter, der verstanden hatte.

»Und einer unserer zwei Hauptverdächtigen scheint einen alarmierend hohen Hundeverschleiß zu haben.«

»Aber was ist mit Tobias Sleepe?«, fragte Winter. »Der hat einen Seilzug voller Haare und Blut, mit dem man problemlos einen Menschen hochheben könnte. Er kommt genauso als Täter in Betracht.«

»Auf einmal finden Sie *meinen* Verdächtigen überzeugender?«, fragte Chambers.

»Ja, ich glaube, von den zweien ist er der aussichtsreichere Kandidat.«

»Tja, mir gefällt aber Ihrer besser.«

»Und für welchen entscheiden wir uns jetzt? Wenn wir die falsche Wahl treffen, können wir den Fall vergessen.«

Chambers dachte einen Moment lang nach.

»Für beide. Gleichzeitig. Einer von uns gräbt den Garten um, während der andere den Seilzug beschlagnahmt.«

»Ohne Durchsuchungsbeschluss?«, fragte Winter ungläubig.

»Ohne Durchsuchungsbeschluss«, bekräftigte Chambers und nickte. »Und ohne lange zu fackeln. Selbstbewusstsein ist hier das A und O.«

»Einer von uns wird falschliegen.«

»Aber der andere wird richtigliegen«, hielt Chambers dagegen. »Das kann selbst Hamm unmöglich ignorieren. Ich habe nicht den geringsten Zweifel, dass einer dieser beiden Freaks unser Täter ist … Und Sie?«

»Kein Zweifel.«

»Dann haben wir nichts zu verlieren, stimmt's? Sind Sie dabei?«

»Ich bin dabei ... wann?«

»Am besten sofort«, sagte Chambers. »Je länger wir warten, desto mehr Zeit hat er, erneut zu töten.«

Die Tür zum Besprechungsraum schwang auf, und Lewis trat ein. Er stolperte über die beiden am Boden liegenden Männer, sodass ein Teil seines Kaffees gegen die Wand schwappte.

»Was machen Sie da?«, fragte er, während er seine verbrühte Hand schüttelte.

»Meinen Rücken kurieren.« Chambers machte keine Anstalten, sich von der Stelle zu bewegen. »Meine bessere Hälfte hat mich gestern Nacht ins Gästezimmer verbannt.«

»Tja, willkommen im Klub.« Lewis stellte seine Kaffeetasse auf den Tisch, ehe er sich neben Chambers legte. Auch er seufzte vor Erleichterung auf. »Ich weiß gar nicht mehr, wann ich zuletzt in meinem eigenen Bett schlafen durfte ... Der Boss sucht nach Ihnen.«

»Erzählen Sie mir was Neues.«

Ein friedvolles Schweigen senkte sich über die drei Männer, das erst unterbrochen wurde, als Winter auf den frischen Kaffeefleck an der Wand zeigte: »Sieht da sonst noch jemand ein Lichtschwert?«

»Schraubenzieher«, sagte Lewis.

»Ja, definitiv ein Schraubenzieher«, pflichtete Chambers ihm bei. »Keine Sorge«, fügte er, an Winter gewandt, hinzu. »Sie kriegen das schon noch hin.«

Chambers parkte knapp zwanzig Meter von Robert Coates' Haus entfernt und hatte bereits zweimal an sämtlichen Knöpfen am Armaturenbrett herumgefummelt, während er darauf wartete, dass es dreizehn Uhr fünfundvierzig wurde. Das war die Zeit, die er mit Winter verabredet hatte, damit dieser sich in Position begeben konnte. Er blickte zu den dunklen Wolken empor. »Komm schon, jetzt kein Regen. Kein Regen. Bitte kein …«

Wie auf ein Stichwort hin fing es an zu schütten. Innerhalb von Sekunden stand die Straße unter Wasser.

»Na, Gott sei Dank«, brummte er und warf erneut einen Blick auf die Uhr am Armaturenbrett.

13:42

Gut genug, sagte sich Chambers, nahm den Spaten aus dem Fußraum des Beifahrersitzes und stieg aus. Als er die Nachbarhäuser passiert hatte, war er bereits bis auf die Knochen durchnässt. Unter den wachsamen Blicken der grinsenden Zwerge marschierte er durchs Gartentor. Das Geräusch der Regentropfen, die auf ihre tönernen Körper prasselten, schien sie zum Leben zu erwecken – wie winzige Gestalten, die im Schutz des Regens fleißig ihre Arbeit verrichteten.

Das Tor an der Seite des Hauses splitterte bereits nach dem ersten Fußtritt, sodass er in den zugewucherten hinteren Garten vordringen konnte. Dornige Zweige zerrten an seiner Hose und versuchten, ihn aufzuhalten. Chambers bemerkte, wie sich in den angrenzenden Häusern die Vorhänge bewegten, als er endlich das zwei Meter fünfzig große Stück aufgeworfene Erde am hinteren Ende des Gartens erreicht hatte. Im Wissen, dass die Uhr tickte, hob er die Arme und rammte den Spaten tief in die nasse Erde.

»Polizei! Machen Sie auf!«, rief Winter und hämmerte mit der Faust gegen das metallene Rolltor von *Sleepe & Co Restaurierungs- und Konservierungslösungen*. »Aufmachen!«

Das Rolltor hob sich, und ein zerknitterter, verdreckter Tobias

Sleepe kam zum Vorschein. Eine dunkle Brille verbarg seine Augen, und er hielt ein Schweißgerät in der Hand.

»Legen Sie das auf den Boden!«, befahl Winter, während er das Gerät argwöhnisch beäugte. »Legen Sie es weg!«

Sleepe befolgte die Anweisung, nahm seine Brille ab und sah Winter mit verdutzter Miene an.

»Ihr Seilzug ist beschlagnahmt«, teilte dieser ihm mit und betrat die Werkstatt.

»Den brauche ich für meine Arbeit.«

»Das glaube ich gern«, sagte Winter wissend. »Er ist ein Beweisstück in einem Mordfall.«

Er griff nach dem herabhängenden Seil in der Mitte des Raumes und versuchte, sein Entsetzen zu verbergen, als er nirgends Spuren von Blut oder Haaren sah. Stattdessen fiel ihm ein verdächtig sauberes, leicht ausgefranstes Seilende auf, das aus einem Knoten hervorschaute.

»Wann wurde das Seil abgeschnitten?«, fragte er unwirsch.

»Mein Gedächtnis ist nicht mehr so gut wie früher«, gab Sleepe mit falscher Freundlichkeit zurück. »Ich kann mich nicht erinnern.«

»Gehen Sie rauf in Ihr Büro, und warten Sie dort!«, blaffte Winter ihn an. In seiner Stimme schwang ein Hauch von Unsicherheit mit, und das siegessichere Lächeln im Gesicht des anderen Mannes bewies, dass dieser es bemerkt hatte. »Ich brauche Zugang zu Ihren Abfalltonnen.«

»Die stehen hinten in der Gasse. Tun Sie sich keinen Zwang an«, sagte Sleepe, ehe er die Treppe hinaufging.

Mit verzweifelter Miene starrte Winter das Seil an.

Sie hatten alles auf eine Karte gesetzt.

»Scheiße«, flüsterte er. Jetzt konnte er nur hoffen, dass Chambers mehr Glück hatte.

»Entschuldigen Sie, Detective? ... Entschuldigung!«, rief Robert Coates, der mit einem Regenschirm über dem Kopf durch den Garten auf den völlig entkräfteten Chambers zukam. Dieser bemühte sich immer noch vergeblich, Erde aus seiner mittlerweile über einen Meter tiefen Grube zu befördern, doch der Berg Schlamm geriet durch den strömenden Regen ins Rutschen und füllte seine Ausgrabungsstelle schneller, als er sie freischaufeln konnte.

»Was um alles in der Welt machen Sie da?«

»Ich ermittle ... im Mord an ... Alphonse ... Cotillard«, japste Chambers, ehe er einen weiteren Spaten voller Erde hinter sich warf.

»Ich nehme an, Sie können mir einen entsprechenden Durchsuchungsbefehl präsentieren?«

Chambers ignorierte die Frage und grub weiter.

»Detective?«

»Was haben Sie hier vergraben?«, wollte Chambers wissen und sank gegen die Erdwand des Lochs.

»Das war das Gemüsebeet meiner Mutter«, antwortete Coates und ging in die Hocke, um Chambers besser ansehen zu können. Kurzzeitig hörte der Regen auf, als sein schwarzer Schirm den Himmel verdeckte. »Detective. Haben ... Sie ... einen ... richterlichen Beschluss?«

Chambers gab auf. Er warf den Spaten hin und blickte trotzig in die schwarzen Knopfaugen über sich.

»Nein. Den habe ich nicht.«

»Wenn das so ist«, sagte Coates ruhig, »verlassen Sie sofort mein Grundstück, und erwarten Sie noch vor Ende des Tages einen Anruf von meinem Anwalt.«

Der Regen wurde stärker, als Coates sich wieder aufrichtete und in Richtung Haus davonging.

Chambers, der vor lauter Erschöpfung kaum noch stehen konnte, sah zu, wie das Wasser um seine Füße herum höher stieg. Die Ironie, dass seine Karriere in einem Grab endete, das er sich selbst geschaufelt hatte, entging ihm nicht.

Er hatte es versaut.

KAPITEL 10

Sie ließen den überfüllten Bahnsteig hinter sich und tauchten in die Dunkelheit ein.

James »Jimmy« Metcalf hatte das Gefühl, er würde seine Fahrt lediglich von außen beobachten, statt sie selbst zu unternehmen, als die Frau, die er die letzten fünf Minuten über angestarrt hatte, aufstand und ging. Er erwachte aus seiner Trance und stellte fest, dass er sich vollgesabbert hatte, doch das scherte ihn nicht. Stattdessen genoss er jeden Augenblick seines Drogenrauschs – es war der letzte, den er für lange Zeit erleben würde. Vielleicht sogar für immer. In Wahrheit wusste er nicht genau, ob er den Entzug diesmal überleben würde. Aber selbst wenn nicht, wäre das immer noch besser als die Alternative.

In Westminster stieg er mit schwankenden Schritten aus der U-Bahn und kehrte zurück an die Oberfläche. Auf der belebten Straße empfing ihn die pure Reizüberflutung: Verkehr, Stimmen, Bohrgeräusche – alle konkurrierten um Aufmerksamkeit. Und dann der blendend graue Himmel. Nach seiner Fahrt durch den Untergrund erschien Jimmy die Welt viel leuchtender. Er besann sich auf sein Vorhaben.

»Entschuldigung ...«

Der junge Mann ging vorbei, als wäre Jimmy ein Geist.

»Entschuldigen Sie«, versuchte er es erneut.

»Nein. Sorry«, gab eine Frau zurück und wandte sich ab, bis er sie in Ruhe ließ. Er hatte jahrelang auf der Straße gelebt, und seine Habseligkeiten füllten gerade mal zwei Drittel des Rucksacks auf seinem Rücken. Er war es gewohnt, abgewiesen zu werden.

»Bitte, entschuldigen Sie«, sagte er lächelnd und überrumpelte damit einen Mann, der gerade aus einem Zeitungskiosk trat und sein Kleingeld zählte. Man konnte fast sehen, wie sich die Rädchen im Kopf des Mannes drehten. Er blickte zwischen seiner Handvoll Kleingeld und der abgerissenen Gestalt vor sich hin und her. Da er keinen anderen Ausweg sah, fischte er aus dem Häufchen eine Ein-Pfund-Münze heraus und bot Jimmy widerstrebend den Rest an.

»Nein danke.« Wieder lächelte dieser. *Er brauchte kein Geld mehr.* »Können Sie mir bitte sagen, wie ich zu Scotland Yard komme?«

Weniger als zehn Minuten später ging er unter dem sich drehenden Schatten des allseits bekannten Schildes hindurch und zog sofort die Aufmerksamkeit der am Eingang Wache haltenden Polizisten auf sich. Er torkelte in einer Schlangenlinie auf die beiden zu und nickte zur Begrüßung, ehe er zu einem wilden Schwinger ausholte. Unbarmherzig zertrümmerte sein selbst konstruierter Schlagring Haut und Knochen, und der getroffene Polizist war bewusstlos, noch ehe er aufs Pflaster fiel.

Jimmy stürmte ins Gebäude und überwand die Sicherheitsbarriere, bevor jemand reagieren konnte. Auf seinem Weg durchs Foyer stieß er mehrere Menschen zu Boden, während Polizisten ihn einzukreisen versuchten. Einige von ihnen trugen Schusswaffen, die meisten jedoch näherten sich ihm mit erhobenen Schlagstöcken.

»Bleiben Sie stehen!«, rief einer der Bewaffneten. »Stehen bleiben, oder ich schieße!«

Jimmy erkannte, dass er umzingelt war, und ließ seine blutige Schlagwaffe zu Boden fallen. »Schon gut!«, stieß er hervor. »Ich ergebe mich! Ich ergebe mich!« Er riss die Arme hoch. In seiner linken Hand hielt er einen kleinen Plastikbeutel.

»Was ist das?«, fragte der bewaffnete Polizist, während er sich ihm vorsichtig näherte.

Jimmy atmete immer noch schwer. » ... Beweise.«

»Für ...?« Einer der Kollegen riss ihm den Beutel aus der Hand und fixierte seine Arme.

»Meine Schuld«, sagte der Obdachlose und lächelte, als die Handschellen zuschnappten. »Ich habe was sehr, sehr Schlimmes getan.«

» ... und jetzt kriege ich zwei Beschwerden an einem einzigen Nachmittag!«, brüllte Hamm, während Chambers und Winter auf der anderen Seite des Schreibtischs wohlweislich schwiegen. »Coates' Anwalt will uns wegen Belästigung verklagen. Glauben Sie, der von Sleepe wird lange auf sich warten lassen? Und wollen Sie wissen, wie ich meinen Freitagabend verbringen werde? Mit meinem Boss und der Rechtsabteilung, während wir überlegen, wie wir das aus den Zeitungen raushalten sollen. Ich habe Ihnen doch gesagt, Sie sollen in beiden Fällen ... getrennt ... ermitteln!«

Winter hob die Hand.

»Wenn das Wort, das gleich aus diesem nichtsnutzigen Loch in Ihrem Gesicht kommt, ›Statuen‹ lautet«, warnte Hamm, »möchte ich Ihnen raten, es lieber geschlossen zu halten.«

Winter gehorchte.

»Da ist noch was«, meldete sich Chambers zu Wort.

»*Noch etwas?*«, geiferte Hamm. »Sie meinen, *abgesehen* davon, dass der Mann, der dafür bezahlt wird, beschädigte Standbilder zu reparieren, dies auch tut, und der Tatsache, dass zwei Mitglieder des Freizeitzentrums sich hin und wieder unterhalten haben?! Es gibt kein ›noch etwas‹. Sie haben ... rein gar nichts ... in der Hand!«

»Da ist noch was«, wiederholte Chambers, als wollte er seinen Boss absichtlich provozieren. »Etwas, das noch nicht offiziell dokumentiert wurde. Wir haben dort, wo der Teenager ermordet wurde, eine Nadel und Glasscherben gefunden. Wir glauben, dass ...«

»Sie irren sich.«

»Aber ...«

»Ich sagte: Sie irren sich!«, brüllte Hamm ihn nieder und erschreckte damit jeden im Büro, der so tat, als würde er nicht lauschen.

»Sir?«

Hamm warf ihm über den Tisch mehrere beschriebene Seiten zu. »Ein umfassendes Geständnis von einem gewissen James Metcalf bezüglich des Mordes an Henry John Dolan im Hyde Park.«

Chambers und Winter tauschten einen verwirrten Blick. »Wer?«

»Fünfundzwanzig, obdachlos. Hat sich oft im Park rumgetrieben«, klärte Hamm sie auf. »Verbrechen aus Gelegenheit.«

»Sie wollen behaupten, es war ein Raubmord?«, fragte Chambers. »Das kann doch nicht Ihr Ernst sein.«

»Ach nein?« Hamm nahm die Unterlagen zurück und begann, darin zu blättern. »Hier erklärt er, wie er das Opfer in den Park gelockt hat, indem er so tat, als wollte er ihm Drogen verkaufen. Hier beschreibt er, wie er Dolan dazu gebracht hat, auf den Sockel zu steigen. Er hat behauptet, dort wäre sein Vorrat versteckt. Und hier schildert er, wie er ihm die Spritze in den Nacken gerammt hat, die ihn lähmte, ehe er ihm Brieftasche, Kleidung und Uhr abnahm und ihn zum Sterben zurückgelassen hat.«

»Aber«, erwiderte Chambers, »wie ...«

»Er hatte die *verfickte* Nadel!«, schrie Hamm und brachte ihn damit zum Schweigen. »Voll mit dem Blut unseres Opfers. In der Spritze waren noch Reste des Medikaments. Fall erledigt, *verdammt* noch mal!«

Chambers verstand die Welt nicht mehr.

»Diese Morde standen nie in einem Zusammenhang, Sie dummer, ruhmgeiler Wichser«, blaffte Hamm, der diesen Teil sichtlich genoss. »Es gab nie eine Verbindung mit Hinblick auf die Statuen. Sie wurden wegen nichts und wieder nichts vom Dienst suspendiert.«

»Suspendiert?«

»Sie haben mich gehört.« Als Nächstes wandte sich Hamm an Winter. »Was aus Ihnen wird, darüber lasse ich Ihren unmittelbaren Vorgesetzten entscheiden. Sie sind nicht mehr mein Problem.«

»Was ist mit Alphonse und Nicolette Cotillard?«, fragte Winter, während Chambers noch dabei war, die Neuigkeit zu verdauen.

»Die Ermittlungen laufen weiter. Ich dachte, ich probiere mal was Neues aus und gebe den Fall jemandem, der *kompetent* ist.«

»Und das Blut, das wir am Seil gefunden haben?«

»Oh, tut mir leid«, antwortete Hamm mit vor Sarkasmus triefender Stimme. »Mir war nicht klar, dass heute Ihr erster Arbeitstag ist. Das ist *völlig* bedeutungslos! Sie zwei *Schwachköpfe* haben es auf illegalem Wege an sich gebracht. Wir können nicht nachweisen, woher es stammt. Und jetzt sagen Sie mir auch noch, dass der Seilzug sauber ist. Das ist eine Sackgasse! Gehen Sie mir aus den Augen – beide!«

Noch immer ein wenig benommen, folgte Chambers seinem jungen Kollegen nach draußen ins Großraumbüro. Das gehässige Grinsen und die noch gehässigeren Bemerkungen der Kollegen ignorierte er.

Lewis wartete bei den Fahrstühlen auf sie und klopfte seinem Freund auf die Schulter, als der den Lift betrat.

Chambers sah ihn mit ausdrucksloser Miene an. »Ich war mir so sicher.«

»Ich weiß.« Lewis lächelte mitleidig, kurz bevor die Türen zuglitten.

Chambers hörte die Wohnungstür zufallen und schenkte rasch ein Glas Wein ein. Eve betrat das Zimmer. Ihr Blick wanderte von den Pfannen auf dem Herd ... zu der Kerze, die in der Mitte des Tischs flackerte ... zu dem Weinglas in seiner Hand ... weiter zu seinem dick verbundenen Daumen ... und schließlich zu dem etwas verkrampften Lächeln ihres Mannes, das zu einem Teil aus »Es tut mir aufrichtig leid« und zu zwei Teilen aus »Wie ist die Lage zwischen uns?« bestand. Dazu kamen noch eine Messerspitze voll »Ich freue mich so sehr, dich zu sehen« sowie eine kleine Prise »Ich habe mir übel den Daumen verbrannt, während ich für dich gekocht habe, und versuche mir meine Schmerzen nicht anmerken zu lassen«.

Ihre Miene wurde sanfter, und nach einem Moment erwiderte sie sein Lächeln sogar.

Perfekt.

»Ich dachte, du musst heute Abend arbeiten.« Sie nahm das Glas, das er ihr anbot.

»Ja, also, was das betrifft ...«, begann er, ehe er mehrere Schlucke von seinem Wein trank, um die Sache noch ein wenig hinauszuzögern.

»Ja?«

»Lass uns nach dem Abendessen darüber reden.«

»Nein, wir reden jetzt darüber«, entschied Eve und stellte ihr Glas ab.

»Na gut. Aber du darfst nicht böse sein. Du erinnerst dich doch an den Fall, in dem ich ermittle? Und du weißt, dass du mir immer gesagt hast, dass ich auf meine Intuition vertrauen soll? Dass ich mir selbst und dem, woran ich glaube, treu bleiben soll?«

»Solche Worte sind mir *nie* über die Lippen gekommen.«

»Na ja, ich habe dich paraphrasiert.«

»Du meinst, ich habe dir gesagt, dass du *nicht* auf deine Intuition vertrauen, sondern alles tun sollst, um deinen Job nicht zu verlieren? Dass du dir *nicht* treu bleiben sollst, weil wir Rechnungen zu bezahlen haben? Und *scheiß* auf das, woran du glaubst, weil wir uns diese Wohnung von meinem Gehalt allein niemals leisten könnten?!«

»Ähhh ...«

»Ben, wurdest du gefeuert?«

»Nein! Natürlich nicht!« Er lachte, und Eve entspannte sich ein klein wenig. » ... Nur suspendiert.«

»Ich gehe aus.«

»Was?«

»Ich gehe aus. *Eigentlich* hättest du heute Dienst gehabt«, teilte sie ihm mit und marschierte in Richtung Schlafzimmer. »Heute ist der Mädelsabend mit meinen Kolleginnen.«

»Was, mit diesen hochnäsigen Partnerinnen, die dich immer von oben herab behandeln?«

Sie schlug ihm die Tür vor der Nase zu. Da er wusste, dass es nicht klug war, ihr zu folgen, setzte er sich davor auf den Boden. »Am Montagmorgen fahre ich gleich als Erstes hin und winsle um Gnade, versprochen«, rief er durch die Tür. »Ich habe Mist gebaut.

So *richtig*. Ich wollte einfach ... Ich wollte ihn schnappen, bevor er noch jemandem wehtut. Ich weiß, du glaubst, es hat damit zu tun, dass ich immer allen beweisen muss, dass ich klüger bin als sie. Aber das war nicht der Grund.« Er seufzte und hielt inne – ein Augenblick der Reflexion in seinem Stegreif-Monolog. »Ich dachte nur, ich könnte verhindern, dass einem Unschuldigen etwas Schlimmes widerfährt. Ich musste es wenigstens versuchen. Und es tut mir leid, dass du sauer auf mich bist. Aber alles andere tut mir nicht leid.«

Die Schlafzimmertür öffnete sich knarrend, und Eve kam in ihrem zweitbesten Kleid heraus. Sie lächelte auf ihn herab und nahm seine Hand.

»Etwas anderes hätte ich auch nicht von dir erwartet.«

»Soll ich trotzdem zu Hamm gehen und um Gnade winseln?«, fragte er hoffnungsvoll.

»Natürlich«, sagte sie. »In Wahrheit bin ich einfach froh, dass es vorbei ist. Der Fall hat dir nicht gutgetan. Es ist doch vorbei, oder?«

»Ja, aber es ergibt alles keinen Sinn.«

»Du musst die Sache fürs Erste auf sich beruhen lassen. Deinem Job zuliebe ... Mir zuliebe.«

Chambers zögerte.

»Ben! Sag mir, dass es vorbei ist!«

»Es ist vorbei. Es ist vorbei«, gab er sich geschlagen.

»Versprochen?«

» ... versprochen.«

Um zwanzig Uhr fünfzehn parkte Chambers vor dem Birkbeck College. Eine lärmende Gruppe Studenten ging an seinem Auto vorbei, doch er beachtete sie kaum, und selbst ihre raffinierten Ausgehklamotten lenkten seine Aufmerksamkeit keinen Augenblick lang von dem Fenster im ersten Stock ab, hinter dem Robert Coates, der abends noch arbeitete, hin und wieder sichtbar wurde.

Nachdem Chambers zu dem Schluss gelangt war, dass es nichts brachte, draußen in der Kälte zu sitzen und Coates dabei zu beobachten, wie er Seminararbeiten korrigierte, ließ er den Motor an und fuhr davon. Er hatte vor, die Zeit zu nutzen und auf dem Nachhauseweg noch einmal bei Sleepe & Co vorbeizufahren. Wäre er nicht mit den Reglern der kapriziösen Heizung beschäftigt gewesen, hätte er vielleicht noch einen letzten Blick nach oben geworfen. Dann hätte er im hell erleuchteten Fenster Robert Coates' Wespengesicht gesehen, das mit seinen schwarzen Augen Chambers' Wagen fixierte, als dieser davonfuhr.

MONTAG

KAPITEL 11

»Hey. Ich bin's.« Chambers steckte ein weiteres Zehn-Pence-Stück in den Schlitz, während er sich den Hörer zwischen Ohr und Schulter klemmte.

»Was?«

»Ich bin's!«

»Was?«

»Ben! ... Benjamin Chambers ... Wir leben zusammen.«

»Ben? Die Verbindung ist ganz schlecht. Wo steckst du?«

Er spähte durch die Scheiben der Telefonzelle und wurde mit dem Anblick eines bereits zur Frühstückszeit Betrunkenen belohnt, der gegen die Wand eines Jobcenters urinierte.

»Westminster«, log er. »Ich habe die Houses of Parliament zu meiner Rechten, und zu meiner Linken ...« Er drehte den Kopf und verzog das Gesicht: Dort schien sich eine verwildert aussehende Katze an einer toten Ratte zu laben. »Na ja, du weißt schon. Ich wollte dir sofort Bescheid sagen. Rate mal, wer seinen Job wiederhat – zumindest auf Bewährung!«

»Du bist nicht mehr suspendiert?«

»Nein. Du hättest mich mal sehen sollen. Ich bin ganz ruhig in Hamms Büro gestürmt, habe sanft die Tür zugeknallt, mir auf seine Aufforderung hin einen Stuhl geschnappt, und dann habe ich ihm eiskalt ins Gesicht gesagt, wie unfassbar leid es mir tut.«

»Danke.«

»Ab morgen bin ich wieder im Dienst.«

»Ich muss los, aber das sind wirklich gute Neuigkeiten. Jetzt kehrt unser Leben wieder zur Normalität zurück, oder?«

»Ja«, antwortete Chambers und war kurz davor, ihr zu sagen, dass er sie liebe, ehe sie auflegte. »Zurück zur Normalität. Zurück zur Normalität«, murmelte er vor sich hin, als er die Straße überquerte und die heruntergekommene Fleischerei betrat.

Der Mann hinter dem Tresen beäugte ihn misstrauisch, weil aus dem Beutel, den Chambers bei sich trug, einer Schlange gleich ein zusammengerolltes Seil hervorschaute.

»Was darf es denn sein?«

»Ein Liter von Ihrem besten Schweineblut, bitte.«

Winter hätte wirklich gut darauf verzichten können, zu spät zur Arbeit zu kommen. In Jeans und Pullover sprang er an der Uxbridge Road aus dem Bus und lief an den Geschäften vorbei in Richtung der Shepherd's Bush Green Police Station. Er war so sehr in Eile, dass ihm nicht auffiel, dass Chambers draußen auf ihn wartete.

»Winter!«, rief er.

»Oh *nein*. *Nein*. *Nein*. Ich rede nicht mit Ihnen«, sagte er und ging weiter. »Haben Sie mir nicht schon genug Ärger eingebrockt?«

»Ich nehme an, Sie wurden nicht suspendiert?«

»Nein«, räumte er ein. »Aber ich bin angezählt.«

»Ich brauche Ihre Hilfe.«

Mit einem bitteren Lachen und zornfunkelnden Augen drehte Winter sich zu Chambers um. »Nein.«

»Kommen Sie. Uns *beiden* ist doch klar, dass hier was faul ist. Sie *wissen* so gut wie ich, dass die beiden Fälle zusammenhängen.«

»Ich *weiß* gar nichts!«, blaffte Winter. Unterdessen fing es an zu nieseln. »Der Kerl hat ein Geständnis abgelegt, Chambers!«

»Aber was, wenn wir beweisen können, dass er lügt? Wenn wir zeigen können, dass wir die ganze Zeit recht hatten?«

Winter warf einen Blick auf seine Armbanduhr. »Wie denn?«

»Wir provozieren sie. Wir zwingen sie dazu, emotional zu reagieren. Einen Fehler zu machen.«

»Warum kommt mir *das* bekannt vor?«, erwiderte Winter trocken und musterte seinen zerzausten Kollegen.

»Mit mir ist alles in Ordnung.«

»Sie haben Blut an den Schuhen.«

Chambers' Blick zuckte kurz nach unten, doch er erklärte sich nicht.

»Ich schaffe das nicht allein. Ich kann nicht beide gleichzeitig im Auge behalten.«

»Tut mir leid.« Winter wandte sich ab.

»Hören Sie, Sie haben die beiden doch kennengelernt. Die ticken nicht ganz sauber. Wenn wir sie aus der Reserve locken, wird einer von ihnen die Nerven verlieren, das weiß ich genau. Dann werden sie endlich ihr wahres Gesicht zeigen. Und wenn es so weit ist, schlagen wir zu.«

»*Sie* klingen auch so, als würden Sie nicht mehr ganz sauber ticken.«

»Ist das ein *Ja*?«, fragte Chambers mit einem Lächeln der Verzweiflung.

Winter schüttelte den Kopf. »Ich kann Ihnen nicht helfen. Bitte, kommen Sie nicht mehr her ... Leben Sie wohl, Chambers.« Mit diesen Worten drehte er sich um und ging.

Tobias Sleepe machte sich nicht die Mühe, den ohrenbetäubenden Alarm auszuschalten, als er im Dunkeln zurück in die Werkstatt eilte. Er hinterließ eine dunkelrote Spur, als er das blutgetränkte Seil über den Boden schleifte und schließlich fallen ließ. Es war fein säuberlich zu einer Schlinge geknotet und hatte auf der Motorhaube seines Lieferwagens gelegen – die unmissverständliche Botschaft eines Detectives, der nicht wusste, wann er sich geschlagen geben musste. Sie würde ihn teuer zu stehen kommen.

Sleepe wischte sich die Hände an seiner Schürze ab, stieg die Eisentreppe zum Büro empor und setzte sich vor den flackernden Bildschirm des Überwachungssystems. Er klickte sich durch die Aufnahmen und spulte das fragliche Band mehrere Minuten weit zurück, ehe er die Play-Taste betätigte. Sein Lieferwagen war in der unteren Ecke des Monitors gerade eben zu sehen. Dreißig ereignislose Sekunden verstrichen. Sleepe kam dem Bild, auf das er wartete, immer näher ...

Ein Schatten, scheinbar aus dem Nichts aufgetaucht, fiel über den Betonboden vor dem Fahrzeug. Gleich darauf landete das dicke Seil auf der Motorhaube. Jemand hatte es von der Brücke geworfen, um die Kameras zu umgehen.

Sleepe schrie vor Wut und schlug mit der Faust auf den Tisch. Die Schwarz-Weiß-Aufnahmen flimmerten weiter über den Bildschirm wie der Abspann eines Films.

Chambers schrubbte sich immer noch die Hände in der Spüle, als Eve von der Abendschule nach Hause kam. Sie legte ihre schweren Jurabücher ab und sah ihn fragend an.

»Du machst die *Wäsche*?«, fragte sie, da in der Kammer die Waschmaschine lief.

»Ja.«

»Freiwillig?«

»Ja.«

» ... warum?«

»Ich wollte mich nützlich machen.«

»Warum?«

»Nur so.« Er zuckte mit den Schultern und hatte Mühe, die letzten Blutreste unter seinen Fingernägeln zu entfernen. »Wollen wir heute Abend ausgehen?«

»Ich bin müde.«

»Kino?«

»Da schlafe ich bloß ein.«

»Dann kann ich ausnahmsweise mal einen Film sehen, der mir gefällt.« Er drehte den Wasserhahn ab und trocknete sich die Hände am Geschirrtuch. »Komm schon. Mir ist nach Feiern zumute.«

»Weil du nur *beinahe* gefeuert wurdest?«

»Nicht *allein* deswegen.«

»Weshalb dann?«

Chambers ging zu ihr und nahm sie in die Arme. »Ich weiß es nicht mal: Wegen uns ... wegen dir ... wegen allem. Ich habe gute Laune. Ich glaube einfach, dass alles gut wird.«

Robert Coates ging unter den Straßenlaternen entlang, die gegen die bittere Nacht anleuchteten. Er registrierte die Abwesenheit des silbernen MG Maestro, den er im Laufe des Wochenendes zweimal in der Nähe seines Hauses gesehen hatte, und betrat seinen Garten. Als er den Briefumschlag entdeckte, der nicht durch den Briefschlitz geworfen worden war, sondern fein säuberlich in der Mitte der Fußmatte lag, bückte er sich und hob ihn auf. Er öffnete ihn und faltete die kurze Nachricht auseinander, die so aussah, als wäre sie mit Blut geschrieben worden.

Wenn eure Sünde auch blutrot ist,
Soll sie doch schneeweiß werden.

Er schaute zurück in Richtung der menschenleeren Straße. Sein Blick streifte die Reihe parkender Autos: Alles war leer, still und kalt. Das einzige Geräusch kam von den Bäumen. Der Wind rauschte in ihren Blättern, und die Zweige malten tanzende Schatten in die Inseln aus orangefarbenem Laternenlicht. Unbekümmert, aber mit großer Sorgfalt faltete Coates die Nachricht wieder zusammen, steckte sie zurück in den Umschlag und öffnete die Tür seines Häuschens.

DIENSTAG

KAPITEL 12

Fast neun Stunden nach Dienstantritt flaute Chambers' Begeisterung langsam ab. Der vorausgesagte Schneefall hatte sich stattdessen in einem nicht enden wollenden Schneeregen manifestiert, was zwar die Anzahl der Notrufe, auf die er reagieren musste, reduzierte, jedoch die Fahrtzeiten zwischen den Einsätzen vervierfachte.

Seine Gedanken kamen nicht zur Ruhe. Am Morgen hatte er eine Stunde im Büro verbracht, war aber klug genug gewesen, sich nicht nach dem Stand der Ermittlungen im Fall Alphonse und Nicolette Cotillard zu erkundigen. Er wusste, dass er sich auf dünnem Eis befand. In einem seltenen Aufflackern seines Selbsterhaltungstriebs hatte er den Weg der Vernunft gewählt, aber nachdem er sich einen ganzen Tag lang mit der Frage herumgequält hatte, ob es in dem Fall Fortschritte gab, bereute er allmählich, das Risiko nicht doch eingegangen zu sein.

Er kapitulierte vor dem Stau, der wie so oft die Great Portland Street verstopfte, und parkte seinen Wagen. Das Schicksal hatte ihn direkt vor ein Zoogeschäft geführt, und ihm kam eine Idee. Er beschloss, dem Wetter zu trotzen, und schlängelte sich im Zickzack zwischen den stehenden Autos hindurch bis zum Eingang des unauffälligen kleinen Ladens.

»Was für ein Hundewetter da draußen!«, begrüßte ihn der Inhaber.

Da Chambers annahm, dass es sich um einen Versuch von Zoohandlungshumor handelte, lächelte er höflich und ging zum Zubehör, wo sein Blick sofort auf eine lederne Hundeleine fiel, die mit den Silhouetten verschiedener Rassehunde verziert war.

»Brauchen Sie Hilfe?«, fragte der Ladenbesitzer.

»Nein«, entgegnete Chambers zufrieden. »Ich glaube, ich habe gefunden, was ich suche.«

Zweieinhalb Stunden später war Chambers in der Nähe des Birkbeck College. In der Hoffnung, weiteren Funksprüchen zu entgehen, hatte er beschlossen, sich bedeckt zu halten und die letzten dreißig Minuten bis Dienstschluss einfach auszusitzen. Dabei war er instinktiv an den Ort zurückgekehrt, an dem er bereits zwei Abende zuvor geparkt hatte und von dem aus er nun dasselbe Fenster im ersten Stock observierte.

Ein vertrautes bebrilltes Gesicht blickte hinunter auf die Straße. Obwohl Chambers sich sicher war, dass Coates ihn hinter dem Steuer seines Autos unmöglich sehen konnte, rutschte er auf seinem Sitz tiefer, bis Coates wieder vom Fenster verschwunden war. Nervös sah er auf die Uhr und spielte am Radio herum. Er musste die Lautstärke bis zum Anschlag aufdrehen, um über das Unwetter hinweg überhaupt etwas zu verstehen.

Drei Songs später hatte sich die Wärme im Wageninnern verflüchtigt, und obwohl in Coates' Büro nach wie vor Licht brannte, hatte Chambers den Mann schon seit geraumer Zeit nicht mehr gesehen. Abermals schaute er zum Fenster hoch und schöpfte ein wenig Trost bei dem Gedanken, dass er zu jedem Zeitpunkt genau wusste, wo sich entweder Coates oder Sleepe aufhielt.

Aus dem Lautsprecher seines Funkgeräts drang ein statisches Rauschen und unterbrach Bon Jovis neueste Single. Seufzend warf Chambers einen Blick zum Armaturenbrett.

»An alle Einheiten. An alle Einheiten«, meldete sich der Disponent. »Möglicher Mordversuch im British Museum.«

Typisch, dachte er. Das Museum lag gleich um die Ecke.

»Hier Chambers. Ich übernehme.«

»Verstanden. Der Anrufer sagt, er sei von einem Unbekannten mit einer Spritze angegriffen worden und spüre seine Beine nicht mehr.«

Chambers setzte sich kerzengerade auf und ließ den Motor an. Sobald er die Scheinwerfer eingeschaltet hatte, setzten sich auch die Scheibenwischer in Bewegung.

»Gibt es weitere Einzelheiten?«, fragte er, während er beschleunigte.

»Der Anrufer hat sich in einem Personalraum in der Abteilung für griechische Skulpturen versteckt ... Jetzt sagt er, die Taubheit gehe schon bis zum Nabel. Er hört seinen Angreifer, kann aber nicht fliehen.«

»Verstanden.«

»Verstärkung ist unterwegs.«

»Man dankt.«

Vier Meilen entfernt verfolgten Winter und Reilly den kurzen Wortwechsel über Funk. Noch lange nachdem das Rauschen verstummt war, starrte Winter auf den kleinen schwarzen Kasten.

»Denk nicht mal dran«, warnte Reilly ihn. Zum ersten Mal überhaupt hatte ihr normalerweise barscher Tonfall echter Besorgnis Platz gemacht. Es waren nur noch fünfzehn Minuten bis zum Ende ihrer Schicht, und höchstwahrscheinlich würden sie ohnehin nicht pünktlich Feierabend machen können. Außerdem gab es Dutzende anderer Kollegen in der Nähe, die Chambers unterstützen konnten.

»Winter ... Winter!« Er blinzelte sie verständnislos an. »Mehr werden sie dir nicht durchgehen lassen. Das haben sie mir ausdrücklich gesagt. Tu's nicht.«

Winter ließ den Wagen bis zum Ende der Straße rollen und hielt an der Kreuzung – links ging es nach Hause, rechts zu Chambers und höchstwahrscheinlich dem Ende seiner Polizeikarriere entgegen ...

Chambers ließ sein Auto mitten in der Fußgängerzone stehen und sprang die Stufen hinauf auf die Säulen zu, die die pompöse Fassade des Museums schmückten. Er eilte durch die Eingangstüren, die so gigantisch waren, als hätte man sie für einen stolzen Gott gemacht, der gelegentlich vorbeikam, um sein Werk zu bewundern. Im Foyer schaute er zu der Informationstafel mit den Ausstellungssälen empor, auf der Pfeile in alle Richtungen zeigten.

»Griechische Skulpturen!?«, rief er mit gezücktem Dienstausweis. Die Frau am Besuchertresen starrte ihn verständnislos an. »Griechische Skulpturen?!«, rief er ein zweites Mal.

Sie zeigte zur anderen Seite der Halle.

Chambers begab sich in das Labyrinth stiller Korridore und folgte den Pfeilen an den Wänden. Surreale Bilder flogen an ihm vorbei, flüchtige Eindrücke, die dennoch in seinem Kopf hängen blieben: ein offener Sarkophag, drachenartige Geschöpfe aus Stein, der kolossale Halbkopf einer bärtigen Gottheit. Endlich kam er zu einem Schild mit der Aufschrift *Griechen und Lykier 400–325 v. Chr.*

Er holte sein Springmesser hervor. Es gehörte nicht zur offiziellen Dienstausrüstung, trotzdem trug die Hälfte seiner Kollegen ganz ähnliche Waffen für den Notfall bei sich. Er betrat den ersten stimmungsvoll beleuchteten Saal, in dem ihn ein Spalier aus Göttern erwartete wie schlafende Riesen. Weil er sich unangenehm exponiert fühlte, hielt er sich an den schmalen Lichtstreifen, der sich längs durch den Saal zog wie eine über einen Abgrund gespannte Brücke. So gelangte er zum Eingang des Mausoleums von Halikarnassos.

Die durch Strahler beleuchteten Statuen, unvollständig und vom Zahn der Zeit in Mitleidenschaft gezogen, warfen lange Schatten. An einer Seite des Saals entdeckte er eine unauffällige, in die Wand eingelassene Tür. Er öffnete sie, fand im Raum dahinter jedoch nur Reinigungsutensilien vor. Als er hinter sich eine Bewegung wahrnahm, hob er das Messer und wirbelte herum. Die Galerie lag so still und verlassen da wie zuvor ... bis er aus dem benachbarten Ausstellungssaal eilige Schritte hörte.

Er ging dem Geräusch nach. Die düstere Atmosphäre wurde durch ein Rechteck aus warmem Licht unterbrochen, das durch eine geöffnete Tür fiel. Aufmerksam seine Umgebung im Auge behaltend, näherte sich Chambers ihr langsam. Mit jedem Schritt kam ein weiteres Stück des Raums in Sicht, bis er schließlich die Schwelle erreicht hatte: ein leeres Büro. Ein Telefon tutete verloren, weil jemand den Hörer abgenommen hatte.

Dann waren die Schritte auf einmal wieder da.

Chambers reagierte nicht schnell genug. Er spürte einen scharfen Stich im Nacken, holte aber mit dem Messer aus, während er nach vorn fiel. Bevor er zu Boden ging, gelang es ihm irgendwie, der Tür einen Tritt zu versetzen, sodass sie den Angreifer traf. Das dünne Holz prallte zurück, doch Chambers trat ein weiteres Mal zu. Diesmal fiel die Tür ins Schloss, und er streckte hastig den Arm aus, um sie zu verriegeln. Das Türblatt zitterte und krachte, als sich jemand von außen dagegenwarf, und die Klinke bewegte sich wie von Geisterhand auf und ab, während die Person draußen wieder und wieder daran rüttelte.

Und dann, genauso schnell, wie er angefangen hatte, hörte der Angriff plötzlich auf. Chambers tastete seinen Nacken ab. Als er die Finger wegnahm, waren sie blutig. Er versuchte, Ruhe zu bewahren und die Wunde auszudrücken, so wie er es in der Ausbildung gelernt hatte und wie er es mit jeder von einer Nadel verursachten Verletzung getan hätte. Er spürte, wie warme Blutstropfen seinen Rücken hinabrannten. Das Kribbeln in Fingern und Zehen ignorierend, hob er sein Messer vom Boden auf und öffnete die Tür: Weit und breit keine Spur von seinem Angreifer – bis irgendwo in der Nähe ein Alarm losging.

Er fühlte sich, als wäre er betrunken, als er in Richtung des Lärms rannte und durch den Notausgang in eine Zuliefergasse stürzte. Als ein Auto ansprang, war er urplötzlich in gleißendes Licht getaucht. Der Schneeregen verwischte die Luft um ihn herum, trotzdem konnte er sehen, wie ein Ford Transit ein aggressives Wendemanöver vollführte. Chambers verfolgte ihn bis zur Frontseite des Museums, doch weil er alles mit einigen Sekunden Verzögerung wahrnahm, waren seine Bewegungen schwerfällig und schleppend wie in einem Traum. Das Kribbeln in seinen Fingern hatte sich mittlerweile bis in die Handflächen ausgebreitet. Der orangefarbene Lieferwagen holperte rückwärts den Bordstein hinunter und raste davon, während Chambers zu seinem eigenen Auto taumelte.

Er drehte den Schlüssel im Zündschloss herum und tastete blindlings nach dem Funkgerät, während er die Verfolgung aufnahm.

»Zentrale? ... Zentrale!«

»Hier Zentrale.«

»Chambers. Verfolge einen orangefarbenen Transit, in östlicher Richtung am Bloomsbury Place unterwegs«, lallte er.

»Bitte wiederholen. Welche Straße?«

»*Boom...sby Pace*.«

»Detective Chambers, ich kann Sie nicht verstehen. Ich muss genau wissen, wo Sie sind.«

Der Lieferwagen beschleunigte und überfuhr eine rote Ampel. Auch Chambers trat aufs Gas. Sein linker Arm hing schlaff herunter. Grelle Lichter sausten an den Scheiben seines Wagens vorbei, und der Motor heulte aus Protest auf, als er einen Gang hochschaltete. Der Wagen wurde schneller. Fünfzig Meilen pro Stunde ... fünfundfünfzig ...

Als sie am Kimpton Fitzroy Hotel vorbeikamen, beugte sich Chambers übers Lenkrad und zog mit dem Lieferwagen gleich, war jedoch nicht in der Lage, die Person hinter dem Steuer zu erkennen. Er spürte, wie das Taubheitsgefühl seinen Hals hinaufwanderte. In einem Akt der Verzweiflung riss er das Steuer herum und rammte das hintere Ende des Lieferwagens. Der begann, wild zu schlingern, während sein eigenes Fahrzeug auf der Kreuzung herumgeschleudert wurde. Metall und Glassplitter flogen durch die Luft, als er sich wieder und wieder überschlug, ehe er schließlich auf der Seite liegen blieb.

Als Chambers zu sich kam, lag er mit dem Gesicht nach unten auf der Straße. Er war aus seinem zerquetschten Fahrzeug geschleudert worden, das neben ihm gefährlich hin- und herschaukelte. Er konnte keinen einzigen Teil seines Körpers bewegen, konnte nicht sprechen, konnte gar nichts tun, außer zuzuschauen, wie der zerbeulte Lieferwagen rückwärts auf ihn zufuhr.

Er versuchte zu rufen, doch mehr als ein ersticktes Röcheln brachte er nicht zustande. Wenig später tauchten zwei Schuhe in seinem Blickfeld auf. Etwas wurde aus dem Laderaum des Lieferwagens geholt, dann näherten sich Schritte. Abermals versuchte er zu rufen, zu flehen. Tränen der Verzweiflung rannen ihm über das Gesicht, als eine rostige Säge neben ihm auf den Boden gelegt wurde. Eine Gestalt tauchte über ihm auf und blieb einen Moment lang stehen, ehe sie sich hinkniete. Panik und ein Gefühl absoluter Hilflosigkeit überkamen ihn, als eine behandschuhte Hand nach der Säge griff.

Chambers empfand keine Schmerzen, merkte aber, wie an seinen Haaren gezerrt wurde, als die Gestalt seinen Kopf zur Seite drehte. Gleich darauf spürte er den Druck des Sägeblatts im Nacken und die Vibration der Zähne, die sich in seine Knochen fraßen ...

Ein Motor heulte auf, und ein Streifenwagen kam mit quietschenden Reifen um die Ecke geschossen. Die Blaulichter brachten den Teppich aus winzigen Glassplittern unter ihm zum Funkeln. Die Sirene gab ein warnendes Jaulen von sich, woraufhin die Gestalt Chambers' Kopf losließ und zurück zum Lieferwagen rannte.

»Orangefarbener Lieferwagen, Blechschaden am Heck, derzeit unterwegs auf der Bernard Street!«, brüllte Winter ins Funkgerät, während Reilly die Tür aufstieß und zu Fuß die Verfolgung aufnahm. »Und ich brauche einen Krankenwagen vor dem Kimpton Fitzroy! Sofort!« Er stieg aus und ließ das Bild der Verwüstung zunächst einige Sekunden lang auf sich wirken. Mitten auf der Fahrbahn lag ein Autowrack, dessen einer noch funktionstüchtiger Frontscheinwerfer das Chaos beleuchtete.

Er öffnete den Mund, als etwas, das wie eine große Schlange aussah, auf ihn zugekrochen kam. In den stechend grünen Augen des Tiers spiegelte sich das Licht.

»Polizei! Stehen bleiben!«, hörte er seine Partnerin brüllen.

Er zwang sich, den Blick von der bizarren Szenerie abzuwenden, und rannte zu Chambers. Im ersten Moment hielt Winter seinen Kollegen für tot – in der grauenhaften Wunde an seinem Hals waren weiße Knochen sichtbar, und beim Anblick seines zerfetzten Beins, das teilweise unter dem auf der Seite liegenden Auto festklemmte, stockte Winter der Atem.

»Stopp!«, rief Reilly, als der orangefarbene Lieferwagen knirschend den Gang einlegte. Die Reifen quietschten, und eine der Türen zum Laderaum schwang wild hin und her, als er mit hoher Geschwindigkeit anfuhr.

Winter ging neben Chambers auf die Knie. Als er einen schwachen Puls fand, fiel ihm ein Stein vom Herzen. Der Benzingeruch wurde stärker, weil Treibstoff aus dem beschädigten Tank auf den Asphalt tropfte. Hastig zog er sich den Gürtel aus der Hose, um einen provisorischen Druckverband anzulegen. In der Ferne sah er ein Meer aus pulsierenden Blaulichtern näher kommen. Der Mann im Lieferwagen stieg auf die Bremse und wendete, ehe er in ihre Richtung beschleunigte.

»Hey, ich bin's, Winter«, sagte er zu seinem schwer verletzten Kollegen. »Das wird schon wieder.« Mit einem Auge beobachtete er den Lieferwagen, der direkt auf sie zuhielt, während in der Nähe eine zerstörte Pollerleuchte Funken sprühte, die in die stetig wachsende Lache aus Öl und Benzin fielen. Er zog den Ledergürtel so fest er konnte, was den Blutfluss allerdings nur verlangsamte und nicht zum Stillstand brachte.

Der Lieferwagen röhrte heiser, als er an Geschwindigkeit zulegte.

»Runter von der Fahrbahn!«, schrie Reilly und sprintete zurück zu ihrem Streifenwagen.

Winter versuchte, Chambers hochzuheben, doch es gelang

ihm nicht, da dessen Fuß unter dem Fahrzeug eingeklemmt war. Er unternahm einen weiteren Versuch, gerade als ein einzelner Funke in der dunklen Pfütze landete und ein Feuer ausbrach. Der Lieferwagen war nicht einmal mehr hundert Meter entfernt.

»Winter, lass ihn liegen!«, rief seine Partnerin. »Lass ihn liegen!«

Mit verkniffenem Gesicht packte Winter das, was noch von Chambers' Bein übrig war, und drehte es, während er gleichzeitig daran zog, bis er den Fuß endlich befreit hatte. Er packte den schwer verletzten Detective unter den Armen und schleifte ihn vom Unfallwagen weg, Sekunden bevor er Feuer fing und der Tank explodierte.

Die Explosion blendete sie einen Moment lang. Winter rieb sich die Augen und konnte nur mit blankem Entsetzen zusehen, wie der orangefarbene Lieferwagen vom Kurs abkam und nun auf den Streifenwagen zuhielt.

»Reilly!«, schrie er. Im nächsten Moment wurde seine noch benommene Partnerin wie eine Puppe unter den Reifen des Lieferwagens zusammengefaltet, als dieser sie überfuhr und dann in die Dunkelheit davonraste.

»Reilly?!«, schrie er noch einmal und starrte auf ihren reglosen, vom Licht des Feuerscheins erhellten Körper. Als er einen Schritt in ihre Richtung machte, fiel ihm das Blut auf, in dem er stand und das immer noch aus Chambers Beinwunde lief.

Benebelt vor Schock, sank er auf die Knie und rückte den Druckverband zurecht, bevor er mit seinem gesamten Körpergewicht Druck auf die Arterie ausübte, um den Blutfluss zu stillen. Gleichzeitig sah er sich mit einer unmöglichen Entscheidung konfrontiert, weil seine auf der Fahrbahn liegende Partnerin die Hand nach ihm ausstreckte und er sich nicht bewegen, nicht zu ihr gehen konnte.

»Hilfe ist gleich da«, rief er verzweifelt, während die Blaulichter sich näherten. »Ich bin hier, Reilly! Halte durch! Noch dreißig Sekunden, versprochen. Du musst nur noch ganz kurz durchhalten!«

Ihre Hand fiel schlaff auf den Asphalt.

»Reilly?«, rief er. »... Reilly?!«

Ein Chor von Sirenen erfüllte den Abend. Winter sackte in sich zusammen und sah im Schein der Lichter aus den umliegenden Boutiquen dem Schneeregen zu – eine seltsam alltägliche Szenerie für einen derart lebensverändernden Augenblick. Von der pechschwarzen Schlange, die er kaum sechzig Sekunden zuvor gesehen hatte, fehlte jede Spur. Er fragte sich, ob sie überhaupt real gewesen war – ob *irgendetwas* an diesem Moment real war. Er schloss die Augen und versuchte aufzuwachen.

Sieben Jahre später ...

FREITAG, 15. NOVEMBER 1996

KAPITEL 13

Sie wusste nicht genau, wovon sie aufgewacht war: vom durch die fleckigen Vorhänge gelb verfärbten Sonnenlicht, das ins Zimmer fiel, von der Novemberkälte, die ihre nackten Schultern streichelte, oder vom Zuknallen der Autotüren draußen auf der Straße.

Sie zog den Arm unter ihrem ausgemergelten Kumpel Schrägstrich Dealer Schrägstrich gelegentlichen Sexualpartner hervor und setzte sich auf der löchrigen Matratze auf. Dabei rutschte das Laken Stück für Stück an ihr herunter, als würde ein Kunstwerk enthüllt. Aufwendige Tattoos bedeckten ihren von Gänsehaut überzogenen Oberkörper und reichten über ihre kompletten Arme bis hinunter auf ihre Handrücken. Vorsichtig, um nicht auf die achtlos weggeworfene Spritze zu treten, der sie ihren guten Schlaf zu verdanken hatte, stand sie auf, um sich anzuziehen. Im selben Moment hörte sie, wie unten die Haustür eingetreten wurde.

»Polizei!«

»Auf den Boden! Ich habe gesagt: auf den Boden!«

Als schwere Schritte die Treppe hinaufpolterten, ließ sie ihren bewusstlosen Bekannten liegen und spähte um die Ecke, während sie sich gleichzeitig einen Netzpullover über den Kopf zog. Am anderen Ende des Flurs wurde eine weitere Tür gewaltsam von ihrem Rahmen getrennt.

»Polizei! Runter auf die Knie!«

Sie waren im Zimmer ihres Freundes Greg – eine wahre Schatzkammer an Drogen, Schmuggelware und auf fragwürdige Weise erworbenen, hochpreisigen Motorradersatzteilen.

Sie fluchte, als sie ihren Rucksack und ihre Stiefel im Türrahmen liegen sah, und verließ leise das Zimmer, um sie zu holen. Sie schlich den Flur entlang, gerade als weitere Polizisten die Treppe heraufgetrampelt kamen. Hastig flüchtete sie sich ins nächstbeste Zimmer, schloss die Tür und wartete, bis sie vorbeigestürmt waren.

»Was ... was ist hier los?«, fragte ein ihr unbekanntes Mädchen vom zerschlissenen Sofa her. Haare hingen ihr in die mascara-verschmierten Augen, und in ihren beiden Armen steckten noch Spritzen.

»Schhh!«, wisperte sie. »Es ist nichts. Schlaf weiter.«

Das Mädchen legte sich bereitwillig wieder hin und zog sich die Decke über den Kopf.

Sie verdrehte die Augen. Schuldig fühlte sie sich nicht. Mit einer der zugedröhnten Schlampen ihres alten Schulfreunds an den Hacken würde sie es niemals nach draußen schaffen.

Sie nutzte die Gelegenheit, schlich auf Zehenspitzen in den Flur und begann, die Treppe hinunterzugehen. Als weitere Polizisten das besetzte Haus betraten und ihr den Fluchtweg abschnitten, erstarrte sie einen Moment lang. Da sie keine andere Wahl hatte, lief sie zurück nach oben und in das Zimmer, aus dem sie eben gekommen war. Gleich darauf wurde es laut. Greg, der genauso süchtig nach idiotischen Entscheidungen war wie nach Drogen, hatte offenbar beschlossen, Widerstand zu leisten. Leise schloss sie die Tür und eilte zum Milchglasfenster des Zimmers. Als sie am Sofa vorbeikam, drückte sie den Kopf des Mädchens, das sich erneut regte, zurück ins Kissen. Sie öffnete nur den oberen Teil des Fensters und zwängte als Erstes ihren Rucksack durch den schmalen Spalt, ehe sie ihre Stiefel einzeln nach draußen warf. Sie kletterte auf die Fensterbank und handelte sich mehrere saubere weiße Kratzer ein, als sie auf die Feuertreppe plumpste. London war grau wie immer, als sie in ihre Stiefel stieg, sich den Rucksack über die Schulter schwang und nach unten auf die Straße kletterte. Das Teufelchen auf ihrer Schulter verleitete sie dazu, die letzten zehn Sprossen auszulassen und sich auf die Motorhaube eines Streifenwagens fallen zu lassen, der sich auf den zweiten Blick als gar nicht so leer herausstellte, wie sie ursprünglich vermutet hatte.

Der junge Officer auf dem Fahrersitz starrte sie, das Funkgerät vor dem geöffneten Mund, regungslos an.

»Ach du Scheiße«, zischte sie, sprang von der Motorhaube und sprintete in die gegenüberliegende Gasse.

Sie kam in der Parliament Street wieder heraus und tauchte im Strom der Büroangestellten unter, die die Straße entlangeilten. Weil sie wusste, dass sie unter all den geschniegelten Menschen zu sehr auffiel, band sie sich die kinnlangen Haare zurück und klaute im Vorübergehen eine Plastiksonnenbrille aus der Auslage eines Straßenverkäufers.

Als sie ein Stück voraus einen Streifenwagen in die Kreuzung einbiegen sah, zwang sie sich, ganz ruhig weiterzugehen. Aus dem Augenwinkel beobachtete sie, wie das Fahrzeug in die Hauptstraße einbog und langsam vorbeifuhr. Sie schaffte es etwa fünf Schritte weiter, ehe eine Sirene ertönte.

Sie spurtete los, stieß einen Geschäftsmann beiseite und rannte über die Straße. Hupen plärrten in ihren Ohren, als sie den Red Lion Pub betrat und durch den Hinterausgang hinaus auf die

Derby Street stürzte. Als sie auf den Eingang eines nahe gelegenen Gebäudes zusteuerte, konnte sie hören, wie die Sirenen lauter wurden ... Der Streifenwagen bog um die Ecke und folgte ihr.

»Komm schon, komm schon, komm schon«, wisperte sie, als sie in der Schlange der Wartenden einen Platz vorrückte. Sie reichte dem Mann am Eingang ihren Ausweis und betrat gerade noch rechtzeitig das Hauptquartier von New Scotland Yard. Grinsend beobachtete sie, wie das Einsatzfahrzeug die Jagd aufgab und kehrtmachte.

Getreu ihrem allmorgendlichen Ritual stieg sie zwei Stockwerke zu weit oben aus dem Lift. Der kurze Gang zum Treppenhaus gab ihr Gelegenheit, einen Blick durch die Glastüren des Morddezernats zu werfen. Wegen eines jüngst verhängten Einstellungsstopps und der einmaligen Chance, im Drogendezernat aufzusteigen, hatte ihre Karriere vorübergehend einen kleinen Umweg genommen, und wenn sie während ihrer kurzen Zeit bei der Polizei eins gelernt hatte, dann, dass es stets leichter war, sich seitwärts als aufwärts zu bewegen.

Sie verließ das Treppenhaus und schlug den Weg zu den Toiletten ein, um sich präsentabel zu machen. Sie wusch sich das Gesicht und entfernte ihr Nasen- und Lippenpiercing, bevor sie ihrem extrem konservativen Ausbilder Dennis Trout gegenübertrat, der unter Garantie bereits an seinem Schreibtisch saß und ungeduldig mit den Hufen scharrte.

• • •

»Du liebe Güte, du liebe Güte, Ms Marshall«, rief er, als sie sich ihm gegenüber auf den Stuhl fallen ließ. Er war weit jenseits der fünfzig und ein von Natur aus sanftmütiger, zutiefst langweiliger

Mensch. Dennis rauchte nicht. Er trank nicht. Er mochte Modellflugzeuge. Sie würde nie begreifen, wie jemand, der so aussah, als würde er seinen Hustensaft verdünnen, so lange im Drogendezernat überlebt hatte.

»Sie sind fast eine Stunde zu früh!«, teilte er ihr mit, ehe er missbilligend ihren ziemlich durchsichtigen Pulli und die zerrissene Jeans beäugte. »Ähhhhm, Marshall?«

»Ich weiß. Ich weiß«, schnitt sie ihm das Wort ab. »Hey, gab es heute Morgen eine Razzia, von der ich nichts wusste? Mir war, als hätte ich beim Reinkommen was aufgeschnappt.«

Stirnrunzelnd tippte Dennis etwas in seinen Computer und sah sich im Raum um. »Unsere Leute waren es nicht.« Er zuckte mit den Achseln.

»Solange ich nur nichts Wichtiges verpasse«, sagte sie lächelnd. »Kaffee?«

»Sehr gern. Aber vorher ... Und ich weiß, es steht mir nicht wirklich zu, das zu sagen, aber ...«

»Immer raus damit.« Sie lachte.

»Na ja, es ist nur ... Mir war nicht klar, dass Sie so viele ...«

»Tattoos haben?«

»Ja.« Sie wartete auf den springenden Punkt, von dem sie annahm, dass er gleich kommen würde.

»Vielleicht dürfte ich Ihnen einen freundschaftlichen Rat geben – als jemand, der selbst tätowiert ist.«

»Das fände ich *überaus* hilfreich«, erwiderte Marshall sarkastisch.

»Lassen Sie sich keine weiteren stechen.«

»Hervorragend.«

»Verstehen Sie mich nicht falsch, Sie sehen toll aus, und dieser düstere Biker-Look steht Ihnen. Aber im Laufe der Zeit verblassen sie und werden bläulich, und wenn Sie erst mal so alt sind wie ich, sehen Sie aus wie ein ...«

»Ein ...?«, hakte sie nach, während er nach dem passenden Wort suchte.

» ... Schlumpf.«

Unfähig, sich das Grinsen zu verkneifen, stand sie auf und tätschelte in einer Geste der Zuneigung Dennis' Schulter.

»Ich werde es mir zu Herzen nehmen. Also, was ist jetzt mit dem Kaffee?«

...

Um neunzehn Uhr fünfzehn ging Chambers die Einfahrt entlang auf seine Haustür zu. Das Baugerüst rief jedes Mal unwillkommene Gedanken an Gefängniszellen und beruflichen Stress hervor. Er hatte einen schrecklichen Schnupfen, seine Augen tränten, seine Nase war gerötet, und er kam fast eine Dreiviertelstunde zu spät – Zeit, in der drinnen eine Eiszeit angebrochen war, die so schnell nicht vorbeigehen würde.

Er streifte sich die Schuhe ab und peilte zunächst die Lage. Eve schuftete in der Küche, eine halb leere Flasche Wein neben sich, während seine Mutter vom Esstisch aus wenig hilfreiche Bemerkungen einstreute.

»Du bringst uns noch alle um, wenn du das wieder aufwärmst.«

»Schön wär's«, brummte Eve halblaut, ehe sie antwortete: »Ich wärme es nicht auf, ich koche es. Das ist ein Unterschied.«

Mrs Chambers schnaubte spöttisch. »Vielleicht da, wo du herkommst.«

»Guten Abend, ihr zwei«, rief er, da er ein Einschreiten für rat-

146

sam hielt. »Tut mir leid, dass ich zu spät komme.« Er eilte zu Eve, um ihr zu helfen.

Sie gab ihm einen flüchtigen Kuss aufs Auge. »War was auf der Arbeit?«, fragte sie.

»Es ist immer was auf der Arbeit«, antworteten sie im Chor, sehr zum Missfallen der älteren Dame am Tisch.

Als sie sich endlich zum Essen hinsetzten, seufzte Chambers vor Erleichterung und rieb sich das rechte Knie, während Eve ihn voller Besorgnis betrachtete.

»Du übernimmst dich«, sagte sie mit leicht lallender Stimme. Sie hatte versucht, sich gegen die Angriffe ihrer Schwiegermutter zu verteidigen, sie mit Freundlichkeit zu überschütten, und ihr eines denkwürdigen Abends sogar damit gedroht, ihr aus Trotz keine Enkelkinder zu schenken. Diesmal hatte sie sich offenbar dafür entschieden, sich den zweimal im Jahr fälligen Besuch von Chambers' Mutter durch Alkohol erträglich zu machen. »Du musst den Leuten sagen, dass du nicht den ganzen Tag durch die Gegend laufen kannst.«

»Es geht mir gut. Und ich will nicht, dass jeder über mich Bescheid weiß.«

»Es geht bloß um dein Bein, nicht um deine geheimsten Träume!«

»Ich will nicht, dass sie es wissen!« Mit trauriger Miene nahm er ihre Hand, während seine Mutter so aussah, als würde sie gleich zum Messer greifen, um die beiden zu trennen. »Weil es mich an das eine Mal erinnert, als ich mein Versprechen an dich gebrochen habe. Und das kann ich nicht ertragen.«

Eve drückte ganz fest seine Hand.

»Also. ›Bungalow‹ ist wohl auch nur ein schickes Wort für eine Wohnung mit einem Dach, ja?«, sagte Mrs Chambers und ruinierte ungerührt ihren innigen Moment.

»Was findest du an Treppen so *verdammt* toll?«, gab Eve barsch zurück. Sie war am Ende ihrer Geduld angelangt.

Selbst die Dunstabzugshaube verstummte in diesem Moment, wie um sich dem verdatterten Schweigen anzuschließen, das eingetreten war.

Da Chambers zu dem Schluss kam, dass es das Beste wäre, so zu tun, als wäre nichts passiert, ließ er Eves Hand los, nahm stattdessen sein Besteck und lächelte in die Runde.

»Das sieht köstlich aus. Wollen wir anfangen?«

Dreizehn Stunden und eine ereignislose Schicht später kam Marshall zurück in ihr winziges Studio-Apartment. Der schmale Betonstreifen, der sich Balkon schimpfte und Ausblick auf den Fluss bot, war der einzige Lichtblick der Wohnung. Sie warf ihre Tasche aufs Sofa und begann mit ihrem Abendritual: Sie stellte ein Fertigmenü in die Mikrowelle, zündete sich eine Zigarette an und trat nach draußen, um die Lichter der Stadt anzuschauen, die sich auf dem Wasser spiegelten.

Sie schaufelte sich die nach nichts schmeckende Lasagne in den Mund, öffnete eine Flasche Bier und ließ sich auf dem Fußboden zwischen den Archivboxen nieder, deren Inhalt auf dem Teppich ausgebreitet war. Sie nahm die Kopie des unterschriebenen Geständnisses von James »Jimmy« Metcalf in die Hand – des Obdachlosen, der den Mord an Henry John Dolan im Hyde Park gestanden hatte und der mittlerweile gut sieben Jahre seiner lebenslangen Haftstrafe abgesessen hatte.

Sie zog das Telefon so nah zu sich heran, wie das Kabel es zuließ, und wählte die Nummer des Belmarsh Prison, die unten auf die Seite gekritzelt war. Während sie darauf wartete, dass jemand abnahm, schattierte sie geistesabwesend einen Teil der Zeichnung, an der sie gerade arbeitete.

»Hi! Hier ist angehende Detective Mar... Genau, ich schon wieder. Also, haben Sie ihn gefragt? ... Ja ... Sie verscheißern mich?! Entschuldigung, ich meine: Das ist ja großartig! Wie wäre es mit morgen? ... Gut, dann bis dahin.«

Sie legte den Hörer zurück auf die Gabel und richtete den Blick auf den mit Papieren zugepflasterten Fußboden: die Akte des ungelösten Mordes an Alphonse und Nicolette Cotillard; eine zerknickte Seite aus einem Medizinwörterbuch, auf der die Wirkung von Pancuroniumbromid beschrieben wurde; der Bericht über den Angriff auf Detective Sergeant Benjamin Chambers; und drei Bücher über Kunstgeschichte aus der Bibliothek, deren Leihfrist längst überschritten war. Eins war auf einer doppelseitigen Abbildung vom *Höllentor* aufgeschlagen. Sie erhob die Bierflasche zu Ehren von Rodins kunstvoll gearbeiteter Vision menschlicher Qualen. Die schwärzesten Teile ihrer selbst sehnten sich danach, einen flüchtigen Blick hineinzuwerfen.

Sie trank einen feierlichen Schluck und lächelte.

Endlich machte sie Fortschritte.

SAMSTAG

KAPITEL 14

»Guten Morgen, alle zusammen. Es geht um einen Mann, weiße Hautfarbe, kräftig, dunkelblonde Haare ... angeblich recht attraktiv.«

»Klingt nach mir«, witzelte Winter in sein Walkie-Talkie, während er die Kunden im näheren Umkreis beobachtete.

Ein statisches Knacken. »Klar, wenn Sie mit ›dunkelblonde Haare‹ ›fast keine Haare mehr‹ und mit ›kräftig‹ ›fett‹ meinen. Außerdem ist der Kerl nicht alt.«

Winter machte ein verdutztes Gesicht. »Alt? Sie finden, ich bin alt?«

Funkstille.

» ... Leute?« Doch er hörte nur einen schrillen Alarmton, als jemand, auf den die Beschreibung passte, durch die Türen des Supermarktes nach draußen rannte. »Er versucht zu fliehen!«

Winter stürzte hinaus auf die Fulham High Street, wo seine vom Neonlicht gereizten Augen einen Moment brauchten, um sich ans Tageslicht zu gewöhnen. Sobald er den Mann im Jogginganzug erspäht hatte, der gerade an den eingeschlagenen Scheiben eines Argos-Ladens vorbeilief, nahm er die Verfolgung auf. Im Zickzackkurs schlängelte er sich durch den Verkehr, ehe er seinem Verdächtigen in den Park folgte.

»He!« Winter hustete. Er war schon jetzt außer Atem und fiel immer weiter zurück. Er wollte über eine Bank springen, besann sich jedoch eines Besseren und hielt stattdessen auf einen älteren Herrn zu, der ein noch älteres Zweirad neben sich herschob. »Sir, ich muss Ihr Fahrrad beschlagnahmen.«

»Das hat mir meine Frau geschenkt.«

»Bestimmt können Sie sich was Neues besorgen.«

»Eine neue Frau?« Diese Idee schien dem alten Mann durchaus zu gefallen.

»Ein neues Fahrrad.«

»Oh ... Na, wenn das so ist: Nein.«

»Na gut. Dann bringe ich es zurück. Versprochen.«

Mit sichtlichem Widerwillen ließ der Mann zu, dass Winter sich auf seinen Drahtesel schwang und nach einem etwas wackligen Start dem ausdauernden Ladendieb hinterherradelte.

Es gelang ihm, Tempo aufzubauen, bis ihn nur noch wenige Meter von dem Flüchtigen trennten. Dann stieß dieser ein Tor auf und schlug den Weg zu den Sportplätzen ein.

»Stopp!«, japste Winter, dem mittlerweile speiübel war. »Bleib stehen, du Bastard!«

Als der Gejagte keine Anstalten machte, langsamer zu werden, erhob sich Winter aus dem Sattel, um noch energischer in die Pedale treten zu können – eine allerletzte Anstrengung, ehe er direkt auf sein Zielobjekt zuhielt.

Er verzog das Gesicht, schloss die Augen ... und stieß schmerzhaft mit dem Dieb zusammen, woraufhin beide in einem chaotischen Haufen aus Rädern und Gliedmaßen mitten auf der Straße landeten.

Winter ließ einen schlaffen Arm auf die Brust des Verdächtigen sinken. »Kraft der Autorität, die mir vom multinationalen Konglomerat Sainsbury's verliehen wurde, erkläre ich Sie zu ... jemandem, der jetzt mitkommen muss.«

»Okay, okay. Sie haben gewonnen.« Während hinter ihnen die Autoschlange von Sekunde zu Sekunde länger wurde, zog der Mann den Reißverschluss seiner Jacke herunter und händigte Winter eine Dose Irn-Bru sowie eine VHS-Kassette mit dem Film *Jurassic Park* aus.

»Ich muss Sie trotzdem mitnehmen«, erklärte Winter, der Mühe hatte, sein Bein zwischen den Speichen des Rades hervorzuziehen.

»Von mir aus.«

»Wobei ... kann sein, dass Sie mich tragen müssen.«

Mit Unterstützung seines Gefangenen humpelte Winter stolz durch die Türen des Supermarktes, wobei der Alarm seine triumphale Rückkehr wie ein Trompetenchor untermalte. Sein Chef Dan, eine von Akne geplagte, kaum dem Teenageralter entwachsene Schmalzlocke, wirkte nicht sonderlich beeindruckt, als Winter ihm das Diebesgut überreichte. »Eine Dose kohlensäurehaltige Plörre und ein ›Abenteuer, das vor fünfundsechzig Millionen Jahren begann‹«, verkündete er, den Slogan von der VHS-Kassette ablesend. »Gern geschehen.«

»Sie waren fast eine Stunde weg!«

Dans Reaktion verwirrte Winter ein wenig.

»Während Sie da draußen Polizist gespielt haben, ist hier mindestens *fünfmal* der Alarm losgegangen.«

»Er hat das Fahrrad von einem alten Knacker demoliert und so«, fügte der wenig wortgewandte Ladendieb hinzu, der spürte, dass die Lage im Begriff war, sich zu seinen Gunsten zu wenden.

»Herzlichen Dank auch«, sagte Winter sarkastisch.

Der Mann grinste.

»Lassen Sie ihn laufen«, entschied Dan.

»Was?!«

»Lassen Sie ihn laufen. Bis die Polizei hier ist, habe ich genug Geld verdient, um die Anzahlung für ein Eigenheim zu leisten, und Sie liegen tot unter der Erde.«

»Ich bin nicht alt!«

»Wir haben die Ware zurückerhalten. Außerdem kenne ich ihn. Seine Großmutter wohnt bei uns in der Straße. Marcus, richtig?«

»Mhm«, brummte Winters Gehhilfe.

»Aber ...«

»Das ist eine *direkte* Anweisung von Ihrem Vorgesetzten«, sagte Dan.

Fingerweise lockerte Winter seinen Griff um den jungen Mann, der seinen Trainingsanzug richtete, als handelte es sich um einen edlen Dreiteiler, ehe er mit verwunderter Miene langsam vor Winter zurückwich.

»Wissen Sie, was mich zu einem so guten Manager macht? Meine Menschenkenntnis. Er wird nicht noch mal klauen«, sagte Dan wissend und sah zu, wie Winters Gefangener durch die Gänge davonschlich wie ein soeben ausgewildertes Tier. »Das ist Ihre letzte Verwarnung. Verstanden?«

»Jawohl, Sir.«

Gleich darauf schrillte abermals der Alarm los. Von Marcus, dem Ladendieb, war weit und breit nichts zu sehen.

Winter sah seinen Chef an. Er musste sich buchstäblich auf die Zunge beißen, um nichts zu sagen.

»Na«, sagte Teenager Dan, als trüge er keinerlei Schuld am Geschehen. »Worauf warten Sie noch? Hinterher!«

Winter schmeckte Blut in seinem Mund.

»Ladendieb – nehme die Verfolgung auf!« Während er in Richtung Ausgang hinkte, brummelte er vor sich hin: »Vielleicht bin ich *doch* zu alt für den Job.«

Marshall wusste nicht genau, wie lange sie schon ins Leere gestarrt hatte, als die Stahltür ein lautes *Klonk* von sich gab und ein Justizvollzugsbeamter einen ihr vage vertrauten Mann in den Besucherraum führte. Er war durchschnittlich groß, schlank und sah gut aus – deutlich gesünder als auf dem Polizeifoto in seiner Akte. Er war glatt rasiert, und seine einst langen, verfilzten Haare reichten ihm nun bis knapp übers Ohr. Selbst der dunkelblaue Häftlingsoverall sah an ihm beinahe maßgeschneidert aus.

»James Metcalf?« Sie lächelte, stand auf und streckte ihm die Hand hin. »Constable in der Ausbildung Jordan Marshall.« Sie hielt es für das Beste, den Dienstgrad Detective zu unterschlagen.

»Jimmy«, sagte der Mann. »Und …« Entschuldigend präsentierte er ihr seine gefesselten Hände.

»Können wir die bitte abnehmen?«, fragte sie den Justizvollzugsbeamten, dem die Bitte nicht recht zu behagen schien. »Ist schon gut. Ich habe das mit der Gefängnisleitung geklärt und einen Haftungsausschluss unterzeichnet. Nehmen Sie sie bitte ab.«

Der Mann tat wie ihm geheißen.

»Danke, Frank«, sagte Jimmy freundlich.

»Soll ich hierbleiben?« Die Frage des Justizvollzugsbeamten war an Marshall gerichtet.

»Nein danke. Wir kommen allein klar.«

»Benimm dich, Jimmy«, mahnte der Mann lächelnd. »Und glaub ja nicht, dass ich die Spurs-Partie vergessen habe.«

»Ja, ja.« Der jüngere Mann lachte. Die Tür fiel ins Schloss, und Jimmy wandte sich wieder Marshall zu. »Er ist zwar ein Schließer, aber ganz okay, der Frank.«

Sie bedeutete ihm, sich zu setzen. An seinem Platz lagen mehrere Unterlagenstapel, und es stand eine Flasche mit eisgekühltem Wasser für ihn bereit.

»Erstens möchte ich mich bei Ihnen dafür bedanken, dass Sie sich bereit erklärt haben, mit mir zu reden.«

»Konnte schlecht Nein sagen, oder? Nachdem Sie fast zwanzigmal so nett gefragt haben.«

»Zweiundzwanzigmal«, verbesserte Marshall ihn. »Nicht, dass ich mitgezählt hätte«, fügte sie lachend hinzu, auch wenn sie insgeheim genau wusste, warum er bereit gewesen war, sich mit ihr zu treffen. Für jemanden, der den Großteil seines Erwachsenenlebens auf der Straße verbracht hatte, drückte er sich erstaunlich gut aus. Im nächsten Moment kam sie sich wie ein voreingenommenes Miststück vor, weil sie so etwas überhaupt gedacht hatte. Sie wusste besser als die meisten, wie eine einzelne Entscheidung den Verlauf eines ganzen Lebens ändern konnte. »Kann ich Ihnen noch irgendetwas bringen, ehe wir anfangen?«

»Nein danke.«

»Okay. Wie Sie bestimmt schon wissen, bin ich die Unglückliche, die damit beauftragt wurde, ein ganzes Lagerhaus voller alter Fallakten zu überprüfen. Es ist reine Formsache, aber wie ich neulich bereits der Gefängnisleitung erklärt habe, bin ich bei meiner Arbeit auf eine Ungereimtheit gestoßen, die große Auswirkungen auf die Beweise haben könnte, die damals zu Ihrer Verurteilung geführt haben. Deshalb hielt ich es für wichtig, herzukommen und einige Details im Zusammenhang mit dem Mord an Henry John Dolan, den Sie mutmaßlich begangen und gestanden haben, mit Ihnen persönlich abzuklären.«

»Ich habe es getan«, stieß Jimmy hervor.

»Wie bitte?«

»Ich sage nur, dass ich es wirklich getan habe. Da gibt es kein

›mutmaßlich‹. Ich war es, und ich habe die Tat gestanden. Ende der Geschichte.«

»Natürlich.« Marshall lächelte. Sie warf einen Blick auf die Unterlagen vor sich. »Ihrer Akte habe ich entnommen, dass Sie seit dem achtzehnten Lebensjahr immer mal wieder in Haft saßen und davor im Jugendarrest. Immer für Straftaten ohne Gewaltanwendung: Diebstahl, Einbruch, Hausfriedensbruch.«

»Das stimmt.«

»Und im Jahr '86 haben Sie einen Selbstmordversuch unternommen?«

»Das war bloß ein Hilferuf«, gab Jimmy abschätzig zurück.

»Sie sind von einer Brücke gesprungen.«

»Die war nicht sehr hoch.«

»Den Berichten zufolge lagen Sie fast fünf Monate im Krankenhaus.«

Weil er lediglich mit den Achseln zuckte, redete Marshall weiter. »Ihre längste Phase in Freiheit war von Januar 87 bis Oktober desselben Jahres. Was war in der Zeit anders?«

»Ich hatte zum allerersten Mal jemanden, der sich um mich gekümmert hat.«

»Und was ist dann passiert?«

»Er hat sich nicht genug um sich selbst gekümmert.« Jimmy wirkte tief betrübt, als wäre die Erinnerung noch ganz frisch. »Aber so ist das auf der Straße«, fuhr er fort. Jetzt war er wieder auf der Hut. »Über kurz oder lang verliert man jeden.« Er nahm die Wasserflasche und schraubte den Deckel ab, um den Frosch in seinem Hals herunterzuspülen.

»Das tut mir leid«, beteuerte Marshall mit aufrichtigem Mitgefühl, bevor sie ein wenig verwirrt hinzufügte: »Ich hoffe, es macht Ihnen nichts aus, dass ich das sage, aber Sie sind ganz anders, als ich Sie mir vorgestellt habe.«

»Wen haben Sie sich denn vorgestellt?«

»Ach, ich weiß auch nicht. Den wirren, verdreckten, halb verhungerten Drogenabhängigen aus der Fallakte. Aber Sie sehen diesem Mann kein bisschen ähnlich – ganz im Gegenteil. Der Gefängnisaufenthalt scheint Ihnen gut zu bekommen«, sagte sie mit einem Hauch Koketterie in der Stimme – gerade genug, dass Jimmy den Mund zu einem Lächeln verzog.

»Sie sagen, hier drinnen sitzt man im Fegefeuer. Aber sie sorgen gut für uns.«

»Freut mich zu hören«, sagte Marshall. »Warum haben Sie sich damals gestellt?«, fragte sie gleich darauf, um ihn zu überrumpeln.

»Ich, *ähhhh* … weil ich Schuldgefühle hatte … schätze ich.«

»Dieselben Schuldgefühle, die sich in den *zwölf* Stunden, während Dolan oben auf dem Denkmalsockel saß und qualvoll erfror, kein einziges Mal gemeldet haben?«

»Muss wohl«, murmelte er, ehe er abwehrend die Arme vor der Brust verschränkte.

»Oh, das hätte ich fast vergessen.« Marshall legte ihre Unterlagen weg, rückte etwas näher an den Tisch heran und senkte die Stimme. »Könnten Sie mir vielleicht einen Gefallen tun? Sie wissen schon, inoffiziell?« Er wirkte zögerlich. »Ein alter Bekannter von mir sitzt seit einer Weile hier ein. Es ist nicht gut, wenn man mich dabei sieht, wie ich ihn besuche – aus naheliegenden Gründen. Deshalb dachte ich, Sie könnten ihm vielleicht eine Nachricht von mir übermitteln – sagen Sie ihm einfach nur, dass seine Mum und Sammy wohlauf sind.«

»Seine Mum und Sammy?«

»Genau. Würden Sie das tun?«

»Klar. Wie heißt er denn?«, fragte Jimmy und nahm die Arme wieder herunter.

»Sie kennen ihn wahrscheinlich unter dem Namen ›Roady‹ ...
Auguste Rodin?«

Sie beobachtete aufmerksam seine ratlose Miene, als sie den
berühmten französischen Bildhauer erwähnte.

»Kenne ich nicht«, erklärte er. »Aber ich höre mich mal um.«

Marshall schenkte ihm ein zuckersüßes Lächeln. »Wo hatten
Sie eigentlich das Muskelrelaxans her?«

»Das habe ich der Polizei gesagt, als sie mich verhaftet haben –
von einem Typen, der im Park gearbeitet hat.«

»Ach ja, richtig. Wer war das noch gleich? Big Tony oder Micky
D?«

»Big Tony.«

»Auch bekannt unter dem Namen Anthony Stuart Baker«,
sagte sie und nahm eine neue Akte in die Hand. »Zufälligerweise
wurde der eine Woche nach Ihrer Verhaftung festgenommen, weil
er Pillen an Schulkinder vertickt hatte.« Sie blätterte bis zu einer
markierten Seite. »Ich habe hier eine Liste seines beschlagnahm-
ten Lagerbestands, und obwohl ich eine beeindruckende Vielzahl
verschiedener Drogen sehe, ist nirgends von Pancuroniumbromid
die Rede. Das ist doch eigenartig, oder?«

»Ja, kann sein.« Jimmy presste sich eine Hand vor den Bauch.
»Wissen Sie, was? Ich fühle mich nicht so gut. Ich glaube, ich
sollte mich hinlegen.«

»Letzte Frage.«

»Tut mir leid. Ich muss jetzt wirklich gehen.« Er machte Anstalten aufzustehen.

»Eine allerletzte Frage nur noch«, beharrte Marshall. »Danach
hören Sie nie wieder von mir, das schwöre ich.«

»Eine Frage.« Jimmy nickte, setzte sich wieder hin und verschränkte erneut die Arme.

»Okay. Also, Jimmy, glauben Sie wirklich, ich hätte den Wachmann gebeten, Ihnen die Handschellen abzunehmen, und ihn dann weggeschickt, wenn ich auch nur *eine Sekunde* lang der Ansicht wäre, dass Sie jemanden ermordet haben?« Jetzt sah Jimmy wirklich so aus, als wäre ihm übel. »Keine Bange, Ihr Geheimnis ist bei mir sicher. Ich verstehe das. Es ist hart da draußen, und ich wette, wenn man lange genug in der Hölle gelebt hat, sieht das Fegefeuer ziemlich gemütlich aus.«

»Ich habe keine Ahnung, wovon Sie reden«, behauptete er ohne viel Überzeugungskraft und trank noch einen Schluck Wasser, um sein lausiges Pokerface zu kaschieren.

»Sie sind Rechtshänder«, stellte Marshall fest. Jimmy machte ein verwirrtes Gesicht.

»Die Wasserflasche«, sagte sie.

»Ja ... und?«

»Die Kriminaltechnik hat in den sieben Jahren, die Sie hier drinsitzen, große Fortschritte gemacht. Unser Mörder war Linkshänder.« Sie setzte alles auf einen recht schwachen Bluff. »Und Linksfüßer, das geht aus den Schuhabdrücken oben auf dem Sockel hervor. Das hat mit der Gewichtsverteilung zu tun und mit allen möglichen anderen komplizierten Gegebenheiten, die mich nicht wirklich interessieren.« Sie schlug wahllos eine Akte auf und las von einer leeren Seite ab: »»Dem Einstichwinkel sowie den eindeutig identifizierbaren Hämatomen durch Finger am Hals des Opfers nach zu urteilen, ist es nahezu ausgeschlossen, dass die Tat von einem Rechtshänder begangen wurde.«« Sie schlug die Akte mit einer dramatischen Geste zu und warf sie zurück auf den Tisch. »Unabhängig davon, dass ich Ihre Unschuld *beweisen* und dem schönen, bequemen Leben, das Sie hier für sich geschaffen haben, ein Ende machen kann, gibt es eine Person, die Henry Dolan wirklich *ermordet* hat. Dieselbe Person hat danach auch noch eine Frau namens Nicolette Cotillard und ihren Sohn

Alphonse getötet, der mir sehr nahestand. Und sie läuft immer noch frei herum. Der Himmel weiß, wie vielen anderen Menschen sie im Laufe der Jahre noch wehgetan hat. Wir können sie aufhalten, aber dafür brauche ich Ihre Hilfe.«

»Wie soll ich Ihnen denn helfen?«

»Indem Sie mir die Wahrheit sagen – natürlich inoffiziell. Ich muss ganz genau wissen, was in jener Nacht passiert ist. Wo Sie die Spritze mit Dolans Blut gefunden haben und woher Sie wussten, was sie enthielt.«

Jimmy ließ das Gesicht in seine Hände sinken und seufzte schwer.

»Jimmy, Sie haben doch gekriegt, was Sie wollten. Sie sind dem Leben auf der Straße entkommen – für wenig mehr als eine überzeugende Lüge und dafür, dass Sie einen Polizisten niedergeschlagen haben. Aber Sie sind nicht schuldlos ... wenigstens nicht mehr. Nicht seit Sie wissen, dass er auch noch andere Menschen auf dem Gewissen hat.«

Er sah sie verunsichert an. »Das bleibt wirklich unter uns?«

»Natürlich ... Und das hier ...« Sie deutete auf den Tisch voller Akten. »... verschwindet in der Versenkung.«

»Schwören Sie es?«

»Ich schwöre.«

Er holte tief Luft und nickte. »Also gut.«

»Grufti-Mädchen in Gang zwei. Wiederhole: Grufti-Mädchen, Gang zwei. Will mit jemandem vom Sicherheitsdienst reden.«

Winter hatte sich auf der Toilette erst die Hälfte des Drecks aus dem Gesicht gewaschen, als er das Walkie-Talkie in die Hand nahm.

»Bin unterwegs.«

Mit zerrissener, schmutzverkrusteter Uniform ging er zurück

in den Verkaufsraum, wo eine schwarzhaarige, in Leder gekleidete junge Frau am Ende des Gangs auf ihn wartete. Sie sah aus, als wäre sie einem Horrorfilm entstiegen.

»Hi!«, grüßte Winter sie freundlich und bemerkte, wie sie kritisch seine lädierte Erscheinung beäugte. »Ja, tut mir leid. War ein anstrengender Tag heute. Ich musste einen Ladendieb verfolgen ... zweimal.« Sie wirkte nicht sonderlich interessiert. »Die Leute fanden's *ziemlich* gut«, plapperte er weiter. »Sie meinten, ich wäre sehr mutig gewesen. Einer hat sogar geklatscht!«

»Sie selber?«

»Was soll ich sagen? Ich war schwer beeindruckt ... Wie auch immer. Sie wollten mit mir sprechen?«

Hinter den Baked Beans tauchte Manager Dans unansehnlicher Kopf auf. »*Dos minutos*, dann zurück an die Tür!«

Winter winkte ihm zum Zeichen, dass er verstanden hatte.

»Ich glaube, da gab es ein Missverständnis«, sagte Marshall. »Ich suche nach Police Constable Adam Winter.«

»Um ... ihn zu verhexen?«, fragte er, bereute jedoch prompt, die Furcht einflößende junge Frau provoziert zu haben, als diese den Blick ihrer dunklen Augen auf ihn richtete.

»Detective Constable Jordan Marshall«, verkündete sie und hielt ihren Dienstausweis hoch – wobei ihr Daumen strategisch so platziert war, dass er die Worte »in Ausbildung« verdeckte.

»Na, wenn das so ist. Ich bin er ... Ich meine, Adam Winter – das bin ich.«

Sie sah ihn zweifelnd an. »Oh ... *Aha!* Wir müssen reden.«

»Das tun wir doch schon.«

»Dreißig Sekunden«, brummte Dan im Vorbeigehen. Einer seiner größeren Pickel platzte auf, als er zu heftig die Stirn runzelte.

»Ich meine: richtig reden«, sagte Marshall.

»Sie *wissen* aber, dass ich momentan nicht im aktiven Dienst bin, oder? Deshalb auch ... das hier.«

»Ja, das hab ich mir schon gedacht.«

»Okay. Um zwei habe ich Mittagspause.«

Sie warf einen Blick auf ihre Uhr und wandte sich zum Gehen. »Dann bis später.«

»He, warten Sie! Worum geht es denn überhaupt?«

Mit einem Seufzer drehte sie sich zu ihm um.

»Sie erinnern sich nicht mehr an mich, aber wir sind uns schon mal begegnet – im Bridge-Street-Freizeitzentrum vor über sieben Jahren. Sie haben in einem Mordfall ermittelt, aber ich bezweifle, dass Sie ...«

»Alphonse Cotillard«, murmelte Winter gedankenverloren. »Und seine Mutter Nicolette. Sie ... Sie waren das Mädchen mit den Zigaretten.«

»Ja.« Marshall versuchte, ihr Erstaunen zu verbergen. »Wo Sie gerade einen Lauf haben – sagt Ihnen der Name Jimmy Metcalf etwas?«

»Ja. Er hat den Mord an Henry John Dolan gestanden und unseren ganzen Fall auf den Kopf gestellt.«

»Genau. Ich habe heute Morgen mit ihm gesprochen.«

»Warum?«

»Weil ich es aus seinem Mund hören wollte. Ich wollte hören, wie er die Tat gesteht.«

»Ähhh. Das hat er doch längst.«

Marshall schüttelte den Kopf. »Mir hat er gestanden, dass er es *nicht* war ... was bedeutet, dass Sie und Detective Chambers von Anfang an recht hatten: dass der Falsche für die Tat verurteilt wurde, dass die Morde in einem Zusammenhang miteinander stehen und dass der Killer berühmte Kunstwerke nachgeahmt hat ... Sie hatten mit allem recht.«

KAPITEL 15

»Können wir dann?«, fragte Marshall, als sie den Supermarkt betrat.

Winter nickte und zog den Reißverschluss seiner Fleecejacke hoch, die er sich über seine Uniform gezogen hatte. »Die Straße runter gibt es ein Café, falls Sie ...«

»Eigentlich«, unterbrach sie ihn, »hatte ich einen Ort etwas weiter weg im Auge. Haben Sie einen fahrbaren Untersatz?«

»Nein.«

»Dann müssen wir wohl meinen nehmen.«

Sie traten ins Freie, und Winter sah verdattert zu, während Marshall zu einem Motorrad ging, das vor dem Laden im Halteverbot parkte. Sie nahm einen Helm aus dem Fach am Heck der Maschine und reichte ihn Winter.

»Ähhh. Ich weiß nicht, wie man ...«

»Sich festhält?«, fragte sie ungehalten. »Los, steigen Sie schon auf.«

Winter, der nach seiner unangenehmen Begegnung mit einem Zweirad einige Stunden zuvor immer noch humpelte, gehorchte nur widerstrebend.

»Also, ich ... *umarme* Sie von hinten?«, fragte er.

Marshall sah ihn an, als wäre er ein Perverser.

»Sie können sich hier und da festhalten.« Sie zeigte es ihm und beäugte ihn danach noch mehrere Sekunden lang argwöhnisch.

Als sie auf den Old-Mortlake-Friedhof einbogen, hatte Winter so fest die Arme um Marshall geschlungen, dass sie kaum noch atmen konnte. Das Laub der Bäume, die die Grenze des Areals markierten, war in unzähligen verschiedenen Rot- und Brauntönen gefärbt.

Sobald sie anhielt, sprang er ab, zog sich den Helm vom Kopf und schnappte nach Luft, ehe er sich mit dem Glücksgefühl eines zur Erde zurückgekehrten Astronauten auf den Boden sinken ließ.

»Ein Friedhof?«, fragte er gereizt. »Ich musste *all das* durchmachen, nur damit Sie mich zu einem Friedhof kutschieren?«

»Hier ist es ruhig«, argumentierte Marshall. »Und wir sind ungestört. Kommen Sie, gehen wir ein Stück spazieren.«

Winter rappelte sich auf, und gemeinsam schlenderten sie zwischen den Grabreihen entlang.

»Wie lange sind Sie schon nicht mehr bei der Polizei?«, erkundigte sich Marshall im Plauderton.

»*Hmmm.* Diesmal seit fünf Monaten ... Hat medizinische Gründe.«

»Oh! Tut mir leid. Das geht mich ja auch nichts an.«

»Schon gut. Ich will bald wieder anfangen. Und bis dahin ist Sainsbury's ganz in Ordnung. Ich lege Wert auf meinen Schlaf, und momentan muss ich nie länger als bis einundzwanzig Uhr arbeiten. Das Leben meint es gut mit mir! Also ... Jimmy Metcalf?«, sagte er auffordernd und wechselte das Thema. Er war sich bewusst, dass seine Mittagspause bereits zu einem Drittel um war, und vorhin in Dans Büro hatte er ein dickes rotes Kreuz neben sei nem Namen gesehen.

Marshall zögerte.

»Ich habe buchstäblich noch siebzehn Minuten Zeit«, rief er ihr ins Gedächtnis.

Ein Windstoß fegte über den Friedhof, und über ihren Köpfen raschelte der Tod in den Bäumen. Es waren all die vertrockneten Blätter, farblos und eingerollt, als befänden sie sich in der Leichenstarre.

Marshall holte tief Luft. Nun, da es darum ging, jemanden in ihr Unterfangen einzuweihen, hatte sie auf einmal Bedenken …

Jimmy Metcalf hörte einfach nicht auf zu zittern. Die Kälte hüllte ihn nicht mehr nur von außen ein – sie hatte von seinem Innern Besitz ergriffen.

»Stanley?«

Behutsam schüttelte er seinen Freund. Der ältere Mann saß leblos und zusammengesunken in einem Türeingang, den er sich unwissentlich als den Platz ausgesucht hatte, an dem er seine letzten Stunden verbringen würde. Noch am Nachmittag hatten sie sich miteinander unterhalten. Der obdachlose Kriegsveteran hatte ihm versprochen, sich eine Unterkunft zu suchen, doch die halb leere Flasche auf den Stufen neben ihm legte nahe, dass er sich für einen anderen Weg entschieden hatte, die Nacht zu überstehen.

»Ach, Stanley«, seufzte Jimmy traurig. Dann ging er neben ihm in die Knie, um seine Taschen zu durchsuchen. Er nahm Kleingeld im Wert von drei Pfund zweiundsiebzig, die Pudelmütze, die Stanley nicht länger brauchte, und seine Whiskyflasche an sich.

Er trank einen Schluck auf seinen Freund und drückte noch einmal voller Zuneigung seine Hand, bevor er aufstand und ging, ohne zurückzuschauen.

Zwei Stunden später konnte er kaum noch die Augen offen halten. Doch er zwang sich, in Bewegung zu bleiben. Er hatte vor, die ganze Nacht

durch die Stadt zu laufen, denn sobald er stehen blieb, würde er
erfrieren. Er bog in das vertraute Terrain der Bayswater Road ein und
war überrascht, als er Stimmen hörte. Er verstand nicht, weshalb
jemand noch so spät in der bitteren Kälte unterwegs war.
Ein Stück vor ihm gingen zwei Männer am Park entlang – einer war groß
und muskulös, der andere schlank und etwas kleiner. Der Größere war
eindeutig betrunken. Er rutschte auf einer vereisten Stelle aus, und der
andere versuchte erfolglos, ihn festzuhalten, ehe beide aufs Pflaster
fielen. Sie brachen in Gelächter aus und machten keine Anstalten,
wieder aufzustehen. Stattdessen wälzte sich der schlanke Mann auf den
anderen, und die beiden küssten sich ...

»Moment, Moment, Moment«, sagte Winter, der stehen geblieben war. »Ich nehme mal an, der Größere ist Henry John Dolan? Sie wollen also behaupten, dass es da draußen einen schwulen Liebhaber gibt, von dem wir nichts wissen?«

»Darf ich zu Ende erzählen?«, fragte Marshall.

»Tut mir leid. Bitte reden Sie weiter.«

...

Obwohl es Jimmy unangenehm war, den intimen Moment zu
unterbrechen, näherte er sich den beiden langsam. Er war zu dem
Schluss gekommen, dass seine Notlage die Störung rechtfertigte,
außerdem waren Betrunkene oft großzügiger als Nüchterne.
Dicke Schneeflocken verwischten das Licht der Straßenlaternen, und
Jimmy war noch knapp zehn Meter entfernt, als das Paar sich wieder
aufrappelte und der schlanke Mann Dolan durch den Eingang in den
Park zog.
Die beiden bemerkten seine Anwesenheit nicht, sondern torkelten den
gewundenen Pfad entlang, während Jimmy sie vom Tor aus

beobachtete. Er langte in seine Tasche, schloss die Finger um den Griff seines Messers und überlegte. Natürlich würde er es niemals benutzen. Er wollte ihnen nur einen kleinen Schrecken einjagen. Das eine Mal, als er darauf zurückgegriffen hatte, war die Sache in weniger als dreißig Sekunden vorbei gewesen. Der rotgesichtige Geschäftsmann hatte ihm seine Brieftasche ausgehändigt, als hätte er auf Jimmy gewartet. Niemand war zu Schaden gekommen, und der Mann hatte immerhin eine aufregende Geschichte, die er am nächsten Morgen seinen Freunden erzählen konnte. Trotzdem plagten Jimmy noch immer schwere Schuldgefühle. Man konnte ihm vieles nachsagen, und sein Leben war definitiv anders verlaufen als geplant, aber er hatte sich nie für einen bösen Menschen gehalten.

Noch immer unschlüssig, folgte er den beiden in gebührendem Abstand. Dolans Stimme war in der Stille deutlich zu hören.

»Ich bin so froh, dass du mich überredet hast mitzukommen.«

»Und du dachtest, du würdest heute früh ins Bett gehen!« Der andere lachte.

Jimmy sah seine Chance gekommen. Er zog das Messer und beschleunigte seine Schritte. Aber dann nahm der Schlanke Dolans Hand und führte ihn vom Pfad weg zwischen die Bäume.

Jimmys leiser Fluch bildete eine weiße Atemwolke vor seinem Gesicht. Er schaute den Weg zurück, den er gekommen war. Der Park war nach wie vor menschenleer. Die Gelegenheit war zu gut, um sie ungenutzt verstreichen zu lassen, und wenn er jemals ein Zimmer für die Nacht gebraucht hatte, dann heute.

Der frische Schnee knirschte unter seinen Schuhsohlen, als er zwischen die Bäume trat. Die beiden Männer vor ihm waren inzwischen auf eine kleine Lichtung gelangt, wo ein großer steinerner Sockel stand. Er war leer, als wäre sein Bewohner im Schutz der Dunkelheit zu einem Spaziergang durch den Park aufgebrochen. Jimmy hockte sich hin, um nicht gesehen zu werden, und sah zu, wie der Schlanke den Sockel erklomm.

»Was machst du da?«, rief Dolan. »Bist du wahnsinnig?«

»Komm«, sagte der andere. »Ich habe eine Überraschung für dich.«

»Nein! Ich klettere auf gar keinen Fall da rauf!«

»Auf gar keinen Fall?«, fragte der Schlanke neckend und verschwand aus dem Blickfeld, ehe er mit einem Picknickkorb und einer Decke, die er früher am Tag dort oben deponiert haben musste, wieder auftauchte. Er holte eine Flasche Sekt aus dem Korb und ließ den Korken knallen. »Wie du willst.«

Dolan schnaubte und tat verärgert, begann jedoch die eisglatten Sprossen des Sockels zu erklimmen.

Jimmy lachte über sein Pech und steckte das Messer zurück in die Tasche. Im Grunde war er froh. Er wollte sich zum Gehen wenden, als eine plötzliche Veränderung in der Körpersprache des Schlanken seine Aufmerksamkeit erregte. Er holte, während Dolan noch auf der Leiter war, einen Gegenstand aus dem Korb. Von Trunkenheit war plötzlich keine Spur mehr, als er den Gegenstand mit ruhigen Händen zusammensetzte. Jimmy wollte eine Warnung rufen, aber was hätte er sagen sollen – dass ihm etwas komisch vorkam? Stattdessen schwieg er und sah mit morbider Faszination zu, wie Dolan endlich die oberste Sprosse erreichte.

»Ein bisschen Hilfe wäre nett!«, sagte er lachend, weil er Mühe hatte, über den Rand zu klettern.

Der andere Mann trat langsam auf seinen muskulösen Begleiter zu und streckte ihm den linken Arm hin, um ihn hochzuziehen, während er ihm gleichzeitig mit der rechten Hand etwas in den Nacken stach.

»Was soll der Scheiß?!«, brüllte Dolan und kam taumelnd auf die Füße, während der andere vor ihm zurückwich. »Was hast du gemacht?« Mit verzerrtem Gesicht rieb er sich die Einstichstelle.

Der schlanke Mann schwieg, während Dolan auf die Knie sank.

Jimmy hatte unbewusst einige Schritte nach vorn gemacht und befand sich auf offenem Gelände. Er war wie hypnotisiert von dem Geschehen drei Meter über ihm.

»Ich kann meine Beine nicht mehr spüren«, keuchte Dolan voller Panik und Verwirrung. »Was hast du mit mir gemacht? Ich spüre ... gar nichts mehr. Ich kann nicht ... ich ...«

Jimmy kam wieder zur Besinnung und eilte zum Sockel, damit der Mann, der sich irgendwo über ihm befand, ihn nicht sehen konnte. Während er versuchte, seine Gedanken zu ordnen und zu überlegen, wo sich die nächste funktionierende Telefonzelle befand, fielen neben ihm zwei elegante braune Schuhe zu Boden. Augenblicke später segelte eine schwarze Socke vom Himmel ... und gleich darauf die zweite.

Er beschloss abzuhauen, zögerte jedoch, als ein zerrissenes Hemd wie ein Vogel mit einem gebrochenen Flügel zu Boden flatterte. Gleich darauf landete etwas Kleines, Hartes darauf.

Jimmy wagte sich aus seiner Deckung hervor und starrte auf die Spritze, in der eine blutige Nadel steckte. Als er hörte, wie über ihm etwas über den Stein geschleift wurde, huschte er am Sockel entlang. Mit klopfendem Herzen schnappte er sich die teuer aussehenden Schuhe und die blutige Spritze, ehe er zurück zwischen die Bäume floh, wobei er schluchzend die Worte »Es tut mir so leid« murmelte.

»Er hat ... *geweint?*«, fragte Winter ungläubig.

»Anscheinend.«

Winter sah sie verständnislos an. »Und ...?«

»Jimmy Metcalf nimmt die Schuhe für sich und die Spritze für die Polizei, aber als er die nächste Telefonzelle erreicht, kommt ihm eine Idee. Er geht davon aus, dass Dolan bereits tot ist – und er steht mit der Mordwaffe in der Hand da. Für ihn ist das der Freifahrtschein, um endlich von der Straße wegzukommen. Haben Sie sich mal die Aufzeichnungen von seiner Vernehmung angehört?«

Winter schüttelte den Kopf.

»Der Detective dachte ganz offensichtlich, es wäre Weihnachten. Er hat Metcalf Suggestivfragen gestellt, ihm auf die Sprünge geholfen, wenn er nicht weiterwusste, und das Protokoll unterschrieben, ohne einen weiteren Gedanken an die Sache zu verschwenden.«

»Bestimmt auf Hamms Anordnung hin. Der hätte den Mord lieber selbst gestanden, statt zuzugeben, dass Chambers richtiglag.« Winter seufzte, als die Sonne hinter den Wolken hervorkam. »Bitte, sagen Sie mir, dass Metcalf Ihnen eine Beschreibung des Täters geliefert hat.«

»Keine besonders präzise«, gab Marshall zurück. »Europäisch, ungefähr eins fünfundachtzig groß. Möglicherweise zwischen zwanzig und fünfunddreißig, aber vielleicht auch älter. Dunkle Haare. Vornehme Aussprache. Und er war schlank.«

»Das ist alles?«

»Das ist alles.«

»Sie haben gesagt, der Täter hätte die Spritze in der Hand gehalten.«

»Aber Metcalf hat sie sauber gewischt und mit seinen eigenen Abdrücken präpariert. Er wollte nicht riskieren, dass Zweifel an seiner Geschichte aufkommen.«

»Dieser *verfluchte* Jimmy Metcalf«, brummte er.

»Dieser verfluchte Jimmy Metcalf«, pflichtete Marshall ihm bei.

»Und er erlaubt nicht, dass wir die Infos nutzen, um den Fall wieder aufzurollen? Er würde noch ein paar Jahre kriegen, weil er Beweise vernichtet und gelogen hat ...«

»Keine Chance.«

»Dieser *verfluchte* Jimmy Metcalf«, wiederholte Winter. »Okay. Kommen wir zum Elefanten im ... auf dem Friedhof. Warum erzählen Sie mir das alles? Warum sind Sie damit nicht zu Chambers gegangen?«

»Am liebsten hätte ich Sie beide außen vor gelassen«, gestand Marshall unumwunden. »Aber es ging nicht anders.« Winter runzelte die Stirn, als er die Bitterkeit in ihrer Stimme hörte. »Eines Tages werde ich Detective im Morddezernat sein. Der schnellste Weg, um dafür zu sorgen, dass dieser Tag *niemals* eintritt, wäre es, da reinzumarschieren und meinen zukünftigen Vorgesetzten mit einer halb garen Theorie zu überfallen. Ich brauche *Sie*, weil wir beide wissen, wie es in diesem Job läuft: Es sind Dinge passiert, die nicht in der Akte stehen. Sie müssen für mich die Lücken füllen.«

»Zum Beispiel?«

»Wonach hat Chambers gesucht, als er Robert Coates' Garten umgegraben hat? Er konnte doch nicht ernsthaft glauben, dort eine Leiche zu finden.«

»Nach Hunden.«

»Hunden?«

»Chambers hatte die Vermutung, dass Robert Coates immer wieder neue Hunde aus dem Tierheim geholt hat und dass Henry John Dolan sein erster, noch zögerlicher Mord war – der Schritt vom Tier zum Menschen.«

»Interessant«, meinte Marshall, während es in ihrem Kopf zu rattern begann. »Nächster Punkt. Ich habe zwei unterschiedliche Versionen der Ereignisse an dem Abend gelesen, als Chambers angegriffen wurde ... beide stammten von Ihnen.«

»Okay?«, sagte Winter leicht abwehrend.

»Eine war die Abschrift Ihrer Befragung zum Hergang, die

andere Ihre offizielle schriftliche Aussage am darauffolgenden Tag ... Was ist aus den Schlangen geworden?«

Winter sah so aus, als wollte er nicht antworten. »Die Wahrheit ist, dass ich nicht wusste, ob sie überhaupt echt waren. Chambers lag blutüberströmt auf der Straße. Der Wagen hat lichterloh gebrannt, und Reilly war ...« Winters Gedanken kehrten einen Moment lang zu dem Abend zurück. »Das war der schlimmste Abend meines Lebens. Es kommt mir immer noch vor wie ein Albtraum. Ehrlich gesagt, würde es mich nicht wundern, wenn ich mir ein paar Sachen bloß eingebildet habe. Als über Nacht keine Berichte von Schlangen reinkamen, die auf den Straßen von Bloomsbury gesichtet wurden, dachte ich mir, ich erspare mir die psychologische Evaluation und lasse das Detail lieber unter den Tisch fallen.«

»Sie wissen, was Sie gesehen haben«, bohrte Marshall nach und blieb stehen. »Waren da Schlangen oder nicht?«

»Das habe ich Ihnen doch gerade gesagt.«

»Waren ... da ... Schlangen?«

Winter verlagerte unbehaglich das Gewicht von einem Fuß auf den anderen. »Ja.«

»Ich glaube Ihnen ... Und man hat trotzdem keinen Zusammenhang zwischen den drei Vorfällen hergestellt – nicht mal nach dem brutalen Angriff auf Chambers?«

»Ich hatte nach dem Abend mit der Sache kaum noch zu tun. Soweit ich weiß, war Chambers erst drei Tage später in der Lage, auszusagen, dass ihm etwas injiziert worden war. Da hatte er zwei OPs und eine Bluttransfusion hinter sich.«

»Die Beweise waren vernichtet.«

»Die Beweise waren vernichtet.« Winter nickte. »Und ich glaube nicht, dass er die Angelegenheit weiterverfolgt hat.«

»Warum nicht? Warum hat Chambers sich nie die Mühe gemacht, denjenigen zu finden, der versucht hat, ihn umzubringen?«

»Das müssen Sie ihn fragen.«

»Werde ich auch. Also haben Sie die Ermittlungen im Fall Alphonse und Nicolette im Anschluss nicht weiterverfolgt?«, hakte sie mit anklagendem Unterton nach.

Winter schüttelte den Kopf. »Nicht wirklich. Sie wollten nicht, dass ich noch irgendwas damit zu tun habe. Eine Zeit lang hatten sie einen lokalen Dealer im Verdacht. Ich glaube, sie haben ihn sogar verhaftet, aber am Ende verlief die Sache im Sande.«

Marshall nickte. »Ich habe die Akte.«

»Dann war da noch dieser unheimliche Stalker, der in den Wohnungen gegenüber vom Freizeitzentrum lebte«, erinnerte er sich. »Aber zu dem Zeitpunkt hatten wir alle Möglichkeiten ausgeschöpft. Es herrscht kein Mangel an miesen Typen da draußen, aber das heißt nicht, dass einer von denen unser Täter ist.«

»Ich würde gerne Henry Dolans Freundin befragen«, überlegte Marshall laut, »um rauszufinden, ob sie wusste, dass er mit fremden Männern in dunklen Parks Händchen hielt. Und ich will wissen, wo sich Robert Coates heute so rumtreibt. Er war damals der Hauptverdächtige und ist es immer noch.«

»Was ist mit Tobias Sleepe?«, fragte Winter. »Lassen wir den nur aufgrund von Jimmy Metcalfs vager Beschreibung und einer sieben Jahre alten Erinnerung außer Acht?«

»Nicht nur deswegen.« Marshall deutete mit einem Kopfnicken auf den Grabstein, neben dem sie stehen geblieben waren, gerade als ein weiterer Windstoß durch die Bäume fuhr.

TOBIAS PERCIVAL SLEEPE

1932–1996

Seiner Arbeit ergeben

»Er hätte es trotzdem sein können«, gab Winter zu bedenken, während er mit Missfallen die Inschrift las.

»Prinzipiell schon«, stimmte Marshall ihm zu. Sie sah ein wenig blass aus. »*Gott*, ich hoffe, dass er es war. Aber ich muss Gewissheit haben.«

SONNTAG

KAPITEL 16

Winter erwachte schweißgebadet im dunklen Zimmer.

Ihm wurde bewusst, dass er aufrecht im Bett saß, die Bettdecke lag in einem unordentlichen Haufen auf der anderen Seite des Schlafzimmers. Keuchend vor Panik tastete er nach seinen Beinen. Er musste sich davon überzeugen, dass sie unversehrt waren, ehe er das Licht einschaltete. Die vier charakterlosen Wände boten ihm wenig Trost.

»Scheiße«, wisperte er und rieb sich die Augen, als er aus dem Bett aufstand, ans Fenster trat und auf die dunkle Straße schaute. Einziges Lebenszeichen waren die Geräusche der Bäcker, die bereits fleißig bei der Arbeit waren.

Als er den Vorhang losließ, landete die gerahmte Urkunde, die auf der Fensterbank lehnte, mit dem Bild nach unten auf dem Teppich. Er war versucht, sie einfach liegen zu lassen, ging dann aber in die Hocke und hob sie auf. Er wusste nicht, warum er sie überhaupt so lange behalten hatte – eine Ehrung für seine »Tapferkeit« und eine beständige Erinnerung an einen Abend, den er am liebsten vergessen hätte.

Mit welcher Tapferkeit er zugesehen hatte, wie seine Partnerin auf der Straße verreckt war wie ein Tier.

Mit welcher Tapferkeit er geweint hatte, während er versuchte, Chambers' Bein zusammenzuhalten. Und mit welcher Tapferkeit er sich fünfmal für längere Zeit krankgemeldet hatte, weil er nicht Manns genug war, sich seinen Erinnerungen zu stellen.

Er trug den Rahmen in die Küche und warf ihn in den Mülleimer. Sofort fühlte er sich ein bisschen besser.

Ein Luftzug fuhr durch das undichte Fenster in seinem Bad, wo er ganz hinten im Regal eine Schachtel Paroxetin fand. Dass er die Medikamente aufbewahrt hatte, war Beweis dafür, wie wenig er an sich glaubte.

Er spülte zwei Tabletten mit einem Schluck Wasser hinunter, dann betrachtete er sich im Spiegel: übergewichtig, schütteres Haar, arbeitsunfähig und jetzt, wie so oft, zu ängstlich, um wieder einzuschlafen.

Erbärmlich.

Fest entschlossen, sich am Riemen zu reißen, kehrte er ins Schlafzimmer zurück und zog sich Jogginghose und Sweatshirt über, um eine Runde laufen zu gehen, bevor der Rest der Welt erwachte. Auf Zehenspitzen, um die Nachbarn nicht zu stören, verließ er seine Wohnung und zog leise die Tür hinter sich zu.

Marshall stapfte den Flur entlang, woraufhin prompt der Hund der Nachbarn zu kläffen begann, und öffnete mit einem Fußtritt ihre Wohnungstür. Sie war zu müde, um sich auch nur die Stiefel auszuziehen, ehe sie mit dem Gesicht nach unten auf dem Bett zusammenbrach.

Im Laufe der Jahre war sie aufgrund ihres ungewöhnlichen Erscheinungsbildes oft mit einem Vampir verglichen worden, und dieser Vergleich war niemals zutreffender, als wenn sie im Winter Nachtdienst schob. Manchmal sah sie zwei Tage lang am Stück die Sonne nicht. Sie verdrängte ihr Bedürfnis, die Jalousie anzurühren. Ihr Apartment hatte die Größe eines Sargs – nicht mehr als eine dunkle Kiste, in der sie tagsüber ruhte.

Sie war so müde. Sie war kurz vor dem Einschlafen, und gleichzeitig wehrte sie sich dagegen, gefangen in dem Niemandsland, in dem man jegliche Kontrolle darüber verliert, wohin die Gedanken einen mitnehmen ...

Es schneite schon seit Tagen. Riesige Verwehungen blockierten die alten Eisenbahnbögen, und die Straße war nahezu unpassierbar, als sie unter der Brücke entlanglief, wo ein zerfetztes Transparent sich wie eine Schlange dem Boden entgegenringelte.

ppy New Year 1996!

Die benachbarten Geschäftsräume waren kalt und leer, entweder vor langer Zeit verlassen oder im Rahmen verlängerter Weihnachtsferien noch geschlossen. Deshalb war sie erleichtert, als sich die einzelne Fußspur, der sie von der Hauptstraße bis hierher gefolgt war, nach rechts wandte und vor dem rostigen Rolltor von Sleepe & Co Restaurierungs- und Konservierungslösungen endete. Die schneegedämpfte Stille spielte ihrem Verstand Streiche, denn es fiel ihr nicht schwer, sich vorzustellen, wie ein Geist dort stand und auf Einlass wartete. Sie trat zum Tor und klopfte gegen das Metall. Das hohle, donnernde Echo klang auf trügerische Weise deutlich selbstbewusster, als ihr selbst zumute war ...

Die Temperatur sank, als sie die Schwelle zu Sleepes Reich überschritt, und ihre weißen Atemwolken verrieten ihr Unbehagen, als sie zur Decke über ihnen hinaufblickte, an der – ein unwirklicher Anblick – eine Million rasiermesserscharfe Eiszapfen hingen.

Sie hielt ihren nagelneuen Dienstausweis zwischen den Fingern, als der gebeugte Mann zu der frostglitzernden Treppe deutete, deren Metallstufen nach oben in die Finsternis führten ...

Im Büro war es warm. Ein uralter Heizkörper glühte wie ein Feuer, als sie über die Fallakten sprachen, die offen zwischen ihnen auf dem Tisch lagen.

Er verhöhnte sie. Jedes seiner Worte troff nur so vor Boshaftigkeit. Fälschlicherweise wähnte er sich unantastbar, geschützt durch sein fortgeschrittenes Alter.

Abgestoßen von seinen fauligen Zähnen, als er lächelte, blickte sie auf das Foto von Alfie – eine Ansammlung schwarzer und weißer Formen auf einem fotokopierten Dokument. Zorn stieg in ihr hoch, während der Mann, der womöglich für Alfies Tod verantwortlich war, es genoss, mit der Polizei zu spielen ...

Sie waren beide aufgestanden. Der gebrechliche Mann wich aus dem kleinen Raum zurück, während sie ihn anschrie und Blätter mit dem Briefkopf der Metropolitan Police wie gigantische Schneeflocken nach unten in die Werkstatthalle fielen, als sie ihm folgte ...

Die kleine Gestalt lag am Fuß der Treppe wie eine Insel in der scharlachroten Lache, die sich um ihn herum ausbreitete.

Sie starrte ihn lange Zeit an und wartete auf eine Empfindung, doch es wollte sich keine einstellen.

Sie kehrte ins Büro zurück, sammelte die Unterlagen ein und nahm das Band mit den Überwachungsaufnahmen aus dem VHS-Rekorder. Mit dem Ärmel ihres Pullovers wischte sie den Tisch sauber. Auf dem Weg nach unten fielen ihr noch die Türklinke und das Treppengeländer ein. Nachdem sie die letzten durchweichten Blätter aus Sleepes Blut gefischt hatte, wickelte sie sich den Schal um den Hals und trat nach draußen in den Schnee.

MONTAG

KAPITEL 17

Nach zwei besonders anstrengenden Schichten, in denen drei Razzien sowie eine gemeinsame Operation mit dem London City Airport weitere private Ermittlungen nach Dienstschluss unmöglich gemacht hatten, beneidete Marshall Winter um seine Feierabendzeit von einundzwanzig Uhr. Sie brauchte dringend Schlaf und war dementsprechend froh gewesen, dass Henry Dolans ehemalige Freundin Rita erst nach ihrer Arbeit Zeit für ein Gespräch hatte.

Marshall trotzte dem sintflutartigen Regen und klopfte an die Tür des Kosmetiksalons. Sie fühlte sich ein wenig befangen, als die makellos herausgeputzte Frau sie einlud, auf dem Sofa im Empfangsbereich Platz zu nehmen, während sie sie mit kaum verschleiertem Mitleid musterte. Während sie in ihrer Tasche kramte, versuchte sie, die ähnlich kritischen Blicke der anderen Frauen zu ignorieren, die im Salon herumliefen und für den Abend sauber machten.

»Oh, ich hoffe, es macht Ihnen nichts aus – ich habe Dave gebeten, dabei zu sein«, sagte Rita mit einem Essex-Akzent, der zu ihrer künstlichen Bräune passte.

»Dave?«, fragte Marshall.

»Dave Thornton, mein Freund. Er kannte Henry fast so gut wie ich.«

Marshall kritzelte eine Notiz, als der breiteste Mann, den sie jemals gesehen hatte, sich zu ihnen gesellte und neben ihnen Platz nahm. Er bot einen gleichermaßen beeindruckenden wie absurden Anblick und bewegte sich mit der Grazie eines Roboters. Außerdem sah er so aus, als würde er platzen, sollte Rita so unvorsichtig sein, ihn mit einem ihrer krallenartigen Fingernägel zu piksen.

»Ich habe eine Schwäche für Bodybuilder, stimmt's, Liebling?«, sagte sie und drückte leichtsinnigerweise Daves Muskeln. Jenseits der Fenster gingen die ersten Straßenlaternen an.

»Danke, dass Sie sich mit mir treffen«, begann Marshall.

»Man hat ja keine Wahl, wenn die Polizei fragt, oder?«

Hastig fuhr Marshall fort. »Ich bin nicht gekommen, um alte Wunden wieder aufzureißen, und ich kenne Ihre ursprüngliche Aussage in- und auswendig, deshalb habe ich nicht vor, mit Ihnen über Dinge zu sprechen, die bereits aktenkundig sind.«

»Worum geht es dann?«, fragte Dave und beugte sich, Alphatier durch und durch, nach vorn.

»Es sind jüngst ein paar neue Informationen ans Licht gekommen«, antwortete Marshall. »Auf *die* würde ich mich gerne konzentrieren.«

»Sie haben den Kerl doch geschnappt, oder nicht?«, sagte Dave, dem jede Gelegenheit recht zu sein schien, sich zu echauffieren. »Diesen Obdachlosen. Er hat gestanden!«

»Und meine Aufgabe ist es, dafür zu sorgen, dass er nie wieder freikommt«, log sie, da sie die Stimmung im Raum richtig interpretiert hatte. »Ich muss sicherstellen, dass *alles* korrekt abgelaufen ist, sonst finden die Anwälte irgendwo einen Formfehler ... Sie wissen schon ... So ist das doch immer.«

»Dann geht es also nur darum, dass alles korrekt abgelaufen ist?«, wollte Dave wissen.

Marshall konnte sich eine kleine Grimasse nicht verkneifen.

»Das hat sie doch gerade *wortwörtlich* so gesagt«, wies Rita ihn zurecht.

»Ich meine ja nur.« Er zuckte mit den Schultern und lehnte sich so weit zurück, wie sein Körperbau es zuließ.

»Und was sind das für neue Informationen?«, hakte Rita nach, die sich wieder Marshall zuwandte.

Diese wusste um die gespitzten Ohren auf der anderen Seite des Raums und senkte die Stimme. »Es hat mit Henrys ... sexueller Orientierung zu tun.«

Rita sah *noch* ahnungsloser aus als zuvor. »Was? Sie meinen, wie wir es am liebsten gemacht haben?«

»Ähh. Nein. Ich meine die sexuelle Orientierung im Sinne von ... heterosexuell oder homosexuell.«

Sie sah, wie Dave die Hand seiner Freundin nahm.

»Wovon reden Sie?«, fragte Rita in einem Ton, der verriet, dass sie Bescheid wusste.

»Davon, dass er am Abend des Mordes mit einem Mann gesehen wurde.«

»Na ja.« Rita lachte. »Das bedeutet ja nicht gleich ...«

»Ein Zeuge hat gesehen, wie sie Händchen hielten«, fiel Marshall ihr ins Wort. »Er hat auch gesehen, wie sie sich geküsst haben.«

»Ich wusste es. Habe ich es nicht gesagt?«, wandte sie sich an Dave. »*Verdammt*, ich wusste es!«

»Sie *wussten* es?«, fragte Marshall.

»Na ja, gewusst habe ich es nicht. Aber ich hatte es im Gefühl.«

»Es gab gewisse ... Gerüchte«, setzte Dave geheimnisvoll hinzu und legte den Arm um Rita.

»Ich muss die Identität dieses Mannes ermitteln«, teilte Marshall ihnen mit.

»Woher soll ich das wissen?!«, rief Rita. Sie war sehr aufgewühlt, und Tränen drohten ihr perfektes Make-up zu ruinieren.

»Gab es jemanden, mit dem er viel Zeit verbracht hat?«

»Nein.« Sie schüttelte den Kopf. »Obwohl …«

Marshall setzte sich kerzengerade hin. »Obwohl?«

Rita schaute zu Dave. »Da war dieser Neue … auf seiner Geburtstagsparty, weißt du noch?«

»Ja.« Er nickte. »Ich erinnere mich.«

»Kennen Sie seinen Namen?«, fragte Marshall.

Beide schüttelten den Kopf.

»Er ist abgehauen, kurz nachdem ich kam«, sagte Rita bitter. »Jetzt ist mir auch klar, wieso.«

»Wissen Sie noch, wie er aussah?«

»Weiß. Klang so, als käme er aus dem Süden. Sie wissen schon – vornehme Aussprache. Er war nicht groß – ganz normal. Dunkle Haare. Ziemlich gut aussehend, würde ich sagen. Das ist lange her.«

»Erkennen Sie eine dieser beiden Personen wieder?«, wollte Marshall wissen, ehe sie ihnen Fotos von Tobias Sleepe und Robert Coates reichte. Gespannt hielt sie den Atem an …

»Nein«, erklärte Rita.

»Nee«, sagte Dave und gab ihr die Bilder zurück.

Unfähig, ihre Enttäuschung zu verbergen, nahm Marshall wieder ihr Notizbuch zur Hand.

»Gibt es sonst noch irgendetwas, woran Sie sich in Bezug auf den Mann auf der Party erinnern?«

Dave schien ein Gedanke gekommen zu sein, und wie auf ein Stichwort hin ging hinter seinem Kopf die Straßenlaterne an.

»Er fuhr einen Lieferwagen oder so.«

»Einen ... Lieferwagen?«, fragte Marshall aufgeregt.

»Einen Lieferwagen?«, wiederholte Rita.

»Auf der Geburtstagsparty«, erklärte Dave, »musste ich mein Auto umparken, um ihn rauszulassen. Du weißt ja, wie schwierig das am The George mit den Parkplätzen ist.«

»Farbe?«, rief Marshall.

Dave verzog das Gesicht, während er angestrengt nachdachte. »... Orange, glaube ich.«

»Vielen Dank.« Marshall war bereits dabei, ihre Sachen zusammenzupacken. »Sie haben mir sehr geholfen.«

Um zwanzig Uhr vierzig war es im Sainsbury's nahezu menschenleer, und Winter war dazu verdonnert worden, Regale einzuräumen, wofür er wiederum Marshalls Hilfe rekrutiert hatte.

»Das ist doch eine wichtige Information, oder?«, sagte sie, den Arm voller Schachteln mit Teebeuteln. »Sie und Chambers haben am Abend des Angriffs beide von einem orangefarbenen Lieferwagen gesprochen, und jetzt wissen wir, dass jemand, auf den die Beschreibung von Henry Dolans Killer passt, das gleiche Auto fährt!«

»Nicht schlecht.« Winter nickte.

»Das ist mehr als nicht schlecht«, widersprach sie, als sie mit Instantkaffee weitermachten, da niemand den seltsamen Kräutertee gekauft hatte.

»Wir können immer noch keine Verbindung zu Alphonse oder seiner Mutter herstellen.«

»Finden Sie nicht, dass Ritas und Jimmy Metcalfs Beschreibung auf Robert Coates passt?«

»Nein. Kein bisschen. Dolans Freundin hat gesagt, er sei ›gut aussehend‹ gewesen.«

»So was liegt doch im Auge des Betrachters.«

»Nicht in *diesem* Fall. Der Typ sieht aus wie eine Gottesanbeterin.«

»Also schön, wie wäre es dann damit? Sowohl Henry John Dolan als auch Alfie hatten in den Wochen vor ihrem Tod jemand Neues kennengelernt. Eine Person, der es gelungen ist, sich aus ihren jeweiligen Freundeskreisen rauszuhalten, während sie gleichzeitig innerhalb kürzester Zeit ein ungewöhnlich enges Verhältnis zu ihnen aufgebaut hat: Im Fall Dolan war es eine romantische Beziehung, bei Alfie ein starkes männliches Vorbild. Das kann *unmöglich* Zufall sein.«

Winter wirkte beeindruckt. »Sie machen das gut mit diesem ganzen Polizeikram.«

Marshall lächelte. »Das haben Sie vor sieben Jahren auch schon gesagt.«

»Leider vergessen Sie ein entscheidendes Detail«, gab er zu bedenken. »Sie haben der Freundin und dem Freund ein Foto von Robert Coates gezeigt, und sie haben ihn nicht wiedererkannt.«

Dafür hatte Marshall in der Tat keine Erklärung. »Wir übersehen irgendwas.«

»Dann ist es vielleicht an der Zeit, Chambers mit ins Boot zu holen?«

Sie nickte widerstrebend. »Wollen Sie ihn anrufen?«

»Es ist Ihr Rachefeldzug. Warum machen Sie das nicht?«

»Ich kenne ihn doch gar nicht!«

»Meinetwegen.« Winter seufzte. »*Ich* mach's ...«

Am darauffolgenden Abend saßen Marshall und Winter zusammen in einem Taxi auf dem Weg zum Black Dog nach Camden. Chambers war bereit zu einem Treffen mit einem ehemaligen Kollegen, den er seit Jahren nicht gesehen hatte, und einer Frau, über die er nichts wusste. Winter wippte nervös mit dem Fuß, kaute an seinen Fingernägeln und sah dem Regen zu, während jenseits der Fensterscheiben die Stadt an ihnen vorbeiglitt.

»Sie wirken ein bisschen angespannt«, stellte Marshall fest, während der Taxifahrer über Funk mit jemandem diskutierte.

»Geht schon. Ich habe ihn halt nicht mehr gesehen, seit ...«

»Seit?«

»Seit ich geholfen habe, ihn in einen Krankenwagen zu verfrachten.«

»Aber waren Sie zwei nicht Partner?«, fragte sie verdutzt.

»Nein.«

»Sie haben ... ihn nicht im Krankenhaus besucht?«

»Nein.«

»Und Sie haben es nicht für nötig gehalten, das ein bisschen früher zu erwähnen?«

»Nein.«

»Wet Dog« wäre ein treffenderer Name für das feuchte kleine Lokal am Ufer des Kanals gewesen, dessen Muffigkeit von einem übelkeitserregenden Cocktail aus nassen Schuhen, schalem Bier und dem hauseigenen Dobermann am Kamin herrührte. Winter und Marshall zwängten sich in eine Nische am Fenster. Sie tranken schweigend ihr Bier und sahen zu, wie laute Stammgäste am Tresen gutmütig Beleidigungen austauschten.

»Da kommt er. Da kommt er«, raunte Winter und stand auf. Seine Nervosität war ansteckend, und auch Marshall erhob sich von ihrem Platz, um Chambers zu begrüßen. Gemeinsam mit dem Mann, der darauf wartete, dass das WC frei wurde, sahen sie so aus, als wären sie im Begriff, in ihrer Ecke königlichen Besuch zu empfangen.

»Chambers!« Winter lächelte, als sie sich die Hand schüttelten.

»Ist lange her«, gab Chambers zurück und ertappte Marshall dabei, wie sie nach unten auf sein Bein schielte.

»Danke, dass Sie gekommen sind. Ich möchte Ihnen Detective Constable Jordan Marshall vorstellen.«

»Chambers«, sagte er und hielt ihre Hand ein wenig länger fest, als natürlich schien, während er die aufwendigen Tattoos an ihrem Arm, ihre dunklen Klamotten und die zahlreichen Piercings in Augenschein nahm.

»Morddezernat?«

»Derzeit noch Rauschgift«, antwortete sie.

Er lächelte freundlich und nahm Platz.

»Wir haben geraten.« Winter schob ihm ein Bierglas hin.

»Weit gefehlt«, meinte Chambers lächelnd. »Trotzdem danke.«

Schweigen senkte sich über die Gruppe, als er einen tiefen Schluck von seinem Guinness trank. Er wischte sich den Schaumschnurrbart von der Lippe und sah die beiden geduldig an.

»Also ...« Winter zögerte ... und kniff. »Ist das hier Ihr Stammlokal?«

Marshall verdrehte die Augen.

»Früher mal«, sagte Chambers und blickte sich voller Zuneigung im Raum um. »War schon seit Jahren nicht mehr hier. Es kam mir irgendwie passend vor ... Arbeiten Sie immer noch draußen in Shepherd's Bush?«

»Bei Sainsbury's«, antwortete Winter unbekümmert. »Aber hoffentlich kann ich bald wieder anfangen. Hatte heute erst einen Termin beim Gesundheitsdienst der Polizei.«

»Gut.« Chambers nickte. »Das ist gut.«

Das hölzerne Schweigen kehrte zurück. Diesmal tranken alle einen gierigen Schluck von ihrem Bier.

»Also«, begann Winter noch einmal von Neuem. »Wie ich ja bereits erwähnt habe, wollten wir mit Ihnen über ...«

»Henry Dolan, Alphonse und Nicolette Cotillard reden«, beendete Chambers den Satz.

»Genau.«

»Und wie ich bereits erwähnt habe«, sagte Chambers entschieden, »habe ich kein Interesse an dem Fall. Die einzige Unterstützung, die Sie von mir kriegen, ist das, was Sie bei den nächsten zwei Gläsern aus mir rausquetschen können.«

»Warum sind Sie dann überhaupt gekommen?«, fragte Marshall herausfordernd.

»Ich kann auch wieder gehen, wenn Ihnen das lieber ist?«, bot er an und erhob sich.

»Nein, natürlich nicht.« Winter warf Marshall einen bösen Blick zu. »Wir brauchen Ihre Hilfe.«

Chambers sah die junge Frau erwartungsvoll an, deren mit Widerwillen hervorgebrachte Entschuldigung gerade aufrichtig genug klang, um ihn zu veranlassen, wieder Platz zu nehmen.

»Aber Ihre Frage ist berechtigt. Der *einzige* Grund, weshalb ich überhaupt gekommen bin, ist, dass *dieser* Mann mir vor sieben Jahren das Leben gerettet hat. Bitte, sagen Sie, was immer Sie zu sagen haben.«

Während der nächsten fünfundzwanzig Minuten und einer weiteren Runde Drinks erläuterte Marshall ihre persönliche Verbindung zu dem Fall. Sie erzählte ihm von Jimmy Metcalfs vertraulichem Geständnis und von Henry Dolans geheimem Liebhaber, von dem orangefarbenen Lieferwagen und der offiziellen Version von Tobias Sleepes Tod, ehe sie ihre Theorie über den mysteriösen Unbekannten erörterte, der plötzlich im Leben beider Opfer aufgetaucht war.

»Ich würde sagen, der nächste Schritt wäre es, noch mal mit Coates zu sprechen«, schloss sie. »Morgen arrangiere ich eine zufällige Begegnung. Ich tue so, als wäre ich eine Studentin, um unverfänglich Kontakt mit ihm aufzunehmen.«

»Kontakt aufnehmen?« Chambers nickte energisch. Er nahm sein Bier, stürzte den Rest in einem Zug hinunter und knallte das Glas auf den Tisch. »Na, dann passen Sie mal gut auf sich auf«, sagte er, stand auf und verließ den Pub ohne ein weiteres Wort.

Marshall drehte sich zu Winter um. »Was war *das* denn?«

»Es war von Anfang an ziemlich weit hergeholt«, meinte dieser.

»Die Sache ist ihm *echt* scheißegal, oder?«, knurrte sie, ehe sie sich ihre Jacke schnappte.

»Äh – wo wollen Sie hin?«

»Ich werde ihm *genau* sagen, was ich von ihm halte.«

»Warten Sie. Ich glaube nicht, dass ... Halt!«, rief Winter – zu spät. Er hatte Mühe, sein Bein unter dem Tisch hervorzuziehen, während er sah, wie Marshall hinter Chambers her ins Freie stürmte.

»He!«, schrie Marshall, als sie den dunklen Fußweg am Kanal entlangmarschierte. »Chambers!«

Mit einem entnervten Seufzer blieb er stehen und drehte sich zu ihr um. Winter kam hinzugeeilt, um notfalls einschreiten zu können.

»Sie sollten sich schämen«, sagte sie.

»Ach ja?«

»Wie viele Jahre dauert es, bis man so verbittert und abgestumpft ist, dass die Opfer einem gar nicht mehr wie richtige Menschen vorkommen?«, fragte sie. »Sie haben die Sache einfach abgehakt, stimmt's? Sie hatten kein Interesse daran, Alfies Mörder zu finden. Er war Ihnen scheißegal. Ihnen beiden!«, schrie sie aufgebracht und nahm nun auch Winter aufs Korn. »Sie haben einfach alles schön nach Dienstvorschrift gemacht, Ihren Gehaltsscheck kassiert und darauf gewartet, dass man Ihnen einen einfacheren Fall zuweist ... oder krankgefeiert«, fügte sie mit einem Blick auf Winter hinzu.

»Sie haben keine Ahnung, wovon Sie reden«, gab Chambers ruhig, aber mit loderndem Blick zurück.

Nach einer Stunde ohne Niederschlag fielen die ersten Tropfen. Auf der Wasseroberfläche bildeten sich Wellen, als hätte der Kanal angefangen zu sieden.

Chambers wandte sich an Winter. »Glauben Sie, ich lasse mich für den Kreuzzug eines wütenden Mädchens einspannen?«, fragte er, bevor er sich wieder zu Marshall umdrehte. »Sie sind kein Detective. Nicht wirklich. Glauben Sie, mir sind Maria und Jesus an Ihrem Arm nicht aufgefallen ... direkt über den Einstichstellen? Wo ist der Rodin?«

Unwillkürlich zuckte Marshalls Blick zu ihrem anderen Arm.

»Sie reden sich ein, Sie würden das alles für Ihre Jugendliebe tun?«, fuhr er fort. »*Schwachsinn.* Ich wette, Sie wissen nicht mal mehr, wie er ausgesehen hat. Sie sind einfach nur ein verlorenes kleines Mädchen, das sich an die erstbeste Sache klammert, die seinem Leben einen Sinn gibt, und das nutzen Sie als Rechtfertigung für Ihr kaputtes Verhalten. Wenn sich irgendwer einen Scheiß für die Opfer interessiert, dann Sie.«

»Chambers!«, sagte Winter in einem Tonfall, der suggerierte, dass sein ehemaliger Kollege eine Grenze überschritten hatte.

Den Tränen nahe, wandte Marshall sich ab.

Chambers, ein wenig zerknirscht nach seinem Ausbruch, seufzte. »Ich will die Sache einfach hinter mir lassen. Ich werde bei jedem *gottverdammten* Schritt daran erinnert, das reicht mir.«

»Denken Sie, bei mir ist das anders?«, entgegnete Winter. »Was glauben Sie, weshalb ich Sie nie im Krankenhaus besucht habe? Was glauben Sie, weshalb ich es danach nur noch einen Monat im Job ausgehalten habe, bevor ich mich krankmelden musste? *Jedes Mal*, wenn ich die Augen schließe, bin ich wieder da – ich wickle meinen Gürtel um Ihr zerfetztes Bein, und überall um uns herum sind schwarze Schlangen, als wäre der Hades übergelaufen, und ich muss zusehen, wie Reilly keine zehn Meter entfernt auf der Straße stirbt, weil ich Ihre Arterie zusammenhalte! ... Ich konnte es nicht ertragen, Sie zu sehen.« Tränen liefen ihm über die Wangen, und gleichzeitig wurde der Regen stärker. »Und wissen Sie, was? Die Albträume sind zurückgekommen. Aber ich bin trotzdem hier!«

Marshall wagte ihm nicht in die Augen zu schauen. Schließlich war sie diejenige, die ihn in die Sache mit reingezogen hatte.

»Das wusste ich nicht«, sagte Chambers und tätschelte seinem ehemaligen Kollegen tröstend den Rücken. Er räusperte sich. »Wenn wir hier schon alle die Beichte ablegen – da gibt es noch was, was ich Ihnen nicht erzählt habe ... Ich habe es niemandem erzählt. Als ich gesagt habe, dass Sie mir vor sieben Jahren das Leben gerettet haben, meinte ich nicht nur das Bein. Vielleicht wäre ich verblutet, vielleicht auch nicht, das ist irrelevant, denn während ich vollkommen hilflos dalag ... ist er zurückgekommen.«

»Der Mörder?«, fragte Marshall.

Chambers nickte.

»Er hat gewendet und ist noch mal zurückgekommen. Ist aus seinem Wagen gestiegen.« Jetzt hatte sogar Chambers gerötete Augen, als er ein Geheimnis offenbarte, das er so viele Jahre mit sich herumgetragen hatte. »Er hatte eine Bügelsäge in der Hand ...«

Marshalls Hand flog an ihren Mund.

»Er hat mich bei den Haaren gepackt und meinen Kopf zu-

rechtgerückt ... Ich habe die Sägezähne in meiner Haut gespürt ...
Die Wunde hinten im Nacken – die stammt nicht vom Unfall.«
Winter sah aus, als wäre ihm übel. »Aber dann kamen Sie um die
Ecke, obwohl Sie eigentlich gar nicht hätten dort sein sollen ... Sie
haben mich gerettet.«

»*Mein Gott*«, stieß Winter hervor und rieb sich das Gesicht.

Marshall schwieg. Ihr war klar geworden, dass sie die beiden
Männer zu Unrecht verurteilt hatte. Sie waren auf der Jagd nach
diesem Killer bereits durch die Hölle gegangen.

»Der Fall hat mich einmal fast das Leben gekostet«, fuhr
Chambers fort, nunmehr bis auf die Knochen durchnässt. »Nur
weil ich ein Versprechen gebrochen habe, das ich meiner Frau gegeben hatte. Ich kann den gleichen Fehler nicht noch einmal machen. Also, wenn Sie mich jetzt entschuldigen wollen – mir geht's
beschissen.« Er wandte sich ab, doch bevor er ging, fügte er noch
hinzu: »Seien Sie vorsichtig. Ich meine es ernst ... Sie beide.«

MITTWOCH

KAPITEL 18

Die Klinge drang mit Leichtigkeit in seine Haut ein, und ein erster Blutstropfen rann ihm über die Wange wie eine scharlachrote Träne.

»Scheiße«, murmelte Chambers, der nicht wusste, wie lange er sich im Spiegel angestarrt hatte. Er legte den Rasierer weg und wusch sich das Gesicht im Waschbecken sauber.

»Ich mochte den Bart«, sagte Eve aus dem Schlafzimmer, wo sie sich gerade eine Strumpfhose anzog.

»Er wurde langsam grau«, nuschelte er ins Handtuch.

»Ich fand, damit sahst du irgendwie …«

»Alt aus?«

»Weise.«

»Das ist doch dasselbe.«

Während er seine Verletzung betupfte, rief sie: »Ich mache uns ein gesundes Omelett.«

»Mit Käse?«, fragte er hoffnungsvoll.

»Du kriegst keinen Käse.«

Sich ein Kleenex an die Wange haltend, stocherte Chambers geistesabwesend in seinem Frühstück herum.

»War was auf der Arbeit?«, fragte Eve über den Rand ihrer Kaffeetasse hinweg und öffnete den Mund, um zusammen mit ihm im Chor die altbekannte Erwiderung aufzusagen.

»Hm?«

Sie stellte die Tasse hin. »Was ist los?«

Er schenkte ihr ein mattes Lächeln. »Nichts. Ich habe einfach nicht so gut geschlafen.«

»Hat dein Bein dich wieder wach gehalten?«

»Ja«, log er.

Sie trank den letzten Schluck von ihrem Kaffee und warf einen Blick auf die Uhr an der Wand. »Ich muss zur Arbeit. Ich habe heute im Gericht zu tun. Bist du fertig?«, fragte sie und wollte seinen Teller abräumen.

»Sorry, was?«, sagte er benommen.

»Ob du fertig bist?«, wiederholte sie. »Oder isst du das noch auf?«

Chambers sah sie mit gequälter Miene an und drückte ihre Hand. »Ich habe mich noch nicht entschieden.«

Den Rucksack über der Schulter, gekleidet in zerrissene Jeans und Flanellhemd, ging Marshall die Gänge des Birkbeck College entlang. Es hatte sie erschreckend wenig Mühe gekostet, sich dem Meer an Nirvana- und Rage-Against-the-Machine-Shirts tragenden Studenten anzupassen. Sie folgte Wegweisern durch gläsern überdachte Gänge, von denen Nebengebäude abzweigten wie frisch erblühte Knospen.

Ihr Plan: zunächst nur Kontakt aufnehmen. Ihre Tarnung: eine in Tränen aufgelöste Studentin der Geisteswissenschaften, die überzeugt war, sich für das falsche Fach entschieden und damit ihr Leben komplett ruiniert zu haben, und die nun Rat suchte, um in einen anderen Studiengang zu wechseln, der es ihr erlauben würde, ihrer wahren Passion nachzugehen: der Bildhauerei. Da sie lediglich einen Abend damit verbracht hatte, ihr Wissen, das sie aus dem Kunstkurs in der Schule behalten hatte, aufzufrischen und zu ergänzen, fühlte sie sich nicht in der Lage für mehr als eine oberflächliche Unterhaltung. Deshalb hatte sie sich vorgenommen, jedes Mal loszuheulen, sobald sie Gefahr lief, ihre eklatanten Wissenslücken zu offenbaren.

Ein Teil von ihr hatte Angst, Robert Coates könnte sie wiedererkennen. Das war natürlich absurd: Sie war damals nur eine unwichtige Mitarbeiterin in einem Freizeitzentrum gewesen. Und dennoch: Chambers' höhnische – und durchaus treffende – Zusammenfassung ihrer Persönlichkeit hatte dafür gesorgt, dass sie sich dem planlosen Teenager von damals so nahe fühlte wie lange nicht mehr.

Ein muffiger Geruch umfing sie, als sie den modernen Anbau verließ und einen stillen Korridor betrat. Die Namensschilder an den Türen waren ein ermutigendes Zeichen, dass sie am richtigen Ort war.

Etwa auf der Hälfte des langen Ganges blieb sie stehen.

PROF. DR. ROBERT D. S. COATES

Sie holte tief Luft, während sie gleichzeitig versuchte, sich ein paar Tränen abzudrücken. Dann klopfte sie an

… keine Reaktion.

Sie klopfte ein zweites Mal, wartete und drückte schließlich die Klinke herunter, nur um festzustellen, dass die Tür abgeschlossen war. Ein Blick nach links, ein zweiter nach rechts, dann fischte sie ihr Schweizer Taschenmesser aus der Hosentasche. Sie war zuversichtlich, dass sie damit das uralte Schloss knacken konnte. Sie schob die Nagelfeile zwischen Tür und Rahmen und wackelte hin und her, bis sie ein Klicken hörte.

»Kann ich Ihnen weiterhelfen?«, fragte jemand aus dem benachbarten Büro.

Sie ließ das Messer in ihrer hinteren Hosentasche verschwinden, ehe sie sich, rotgesichtig und angemessen verheult, umdrehte.

»Ich wollte zu Professor Coates«, schniefte sie.

»Der ist nicht da«, teilte der kleine Mann im Trägerhemd ihr argwöhnisch mit.

»Aber ich muss ihn unbedingt sprechen. Es ist wichtig!«

»Mittwochs ist er immer bei seiner Mutter. Er ist morgen früh wieder da.«

»Okay«, schluchzte sie und machte sich auf den Rückzug.

»Kann ich ihm ausrichten, wer ihn sprechen wollte?«, rief der Mann ihr nach.

»Okay!«, sagte Marshall abermals, während sie bereits auf den nächstgelegenen Ausgang zustrebte.

Winter wartete gegenüber vom Haupteingang und war gerade dabei, sich sein Frühstücksbrötchen einzuverleiben, als er Marshall erspähte, die ins Freie geeilt kam. Er warf den Rest seines Brötchens weg, leckte sich die Finger ab und machte Anstalten, die Straße zu überqueren. Doch als er sah, wie Chambers über den Innenhof auf sie zuhielt, zögerte er. Da er es für klüger hielt, sich herauszuhalten, nahm er wieder auf der Mauer Platz, auf der er gesessen hatte. Von dort aus beobachtete er interessiert die Körpersprache der beiden und versuchte, von ihren Lippen abzulesen, überzeugt, dass er trotz der Entfernung das Wesentliche verstand:

»Sie, Sir, waren gestern Abend sehr unhöflich zu mir!«, sagte Marshall vermutlich, wobei sie wild gestikulierte.

Chambers hob die Hände, entweder in einer beschwichtigenden Geste oder für ein optimistisches und ziemlich unangebrachtes High five. Dann legte er sich die rechte Hand aufs Herz.

»Das schmerzt mich, denn es tut mir unsagbar leid.«

»Ich kann das gut«, lobte Winter sich selbst und linste in den Abfalleimer auf sein halb aufgegessenes Frühstück. Nichts schien aus der Verpackung gefallen zu sein, wenigstens nicht so weit, dass es in Berührung mit dem Müll gekommen wäre. Nachdem er sich vergewissert hatte, dass er unbeobachtet war, langte er hinein und holte es wieder heraus, wodurch er mehrere Dialogzeilen versäumte:

» ... Sie haben *sehr* deutlich gemacht, dass *bla ... bla*«, sagte Marshall vermutlich.

Chambers schüttelte bedauernd den Kopf. »Ich *irgendwas* habe nicht *irgendwas* mit Ihnen *irgendwas*.«

Zu diesem Zeitpunkt war Winter mit seinem Frühstück beschäftigt, das bei genauerer Betrachtung definitiv mit anderen Objekten im Abfalleimer Bekanntschaft geschlossen hatte.

»Haben Sie Coates gefunden?«, wollte Chambers von ihr wissen.

Das zu erraten war einfach gewesen.

»Nein«, gab Marshall zurück. »Mittwochs ist er immer bei McDonald's.«

»McDonald's?«

»McDonald's«, sagte Marshall und nickte.

»Dann lassen Sie uns gehen. Moment – wo ist Winter?«, wollte Chambers wissen.

»Da drüben.« Marshall zeigte in seine Richtung.

Er hob sein kontaminiertes Frühstück zum Gruß.

»Dem Mann gebührt wirklich meine Hochachtung«, sagte Chambers möglicherweise. »Er ist der Beste.«

Marshall nickte zustimmend. »Ja, Winter ist richtig cool.«

»Ich bin wirklich cool«, sagte Winter lächelnd. Er warf sein verdorbenes Brötchen weg, stand auf und ging über die Straße. »Morgen«, grüßte er im Plauderton.

»Tut mir leid wegen gestern Abend«, sagte Chambers. Das war nicht schlecht, aber ohne die Hand auf dem Herzen hörte es sich aus irgendeinem Grund nicht ganz so aufrichtig an.

Winter winkte ab.

»Ist das Ihrer?« Stirnrunzelnd betrachtete Chambers den gemieteten Transporter, in den er einsteigen sollte.

Winter tätschelte stolz das Armaturenbrett, ehe er seine klebrige Hand am Sitz abwischte. »Heute Morgen gemietet ... für den Fall, dass wir einen Gefangenen transportieren müssen.«

Da sie sich gerade erst wieder versöhnt hatten, verkniff Chambers sich diplomatisch jede weitere Bemerkung. Er folgte Marshall in den Führerstand und schnallte sich an. So saßen sie zu dritt nebeneinander wie Kinozuschauer, die den langweiligsten Film aller Zeiten sahen.

»Wir sollten Ihnen vermutlich kurz erzählen, was wir eben besprochen haben«, sagte Marshall.

»Nicht nötig«, meinte Winter wissend. »Hat jemand Lust auf McDonald's?«

Marshall und Chambers sahen ihn verständnislos an. Ihn beschlich der Verdacht, dass er vielleicht noch etwas an seinen Lippenlesefähigkeiten feilen musste. Er ließ den Motor an.

»Vielleicht erzählen Sie es mir doch kurz.«

Die Parkbuchten am Tall-Oaks-Pflegeheim waren nicht für lange Mietlieferwagen mit schlechten Fahrern entworfen worden.

»Sie stoßen gleich an«, warnte Chambers und blickte auf die schrumpfende Lücke zwischen ihnen und einem fabrikneuen Fiesta.

»Quatsch!«, sagte Winter.

»Warum sollte ich lügen?«

»Setzen Sie einfach zurück, und versuchen Sie es noch mal«, riet Marshall.

»Von mir aus!«, schnaubte Winter und suchte den Rückwärtsgang. »Seien Sie nicht so ungeduldig. Ich bin länger nicht gefahren.«

»*Achtung, Fahrzeug im Rückwärtsgang. Achtung, Fahrzeug im Rückwärtsgang ...*«

»*Meine Güte*«, brummte Chambers und hielt sich die Hand vors Gesicht. »Wenn Coates *einen* von uns sieht, sind wir geliefert. Parken Sie an der Straße.«

Nachdem sie einen Parkplatz direkt gegenüber vom Pflegeheim gefunden hatten, stiegen sie aus und wechselten nach hinten in den Laderaum, um ihre Pläne zu finalisieren.

»Sehen Sie den weinroten Vauxhall Cavalier, den Winter fast gerammt hätte?«, fragte Chambers die beiden anderen. »Der gehört Coates. Er ist also dadrinnen.« Er holte etwas aus seiner Manteltasche.

»Wird sie ... verkabelt?«, fragte Winter aufgeregt.

»Ich wollte nicht, dass Sie völlig *alleine* da reingehen«, sagte Chambers zu Marshall und reichte ihr das Gerät.

Sie kam sich ein bisschen dumm vor, weil sie nicht selbst auf die Idee gekommen war, und machte sich daran, das Mikro unter ihrem Hemd zu befestigen.

»Wir hören zu«, versicherte Chambers ihr. »Beim ersten Anzeichen von Schwierigkeiten kommen wir rein.«

»Ich kriege das schon hin«, erklärte sie und hob ihren Hemdkragen an den Mund, während Chambers sich einen Kopfhörer aufs Ohr drückte. »Test: eins, zwei, eins, zwei.«

Er nickte. »Also, was ist Ihr Aufhänger?«

»Ich schaue mir das Heim an, weil ich vielleicht meine Mutter dort unterbringen will. Ich habe sie das ganze letzte Jahr über gepflegt, und allmählich wird mir das zu viel, außerdem hat es mich daran gehindert, an die Uni zu gehen und das Fach zu studieren, dem meine wahre Leidenschaft gilt ...«

»*Bildhauerei*«, sagten die drei im Chor.

»Gefällt mir«, kam es von Chambers.

»Wissen wir, was seiner Mutter fehlt?«, fragte Marshall.

»Leider nicht.«

»Schade.« Sie seufzte. »Das hätte ich als gemeinsamen Nenner nutzen können. Na ja, drücken Sie mir die Daumen.« Sie stand auf, sprang ohne einen Augenblick des Zögerns aus dem Lieferwagen und warf die Tür hinter sich zu.

»Bye«, murmelte Chambers. Er gab Winter ein Paar Kopfhörer, die dieser begierig aufsetzte.

»Gut, dass Sie zurückgekommen sind!«, rief er, während er an den Lautstärkereglern herumfummelte.

»Ich bin nicht zurückgekommen«, brummelte Chambers, allerdings mehr zu sich selbst als zu Winter, der ihn sowieso nicht hören konnte. Dann setzte auch er seine Kopfhörer auf.

Es war vormittägliche Kaffeezeit; perfektes Timing. Niemand schenkte Marshall Beachtung, als sie zwischen Heimbewohnern und Verwandten im gut gefüllten Freizeitraum umherschlenderte. Nachdem sie relativ schnell festgestellt hatte, dass Coates nicht dort war, näherte sie sich unauffällig einer Doppeltür mit der Aufschrift *Bewohnerzimmer*.

Sie wartete auf einen günstigen Zeitpunkt, und als irgendwann ein Streit beim Scrabble ausbrach, der die Aufmerksamkeit mehrerer Mitarbeiter erforderte, konnte sie unbemerkt durch die

Türen schlüpfen. Ein nicht mehr ganz sauberes Whiteboard an der Wand erwies sich dabei als sehr hilfreich.

ZIMMER 20 *Judith Hart*

ZIMMER 21 *Meredith Coates*

ZIMMER 23 *Carol McNiell*

Verzweifeltes Rufen erfüllte den Gang und gewann an Lautstärke, je höher die Zimmernummern stiegen. Als Marshall an Zimmer 17 vorbeikam, konnte sie einzelne Worte herausfiltern:

»Das ist Gift! Das ist alles Gift!«

Ein lauter Knall folgte, gleich darauf trat ein Pfleger mit einem großen Kaffeefleck auf der Brust und säuerlicher Miene aus einem der Zimmer weiter vorn. Wie ertappt, blieb Marshall stehen, doch der Mann stapfte an ihr vorbei, ohne Notiz von ihr zu nehmen. Sie passierte Zimmer 19 und 20, bis sie schließlich vor der geöffneten Tür zu Zimmer 21 stehen blieb. Aus dem Innern war eine tröstende Singstimme zu vernehmen, die in denkbar starkem Kontrast zu dem wütenden Gezeter stand.

»If all … we have … is the time … we share … then I … have all … I need.«

Das Geschrei verstummte, und eine zittrige Stimme begann, das Lied mitzusingen.

»And if I … could spend … all my time … with you … then time … is a friend … to me.«

»Ist es jetzt besser, Mum?«, fragte ein Mann.

Marshall konnte sehen, dass er die runzlige Hand der Frau hielt. »Na komm. Magst du dich hinsetzen und ein bisschen Kaffee trinken?«

Da sie es unter den gegebenen Umständen für unmöglich hielt, eine zufällige Begegnung herbeizuführen, machte Marshall kehrt und entfernte sich unbemerkt. Etwas an der Interaktion, die sie soeben beobachtet hatte, beschäftigte sie noch immer, als sie zurück in den Lieferwagen kletterte.

»Haben Sie vergessen, weshalb Sie da reingegangen sind?«, fragte Winter scherzhaft. »Serienmörder. Sie sind hinter einem Serienmörder her.«

»Es war nicht der richtige Zeitpunkt«, fuhr sie ihn an. »Er war im Zimmer seiner Mutter und hat sie gefüttert. Sie machte einen verwirrten Eindruck.«

»Glauben Sie, man könnte was aus ihr rausbekommen?«, fragte Chambers.

»Nach dem, was ich eben gesehen habe – eher unwahrscheinlich. Aber vielleicht ist sie nicht immer so.«

Er nickte. »Schauen wir, wohin er als Nächstes fährt.«

Vierzig Minuten vergingen, ehe sie sahen, wie Robert Coates das Pflegeheim verließ. Er pfiff ein Liedchen und ließ seinen Autoschlüssel um den Finger kreisen. Mittlerweile trug er die Haare kürzer, und dank der modernen Brille, die ihm wesentlich besser stand, sah er auch nicht mehr so insektenartig aus.

»Offenbar hat jemand, seit wir ihn zuletzt gesehen haben, zu neuem Selbstbewusstsein gefunden«, stellte Winter fest.

Marshall runzelte die Stirn. Ihre nagenden Zweifel kehrten zurück, als sie sah, wie der Professor in seinen Wagen stieg und wegfuhr.

»Okay«, sagte Chambers. »Folgen Sie ihm.«

Knirschend legte Winter den Gang ein.

»Achtung: Fahrzeug im Rückwärtsgang ...«

»Er ist auf dem Weg nach Hause«, sagte Chambers, der die Gegend wiedererkannte.

»Können Sie ihn überholen?«, fragte Marshall Winter, als dieser um die Ecke bog. Er gab Gas und spürte, wie seine Mietkaution sich in Luft auflöste, als er mit fünfundvierzig Meilen pro Stunde über die Bremsschwellen fuhr.

»Was haben Sie vor?«, fragte Chambers neugierig.

»Eine zufällige Begegnung ... oder so was Ähnliches.«

»Wir sind da!«, verkündete Winter, trat auf die Bremse und zeigte zum Haus. »Das mit den Gartenzwergen.«

Marshall schnappte sich ihren Rucksack und stieß die Tür auf.

»He!«, rief Chambers ihr nach. »Wir hören mit.« Sie warf die Tür des Transporters zu und eilte durchs Gartentor. »Und noch mal: Bye«, murmelte er.

Winter parkte ein Stück entfernt, und die Männer duckten sich, als das vertraute weinrote Auto vorbeifuhr. Winter setzte als Erster seine Kopfhörer wieder auf.

»Eins. Zwei. Test: eins, zwei«, flüsterte Marshall in ihr Mikro. Sie klang ungewohnt nervös. »Ich hoffe wirklich, Sie können mich hören ...« Im Seitenspiegel beobachteten sie, wie Coates ausstieg und vor seinem offenen Gartentor stehen blieb. »Er kommt nämlich.«

KAPITEL 19

»Was machen Sie da?«

Marshall ließ vor Schreck ihr Skizzenbuch fallen, das aufgeschlagen auf der Fußmatte mit dem – anscheinend ironisch gemeinten – Aufdruck *Willkommen* landete. Schuldbewusst und mit beschämter Miene wirbelte sie herum.

»Ich habe Sie gefragt, was Sie da machen?«

»Ich, *äh* ... Mr Coates?«, fragte sie scheu. »Tut mir leid – Professor Coates, sollte ich wohl sagen.«

Kaum hatte sie diese Worte ausgesprochen, sah sie, wie der Mann vor ihr sich in eine gänzlich andere Person verwandelte: Seine Körperhaltung wurde steif, sodass er um fünf Zentimeter in die Höhe wuchs, er schob die Lippen nach vorn, um seinen vorstehenden Zähnen Raum zu geben, und die Augen hinter den Brillengläsern schienen merklich zu schrumpfen. Obwohl sie die Rolle der nervösen Studentin lediglich spielte, war Marshall einen Moment lang wirklich sprachlos.

»Ja, das ist richtig«, antwortete er und musterte sie genauso intensiv wie sie ihn.

»Oh! Ich wollte Ihnen gerade einen Zettel unter der Tür durchschieben. Ich habe nicht damit gerechnet, dass Sie ...« Sie streckte die Hand aus und trat auf ihn zu. »Ich glaube, ich fange am besten noch mal von vorne an. Hi! Ich bin Laura.«

Er schüttelte ihr kraftlos die Hand und wich gleich darauf einen Schritt zurück, um den Abstand zwischen ihnen aufrechtzuerhalten, während er auf eine Erklärung wartete.

»Ich ziehe bald in diese Straße hier. Nummer fünfundsechzig«, log sie, nachdem sie beim Vorbeifahren das *Zu vermieten*-Schild im Garten gesehen hatte. »Ich habe mit der Dame im Nachbarhaus gesprochen ... Sie wissen nicht zufällig ihren Namen, oder?«

Coates schüttelte den Kopf. Er schien seiner unerwarteten Besucherin kein bisschen wohlgesinnter als zuvor.

»Wie auch immer«, fuhr sie fort. »Wir haben uns ein bisschen über Kunst unterhalten und so weiter, und ich habe ihr ein paar meiner Skizzen gezeigt.« Sie deutete auf das Skizzenbuch unter ihrem Arm. »Ich habe ihr auch erzählt, dass ich hoffe, Kunst studieren zu können, und da hat sie gesagt, dass ein paar Häuser weiter ein Kunstprofessor vom Birkbeck College wohnt!«

»Verstehe«, sagte Coates und entspannte sich minimal.

»Und weil ich eine gute Nachbarin sein wollte ... oder einfach, weil ich dreist bin, kommt drauf an, wie man es betrachtet ... jedenfalls dachte ich mir, wir könnten uns vielleicht bei einer Tasse Tee unterhalten? Sie können mir ein paar Tipps geben, für welche Studiengänge ich mich bewerben soll und wie ich vielleicht meine Chancen auf einen Studienplatz erhöhen kann.« Sie lächelte hoffnungsvoll.

Coates warf einen Blick auf seine Armbanduhr. »Leider ist heute nicht ...«

Doch Marshall ließ seine Ausrede nicht gelten. »Nur eine Tasse Tee«, drängte sie. »Jeder braucht doch Tee!«

Er wirkte hin- und hergerissen. »Ich habe aber nicht viel Zeit.«

»Oh mein Gott. Vielen Dank!« Coates drehte sich in Richtung Gartentor. »Allerdings«, schob sie hastig hinterher. »*Wahrscheinlich*

hätte ich erwähnen sollen, dass ich noch gar keine Möbel habe ...
oder Geschirr ... oder einen Wasserkocher – das war mein Hinter-
gedanke bei diesem Überfall.« Sie lachte, weil sie wusste, dass sie
kurz davor war, den Bogen zu überspannen.

Coates fixierte sie mit seinen Insektenaugen, und Marshall
trat unbehaglich von einem Fuß auf den anderen. Sie hatte das
Gefühl, dass er ihre lächerliche Scharade komplett durchschaute.

»Ihr Medium?«, fragte er, wie um sie zu testen.

»Bildhauerei«, antwortete sie wie aus der Pistole geschossen.

»Modern? Abstrakt?«

»Klassisch.«

Er nickte anerkennend. »Eine Frau ganz nach meinem Geschmack. Lieblingskünstler?«

»Unfaire Frage. Könnten Sie sich für einen entscheiden?«

»Bernini.«

»Wenn das so ist, sage ich ...« Sie holte tief Luft und überlegte,
wie weit sie gehen konnte. »... Cellini.«

Hundert Meter entfernt bemerkte Winter, dass Chambers sich
versteifte und wie zum Gebet die Hände faltete, als hätte sie die
falsche Antwort gegeben.

Marshall wagte nicht zu atmen, während Coates sich ihre Antwort
durch den Kopf gehen ließ. Sein ausdrucksloses Gesicht gab
nichts preis ... bis er die Zähne zu einem Lächeln entblößte.

»Einer der wenigen echten Meister seiner Zunft«, pflichtete er
ihr bei, und seine Anerkennung war ebenso sehr ein Lob für Marshalls Geschmack wie für den Künstler selbst.

Er deutete auf seine Haustür.

»Ach du Scheiße!«, rief Winter deutlich lauter als nötig. »Sie geht mit ihm ins Haus!«

»Sie packt das schon«, sagte Chambers, machte jedoch eine sorgenvolle Miene.

»Haben Sie schon eine Ahnung, was wir sagen wollen?«, fragte Winter vage und zog eine der Kopfhörermuscheln von seinem Ohr weg.

»Was?«

»Sie wissen schon – falls wir reingehen müssen. Es ist sieben Jahre her, da sollte einer von uns beiden was Cooles sagen, finden Sie nicht?«

Chambers sah seinen Kollegen an, als wäre dieser ein Idiot. »Tun Sie sich keinen Zwang an«, erwiderte er und versuchte, sich wieder auf das Gespräch zwischen Marshall und Coates zu konzentrieren, als diese das Haus betraten.

Während Coates sich bückte, um die Post und einen zerknitterten Zettel vom Boden aufzuheben, ließ Marshall den Blick über die bedenklich hohen und scheinbar im Laufe von Jahren gewachsenen Stapel von Unterlagen, Rechnungen und Briefen schweifen, die fast jeden Quadratzentimeter des Flurs bedeckten. Einer der Briefe sprang ihr ins Auge, doch als sie einen Schritt darauf zu machte, hörte sie schnelle Schritte die Treppe herunterkommen.

Der schwarze Labrador warf sie fast um, als er aufgeregt an ihr hochsprang.

»Na, du?« Lachend kraulte sie ihm die Ohren. »Der ist ja süß«, sagte sie zu Coates, der keinerlei Regung zeigte, als der kleine Hund mit den Pfoten seine Beine bearbeitete. »Wie heißt er denn?«

»Ich bin noch nicht dazu gekommen, ihm einen Namen zu geben«, antwortete Coates und verschwand in der Küche. Der Labrador zockelte hinterher.

»Soll ich mir die Schuhe ausziehen?«, rief Marshall, die unschlüssig im Flur stehen blieb.

»Nicht nötig.«

Im Haus war es unangenehm warm, und es roch alt und muffig. Die museumsreifen Tapeten an den Wänden gingen in aufwendig strukturverputzte Zimmerdecken über, und altbackene Dekorationsgegenstände beanspruchten jeden freien Platz; eine ungewöhnliche Inneneinrichtung für einen einunddreißigjährigen Professor.

Sie ging weiter in die Sechzigerjahre-Küche, wo Coates gerade Hundefutter in einen Napf löffelte.

»Leben Sie alleine?«, fragte Marshall im Plauderton.

»Ja«, gab er zurück, wusch sich die Hände und füllte den Kessel. »Ich habe alles so gelassen, wie es war, für den Fall, dass meine Mutter zurückkommt, aber das scheint inzwischen unwahrscheinlich.« Er entzündete die Gasflamme und stellte den Kessel darauf. »Darf ich?« Er deutete auf ihr Skizzenbuch.

»Oh«, sagte Marshall unbehaglich. Sie kam sich dumm vor, weil sie nicht mit dieser Eventualität gerechnet hatte. Sie wusste, dass die drei Bilder im Buch ihre Deckung sofort auffliegen lassen würden. »Sie sind nicht besonders gut«, erklärte sie scheu.

»Ich würde sie trotzdem gerne sehen.«

»Tut mir leid, aber nein.« Sie lachte und legte das Skizzenbuch hinter sich auf den Tresen.

Das Wasser begann zu sieden. Coates nahm seine Brille ab und rieb sich die Augen. Der Labrador versteckte sich winselnd unter dem Küchentisch.

Auch Marshall hatte die abrupte Veränderung der Atmosphäre bemerkt und war versucht, sich unter einem Vorwand zu verabschieden. Stattdessen zwang sie sich zu einem schüchternen Lächeln.

»Na gut. Aber seien Sie nicht zu streng.« Sie reichte ihm das Skizzenbuch.

Coates setzte seine Brille wieder auf und nahm das Buch mit zum Tisch. Der Dampf, der zischend aus der Tülle des Kessels entwich, gab gelegentlich Töne von sich, als müsste er das Pfeifen erst noch lernen. Marshall sah von der anderen Seite des Raumes aus zu, wie er die erste Seite aufschlug, wo Rodins *Denker* mit Bleistift durch negativen Raum zum Leben erweckt worden war.

»Das ist gut«, meinte er, während der Kessel zu singen begann.

Marshall lächelte nervös. »Okay. Das reicht dann aber auch. Könnte ich es wiederhaben?«

Doch er ignorierte sie und blätterte um. Ohne erkennbare Emotion nahm er die tragische Szene von Michelangelos *Pietà* zur Kenntnis, die sich ihm auf der nächsten Seite offenbarte; der Erlöser der Menschheit, leblos und mitleiderregend im Schoß seiner Mutter.

Der Kessel begann zu vibrieren, als wollte er der Gasflamme entkommen.

Doch Coates blieb sitzen und blätterte weiter bis zur letzten, noch unfertigen Zeichnung: Benvenuto Cellinis düstere Vision von *Perseus mit dem Medusenhaupt*. Der abgeschlagene Kopf der schlangenhaarigen Gorgone, den der Halbgott als Trophäe in die Luft reckte, war in grausigem Detailreichtum dargestellt.

Als er die darauffolgenden Seiten leer vorfand, schlug Coates das Buch wieder zu und stand auf. Hinter ihm entwich der Wasserdampf schreiend dem Kessel. Endlich nahm er ihn vom Feuer. Er stand da und sah sie an.

Marshall, der bewusst war, dass er sich soeben bewaffnet

hatte, nahm keine Sekunde lang den Blick von dem Gefäß mit kochendem Wasser.

»Sie sind eine sehr kluge junge Frau, Jordan«, erklärte Coates.

»Danke«, sagte Marshall, ehe sie ihren Fehler bemerkte. Mit einem Kloß im Hals verbesserte sie ihn. »Aber ich heiße Laura.«

»Ich habe Sie nicht sofort wiedererkannt.« Sein abstoßender kleiner Mund verzog sich zu einem verächtlichen Lächeln.

Marshall hatte das Gefühl, als hätte sie einen Tritt in den Magen bekommen. Sehnsuchtsvoll blickte sie durch den Flur in Richtung Haustür.

»Das sieht mir gar nicht ähnlich«, fuhr er fort, während er immer noch mit dem Kessel in der Hand dastand. »Ich erinnere mich sonst an jeden ... Was das wohl über Sie aussagt?«

Sie sind einfach nur ein verlorenes kleines Mädchen, das sich an die erstbeste Sache klammert, die Ihrem Leben einen Sinn gibt – Chambers' Worte vom Vorabend kamen ihr in den Sinn und stellten sich auf die Seite ihres Feindes.

Als er einen Schritt auf sie zu machte, wich sie zurück und stieß gegen eine Anrichte, woraufhin eine der Porzellanfiguren zu Boden fiel.

»Oh Gott! Das tut mir leid!« Sie ging in die Hocke, um die Scherben aufzusammeln, und schnitt sich ihre zitternde Hand auf. »Ich glaube, Sie verwechseln mich mit jemandem«, sagte sie wenig überzeugend, während ein dünnes Rinnsal Blut ihren Arm hinablief.

»Ich denke nicht. Die kleine Freundin von Alphonse.« Er nickte und schloss die Augen, wie um die Erinnerung heraufzubeschwören. »Sie haben im Freizeitzentrum gearbeitet. Er hat oft von Ihnen gesprochen – nicht nur Gutes, fürchte ich.«

Marshall, die Tränen in ihren Augen brennen spürte, schüttelte den Kopf.

»Weshalb sind Sie *wirklich* hier?«, fragte er und positionierte sich zwischen ihr und der Tür.

»Es tut mir leid. Ich weiß nicht, was Sie meinen. Ich muss jetzt auch los. Entschuldigen Sie mich.«

Coates machte keine Anstalten, beiseitezutreten, sondern sah fasziniert dem Spiel der Emotionen in ihrem Gesicht zu.

»Sie können jederzeit gehen«, sagte er. Der Kessel zuckte in seiner Hand.

Marshall blieb, wo sie war. Sie wagte nicht, ihm zu nahe zu kommen.

»Ich kann nicht vorbei.«

»Aber natürlich können Sie das«, beteuerte er. Gleich darauf fiel sein Lächeln in sich zusammen, als er sah, wie sie den Kragen ihres Hemds an den Mund hob.

»Ich komme hier nicht raus«, sagte sie laut. »Ich brauche Unterstützung.«

Haus- und Hintertür flogen gleichzeitig auf, als Chambers und Winter das Haus stürmten und ihren Hauptverdächtigen in seiner eigenen Küche einkreisten.

»Alles in Ordnung?«, erkundigte sich Chambers bei Marshall, als er das frische Blut auf dem Fußboden sah.

Sie nickte und stellte sich neben ihn.

»Jetzt würde ich doch ein paar Kekse nehmen«, sagte Winter, auch wenn er wusste, dass dies nicht der schwarzeneggerreife Spruch war, auf den er es angelegt hatte.

Coates stellte den Kessel auf die Arbeitsplatte und betrachtete seine Gäste der Reihe nach.

»Ah! Chambers.« Er nickte zum Gruß. »Und Detective Constable … Adam Winter«, erinnerte er sich, als ergäbe auf einmal alles einen Sinn. »Ich dachte, wir hätten all das hinter uns gelassen.«

»Wir waren gerade in der Gegend.« Chambers zuckte mit den

Schultern. »Da dachte ich, wir kommen schnell mal vorbei und holen unsere Bekannte ab.«

»Und den Hund«, fügte Marshall hinzu und deutete auf das zu Tode verängstigte Tier in der Ecke.

»Und den Hund«, bekräftigte Chambers.

»Das Tier bleibt hier«, entgegnete Coates schlicht. »Ich schätze, es wäre reine Zeitverschwendung, Sie zu fragen, ob Sie einen Durchsuchungsbeschluss für mein Haus haben?«

Das Schweigen war Antwort genug.

»Dann verlange ich, dass Sie jetzt gehen. Auf Wiedersehen«, sagte er knapp, dann wandte er sich an Marshall. »Es war mir ein Vergnügen, Sie wiederzusehen, Jordan.« Er lächelte, ehe er die drei nach draußen trieb und von seiner zerstörten Haustür aus zusah, wie sie den Garten durchquerten.

Beim Tor angekommen, steckte Chambers zwei Finger in den Mund und stieß einen gellenden Pfiff aus.

»Komm, mein Junge!«, rief er. Der Welpe kam den Flur entlanggesaust, rannte an Coates vorbei und folgte ihnen ohne weitere Aufforderung auf die Straße.

»Tut mir leid«, sagte Marshall, als sie nacheinander in den Lieferwagen stiegen.

Winter ließ den Motor an. »Wohin?«

»Erst mal weg von hier«, antwortete Chambers, der Coates beobachtete, während dieser ihnen hinterhersah.

»Cellini?!«, brüllte Chambers, als Winter vor einer Grünfläche hielt. Er hatte das untrügliche Gefühl, etwas Entscheidendes nicht mitbekommen zu haben.

»Ich wusste, dass er ihn gut findet«, rechtfertigte sich Marshall.

»Sie haben es übertrieben. Deshalb sind Sie aufgeflogen!«

»Nein, daran lag es nicht.« Marshall seufzte, weil sie wusste, dass der wahre Grund nicht viel besser war.

»So oder so«, sagte Chambers. »Ich bin raus aus der Sache.«

Er stieg aus, schlug die Tür hinter sich zu und stapfte davon.

» ... Cellini?«, fragte Winter, als der Hund auf den frei gewordenen Platz sprang.

»Mir war nicht klar, dass er es wusste.« Sie presste sich den Ärmel auf die schmerzende Schnittwunde an ihrer Hand.

»Coates?«

»Chambers«, antwortete sie traurig, während sie zusah, wie dieser zwischen den Bäumen auf und ab tigerte.

»*Perseus mit dem Medusenhaupt.* Ich glaube, das war die Plastik, die der Täter am Abend des Angriffs im Museum nachbilden wollte – sein drittes Kunstwerk.«

»Medusa?«, fragte Winter. »Im Sinne von ... Schlangen?«

»Und der abgeschlagene Kopf eines Feindes.« Sie nickte und wollte nach ihrem Skizzenbuch greifen, nur um festzustellen, dass sie es in ihrer Eile in Coates' Küche vergessen hatte.

»*Du liebe Güte*«, seufzte Winter.

»Er ist es – Coates«, sagte Marshall entschieden, während ihr ungebeten ein Bild des zu Tode gestürzten Tobias Sleepe in den Kopf kam. »Er war es von Anfang an. Jetzt habe ich endgültig keine Zweifel mehr. Das eben war nicht derselbe Robert Coates, den ich vor sieben Jahren kennengelernt habe.« Sie hielt inne und versuchte, ihre Gedanken zu ordnen. »Ich meine, natürlich *war* es derselbe Mann, aber *nicht* dieselbe Person, wenn Sie verstehen, was ich meine?«

»Nicht ansatzweise.«

»Es war nicht mal derselbe Robert Coates wie der, den ich im Pflegeheim gesehen habe.«

»Was wollen Sie damit sagen?«

223

»Ich glaube, ich weiß, warum Henry John Dolans Freundin ihn auf dem Foto, das ich ihr gezeigt habe, nicht identifizieren konnte ... Coates ist ein Chamäleon.«

»Ein Chamäleon?«

»Er nimmt andere Persönlichkeiten an, verändert seine äußere Erscheinung. Er wird zu dem, was immer sein Gegenüber in ihm sehen will.« Sie drehte sich zu Winter um, der ein wenig überfordert wirkte. »Was denken *Sie*?«

»Ich denke ... wir sollten es Chambers sagen.«

Als sie ausstiegen, sahen sie, dass sie unter einem Baum parkten, dessen Laub so rot war, dass es sogar das Licht im näheren Umkreis färbte. Sie gingen zu Chambers, während ihr neues Haustier überschüssige Energie loswurde.

»Geht es Ihnen gut?«, fragte Marshall.

»Ich brauchte nur kurz Zeit für mich«, gab Chambers zurück. »Das war ein Fehler. Es ist meine Schuld, ich hätte mich nicht wieder da reinziehen lassen dürfen. Und gebracht hat es auch nichts.«

»Das würde ich so nicht sagen«, hielt Winter dagegen. »*Immerhin* haben wir jetzt einen Hund.« Er sah zu, wie der kleine Labrador ein Eichhörnchen auf einen Baum jagte ... um dann einen riesengroßen Haufen zu machen.

Chambers wirkte alles andere als begeistert.

»Und *ich* habe das hier«, verkündete Marshall und zog einen zerknitterten Brief aus ihrer Tasche, den sie ihm reichte. »Seine Mutter hat schon einige Zeit vor seiner Geburt einen Schrebergarten in West Putney gepachtet. Vielleicht lagen Sie gar nicht so falsch, als Sie damals seinen Garten umgegraben haben ... Womöglich haben Sie es nur an der falschen Stelle versucht.«

KAPITEL 20

Nachdem er über siebeneinhalb Jahre lang auf einen Durchbruch in dem Fall gewartet hatte, war Chambers ein wenig enttäuscht, als die Adresse auf dem gestohlenen Brief ihn in einen tristen Flur in den Tiefen des Bezirksamtes von Wandsworth führte. Eine hinter einer Glasscheibe verschanzte Frau hatte ihn angewiesen, Platz zu nehmen und zu warten. Waren solche Sicherheitsmaßnahmen nicht übertrieben? Oder rechneten die Angestellten der Kommunalverwaltung damit, dass Bewohner das Gebäude stürmten und die Reichtümer des Amtes für Parks und Grünflächen plünderten?

Zeit war ein entscheidender Faktor, zumal Robert Coates zweifellos bereits Beschwerde eingereicht und seine Bulldogge von Anwalt auf sie gehetzt hatte. Ihnen blieben nur wenige Stunden, um stichhaltige Beweise zu finden, ehe behördliche Vorschriften und Disziplinarverfahren ihren Hauptverdächtigen unantastbar machen würden. Also hatte sich das Team aufgeteilt. Während Chambers der Schrebergarten-Spur folgte, waren Marshall und Winter noch einmal ins Tall-Oaks-Pflegeheim gefahren. Coates' Mutter schien der logische Ansatzpunkt, um ihre Theorie zu überprüfen.

Der schale Geruch von tausend Zigaretten kündigte das Kommen eines mürrischen »Ehrenamtlichen« an, der gesandt worden war, um sich seines Begehrens anzunehmen. Sich ungeniert die nackte Unterseite seines Bierbauchs kratzend, las der Mann das zerknitterte Schreiben.

»Parzelle acht-sechs-eins«, sagte er zur Begrüßung, jegliche Umgangsformen verweigernd. »Das ist ... *ähhhh* ... an der Doverhouse Road.« Er gab Chambers den Brief zurück und wollte wieder gehen – Aufgabe erledigt.

»Sehr gut«, sagte Chambers und stand auf. »Dann lassen Sie uns fahren.«

Der Mann machte ein Gesicht, als hätte man ihm eine Ohrfeige verpasst.

»Sie müssen mich hinbringen«, stellte Chambers klar. »Und zwar sofort.«

»Haben Sie an das Autofenster gedacht?«, fragte Marshall, nachdem sie einem Mitarbeiter des Heims ihren Dienstausweis gezeigt und ihn gebeten hatte, sie zu Mrs Coates zu bringen.

»Ich sagte doch gerade«, gab Winter abwehrend zurück, »ich habe den anderen Wagen nur gestreift. Es ist nichts kaputtgegangen!«

»Ich meinte wegen dem Hund.«

»Ach so. Ja, hab ich.«

Jemand kam ihnen entgegen. »Hi! Ich bin Maisey!«, begrüßte die Frau sie, als wären sie neue Gäste auf einer Party. »Merediths Pflegerin. Kommen Sie mit, ich bringe Sie zu ihrem Zimmer.«

Die Frau war das Yin zu Marshalls Yang und schien geradezu besoffen vor lauter Lebensfreude. Sie war die Sorte Mensch, die Blumen fotografierte und Vögel mit gebrochenen Flügeln aufpäppelte – wohlmeinend, aber ahnungslos, dass die Welt sie eines Tages bei lebendigem Leibe fressen und wieder ausspucken würde.

»Oh, wer hat das denn fallen lassen?«, wunderte sich die vergnügte Pflegerin und blieb ein Stück vor ihnen im Gang stehen. Sie war ein bisschen zu breit für ihre Uniform und hatte Mühe, die Haarbürste vom Boden aufzuheben. Als sie sich bückte, entblößte sie ihren unteren Rücken.

»Ist das ... Marvin der Marsmensch?«, fragte Winter beim Anblick des ungewöhnlichen Tattoos.

»Ja, genau!« Maisey lächelte. »Sind Sie ein Fan?«

Er wirkte peinlich berührt. »Na ja, so wie ... jeder irgendwie.«

»Ich habe gehört, Mrs Coates kann manchmal etwas schwierig sein«, unterbrach Marshall die banale Unterhaltung, ohne zu offenbaren, woher sie dies wusste.

»Oh, sie ist eine *sehr nette* Dame«, sagte Maisey. »Aber ja, sie hat ihre *Momente*. Deshalb habe ich die Aufgabe als ihre Hauptpflegerin übernommen. Wissen Sie, ihr Sohn hat mir mal gesagt, dass er nur zwei Menschen kennt, die besser mit seiner Mutter umgehen können als er selbst, und ich sei einer von ihnen.« Sie lächelte stolz. »Es sind solche Kleinigkeiten, die einen für den ganzen Stress entschädigen. So. Da wären wir.« Sie klopfte zweimal an, ehe sie Meredith Coates' Einzelzimmer betrat. Im Bett lag eine ältere Frau und starrte weggetreten an die Decke.

»Ich fürchte, das Gespräch ist vertraulich«, teilte Marshall ihrer Begleiterin mit.

»Selbstverständlich. Dann komme ich lieber nicht mit rein, sonst möchte sie bestimmt, dass ich bleibe«, flüsterte Maisey.

»Danke für Ihre Hilfe.« Marshall schloss die Tür und setzte ich ans Bett. »Mrs Coates?«, sagte sie. » ... Mrs Coates?«

Die zerbrechliche Frau wandte den Kopf, schien jedoch so verloren in den Tiefen ihres wirren Geistes, dass sie Marshall gar nicht wahrnahm.

»Darf ich Meredith zu Ihnen sagen?« Sie lächelte, als ein Anflug von Wiedererkennen über die ausdruckslosen Züge der Frau huschte. »Dann mache ich das. Ich bin hier, weil ich Ihnen gerne ein paar Fragen über Ihren Sohn stellen möchte.«

Während Marshall mit ihrem vergeblichen Unterfangen unbeirrt weitermachte, trat Winter zur Kommode. Er erhaschte einen Blick auf sein Spiegelbild und strich sich verlegen die Haare in die Stirn, nachdem er kurz überprüft hatte, dass sein zurückgehender Haaransatz nicht schlimmer aussah als beim letzten Mal. Danach kehrte er dem Spiegel den Rücken zu, weil es drängendere Probleme gab, und zog diskret die obere Kommodenschublade ein kleines Stück auf. Darin fand er mehrere Nachthemden und Slips. Er schob die Schublade wieder zu und machte mit der nächsten weiter: weitere Kleidungsstücke. Da die untere Schublade nicht unauffällig zu erreichen war, ging er blitzschnell in die Hocke und zog am Griff ...

Als er mit einem alten Fotoalbum in der Hand wieder aufstand, fiel etwas heraus. Er bückte sich, um es aufzuheben.

»Ähhh, Marshall ...?«, sagte er und reichte ihr den Umschlag mit Fotos, die es noch nicht auf die vergilbten Seiten des Albums geschafft hatten und von denen das erste Robert Coates zeigte, der eine attraktive Frau im Arm hielt. Die beiden sahen glücklich aus. »Scheint eine seiner Studentinnen gewesen zu sein«, sagte er, als das zweite Foto dieselbe Frau in einer Robe bei einer Abschlussfeier zeigte. *Jahrgang 94* stand auf einem Banner im Hintergrund.

Nachdem die beiden angesichts dieser Entdeckung einen bedeutsamen Blick getauscht hatten, widmete sich Marshall wieder der alten Frau.

»Meredith, können Sie mir sagen, wer das ist?«

Die Frau hob eine zitternde Hand. »Das ist mein Robert.«

»Und die Frau?«, fragte Marshall geduldig. »Mit wem ist Robert da zu sehen?«

Sie erwischte die gebrechliche Frau in einem Moment geistiger Klarheit. Meredith lächelte traurig und schien sie zum allerersten Mal wahrzunehmen.

»... Eloise. So ein wundervolles Mädchen.«

»Eloise? Wissen Sie zufällig auch ihren Nachnamen?«, hakte Marshall leise nach.

Meredith schüttelte den Kopf. »Sie hat mich immer besucht.«

»Hier? Wann war sie zuletzt da?«

Doch der lichte Augenblick war bereits wieder vorbei, und in Merediths Gesicht breitete sich eine Leere aus, als hätte jemand sie auf null gestellt.

Mit einem tiefen Seufzer stand Marshall auf und gesellte sich zu Winter, der in dem filigranen Album blätterte. Die Fotos von Robert Coates im Laufe der Jahre sahen eher so aus, als stammten sie von mehreren Brüdern. Sein äußeres Erscheinungsbild unterlief teils dramatische Veränderungen. Sein Körpergewicht schwankte, sein Kleidungsstil variierte von selbst genähten Hippieklamotten aus Hanf bis hin zum smarten Business-Look und ließ keinen Trend dazwischen aus.

»Das brauchen wir noch«, raunte sie ihm zu und prüfte, ob die Luft rein war, ehe Winter das Album unter seine Jacke schob.

Bei jedem Schritt schnaufend, führte der Platzwart Chambers durch ein Tor zu einer unauffälligen Parzelle.

»Acht-sechs-eins«, verkündete er, während er bereits nach seiner nächsten Zigarette griff.

Ein baufälliger Schuppen stand zwischen verdorrten, abgeernteten Gemüsepflanzen, und Dornengestrüpp verschlang den vernachlässigten hinteren Teil des Schrebergartens.

»Darf ich?« Chambers deutete zu einem auf dem Nachbargrundstück liegenden Spaten.

Der Mann zuckte mit den Achseln. Ihm war es herzlich egal.

Chambers holte den Spaten, kehrte zur Parzelle zurück, rammte ihn in die feuchte Erde und begann zu graben.

Die alten Besucherbücher des Pflegeheims wurden an einem anderen Standort aufbewahrt, und da sie ohnehin nicht wussten, in welchem Jahr sie beginnen sollten, beschlossen Winter und Marshall, diese Spur nicht weiterzuverfolgen.

»Sie nehmen den Lieferwagen und fahren zur Uni«, wies Marshall Winter an, als sie nach draußen auf den Parkplatz eilten. »Finden Sie so viel wie möglich über diese Eloise raus.«

»Okay. Da wäre nur ein Problem ... Ich bin im Moment Sicherheitsmann, kein Polizist.«

»Dann improvisieren Sie! Benutzen Sie Ihre Fantasie. Uns läuft die Zeit davon! Ich brauche das Fotoalbum.«

Winter öffnete den Reißverschluss seiner Jacke und reichte es ihr. »Wieso? Wo wollen Sie denn hin?«

»Wenn der Fall neu aufgerollt werden soll, *müssen* wir Coates mit dem Mord an Henry Dolan in Verbindung bringen«, erklärte sie. »Und *hiermit* werden wir ihn identifizieren.«

Keinen Meter unterhalb der Erdoberfläche traf das rostige Metall auf etwas Hartes.

Chambers warf den Spaten beiseite, ließ sich auf die Knie nieder und beugte sich ins Loch, um mit der Hand weiterzugraben. Er legte ein bleiches Fragment frei, das, nachdem er es sauber gewischt hatte, im dunklen Erdreich förmlich zu leuchten schien. Vorsichtig grub er die Finger darunter und hob es heraus: Es war wenige Zentimeter lang und an einem Ende dünner als am anderen. Eindeutig ein Knochen.

Er sprang auf und ließ auf der Suche nach dem missmutigen

Angestellten der Bezirksverwaltung den Blick über die verlassenen Parzellen schweifen.

»He!«, rief er. »Wissen Sie, wie man den da steuert?« Er zeigte auf den Minibagger am Eingang.

Bestückt mit drei Fotos von Eloise, betrat Winter das Birkbeck College. Er überlegte immer noch, wie er ohne Dienstausweis, geschweige denn richterlichen Beschluss, an persönliche Informationen über eine Studentin kommen sollte. Seine bisher vielversprechendsten Ideen waren: sich als entfernten Verwandten ausgeben; den Feueralarm betätigen; oder (wobei der Erfolg dieses Plans zugegebenermaßen von einer Vielzahl unterschiedlichster Faktoren abhing) ... die Sekretärin der Fakultät verführen.

Er war auf dem Weg zur Haupttreppe, als er stehen blieb und zu einer riesigen Vitrine voller Trophäen zurückging. Er hielt eins seiner Bilder neben ein Mannschaftsfoto der Damen-Lacrosse-Meister von 1992 und schaute zwischen der jungen Frau, die einen goldenen Pokal in die Höhe reckte, und dem Porträt von der Abschlussfeier hin und her. Unten auf dem Mannschaftsfoto stand: *Eloise Brown (Mannschaftskapitänin)*.

»Hm.« Er lächelte zufrieden. »Das ging ja schnell.«

Während der zehnminütigen Taxifahrt war die Dunkelheit hereingebrochen. Marshall stieg vor dem Kosmetiksalon aus, probierte die Tür und stellte fest, dass diese abgesperrt war. Das schief hängende *Geschlossen*-Schild veranlasste sie dazu, einen Blick auf die Uhr zu werfen. Leise vor sich hin fluchend, klopfte sie an die Scheibe, bis endlich Licht anging und drei makellos geschminkte Gesichter sie von drinnen anstarrten.

»Tut mir leid, dass ich unangemeldet vorbeikomme«, sagte Marshall und setzte sich zum zweiten Mal innerhalb von drei Tagen mit Dolans ehemaliger Freundin zu einem Gespräch hin. »Aber ich muss Sie fragen, ob Sie eine dieser Personen wiedererkennen.« Das erschien ihr einfacher, als zu erklären, dass es sich ausnahmslos um Fotos ein und desselben Mannes handelte.

Rita begann, im Album zu blättern. Marshalls Hoffnungen schwanden mit jedem Foto, das sie betrachtete ... Doch dann hielt sie inne, blätterte eine Seite zurück und studierte eins der Bilder mit zusammengekniffenen Augen.

»Der hier«, erklärte sie und tippte mit einem blutroten Fingernagel darauf.

»Sind Sie ganz sicher?«, hakte Marshall nach.

»Zu einhundertzehn Prozent.« Rita nickte. »Das ist er. Das ist Henrys ›besonderer‹ Freund.«

Es war kalt geworden, und sein Bein fing an wehzutun. Die Tabletten hielten die Schmerzen nur unzureichend in Schach. Chambers war kaum noch in der Lage, seinen Kaffeebecher zu halten, während er dem Trupp Arbeiter zusah, die im Schein ihrer Taschenlampen die Parzelle umgruben. Zwei Bagger hoben seit mehreren Stunden die Erde aus, während anderswo mit Schaufeln gegraben wurde. Die Arbeiten hatten ein Publikum von gelangweilten Jugendlichen und tratschwütigen Anwohnern aus den umliegenden Häusern angelockt. Die angeforderten Streifenpolizisten hatten das Areal abgesperrt und bislang hervorragende Arbeit geleistet, die Schaulustigen auf Abstand zu halten.

»Entschuldigen Sie, Detective«, sagte ein von Kopf bis Fuß verdreckter Mann, der einen etwas traumatisierten Eindruck machte. »Sie wollten Bescheid wissen, wenn der erste Quadrant freigelegt ist?«

Chambers nickte und folgte ihm zu einer fünf mal fünf Meter

großen Grabungsfläche. Vorsichtig bahnte er sich einen Weg durch den Teppich aus Knochen. Es waren die Skelette Dutzender Tiere, von denen viele noch zusammenhingen – ein Massengrab, das im Laufe der Jahre immer voller geworden war.

»Wie viele Leute können Sie noch herholen?«, wollte er von dem Mann wissen.

»Quadrant drei ist fast fertig«, antwortete der. »Bei Nummer zwei dauert es auch nicht mehr lange. Ich glaube, die, die wir haben, reichen aus.«

Mit einem Anflug von schlechtem Gewissen ließ Chambers den Blick über die Parzellen schweifen. Gartenlauben, die in gleichmäßigen Abständen durch Zäune getrennt waren. In der Dunkelheit sah es aus wie ein Miniaturdorf.

»Das gilt nur für heute Nacht«, sagte er. »Morgen fangen wir mit dem Rest an.«

»Ähhh … wie bitte?«

»Sie haben richtig gehört. Wir graben alles um.«

Der Hund hatte sich im Fußraum zusammengerollt. Der gemietete Lieferwagen erwies sich als überraschend gemütlich, um den Abend zu verbringen. Die Heizung verströmte warme Luft, und unter ihnen vibrierte sanft der Motor. Winter hatte unter demselben Baum geparkt wie zuvor. Der stille Park in der Nähe von Coates' Haus erschien ihnen als ein naheliegender Ort für ihr Treffen mit den Kollegen von der Metropolitan Police.

Als jemand von draußen ans Fenster klopfte, hob der Hund den Kopf.

»Marshall?«, fragte ein uniformierter Polizist, als sie die Scheibe herunterließ.

»Ja?«

»Ich habe hier einen Detective Sergeant Chambers am Funkgerät.«

»Danke.« Sie wandte sich an Winter. »Kommen Sie mit?«

»Nee.« Er gähnte. »Ich passe solange auf den Hund auf.«

Sie folgte dem Kollegen bis zu dessen Einsatzfahrzeug, stieg ein und nahm das Funkgerät, während der Mann und sein Kollege sich ein Stück entfernten, um eine zu Zigarette rauchen, damit sie ungestört reden konnte.

»Chambers?«

Ein Klicken. »Wollte nur hören, was los ist ... Over.«

»Wir warten noch auf die bewaffnete Sondereinheit, aber Kollegen observieren das Haus. Over.«

»Der Haftbefehl wurde genehmigt ... Over.«

»Gerade noch rechtzeitig. Sie sollten dabei sein, wenn wir ihn verhaften. Over.«

»Ich habe hier alle Hände voll zu tun. Over.«

»Also bislang noch keine menschlichen Überreste? Over.«

»Negativ. Ich gehe nach wie vor davon aus, dass Dolan sein erster Mord war. Over.«

Marshall musste sich die Hand vor die Augen halten, als zwei Scheinwerfer an der Ecke aufleuchteten.

»Ich glaube, da sind sie. Ich muss jetzt los. Over.«

»Seien Sie vorsichtig. Over.«

»Verstanden ... Out.«

»Los! Los! Los!«

Winter kam sich ein wenig überflüssig vor, als er zusah, wie die bewaffneten Einsatzkräfte Robert Coates' Haus stürmten und der Erste sich das geborstene Schloss, das Winter selbst kürzlich eingetreten hatte, als Verdienst anrechnete. Dunkle Gestalten bewegten sich hinter Netzgardinen, als die Männer in dem kleinen Haus ausschwärmten. Ein Zugriff als Schattentheater.

Marshall betrat das Haus als Letzte. Sie hatte lange dafür streiten müssen, dass ihr diese Ehre zuteilwurde. »Gesichert!«, kam es aus allen Richtungen, während sie irritiert den kahlen Flur entlangging. Die Möbel standen noch an Ort und Stelle, doch die Stapel von Briefen und Unterlagen waren verschwunden. Im Vorübergehen warf sie einen Blick ins Wohnzimmer, das ähnlich kahl aussah.

»Jemand hat Feuer gemacht«, teilte ein Officer ihr mit, als sie die Küche betrat. Draußen auf der Terrasse qualmte es aus vier metallenen Mülltonnen.

Mit gerunzelter Stirn betrachtete sie ihr Skizzenbuch, das auf dem Küchentisch auf sie zu warten schien. Das konnte nichts Gutes verheißen. Sie ging hin, während die Polizisten nacheinander frustriert das Haus verließen. Coates schien alles Wichtige, was er besaß, verbrannt zu haben, und trotzdem hatte er ihr das Buch gelassen – ein Akt der Güte, zu dem er ihrer Meinung nach niemals fähig wäre. Das konnte nur bedeuten, dass er es aus einem anderen Grund zurückgelassen hatte.

Zögerlich schlug sie es auf. Sie blätterte an ihrer Zeichnung des *Denkers* vorbei ... an der *Pietà* ... und an ihrer unfertigen Skizze von *Perseus mit dem Medusenhaupt*. Mit angehaltenem Atem schlug sie die nächste Seite um und spürte, wie ihr das Herz in die Hose rutschte. Im selben Moment betrat Winter hinter ihr die Küche.

»Sie meinten, er sei ausgeflogen?«, fragte er schwer atmend. »Marshall? Was ist los?« Er gesellte sich zu ihr an den Küchentisch und spähte ihr über die Schulter, als sie zum nächsten Bild weiterblätterte ... und zum nächsten ... und dann zum übernächsten.

»Was ist das?«, fragte er, doch sie schien ihn gar nicht zu hören. »Marshall?«

Wie in Zeitlupe drehte sie sich zu ihm um und sah ihn an. »Großer Gott, Winter«, sagte sie tonlos. »Was haben wir getan?«

DONNERSTAG

KAPITEL 21

Fünf Minuten bevor ihr Wecker klingelte, stand Eve auf. Das passierte oft, wenn sie einen Tag im Gericht vor sich hatte und früh rausmusste. Sie tastete im Dunkeln, um Chambers nicht zu wecken, und es gelang ihr, den Wecker auszuschalten, sich ihre Kleider von der Stuhllehne zu angeln und aus dem Schlafzimmer zu schleichen, wobei sie sich insgesamt nur zweimal den Zeh anstieß – eine neue persönliche Bestmarke.

Sobald sie die Tür hinter sich zugezogen hatte, entspannte sie sich ein wenig. In der Küche schaltete sie den kleinen Fernseher auf dem Tresen ein. Die Lautstärke war auf ein gedämpftes Murmeln eingestellt. Sie füllte Wasser in die Kaffeemaschine und wunderte sich, dass sie noch warm war – *ein weiterer Haushaltsgegenstand, der ersetzt werden musste.* Als sie die Milch aus dem Kühlschrank nahm, fingen im Hintergrund gerade die Morgennachrichten an.

»... Anwohner der verschlafenen Siedlung am Fluss wurden heute Morgen beim Aufwachen mit den Folgen eines schrecklichen Verbrechens konfrontiert ...«

Gähnend gab sie zwei gehäufte Löffel Zucker in ihre Lieblingstasse ... und sicherheitshalber noch einen dritten.

»... die Leiche einer jungen Frau. Berichte, die uns aus dem abgesperrten Areal erreichen, besagen, dass *mindestens* eine ihrer

Extremitäten fehlt. Bisher ist nicht bekannt, ob es sich dabei um eine ältere Verletzung oder eine Folge von Gewalteinwirkung handelt ...«

Als weitere Einzelheiten der grausigen Tat aus den Lautsprechern drangen, wurde Eve hellhörig und nahm die Fernbedienung in die Hand.

Vol ▮▮▮▮

»... nochmals betonen, dass die Informationen derzeit noch nicht von offizieller Seite bestätigt wurden. Allerdings sagten mehrere Quellen aus, dass die Positionierung der Leiche eine geradezu unheimliche Ähnlichkeit mit dem betreffenden Kunstwerk habe ...«

Einer bösen Vorahnung folgend, stellte Eve den Fernseher auf stumm, als könnte sie die Angelegenheit ungeschehen machen, solange sie nichts mehr hörte. Sie wollte es ihrem Mann nicht sagen und stand lange da und überlegte. Dann kam sie zu dem Schluss, dass er es wissen musste. Sie ignorierte das *Klick* der Kaffeemaschine, die ihre vorgesehene Temperatur erreicht hatte, und kehrte zur Schlafzimmertür zurück. Ein Streifen Licht durchschnitt die Dunkelheit, als sie leise ans Bett trat.

»Ben«, flüsterte sie. »... Ben.« Sie setzte sich neben ihn und streckte die Hand nach ihm aus ... berührte jedoch lediglich die Matratze. Als sie die Decke zurückzog, stellte sie fest, dass das Bett leer war. Sie sprang auf und schaltete die Nachttischlampe ein, ehe sie seinen Namen durchs stille Haus rief. »Ben?«

Eine Thermoskanne mit Kaffee in der Hand, duckte Chambers sich unter dem Absperrband hindurch und zeigte dem ersten Polizisten, der zu ihm geeilt kam, seinen Dienstausweis.

»Chambers. Morddezernat«, verkündete er.

»Jesus Christus!« Der junge Mann seufzte erleichtert.

»Nein, *Chambers*«, wiederholte Chambers, besorgt, er könnte sich in seinem Zustand akuten Schlafentzugs womöglich zu teuer verkauft haben.

Der Officer lächelte.

»Ich meine, *Jesus Christus*, bin ich froh, Sie zu sehen! Kommen Sie. Hier entlang.« Er führte Chambers den Abhang hinunter zum Fluss, wo jemand eine alte Decke über eine menschengroße Silhouette gebreitet hatte, sodass diese vor dem Hintergrund des kalten grauen Himmels aussah wie ein dilettantisches Halloweenkostüm. »Was anderes hatte ich nicht im Wagen«, entschuldigte er sich, als er die Miene des Detectives registrierte.

»Nehmen Sie das runter.«

»Aber ... die Presse ...«

»Das ist ein Problem für Leute, die *deutlich* mehr verdienen als wir«, beschied Chambers den Mann. »Und verglichen mit der Notwendigkeit, Spuren zu erhalten, von sekundärer Bedeutung.«

»Schon, aber ...«

»Hören Sie!«, blaffte Chambers ihn an. Es war viel zu früh am Morgen. »Wenn es Sie *so* sehr stört, dürfen Sie gerne da drüben stehen und Ihre räudige Decke hochhalten, bis wir einen Sichtschutz aufgebaut haben. Aber nehmen ... Sie ... sie jetzt runter.«

Der zurechtgewiesene Officer trat zum Mordopfer, um es zu enthüllen, während Chambers ans Ufer ging und sich wie immer vor dem Betrachten einer Leiche innerlich wappnete. Eine Seele, die gegen ihren Willen aus dem Leben gerissen worden war. Ein Welleneffekt von Schmerz, Trauer und Wut, der eine Unzahl anderer Leben berührte – diejenigen, die die Person gekannt hatten ... und solche, die sie nun nie mehr kennenlernen würden ...

Mit einem Kopfschütteln riss er sich aus seinen Grübeleien.

So langsam begannen Eves Überzeugungen, ihn an der Ausübung seines Berufs zu hindern.

Im Wasser, das sanft ans Ufer spülte, beobachtete er, wie die Decke herabfiel und darunter das verstümmelte Meisterwerk zum Vorschein kam, vor dem ihm gegraut hatte. Schweren Herzens zwang er sich, es anzusehen.

Die Haare gescheitelt und eng am Kopf geflochten, Blätter in der aufwendigen Frisur, stand die wunderschöne Frau mit entblößtem Oberkörper aufrecht da. Lediglich ein transparentes Tuch, das sich in der Brise bewegte, bedeckte locker ihre Hüften. Irgendwie wirkte sie friedlich, ja sogar glücklich. Die Andeutung eines Lächelns zog ihre Mundwinkel nach oben, was umso gespenstischer wirkte, da ihr beide Arme kurz unterhalb der Schultergelenke abgetrennt worden waren, sodass sie einen seltsam verzerrten Schatten warf. Die Haut endete in einer sauberen Kante wie gebrochener Marmor – *Venus von Milo*, wiedergeboren in brutal verstümmeltem Fleisch.

Chambers hatte genug gesehen und stapfte die grasbewachsene Uferböschung hinauf, während der unerfahrene Polizist noch immer tapfer seine löchrige Decke hochhielt.

»He!«, rief er Chambers nach. »Wo wollen Sie hin?«

»Ich hole jemanden aus dem Bett, der Ihnen helfen kann.«

»Aber ... machen Sie das nicht?«

Ohne sich umzuschauen, schüttelte Chambers den Kopf. »Nicht ich.«

· · ·

»Okay«, begann Detective Chief Inspector Wainwright. »Wer möchte mir erklären, weshalb eine angehende Kollegin aus dem Rauschgiftdezernat ...« Marshall wich den Blicken der anderen aus, da sie bis zu diesem Moment fast vergessen hatte, dass sie noch in der Ausbildung war. »... ein erfahrener Detective aus dem Morddezernat und ein ...« Zur Sicherheit warf die strenge Frau noch mal einen Blick auf das vor ihr liegende Blatt Papier. »... Sicherheitsmann von Sainsbury's gemeinsam unerlaubt in einem sieben Jahre alten Fall ermitteln?«

Wainwright war die dritte Chefin des Morddezernats seit Hamm, der für alle überraschend aus »persönlichen Gründen« den Dienst quittiert hatte – eine Formulierung, die nach Chambers' Empfinden der Tatsache, dass er zuvor einen nichts ahnenden Constable bewusstlos geschlagen hatte, nur unzureichend Rechnung trug. Selbstverständlich war der Vorfall unter den Teppich gekehrt worden, und ein alter Bekannter Hamms hatte dafür gesorgt, dass der unterqualifizierte, für seinen Posten ungeeignete und unzurechnungsfähige DCI hoch erhobenen Hauptes seinen Hut nehmen konnte – mit einer ordentlichen Pension sowie einer standesgemäßen Verabschiedung, die eines echten Helden würdig gewesen wäre.

Wainwright brachte höchst willkommenen frischen Wind ins Dezernat. Sie konnte mitunter etwas pedantisch sein, aber im Großen und Ganzen gab sie sich fair und nahbar. Und sie hatte sich den Posten durch harte Arbeit verdient. Die jahrelangen Nachtschichten, zu viel Junkfood und die in ihrem Beruf beinahe unvermeidliche Alkoholabhängigkeit waren – wie bei den meisten – nicht spurlos an ihr vorübergegangen. Die tiefen Falten, die sich in ihre Haut gegraben hatten wie ausgetrocknete Flussbetten, ließen sie zehn Jahre älter erscheinen, als sie war.

»Also?«, sagte sie, als niemand antwortete.

Winter räusperte sich. »Es fing an, als ich von einer rasanten Verfolgungsjagd zurückkam ... Na ja, eigentlich war es eher eine mittelschnelle Verfolgungsjagd. Ich und der Ladendieb waren je-

denfalls noch ziemlich k. o. von seinem ersten Versuch, eine Jurassic Park-Videokassette zu klauen, was ich ...« Da er merkte, dass
die Aufmerksamkeit seines Publikums nachließ und Chambers
sich mit der flachen Hand gegen die Stirn schlug, verstummte er
mitten im Satz. »Wahrscheinlich wollen Sie es lieber von einem
der beiden anderen hören«, schloss er und setzte sich unbeholfen
wieder hin.

»Erklären Sie mir, warum Sie einen Mann im Verdacht hatten,
der bereits als Verdächtiger ausgeschlossen worden war?«

Chambers zog die Brauen zusammen. »Bei dem es sich aber
nichtsdestotrotz um den Täter handelt.«

»Und gegen den Sie eigentlich gar nicht hätten ermitteln dürfen«, hielt DCI Wainwright dagegen, während Marshall und Winter die Diskussion mit Interesse verfolgten.

»Und der ohne uns niemals entlarvt worden wäre, weil kein
Schwein bereit war, ihn näher unter die Lupe zu nehmen«, sagte
Chambers, der allmählich wütend wurde.

»Sie hätten erst um Erlaubnis fragen müssen.«

»Hätten Sie sie mir erteilt?«

»Nein.«

Chambers sah aus, als würde er jeden Moment explodieren,
und rang vor lauter Verzweiflung die Hände.

»Hören Sie«, meinte Wainwright ruhig. »Ich sage ja gar nicht,
dass ich nicht froh bin, dass Sie eigenmächtig gehandelt haben –
trotzdem muss ich Sie dafür disziplinieren. Ergibt das Sinn?«

»Überhaupt nicht.«

Zaghaft hob Winter die Hand.

»Ja?«, sagte Wainwright.

»Könnten wir meine Disziplinierung vielleicht den Leuten bei
Sainsbury's überlassen? Mein Schichtleiter Dan scheißt garantiert

einen Backstein, wenn er merkt, dass ich schon wieder zu spät zur Arbeit komme.«

»Meinetwegen.«

»Toll. Dann kann ich also gehen?«

»Nein.« Wainwright war schon jetzt zu Tode erschöpft. »*Sie*«, wandte sie sich an Marshall, »Sie haben mich bisher noch nicht geärgert. Warum bringen *Sie* mich nicht auf den neuesten Stand?«

»... und er hat es um fünf neue Zeichnungen ergänzt?«, fragte Wainwright. Sie sah aus, als wäre ihr schlecht, und hatte zum ersten Mal seit fünf Minuten das Wort ergriffen. »Das heißt, es wird noch vier weitere Morde geben?«

»Wir sollten wohl davon ausgehen, dass das sein Plan ist«, sagte Marshall und nickte. Auch bei ihr meldete sich wieder die Übelkeit, die sie schon den ganzen Tag über plagte.

»Du meine Güte!« Wainwright stöhnte und sackte auf ihrem Stuhl in sich zusammen. »Warum sollte er uns das verraten? Warum hat er überhaupt die Skizzen zurückgelassen?«

»Keine Ahnung«, antwortete Marshall. »Um uns zu provozieren? Um uns auf die Probe zu stellen? Nach unserer Wiedervereinigung in seiner Küche wusste er, dass wir ihm auf den Fersen sind und er nichts mehr zu verlieren hat«, schloss sie schuldbewusst.

»Okay«, sagte Wainwright entschieden, ehe sie sich an Chambers wandte. »Ich mache Sie zum leitenden Ermittler in dem Fall.«

»Wie bitte?«, fragte er verdutzt.

»Es ist Ihr Fall.«

»*Nein. Nein. Nein.* Geben Sie ihn jemand anderem.«

»Sie haben damals die ursprünglichen Ermittlungen geleitet«, argumentierte sie. »Und Sie hatten mit all Ihren Vermutungen recht, womit Sie am ehesten qualifiziert sind, den Mann zu fassen. Oder können Sie mir einen guten Grund nennen, weshalb Sie der Aufgabe nicht gewachsen sind?«

Winter rutschte unbehaglich auf seinem Stuhl herum und schielte zu seinem Kollegen, während Marshalls Blick unwillkürlich zu Chambers' Bein wanderte ...

»Nein«, beteuerte er und schüttelte frustriert den Kopf.

»Dann wäre das ja geklärt«, sagte Wainwright. »Soll ich beantragen, dass Marshall zur Unterstützung an uns ausgeliehen wird? Natürlich unter der Voraussetzung, dass Sie damit einverstanden sind?«, fragte sie die Polizistin vom Rauschgiftdezernat, die eifrig nickte.

»Sicher«, brummte Chambers. »Je mehr wir sind, desto lustiger wird's.«

»Und, Winter ...« Dieser setzte sich sofort aufrechter hin. » ... Sie sollten wahrscheinlich zusehen, dass Sie zurück an die Arbeit kommen, bevor dieser Dan wirklich Baumaterial ausscheidet.«

»Oh!«, sagte er und machte ein langes Gesicht.

»Also, wie sehen die nächsten Schritte aus?«, wollte Wainwright wissen.

»Eloise Brown«, antwortete Marshall. »Wir glauben, dass sie früher mit Coates eine Beziehung hatte. Wir müssen mit ihr reden.«

»Und jetzt, wo wir endlich offiziell ermitteln«, begann Chambers bitter, »will ich auch sein Büro an der Uni durchsuchen lassen.«

»Das sind Aufgaben Nummer zwei und drei«, teilte Wainwright ihnen mit. »Als Erstes müssen wir jedes Paar Augen im Land dazu bringen, nach dem Mann Ausschau zu halten. Sie müssen mir einige Fotos zur Verfügung stellen, damit ich sie an die Medien weitergeben kann.«

»Sind Sie sicher, dass Sie mit der Sache an die Presse gehen wollen?«, fragte Chambers.

»Von ›wollen‹ kann keine Rede sein. Ich wüsste nur nicht, was die Alternative wäre. Wie Marshall es so eloquent formuliert hat: Der Mann ist ein Chamäleon. Alleine werden wir ihn niemals finden.«

»Und wie viel wollen Sie der Presse sagen?« Er fragte sich, wie seine Chancen standen, die Angelegenheit vor Eve geheim zu halten.

»Genug«, sagte Wainwright nachdenklich. »Die Wahrheit. Dass Robert Coates, nachdem er sieben Jahre lang unentdeckt blieb, heute offiziell zum Serienmörder geworden ist.«

KAPITEL 22

Chambers hatte angeboten, Winter auf dem Weg zu ihrem Treffen mit Eloise Brown bei der Arbeit vorbeizufahren, doch der mörderische Londoner Verkehr machte aus der gut gemeinten Geste eine riesengroße Unannehmlichkeit.

»Hey, Leute?«, meldete sich Winter von der Rückbank.

Marshall drehte sich um, bereute es jedoch sofort.

»Mann, Winter! Ziehen Sie sich gefälligst eine Hose an!«

»Ich habe nicht damit gerechnet, dass Sie zu mir hinschauen!«

»Sie haben ›Hey, Leute‹ gesagt – natürlich schaue ich dann zu Ihnen hin«, keifte sie. Sie heftete den Blick auf das Auto vor ihnen, während Winter die Füße gegen die Fensterscheibe stemmte, um sich in seine Uniform zu zwängen.

Einen Moment lang herrschte Schweigen, dann: »Hey, Leute?«

»Was?!«

»Ich frage mich nur ... Also, eigentlich habe ich mir *gedacht*, dass Sie vielleicht ... Na ja ... warten könnten, bis ich Feierabend habe, bevor Sie zu Eloise Brown fahren.«

»Das ist ein Scherz, oder?«, sagte Chambers.

»Ich dachte bloß ...«

»Dies ist ein *Mordfall*. Coates hat uns zu verstehen gegeben, dass er wieder töten wird. *Jede* Sekunde zählt. Und da wollen Sie, dass wir auf Ihren Feierabend *warten*?«

»Wenn Sie es so ausdrücken …«, meinte Winter beschämt. »Ja, okay, Sie haben recht. Am besten, Sie beachten mich gar nicht weiter.«

»Seien Sie nicht so hart zu ihm«, wies Marshall Chambers zurecht. »Ohne Winter wüssten wir nicht mal, dass Eloise Brown existiert.« Abermals drehte sie sich nach hinten um und wollte Winter ein aufmunterndes Lächeln schenken. »Um Himmels willen! Wo ist Ihr Oberteil?!«

»Es klemmt in Ihrer Tür fest«, antwortete er. Sein nackter Bauch hing über den Bund seiner Hose.

Hastig öffnete Marshall die Beifahrertür und schloss sie wieder, ehe sie Winters Polohemd nach hinten warf.

»Wie wäre es, wenn ich – natürlich mit Chambers' Einwilligung …« Sie sah ihn an. »… nachher vorbeikomme und Ihnen alles berichte? Wäre das okay?«

»Das würden Sie tun?« Winter lächelte hoffnungsvoll.

Chambers nickte widerstrebend, kurz bevor er vor dem Eingang des Supermarkts hielt.

»Dann bis nachher.« Winter sprang ins Freie.

»Ihre Tasche!«, erinnerte sie ihn.

»Danke. Bye!«, rief er, nachdem er noch einmal ins Auto geklettert war, um sie zu holen.

Chambers und Marshall winkten ihm wie stolze Eltern, während er beschwingten Schrittes zur Arbeit ging.

»Sind Sie sicher, dass wir hier richtig sind?«, fragte Chambers, während er wenig begeistert den Eingang zu den unterirdisch gelegenen Toiletten betrachtete.

»Ziemlich«, gab Marshall zurück und deutete auf das nagelneue Schild:

Sie öffneten das eiserne Tor und stiegen, den Geräuschen von Bauarbeiten folgend, die steinernen Stufen hinunter in die Tiefe. Der Geruch von schalem Urin wurde mit jedem Schritt intensiver. Als sie den vollgestopften unterirdischen Raum erreichten, brannte er ihnen förmlich in den Augen.

»Oh! Hi!«, sagte eine attraktive Frau lächelnd, deren hellbraunes Haar zu zwei verspielten Knoten gedreht war und die ein übergroßes Hemd voller Farbspritzer trug. »Sind Sie der Installateur?«

Als Marshall kicherte, warf Chambers ihr einen bitterbösen Blick zu und zückte seinen Dienstausweis. Ihm war nicht ganz wohl – er hatte seine beste Hose angezogen.

»Nein. Ich bin der Detective vom Morddezernat.«

»War das heute?« Sie lachte kopflos, ehe sie die Stirn in Falten legte. »Und wann kommt dann der Installateur?«

Die drei standen einen Moment lang schweigend herum. Eloise sah sie an, als erwartete sie, dass Chambers ihr darüber Auskunft geben konnte.

»Da kann ich Ihnen wirklich nicht weiterhelfen. Sind Sie Eloise Brown?«, fragte er zur Sicherheit – bei einer derart zerstreuten Frau erschien ihm das ratsam.

»Ja. Die bin ich. Ich würde Ihnen die Hand geben, aber ...« Sie betrachtete besagten Körperteil. »Ich weiß nicht *genau*, was das hier ist.« Unter den leicht angewiderten Blicken der Detectives wischte sie sich die Substanz am Hemd ab.

»Entschuldigung! Benehme ich mich wieder eklig? Manchmal merke ich es gar nicht mehr. Ich weiß, es sieht nicht berauschend aus, aber ein paar Eimer Farbe, und das hier wird die coolste Galerie der Stadt.«

Die Redensart *Man kann aus Scheiße kein Gold machen* kam Chambers in den Sinn, doch er beschloss, sie für sich zu behalten.

»Über der Erde könnte ich mir so große Räumlichkeiten niemals leisten«, sagte sie fröhlich, während sie sich in ihrem unterirdischen Reich umsah. »Aber das hier ... Es ist, als wäre ich auf Öl gestoßen.«

»Ich bin mir nicht sicher, ob es sich um Öl handelt«, brummte Chambers, als er über eine unappetitlich aussehende Pfütze hinwegstieg. »Glauben Sie, wir könnten uns vielleicht ... woanders unterhalten?«

Eloise zuckte die Achseln. »Klar.«

Sowohl Marshall als auch Eloise hatten sehnsuchtsvoll auf das Rembrandt Hotel geschielt, doch da Chambers die Rechnung übernahm, hatten sie aus Höflichkeit seinem Vorschlag zugestimmt und saßen nun an einem klebrigen Tisch im McDonald's am Ende der Straße. Chambers futterte und hörte zu, während Marshall die Befragung durchführte.

»Ich fange mit ein paar einfachen Fragen an«, sagte sie. »Waren Sie in einer Beziehung mit Robert Coates?«

»Ja ... die Frage war *wirklich* einfach!«

»Von wann bis wann?«

Eloise überlegte eine Weile, dann begann sie, an ihren Fingern abzuzählen. »Von März bis November '94. Insgesamt acht Monate. Wir haben uns auf dem Gang unterhalten, wenn gerade niemand in der Nähe war, und uns hier und da für ein paar Minuten heimlich getroffen, wann immer es ging. Er wollte nicht, dass jemand über uns Bescheid wusste. Er war regelrecht paranoid, was das anging – er stand auf Regeln. Unser erstes offizielles Date war am Abend meiner Abschlussfeier.« Sie sah Chambers tadelnd an. »Ist das schon Ihr *zweiter* Burger?«

»Ich bin seit fünf Uhr früh auf den Beinen!«

»Wie würden Sie Robert beschreiben?«, setzte Marshall die Befragung fort. Beide Frauen zuckten unwillkürlich vor dem zerkauten Fleischklümpchen zurück, das Chambers über den Tisch gespuckt hatte.

Auch diesmal ließ sich Eloise mit der Antwort Zeit. »Gut aussehend. Charmant.« Sie errötete, als wäre er gerade vorbeigegangen und hätte ihr ein Kompliment gemacht. »Wahnsinnig intelligent und ... intensiv.«

»Intensiv? In welcher Hinsicht?«

»In jeder. Zum Beispiel hat er mich nach drei Monaten gefragt, ob ich ihn heiraten will ...« Marshall zog die Brauen hoch – sie beabsichtigte zu warten, bis ihr Auserwählter seinen Wert bewiesen hatte und unter der Erde lag, ehe sie sich darüber beklagte, dass sie womöglich doch den Bund fürs Leben hätten schließen sollen. »Das hat er danach *jeden Tag* gemacht«, fügte Eloise traurig hinzu. »Damals fand ich es romantisch. Inzwischen bin ich mir nicht mehr so sicher.«

»Waren Sie beide oft ... intim miteinander?«

»*Woah!* So *gerne* ich auch mit Ihnen und Ihrem hungrigen Kollegen über Details aus meinem Sexleben reden würde, vielleicht sollten Sie mir erst mal erklären, worum es geht.«

»Ihr Ex ist ein Serienmörder«, sagte Chambers unverblümt. »Er hat 1989 drei Menschen ermordet und einen weiteren heute Morgen. Eine junge Frau ... Er hat ihr die Arme abgeschnitten.«

Marshall sah ihn an, als wäre er nicht ganz richtig im Kopf.

»*Was denn?*«, fragte er und nahm sich eine Handvoll Pommes. »Bald kommt es sowieso überall in den Nachrichten.«

Eloise nahm sich Zeit, um diese Information zu verdauen, dann nickte sie lediglich.

»Verzeihen Sie, dass ich das sage«, fuhr Marshall fort. »Aber für jemanden, der acht Monate seines Lebens mit dieser Person verbracht hat, wirken Sie nicht sonderlich schockiert.«

»Und *als* jemand, der die Beziehung beendet und danach alles versucht hat, um besagter Person aus dem Weg zu gehen ... bin ich es auch nicht.«

»*Versucht?*«, hakte Marshall nach.

»Robert meldet sich immer noch von Zeit zu Zeit bei mir: Briefe ... Blumen. Ich ignoriere sie meistens.«

»Wann zuletzt?«

»Weiß nicht. Vor mehreren Monaten.« Sie zuckte mit den Achseln.

»Dann waren Sie ihm gegenüber also misstrauisch?«

»Es war nur eine Kleinigkeit.« Eloise schaute aus dem Fenster, als könnte sie dort draußen sehen, wie sich die Geschichte abspielte. »Er war häufig bei mir. Alles lief gut, wir waren glücklich. Aber abends hörte man immer dieses Kratzen in den Wänden, als würde irgendwas direkt neben uns herumscharren.«

»Eine Maus?«, fragte Marshall.

»Genau. Und was macht man, wenn man eine Maus in der Wohnung hat? Man kauft eine Falle. Das habe ich auch gemacht – und nicht die humane Variante, in der man das Tier lebendig fängt, um es dann draußen wieder auszusetzen. Ich habe mir eine klassische Schlagfalle mit Feder und Metallbügel besorgt, die dem Viech das Genick bricht. Ich wollte es tot sehen ... Bis mir eines Morgens auffiel, dass die Falle nicht mehr da war. Ich bin nach unten in die Küche gegangen, und da habe ich das kleine unschuldige Ding gesehen, wie es in der Falle festklemmte, aber noch zappelte und ganz offensichtlich schreckliche Qualen litt. Ich war noch nie so angewidert von mir selbst gewesen wie in dem Moment. Am liebsten hätte ich die Zeit zurückgedreht, die Maus gesund gepflegt und ihr ein gemütliches kleines Zuhause in meiner Wand eingerichtet – sogar mit einem kleinen Licht. Denn irgendwie hatte es auch was Beruhigendes, sie nachts scharren zu hören. Es bedeutete, dass ich nie wirklich allein war. Wie auch immer, Robert hatte sie offenbar gerade gefunden und beschlossen, das arme Tier zu erlösen, damit mir der Anblick erspart blieb. Ich wollte mich gerade davonschleichen, als ich sah, wie er das Käsemesser aus der Schublade holte. Eins dieser sehr scharfen Messer mit gekrümmter Klinge und zwei Zinken am Ende, kennen Sie die? Erst da sah ich die anderen beiden Messer, die auf der Arbeitsfläche lagen. Beide waren voller Blut. Ich habe nach Luft geschnappt, und er hat sich zu mir umgedreht. Er hat nichts gesagt ... stand einfach nur mit völlig ausdrucksloser Miene und toten Augen da. Es war, als würde ich ihn zum allerersten Mal sehen ... sein *wahres* Ich. Kennen Sie das, wenn ein Kind einer Schnake die Flügel ausreißt? Das ist ein grausamer Akt der Machtausübung, den viele als ›ganz natürliche Neugier‹ abtun. Man rechtfertigt es damit, dass das kindliche Gehirn sich der Konsequenzen nicht bewusst ist, dass es seinen Platz in der natürlichen Ordnung erst noch finden muss.« Die alberne junge Frau hatte einer wortgewandten Akademikerin Platz gemacht – eine Veränderung, die dem, wozu Robert Coates imstande war, in nichts nachstand. »So ähnlich war es auch bei ihm. Er hat es nicht *genossen,* das winzige Tier zu quälen. Es wirkte eher so, als ob er es *aus Notwendigkeit* tun würde.«

Chambers, dem der Appetit vergangen war, legte seinen Hamburger zurück auf das Einwickelpapier.

»Haben Sie den Vorfall gemeldet?«, wollte Marshall wissen.

»Wem denn?«, fragte Eloise ungehalten. »Der Polizei? Was hätte ich denen denn erzählen sollen – was von einer toten Maus und seinem gruseligen Blick? Ich glaube kaum, dass sie deswegen einen Rettungshubschrauber geschickt hätten, Sie etwa?«

Marshall wirkte peinlich berührt.

»Hatten Sie beide einen Hund?«, fragte Chambers, ehe ihm eine viel drängendere Frage in den Sinn kam. Rasch wandte er sich an Marshall. »Was ist eigentlich aus unserem Hund geworden?«

»Den hat Winters Mutter fürs Erste bei sich aufgenommen.«

»Ah«, sagte er erleichtert.

»Sie hat ihn Bertie genannt.«

»*Bertie?* Er ist doch kein Bertie«, meinte er entrüstet, um dann zu seiner ursprünglichen Frage zurückzukehren. »Also, hatten Sie beide einen Hund?«

»Nein, warum?«

»Nur so.«

Eloise betrachtete ihn einen Augenblick lang, dann nutzte sie die Gelegenheit, um selbst eine Frage zu stellen. »Sie sagten, er … hätte einer Frau die Arme abgeschnitten?«, flüsterte sie mit einem dem Anlass entsprechenden Maß an Entsetzen.

»Während sie bewegungsunfähig war … so ähnlich wie Ihre Maus«, sagte Chambers vorwurfsvoll, so als hätte Eloise die Anzeichen erkennen müssen.

»Mein Gott.«

»… ehe er sie wie die *Venus von Milo* inszeniert hat«, fügte er hinzu.

Eloise zuckte mit keiner Wimper, doch die Farbe wich ihr aus dem Gesicht, als sich draußen bedrohliche Wolken über den Himmel schoben und das Restaurant ins Halbdunkel tauchten.

»Was ist?«, fragte Marshall, als sie ihre Miene sah.

»Es ist nur … Das ist so typisch für Robert. Er hat diesen … *Drang,* aus Hässlichem etwas Schönes zu erschaffen. Ich glaube, das habe ich am meisten an ihm geliebt.« Sie lachte bitter. »Wie krank ist das? Es klingt wahrscheinlich komisch, aber das ist seine Art, mit Dingen umzugehen, die er nicht hinnehmen kann.«

»Zum Beispiel?«, hakte Marshall nach.

»Zum Beispiel gab es an der Uni mal ein Feuer. Die Hälfte des Kunstflügels ist abgebrannt. Die Ergebnisse jahrelanger Arbeit ... einmalig, unersetzlich – alles wurde zerstört. Und wissen Sie, was Robert gemacht hat? Er hat eine *ganze* Woche knietief in den Trümmern verbracht und so viel er konnte aus dem Gedächtnis nachgebildet – er hat die unglaublichsten Skulpturen aus Asche geschaffen.«

»Skulpturen?« Marshall wechselte einen Blick mit ihrem Kollegen.

Eloise nickte, und trotz allem, was sie soeben über den Helden ihrer Geschichte erfahren hatte, zauberte ihr die Erinnerung ein wehmütiges Lächeln ins Gesicht. »Es war atemberaubend ... wirklich. Oh! Und einmal habe ich mir den Arm gebrochen und konnte monatelang nicht malen. Ich war am Boden zerstört. Aber Robert hat fast zwei Tage lang ununterbrochen bei mir gesessen und eins der schönsten Bilder, die ich je gesehen habe, auf meinem Gips gemalt, nur um mich aufzuheitern.«

»Was hat er denn gemalt?«, fragte Marshall und klang dabei eher wie eine neidische Freundin als eine Polizistin.

»Uns«, sagte Eloise lächelnd und mit feuchten Augen. »Uns beide als Apollo und Daphne ... Was?«, fragte sie, als sie die besorgten Mienen der zwei registrierte. »*Was ist denn?*«

»Sie müssten mit uns kommen.«

»Denken Sie, Sie hätten vielleicht ein bisschen Kunstblut verschütten können, damit es noch schauerlicher aussieht?«, fragte Chambers Constable Soundso (niemand kannte seinen richtigen Namen) irritiert, als er die Galerie vergrößerter Tatortfotos neben

Bildern der eindrucksvollen Kunstwerke hängen sah. Da nur wenig Platz zur Verfügung stand, hatte der übereifrige junge Mann sogar die Fenster zugeklebt, sodass das Licht von hinten durch die Fotos hindurchschien und ihnen ein unheimliches Leuchten verlieh.

Sie waren mit Eloise zum New Scotland Yard gefahren, um die Befragung dort fortzusetzen. Der furchterregende Raum im Morddezernat war ihre Einsatzzentrale, von der aus sie mit einem rasch wachsenden Team in den Mordfällen ermittelten.

Fasziniert von den schaurigen Aufnahmen, schritt Eloise die Wand mit den Beweisfotos ab, während Chambers seine Untergebenen nach draußen scheuchte und das Licht einschaltete.

»Sind die *alle* von Robert?«, fragte sie wie in Trance.

»Ja«, antwortete Marshall in pietätvoll gedämpftem Ton.

»In gewisser Hinsicht sind sie wunderschön, oder nicht?«, sagte Eloise. »Ich meine – natürlich ist es schrecklich. Die armen Leute«, schob sie rasch hinterher, vermochte jedoch den Ausdruck des Staunens in ihren braunen Augen nicht zu verbergen.

»Lassen Sie sich ruhig Zeit«, sagte Marshall. »Alles, was Sie uns sagen, könnte wichtig sein, egal, wie unwesentlich es Ihnen erscheint.«

»Ich weiß wirklich nicht, was ich Ihnen erzählen soll – außer dass Robert mit ziemlicher Sicherheit die prägenden Momente seines Lebens nachempfinden will ... Aber ich schätze, das wussten Sie bereits.« Die beiden sahen sie verständnislos an. »... Sie wussten es *nicht*?«

»Vielleicht könnten Sie das noch etwas weiter ausführen?«, schlug Marshall vor. Das klang allemal besser, als unumwunden zuzugeben, dass sie keine Ahnung gehabt hatten.

»Wurden sie in dieser Reihenfolge gefunden?«, fragte Eloise.

»Ja.«

Sie holte eine Brille aus ihrer Tasche und setzte sie auf, ehe sie Henry Dolans Autopsiefotos inspizierte, als würde sie ein Gemälde begutachten.

»Robert hatte immer schon eine Affinität zum *Denker*; diese einsame Gestalt, die über dem im *Höllentor* dargestellten Chaos sitzt und nachdenkt: mittendrin und trotzdem von allem abgeschnitten«, teilte sie ihnen mit. »Es gibt verschiedene Interpretationen dazu. Manche glauben, dass es sich bei der Gestalt um Dante handelt, der über die neun Kreise der Hölle sinniert, wohingegen andere die Ansicht vertreten, dass ...«

» ... der *Denker* Rodin selbst ist«, fiel Chambers ihr ins Wort. Er fand es jammerschade, dass nicht mehr Leute anwesend waren, um diesen Satz zu bezeugen. Es war das Gelehrteste, was ihm jemals über die Lippen gekommen war.

»Robert hing der zweiten Schule an, weil er sich selbst auch so sah ... Als ein Intellektueller ... ein Kreativer ... jemand, der nicht in das Bild passt, in dem er gefangen ist, und der sein Potenzial an eine Welt verschwendet, die ihn nicht zu schätzen weiß.«

»Und da haben bei Ihnen nicht die Alarmglocken geläutet?«, wollte Chambers wissen.

»Arroganz und Kunst gehen oft Hand in Hand«, erwiderte sie gleichmütig. »Er hat pausenlos gemalt, war wie besessen. So wie andere Leute dasitzen und nebenbei irgendwas kritzeln, hat er die unglaublichsten Skizzen aufs Papier gebracht, ohne es überhaupt zu merken.« Sie ging weiter zu den Fotos von Nicolette Cotillard, die in Anlehnung an Michelangelos Meisterwerk ihren toten Sohn in den Armen hielt. »Die *Pietà*. Das ist eindeutig eine Anspielung auf seine Mutter«, verkündete sie.

»Meredith?«, sagte Marshall erstaunt, weil sie das Gefühl hatte, für die Frau wäre ein zwei Meter großer Gartenzwerg die passendere Repräsentation gewesen.

»Nein, ich meine seine *leibliche* Mutter.«

Chambers und Marshall tauschten einen Blick. Wahrschein lich war dies ein guter Zeitpunkt, um noch einmal die Formulie- rung »etwas näher ausführen« zu bemühen.

»Sie war drogenabhängig«, fuhr Eloise fort, woraufhin Mar- shall unwillkürlich die Narben in ihrer Armbeuge kratzte. »He- roin. Und sie hat die Sucht an ihren Sohn weitergegeben. Hat Me- redith Ihnen nichts davon erzählt?«, fragte sie erstaunt.

Marshall schüttelte lediglich den Kopf. Sie wollte das Ge- spräch nicht auf die sich stetig verschlimmernde Demenz einer al- ten Frau lenken.

»Langer Rede, kurzer Sinn: Robert war ein sehr kleines und krankes Baby. In seinen ersten Lebenstagen hat er *zweimal* aufge- hört zu atmen. Er konnte nie verwinden, dass es ihn um ein Haar nicht gegeben hätte – dann hätte alles, was er später erreicht und geschaffen hat, niemals existiert.« Eloise schnippte mit den Fin- gern. »Einfach ausgelöscht in den Armen einer Frau, die zu high war, um noch irgendwas mitzukriegen.«

»Die Jungfrau Maria war nicht drogensüchtig«, warf Marshall ein.

»Aber Nicolette Cotillard *schon*«, rief Chambers ihr ins Ge- dächtnis. »Und *Ihnen* muss *ich* ja nicht sagen, welches Potenzial in Alphonse schlummerte.« Eloise, die diese seltsame Bemerkung gehört hatte, schaute fragend zwischen den beiden hin und her, doch keiner führte den Punkt weiter aus. »Vielleicht wäre er sogar in der Lage gewesen, Robert Coates in einem seiner ›Meister- werke‹ zu verkörpern«, spekulierte er.

»Genau wie Henry John Dolan, wenn man dieser Logik folgt«, meinte Marshall skeptisch. »Ich sehe da keine große Ähnlichkeit.«

»Vielleicht haben wir es zu wörtlich genommen«, gab Cham- bers zu bedenken. »Womöglich ist es eher symbolisch gemeint.

Henry Dolan war unzweifelhaft eine imposante Erscheinung. In einer anderen Zeit wäre er Gladiator oder Kriegsherr gewesen, statt ein Dasein als Hintergrundtänzer und Komparse zu fristen.«

»Jetzt denken Sie schon eher wie Robert«, sagte Eloise. »Die Wahrheit ist, dass wir uns hier ganz tief in seiner Vorstellungswelt befinden. Ich bezweifle, dass wir ihn wirklich verstehen können, aber wir wissen, dass er auf seine eigene krankhafte Art versucht hat, in seinen hässlichen Taten Schönheit und Sinn zu finden. Und dafür hat er aus ganz bestimmten Gründen diese Kunstwerke ausgewählt.« Sie zeigte auf eins der Fotos.

»Was ist mit der hier?« Chambers lenkte ihre Aufmerksamkeit auf die nächste Skulptur.

»Perseus mit dem Medusenhaupt«, sagte Eloise. »Warum gibt es kein Foto der Leichen?«

»Weil er das Werk nicht vollenden konnte.«

»Oh! Na ja, ich würde mal annehmen, es stellt für ihn den Moment seiner Befreiung dar.«

»Von seiner Mutter?«, fragte Marshall.

Eloise nickte. »Obwohl Meredith ihn adoptiert hat, fanden, bis er elf Jahre alt war, wöchentliche Besuche bei seiner Mutter statt. Sie hatte nach wie vor großen Einfluss auf sein Leben, bis ...« Sie zögerte kurz. »Wahrscheinlich macht das jetzt auch keinen Unterschied mehr: Er hat einige von Merediths Opiaten aus dem Medizinschrank geklaut und sie seiner Mutter, die gerade auf Entzug war, in den Tee gemixt. Keine Woche später fand man sie bewusstlos in einem leer stehenden Haus. Man verweigerte ihr jegliche weitere Besuche bei ihrem Sohn, bis sie den Nachweis erbringen konnte, dass sie clean war ... wozu es nie kam. Dieser kleine Akt steht dafür, dass er das größte Ungeheuer in seinem Leben besiegt hat ... Wen hat er als Perseus ausgewählt?«

»Wir haben nie eine Leiche gefunden«, antwortete Chambers.

»Und wer hätte das Haupt der Medusa sein sollen?«

»... ich.«

Sie machte ein entsetztes Gesicht. »Wow! Er muss Sie ja *wirklich* hassen.«

»Das glaube ich auch.«

Sie ging weiter zur nächsten Gruppe von Tatortfotos – diese zeigten die halb nackte und verstümmelte *Venus von Milo* am Flussufer.

»Wer war sie?«

Marshall musste nicht einmal auf ihr Blatt schauen. »Tamsin Fuller, eine Angestellte der Kunstfakultät.«

»Sie muss angefangen haben, als ich schon weg war. Und was ist mit denen hier?« Eloise deutete auf eine Menge grüner Blätter mit wächserner Oberfläche, die sich in einem Asservatenbeutel befanden.

»Die lagen verstreut um das Opfer herum«, sagte Chambers, »passten aber zu keinem der Bäume in der Gegend. Ich habe schon jemanden damit beauftragt, sie zu ...«

»Lorbeer«, fiel Eloise ihm ins Wort. »Es sind Lorbeerblätter ... Das ist eine Botschaft.« Sie betrachtete die grausam zugerichtete Leiche, und zum allerersten Mal zeigte sie dabei ein gewisses Maß an Abscheu und Trauer.

»Eine Botschaft?«, wiederholte Marshall.

Eloise nickte und holte tief Luft: »...dass ich das bin.«

KAPITEL 23

Für Barry »Scheißjob« King war sein Spitzname Programm. Während seine Kollegen ihre Arbeitstage damit verbrachten, Mädchen anzuquatschen, Bäume zu pflanzen oder sich mit Eichhörnchen anzufreunden, fiel es aus unerfindlichen Gründen immer ihm zu, Brände zu löschen, minderjährige Alkoholkonsumenten aus dem Park zu vertreiben oder sich um verletzte Wildtiere zu kümmern. Genau diese lästige Aufgabe war der Grund, weshalb er zwei Minuten nach Feierabend in seinem Geländewagen die Schotterpiste zum See entlangholperte, nachdem jemand Blut und Federn auf dem Weg gesehen hatte. Wie so oft hatte der Anrufer nicht warten können, sodass Barry nun ein halbstündiger Marsch durch die Dunkelheit bevorstand, um das zu suchen, was die Füchse übrig gelassen hatten.

Als seine Scheinwerfer die Oberfläche des Sees streiften wie Steine, die man übers Wasser springen lässt, hielt er an und schaltete den Motor aus. Die Handbremse gab ein fragwürdiges Knarren von sich, als er ausstieg und sich auf den Rundweg um den See machte. Er leuchtete das unebene Terrain mit der Taschenlampe ab und hoffte, dass es nur eine dieser verdammten Kanadagänse war.

»Nicht Big Bob, die Ente«, flüsterte er. »Bitte, lass es nicht Big Bob sein.«

Nachdem er etwa ein Viertel der Wegstrecke zurückgelegt hatte, gelangte er an eine sumpfige Stelle des Ufers, und der Strahl seiner Taschenlampe streifte einige flauschige weiße Daunen, die wie Schneeflocken im Schmutz lagen. Sie zitterten im Wind, als litten sie noch unter den Nachwirkungen des kurz zuvor Erlebten. Er folgte der breiter werdenden Spur der Federn zwischen die Bäume, wo das Weiß Stück für Stück einem dunklen Rot wich. Die Federn am Ende lagen ganz still ... blutgetränkt ... tot.

Als er in der Nähe eines gefällten Baums eine noch frische Blutspur entdeckte, kletterte er über den Stamm – und verknackste sich prompt den Knöchel, als er sah, was ihn auf der anderen Seite erwartete: die Überreste zweier ausgewachsener Schwäne. Ihre langen Hälse waren schlaff und unnatürlich verdreht, und dort, wo einst ihre Flügel gesessen hatten, klafften dunkle Löcher.

»Was ist denn *das*?« Mithilfe seiner Taschenlampe suchte Barry die Gegend nach den fehlenden Flügeln ab, obwohl er wusste, dass kein Fuchs der Welt zwei große Schwäne auf einmal reißen konnte.

Weil er sich allmählich, so ganz allein in der abendlichen Stille, ein wenig schutzlos fühlte, stieg er wieder über den Baumstamm und eilte in Richtung See. Er hatte beschlossen, dass die Sache bis morgen warten konnte.

Marshall blickte nach unten auf das bunte Spielzelt ... und dann hoch zu Winter.

»Da gehe ich nicht rein.«

»Jetzt machen Sie schon«, sagte er. »Ich muss noch vierzig Minuten arbeiten.«

»Ich bin Polizistin. Ich werde mich nicht vor Ihrem ...«

»Scheiße! Dan kommt!« Winter krabbelte bereits ins Zelt, sodass es den Anschein hatte, als würde sein ausladendes Hinterteil zu ihr sprechen.

»Winter! Ich lasse mich nicht ...« Doch sie verstummte, als sie Stimmen näher kommen hörte.

»Wenn er sich schon wieder mit diesem komischen Grufti-Mädchen rumtreibt, feuere ich ihn auf der Stelle, das schwöre ich.«

»Also schön, rutschen Sie rüber«, knurrte sie und hechtete gerade noch rechtzeitig ins Zelt, ehe draußen zwei Beinpaare vorbeimarschierten.

Wütend funkelte sie Winter an. »Das ist total *albern*.«

»Willkommen in meinem Leben«, meinte er achselzuckend. »Also, was sagten Sie gerade?«

Marshall berichtete von ihrem unerwartet ergiebigen Gespräch mit Eloise Brown und lud Winter – mit Chambers' Erlaubnis – zu ihrer Besprechung am nächsten Morgen ein, auf der Eloise ihnen mehr über die restlichen Kunstwerke erzählen wollte.

»Das mit den Lorbeerblättern verstehe ich immer noch nicht«, murmelte er und verscheuchte ein Kleinkind, das zu ihnen ins Zelt kriechen wollte.

»Das war irgendeine persönliche Sache zwischen den beiden«, sagte Marshall, ohne damit irgendetwas zu erklären. »Er hat die Blätter rund um die *Venus von Milo* verstreut ... Es hat mit Kunst und Heiraten zu tun und ... vielleicht auch mit *Nymphen?*«

»Ach so. Jetzt ist mir alles klar.«

»Ich habe es auch nicht richtig verstanden, okay? Aber sie ist felsenfest davon überzeugt, dass es mit ihr zu tun hat.«

»Wir haben sie doch unter Polizeischutz gestellt, oder?«

»Chambers hat sich darum gekümmert. Obwohl sie glaubt, dass Coates ihr niemals etwas antun würde.«

Winter wirkte skeptisch ... und ein bisschen hungrig. »Möchten Sie was essen ... vielleicht auch was zu trinken?«

»Was haben Sie denn da?«

»Buchstäblich alles.« Er deutete auf den Supermarkt jenseits des Zelteingangs.

»Eine Flasche Roten für uns beide?«

»Kommt sofort.«

»Einen Malbec oder eine Bordeaux-Mischung.«

»Ähhh. Ich schaue mal, was ich finde«, meinte Winter lächelnd, der die Rebsorten bereits wieder vergessen hatte.

»... aber einen französischen, keinen argentinischen, falls Sie sich für den Malbec entscheiden.«

Winter, der bereits zur Hälfte aus ihrem Versteck gekrochen war, warf ihr einen genervten Blick zu.

»Mein Dad kannte sich mit Wein aus«, sagte Marshall entschuldigend.

»Sommelier?«

»Säufer. Käse und Kräcker wären auch nicht schlecht ... Ach so – Winter!«

»Ja?«, fragte er von irgendwo außerhalb des Zelts.

»Könnten Sie auch ein Pflaster und Schmerztabletten mitbringen? ... Meine Hand tut langsam *echt* weh.«

Wenige Minuten später kehrte Winter mit ihrem zusammengeplünderten Abendessen zurück. Zum Glück bemerkte er Marshalls Blick des Entsetzens nicht, als er ihr eine Flasche Merlot reichte. Er kam aus ... Sie machte sich nicht einmal die Mühe, das Etikett zu lesen, um herauszufinden, wer die Verantwortung für dieses Gesöff trug.

»Mir ist eben ein Gedanke gekommen. Drüben an der Käsetheke«, eröffnete Winter ihr, wobei er selbst nicht genau wusste, inwiefern diese Einzelheit eine Rolle spielte. »Kann sein, dass ich wie ein Snob klinge ...«, begann er, während sie sich an Merlot und Schmelzkäseecken labten, » ... aber ich halte es für wahrscheinlich, dass Robert Coates und seine leibliche Mutter, da sie ja drogensüchtig war, in einer Sozialwohnung gelebt haben ... jedenfalls bis man ihn ihr weggenommen hat.«

»Das kann ich auf jeden Fall nachprüfen. Wieso? Worauf wollen Sie hinaus?«

»Darauf, dass Alphonse und seine drogensüchtige Mutter *ebenfalls* in einer Sozialwohnung gelebt haben.«

»Glauben Sie, es könnte dieselbe gewesen sein?«, fragte Marshall interessiert.

»Wenn er mit den Skulpturen prägende *Ereignisse* aus seinem Leben nachstellt und die Opfer gewisse Eigenschaften mit den involvierten *Personen* gemeinsam haben, dann folgt daraus doch, dass die Orte auch relevant sein könnten.«

»Hmmm«, machte Marshall nur – erstens, weil sie nachdenken musste, und zweitens, weil sie den Mund voll hatte. »Wenn Sie so cleveres Zeug hin und wieder mal auch in Chambers' Gegenwart sagen würden, *hätte* er bestimmt auf Sie gewartet, und wir müssten dieses Gespräch höchstwahrscheinlich nicht in einem Zelt führen.«

»Aber wo bliebe dann der Spaß?« Er grinste, und sie stießen mit ihren Pappbechern an.

»Liebling, ich bin ...« Wie angewurzelt blieb Chambers im Türrahmen stehen. Eve erwartete ihn, bettfertig und mit vor der Brust verschränkten Armen. »... untröstlich, weil ich irgendwas falsch gemacht habe?«, schloss er mit einem unsicheren Lächeln. Er hatte ihren Paarabend mit der Durchsuchung von Coates' Büro an der Uni verbracht. »Was habe ich getan?«

»Was du getan hast?! Was du getan hast?!«

»Ich ... ich weiß es nicht«, stammelte er.

Sie marschierte zum Fernseher und drückte am Videorekorder auf *Play*.

» ... Serienmörder. Hier sehen wir den leitenden Ermittler Detective Sergeant Benjamin Chambers am Tatort des jüngsten brutalen Mordes, wo ...«

Sie schaltete die Aufnahme aus.

»Ach so«, sagte Chambers. »*Das.*«

»*Das* ist er – der Skulpturenmann! Der, der dir *das* angetan hat!« Sie zeigte auf sein Bein. »Du hattest es mir *versprochen.*«

»Liebling, ich ...«

»Komm mir bloß nicht mit ›Liebling‹!«

»In Ordnung.« Chambers hob beschwichtigend die Hände. »*Eve* ... ich habe versucht, *Nein* zu sagen, aber ...«

»Du hast es versucht?« Sie lachte bitter. »Aber nicht wirklich! Hast du ihnen gesagt, dass dich der Fall schon einmal fast das Leben gekostet hätte?«

»Sie kennen die Akten.«

»Und hast du ihnen gesagt, dass du es immer noch nicht durch die Lobby schaffst, ohne zwischendrin eine Pause machen zu müssen?«

»Ich ...«

»Hast du ihnen gesagt, dass du kündigst, wenn sie dich dazu zwingen, den Fall zu übernehmen?«

Chambers seufzte. »Nein ...«

»Dann hast du es auch nicht wirklich versucht, stimmt's?«

Er öffnete den Mund, um etwas zu sagen, zögerte jedoch. Er wusste, dass er kein Auge zutun würde, wenn er seine Frau an dem Tag, an dem er schon sein Versprechen ihr gegenüber gebrochen hatte, auch noch anlügen würde.

Aufgebracht von seinem Schweigen, marschierte Eve davon und knallte die Schlafzimmertür hinter sich zu.

Im neuen inoffiziellen Hauptquartier des Sainsbury's Morddezernats hatten Marshall und Winter bei ihrer Flasche Wein und der Auswahl an Käsesorten, die hauptsächlich für Kinder gedacht waren, beachtliche Fortschritte erzielt. Die Kombination aus Alkohol und dem trüben grünen Licht im Zeltinnern hatte Marshall in eine melancholische Stimmung versetzt.

»Sie wäre noch am Leben, wenn ich nicht wäre«, sagte sie und pellte einen Babybel.

Winter sah sie verwirrt an. »Wer?«

»Tamsin Fuller.« Er begriff immer noch nicht. »Die *Venus von Milo*!«, fuhr sie ihn an. Sie war aufgebracht, weil er ihren Namen bereits wieder vergessen hatte, während sie an nichts anderes mehr denken konnte. »Wenn ich mich nur nicht eingemischt hätte ... dann hätte er aufgehört zu morden. Er war fertig mit dem Töten, bis ich bei ihm zu Hause aufgetaucht bin.« Sie starrte in die blutrote Flüssigkeit in ihrem Becher. »Ich bin schuld. Für alle, denen er jetzt noch was antut, trage ich die Verantwortung.«

Winter schnaubte und füllte ihren Pappbecher auf. »Bei allem Respekt, aber das ist der größte Haufen Schwachsinn, den ich je gehört habe. Wir sind Polizisten«, sagte er voller Stolz. Er schien vergessen zu haben, dass dies auf ihn nicht mehr zutraf. »Und Polizisten jagen nun mal Verbrecher, auch wenn die damit nicht einverstanden sind. Robert Coates trägt die Schuld am Tod dieser Frau – niemand sonst. Ja, es ist tragisch, aber nicht tragischer als der Tod der drei Menschen, die er davor schon ermordet hat, ohne dafür belangt zu werden. Also hören Sie auf, so zu denken.«

Marshall strich sich ihre dunklen Haare hinters Ohr, als hätte sie sich zuvor dahinter versteckt.

»Kann ich Sie was fragen?« Winter senkte die Stimme zu einem Flüstern.

»Klar.«

»An dem Abend, als wir uns mit Chambers im Pub getroffen haben, da hat er so eine Bemerkung gemacht.« Marshall wusste genau, was als Nächstes kommen würde. »Er hat gesagt, Sie hätten Einstichstellen an den Armen.«

»Ja, ich erinnere mich.« Sie nickte. »Ihm entgeht fast nichts, was?«

»Dann ... ist es wahr?«

»Mhm.«

»Hat das mit Ihrer *Arbeit* zu tun?«, fragte er unbeholfen. »Mit einer verdeckten Ermittlung?«

»Sie haben zu viele Filme gesehen.«

Er sah sie perplex an. »Aber ... Sie arbeiten fürs Rauschgiftdezernat.«

»Deshalb bin ich *so* gut darin, es geheim zu halten.«

»Wird man da nicht auf so was untersucht?«

»Es gibt regelmäßige unangekündigte Urintests«, verriet sie ihm. »Nichts, was ein bis drei Tage Pause und ein Rezept für Codein nicht regeln könnten«, schob sie lächelnd hinterher, als er sie weiterhin ratlos ansah. »... Rückenschmerzen.«

Winter war klar, dass ihn das Thema überforderte. »Geht es Ihnen denn ... gut?«

»Sie meinen, ob ich abhängig bin?«

»Ja.«

»Nein, ich bin nicht abhängig. Und ja, mir geht es gut.«

»Aber dann ...?«

Sie seufzte schwer. »Heroin ist mit einem gesellschaftlichen Stigma behaftet. Jeder, der es nimmt, wird sofort als ausgemergelter Zombie abgestempelt, obwohl es im Grunde gar nicht so viel anders ist als Alkohol. Nur will das keiner zugeben. Es gibt Leute, die ihre Grenzen kennen und genug Selbstdisziplin besitzen, um es nur hin und wieder zu nehmen – genauso wie es Leute gibt, die zum Sklaven des Stoffs werden, bis sie irgendwann daran kaputtgehen. Ich habe das Glück, zur ersten Kategorie zu gehören. Wie dem auch sei, die Narben sind alt. Die meisten jedenfalls. Überbleibsel einer bewegten Jugend – mit *gelegentlichen* Rückfällen.«

»Was heißt gelegentlich?«

»Haben Sie auch manchmal diese Tage, an denen Ihr Kopf einfach keine Ruhe geben will? Tage, an denen Ihnen alles zu viel wird, Sie sich auf nichts konzentrieren können und das Gefühl haben, als würden Sie gleich explodieren? Tage, an denen es Ihnen zum Hals raushängt, ständig anderen was vorzuspielen? Am liebsten würden Sie einfach nach Hause gehen, Ihre Sachen packen und abhauen ... egal, wohin, einfach nur weg. Alles hinschmeißen und nie mehr zurückblicken. Kennen Sie das?«

»Ich ... Vielleicht sollten Sie mal mit jemandem reden«, schlug Winter vor.

»Ich rede doch mit Ihnen, oder nicht?«, erwiderte Marshall. »Ja, ich habe Einstichstellen an den Armen, die man dank meiner Tattoos kaum sieht. Jede von ihnen steht für so einen Tag. Und wissen Sie, was? Ich bin dankbar für sie, weil sie mich gerettet haben. Sie haben mich davor bewahrt, noch was viel Schlimmeres zu tun.«

»Sie gerettet?«, fragte er mit aufrichtiger Neugier.

»Manche Leute haben Freunde. Andere sind süchtig nach wer weiß was. Und ich ... habe eben das hier.« Marshall schloss die Augen und holte tief Luft. Bei der bloßen Erinnerung daran, wie die Nadel in ihr Fleisch eindrang, spürte sie eine Woge der Euphorie in sich aufsteigen. »Das ist wie ... wie wenn man einen Ballon zum Platzen bringt. Man fügt nichts hinzu, sondern nimmt etwas weg. Ein kurzer Stich, und dann geht es los. Es beginnt ganz oben im Kopf und wandert von da aus nach unten. All die Probleme, Sorgen und Ängste und schlechten Gefühle werden einfach aus einem rausgespült. Für einen Abend lang ist alles ruhig ... Man hat Frieden, und das ist was sehr Kostbares.«

Als sie die Augen wieder aufschlug, stellte sie fest, dass Winter sie besorgt musterte, weil ihr rechter Daumen immer noch über dem Kolben einer imaginären Spritze schwebte.

»Hey.« Sie zuckte mit den Achseln. »Sie wollten es wissen.«

Fünfzehn Minuten später war Winters Schicht zu Ende, und sie trafen sich draußen auf der Straße.

»Es ist noch nicht allzu spät«, sagte er, während er den Reißverschluss seiner Jacke hochzog. »Immer noch hungrig? Haben Sie vielleicht Lust, irgendwo was trinken zu gehen?«

»Danke, aber ich bin todmüde. Ich sollte lieber nach Hause fahren.«

»Okay.« Er lächelte – leicht besorgt, sie könnte glauben, er hätte sie um ein Date bitten wollen.

»Keine Bange«, versicherte sie ihm, da sie seine Miene mit verstörender Genauigkeit gelesen hatte. »Ich weiß, dass es nicht so gemeint war.«

»Was? Nein! Natürlich nicht. Ich habe doch nicht gedacht ...« Er brach ab. »Na dann. Wir sehen uns morgen.«

»Ja. Bis morgen.«

»Hey, Marshall!«, stieß er hervor, als sie sich bereits zum Gehen gewandt hatte. »... Jordan«, korrigierte er sich, ehe er mit großer Aufrichtigkeit hinzufügte: »Ich bin Ihr Freund.«

Sie lächelte. »Ich weiß.«

Winter nickte. Sobald er sich umgedreht hatte und in die entgegengesetzte Richtung davonging, verlor Marshall die Kontrolle über ihre Gesichtszüge. Ihr Kopf war kurz vor dem Platzen, und sie überlegte fieberhaft, ob es zum besetzten Haus in Maida Vale oder zum Stripklub in Farringdon näher war. Doch sie konnte keinen klaren Gedanken fassen.

Sie würde heute garantiert nicht nach Hause gehen.

FREITAG

»Sie sind ein Genie«, sagte Marshall anstelle einer Begrüßung, als sie Winter von einem der durchgesessenen Sofas im Wartebereich von New Scotland Yard abholte. Sie trug noch dieselben Klamotten wie am Vortag.

»Ich weiß.« Er nickte, als sie sich auf den Weg zu den Fahrstühlen machten. Er war heilfroh, nicht länger die herumliegenden Zeitungen sehen zu müssen, auf deren Titelseiten ausnahmslos dasselbe Foto ihrer *Venus von Milo* prangte. »Aber wieso eigentlich?«

»Alfies und Nicolettes Wohnsiedlung – Sie hatten recht. Es *war* dieselbe, in der auch Coates' Mutter gelebt hat. Ich glaube kaum, dass das Zufall ist.«

Im Versuch, Chambers mit seinem professionellen Auftreten zu beeindrucken, hatte Winter sich für einen Anzug entschieden, in dem er sich ein wenig unwohl fühlte. Seit er das gute Stück zum letzten Mal aus dem Schrank geholt hatte, schien er ein paar Kilo zugelegt zu haben, und er nahm sich vor, den Gürtel bei der nächsten sich bietenden Gelegenheit um ein Loch zu lockern.

»Was ist mit den anderen Tatorten?«, fragte er auf der Fahrt nach oben.

»Coates hat insgesamt nur an zwei Adressen gelebt, aber wir stellen gerade eine Liste seiner ehemaligen Arbeitgeber zusammen und haben seine Bank gebeten, uns über alle wiederkehrenden oder auffälligen Transaktionen zu informieren ... Trotzdem, unsere beste Chance ist nach wie vor Eloise Brown.«

»Und was hat sie gesagt?« Er wollte wissen, was er verpasst hatte, damit er sich nicht lächerlich machte. Er kam sich ohnehin schon wie das fünfte Rad am Wagen vor.

Die Fahrstuhltüren öffneten sich zitternd. Marshall trat hinaus in den Gang und sah ihn erstaunt an. »Wir dachten, das wollen Sie sie bestimmt selbst fragen.«

Winters Stolz schlug gleich darauf in Argwohn um. »Und Wainwright hat nichts dagegen?«

Marshall zögerte zu lange mit ihrer Antwort. »Natürlich nicht.«

»Sie weiß gar nicht, dass ich hier bin, stimmt's?«

»Nicht so wirklich.«

Winter konnte nicht aufhören, Eloise anzustarren.

So langsam wurde es ein bisschen unangenehm.

Den anderen war es auch aufgefallen.

Aber er konnte einfach nicht begreifen, wie es Robert Coates gelungen war, eine so intelligente und wunderschöne Frau für sich zu gewinnen. Selbst in dem beengten Büro schien sie gute Laune und Positivität zu versprühen. Durch ihre bloße Existenz versüßte sie den Tag jedes Menschen, der das Glück hatte, ihr zu begegnen ...

»Sie tun es schon wieder.« Marshall stieß ihn an.

»Sorry!« Er zwang sich, den Blick wieder auf die Liste zu richten, die vor ihm lag.

Im Büro herrschte hektische Betriebsamkeit. Leute eilten mit Akten im Arm hin und her, während das Klingeln der Telefone, die den Überhang von der Hotline auffingen, keine Sekunde lang verstummte. Die landesweite Berichterstattung zeigte allmählich Wirkung.

Sie hatten das gute Gefühl, dass es voranging. Nachdem sie Eloise auf einem Stadtplan gezeigt hatten, wo die *Venus von Milo* aufgefunden worden war, hatte sie sich an etwas erinnert: Sie und Coates waren einmal mit der U-Bahn nach Pimlico gefahren, um einen Spaziergang am Fluss entlang zu machen. Auf einer Auswahl von Tatortfotos, auf denen man die neu errichteten Wohnblocks im Hintergrund nicht sah, hatte sie den Ort wiedererkannt, an dem sie sich zum ersten Mal geküsst hatten. Und als die Liste von Coates' ehemaligen Arbeitgebern offenbarte, dass er drei aufeinanderfolgende Sommer im British Museum gearbeitet hatte, konnte es endgültig keinen Zweifel mehr daran geben, dass die Tatorte für ihn genauso bedeutsam waren wie die Kunstwerke, die er imitierte.

»Ich glaube, ich habe was!«, rief Marshall und schnappte sich einen Stadtplan vom Nachbartisch. »Tyburnia Grammar School«, verkündete sie und deutete auf eine Stelle rechts von einer großen Grünfläche. »Seine weiterführende Schule. Sie liegt nur wenige Blocks vom Hyde Park entfernt.«

Chambers beugte sich über den Plan, um ihn genauer zu studieren, und runzelte die Stirn. Die vier Straßen zwischen Schule und Park störten ihn. Dann kam ihm eine Idee, und er ging zurück an seinen Arbeitsplatz, um einen Plan des Londoner U-Bahn-Netzes zu holen, und noch einen weiteren, auf dem das verwirrende Knäuel der städtischen Buslinien abgebildet war.

»Er wäre doch vom Gartenzwerghaus in Wandsworth gekommen, richtig?«

»Richtig«, bestätigte Marshall.

Zufrieden tippte er mit dem Finger auf die Karte. »Keine U-

Bahnhöfe in der Nähe. Der Bus 28 fährt in die Richtung, hält aber auf der anderen Seite des Parks ... Der Tatort lag auf seinem täglichen Schulweg.«

»So langsam kommen wir ihm näher«, sagte Marshall mit einem erleichterten Lächeln.

Chambers nickte zustimmend. »So langsam kommen wir ihm näher.«

Der Mensch ist eine schlichte, oberflächliche Kreatur, und Schönheit ist nichts weiter als ein Instrument, mit dessen Hilfe man diesen fundamentalen Charakterfehler ausnutzen kann – sei es, um Zugehörigkeit zu einer bestimmten Gruppe zu erlangen oder um einen trügerischen Eindruck seiner selbst zu erwecken. Es ist animalisches Verhalten in seiner primitivsten Form, und kaum einer hatte dieses Konzept besser verinnerlicht als Robert Coates.

Während ein schlaksiger, unbeholfener Universitätsprofessor in Situationen, in denen er zwangsläufig in den Fokus der Aufmerksamkeit geriet, allzu engen persönlichen Kontakt in der Regel vermeiden konnte, hinterließ ein attraktiver, charmanter Fremder einen bleibenden Eindruck und knüpfte mit Leichtigkeit neue Bekanntschaften – sei es mit jenen, die sich zu ihm hingezogen fühlten, oder mit denjenigen, die so sein wollten wie er.

Doch für den heutigen Tag war keine dieser beiden Persönlichkeiten die richtige. Heute würde er müde und gebückt aussehen, als trüge er die Last der gesamten Welt auf seinen Schultern. Er würde jeden, dessen Blick er kreuzte, hoffnungsvoll anlächeln, wie um zu sagen: *Bitte, lass mich einen Teil meiner Sorgen bei dir abladen*, und zusehen, wie man instinktiv vor ihm zurückwich. Er hatte sich die Bartstoppeln abrasiert, die seiner Kieferkontur schmeichelten, und seine braunsten Kleidungsstücke herausgesucht – ein Regenbogen aus Beige- und Erdtönen, in denen er, sobald er aufhörte, sich zu bewegen, nicht auffälliger war als ein Stein.

Denn heute musste er sich unsichtbar machen.

...

STATUE	ORT	OPFER	EREIGNIS
Der Denker	Hyde Park	Henry John Dolan	*seine Geburt? ein Künstler und Intellektueller, der nie wirklich dazugehört*
Pietà	Cranbrook Council Estate	Alphonse und Nicolette Cotillard	*ein drogenabhängiges Baby, das beinahe in den Armen seiner Mutter gestorben wäre*
Perseus mit dem Medusenhaupt	British Museum	(Benjamin Chambers) und ???	*befreit sich endlich von seiner drogensüchtigen Mutter*
Venus von Milo	Riverside Walk	Tamsin Fuller	

Chambers setzte die Kappe wieder auf den Stift und wandte sich an Eloise.

»Erzählen Sie uns mehr über die *Venus von Milo*.«

Auch diesmal trug sie ein Hemd voller Farbspritzer. Sie stand auf und hielt die Notizen des Vortrags in der Hand, an dem sie den ganzen Vormittag gearbeitet hatte.

»Die *Venus von Milo* ist eine Marmorstatue, die um das Jahr hundert vor Christus entstand und Alexandros von Antiochia zugeschrieben wird. Sie ist etwas größer als lebensgroß und im Louvre in Paris ausgestellt.«

Winter schenkte ihr ein aufmunterndes Lächeln und machte sich ausführliche Notizen zu ihrer Einleitung, von denen selbst der gründlichste Detective hätte zugeben müssen, dass sie keinerlei Nutzen für ihre Ermittlungen hatten.

»Manchmal wird sie auch als *Aphrodite von Milos* bezeichnet.«

»Aphrodite?«, fragte Chambers, der den Namen wiedererkannte.

Eloise nickte. »Die Göttin der Liebe und der Schönheit.«

»Deshalb wissen wir auch, dass Sie gemeint sind«, sagte Winter, was Chambers und Marshall dazu veranlasste, sich zu ihm umzudrehen. »Ich meine ... deshalb wissen *wir*, weshalb *er* glaubt, dass Sie gemeint sind«, verbesserte er sich hastig, während ihm die Röte in die Wangen schoss.

Eloise lächelte peinlich berührt.

Marshall verdrehte die Augen.

Chambers schüttelte den Kopf.

Beide drehten sich wieder nach vorn.

»Also, ist es jetzt Aphrodite oder Venus?«, wollte Chambers wissen.

»Beide«, antwortete Eloise. »Aphrodite ist griechisch, Venus römisch. Dieselbe Göttin, anderer Name. Aber natürlich handelt es sich um ein Kunstwerk, deshalb gibt es unterschiedliche Interpretationen. Einige – darunter auch Robert – glauben, dass die Statue nicht Aphrodite darstellt, sondern *Amphitrite*, die, als Poseidon um ihre Hand anhielt, zu Atlas ans andere Ende der Welt floh.«

»So wie Sie Coates' Heiratsantrag abgelehnt haben«, warf Marshall ein, die nun verstand, weshalb Eloise so sicher gewesen war, dass die Statue ihre Ankunft in Coates' Leben repräsentierte.

»Ganz genau.«

»Ergibt Sinn«, meinte Chambers, nahm erneut die Kappe von seinem Stift und ergänzte die Tabelle um den Namen des nächsten Kunstwerks. »Dann also weiter im Text: *Amor und Psyche*.«

Er hatte den Blick auf den Boden geheftet, seine Frisur war unscheinbar, ja, selbst der Blumenstrauß in seiner Hand war eine Ansammlung gedeckter Farben. So durchquerte Robert Coates unbehelligt die Gänge des Queen Elizabeth Hospital. Der Rucksack, den er bei sich trug, war deutlich schwerer als gedacht. Er rückte ihn auf seiner Schulter zurecht und beobachtete zwei übermüdete Pfleger, die in seine Richtung gingen und deren Gespräch immer lauter wurde, je näher sie auf ihn zukamen.

»... schon zu spät. Im Ernst, wenn ich die BAHN VERPASSE, BRINGT SIE MICH UM. Macht es dir was aus, die hier für mich abzugeben?«

Coates machte kehrt und folgte ihnen. Der gesprächigere der beiden war bereits dabei, sich das weiße Oberteil auszuziehen. Er blieb stehen und tat so, als würde er eine Infotafel lesen, als die Pfleger zu einer Tür mit der Aufschrift Nur Personal gelangten. Sie gaben einen vierstelligen Code ein und verschwanden im Innern ...

Coates hielt die schwere Tür fest, ehe sie ins Schloss fallen konnte, und wartete ab, bis die Stimmen verklungen waren. Als er die Umkleide betrat, war ihre Unterhaltung erneut zu hören, und er näherte sich ihnen unbemerkt durch das Labyrinth aus Schließfächern.

»Schlechtester ... Striptease ... meines Lebens!«, sagte eine neue Person lachend, kurz bevor eine Hose in einem unordentlichen Haufen auf dem Boden landete. »Los, los! Beeil dich!«

Erst das Geräusch nackter Füße auf Fliesen, dann ein Rauschen, als die Dusche angedreht wurde.

Coates stellte seinen Rucksack hin und schlich bis zum Ende der nächsten Reihe weiter, wo er sich außer Sichtweite auf die Lauer legte. Einer der Männer war nur wenige Zentimeter von ihm entfernt, und hin und wieder erhaschte Coates einen kurzen Blick auf ein Stück nackter Haut, während der Pfleger seine Sachen ins Schließfach hängte.

»Scheiße!«

Ein lautes Klappern hallte durch den Raum, als irgendetwas auf den Boden fiel.

Coates, der spürte, dass seine Gelegenheit gekommen war, trat hinter der Ecke hervor. Der kniende Mann bemerkte ihn nicht, während er unter der mit Kleidungsstücken übersäten Bank tastete.

Leise trat er hinter ihn …

»Die Geschichte geht so, dass einmal in einer großen Stadt, deren Name im Meer der Zeit untergegangen ist, drei Prinzessinnen lebten. Die jüngste von ihnen hieß Psyche, und man sagte, dass ihre Schönheit der von Venus selbst gleichkäme – ein Kompliment, das der Göttin gar nicht schmeckte. Aus Eifersucht schickte Venus ihren Sohn Amor. Er sollte die Prinzessin mit einem seiner Pfeile treffen, damit sie sich in ein grässliches Ungeheuer verliebte. Doch Amor ritzte sich versehentlich an seinem eigenen Pfeil, sodass er dem ersten Wesen verfiel, das er sah – und das war natürlich Psyche. Dann folgt irgendwas mit einer hilfsbereiten Ameise, goldenen Schafen und einer Art Geiselnahme durch einen unsichtbaren Lover. Im Mittelteil ist die Geschichte ein bisschen verworren, bis wir schließlich zu der Szene kommen, die in der Skulptur dargestellt wird. Venus verlangt von Psyche, sich in die Unterwelt zu begeben und ein Gefäß mit einem Stück der Schönheit Proserpinas zu holen. Nachdem sie diese Aufgabe erfüllt hat, kehrt sie an die Oberfläche zurück, aber weil sie vor Neugier nicht an sich halten kann, ignoriert sie alle Warnungen und nimmt den Deckel vom Gefäß, um einen Blick hineinzuwerfen. Im Innern allerdings befindet sich in Wahrheit das Wasser des

Styx, das Psyche sogleich in einen tiefen, todesähnlichen Schlaf fallen lässt. Sie schläft, bis sie von Amor entdeckt wird, der sie in die Arme nimmt und mit einem Stich seines Pfeils aufweckt. Venus hat nun keine Gewalt mehr über sie, und Psyche erhält die Gabe der Unsterblichkeit, sodass sie und Amor heiraten und den Rest der Ewigkeit miteinander verbringen können.«

Der verspätete Pfleger wickelte sich in ein Handtuch und trat aus der Dusche, gerade als sein Kollege eine Dose Deospray unter der Bank hervorholte.

»'tschuldigung«, murmelte er und zwängte sich an ihm vorbei, um seine zerknüllten Sachen aufzusammeln, allerdings fiel ihm sofort auf, dass etwas fehlte. Mit verdutzter Miene wandte er sich an seinen Kollegen: »Sag mal, hast du meinen Kittel gesehen?«

Die Porzellantassen klapperten auf ihren Untertellern, als würde der altersschwache Getränkewagen von einem Erdbeben heimgesucht, statt über einen vollkommen glatten Boden zu rollen. In weißem Kittel und dunkler Hose schob Robert Coates den Wagen durch die Türen der Aufwachstation, ohne dass auch nur eine einzige Person Notiz von ihm genommen hätte. Dazu trug auch das Brummen des leistungsstarken Standlüfters bei, der am Eingang zum Trakt kalte Luft in alle Richtungen blies und ihm Deckung verschaffte. Coates hielt neben der Schwesternstation an und steckte das Kabel des Wasserkochers in eine der verfügbaren Steckdosen. Gestresstes Pflegepersonal hetzte vorbei, doch niemand achtete auf ihn, während er seelenruhig den Wasserkocher einschaltete und die Station wieder verließ.

»Also …«, sagte Chambers perplex, »gehen wir davon aus, dass Sie Psyche sind?«

»Ja«, antwortete Eloise.

»Weil Sie irgendwann mal in die Unterwelt hinabgestiegen sind, um etwas raufzuholen?«

»Er meint meinen Unfall«, erwiderte sie traurig. »Es war Herbst und schon dunkel, als ich von der Arbeit kam. Ich bin wie immer mit dem Fahrrad auf meiner Lieblingsstrecke durch den Greenwich Park nach Hause gefahren, als …« Sie holte tief Luft. »… ich von einem Auto erfasst wurde.« Sie hielt inne, als könnte sie immer noch nicht glauben, was danach passiert war. »Ich habe gehört, wie der Fahrer angehalten hat … nur kurz, dann ist er weitergefahren. Er hat mich einfach liegen lassen. Ich und mein Fahrrad sind einen Hang runtergestürzt. Niemand konnte mich da unten sehen. Ich war kaum bei Bewusstsein, verletzt und vollkommen hilflos.« Dann hob sie den Kopf und lächelte. »Er hat mich gefunden. Als ich nicht nach Hause kam, hat Robert die ganze Nacht nach mir gesucht. Ich kann mich noch daran erinnern, wie er mich hochgehoben und hinten in sein Auto gelegt hat.«

»In welchem Teil des Parks war das?«, fragte Marshall mit gezücktem Stift, um die Informationen in der Tabelle zu ergänzen.

»Gleich beim königlichen Observatorium«, sagte Eloise. »Daher auch mein gebrochener Arm. Und er hat mit einem Malset für Kinder, das er im Krankenhausshop gefunden hatte, ein echtes Meisterwerk auf meinen Gips gezaubert … Er ist die ganze Zeit nicht von meiner Seite gewichen.«

Chambers und Marshall wechselten einen vielsagenden Blick.

»Welches Krankenhaus war das?«, fragten sie im Chor.

· · ·

»Was ist los?«, fragte ein Pflegehelfer, als er sich mit einer versiegelten Tür und einer Ansammlung gelber Absperrhütchen konfrontiert sah, die den Eingang zur Station blockierten.

»Hochinfektiöser Patient«, antwortete Coates, der draußen auf dem Gang stand, gelangweilt.

Der andere Mann verzog das Gesicht. »Haben sie gesagt, wie lange es dauert?« Er blickte auf den alten Mann, den er im Rollstuhl vor sich herschob, als spielte er mit dem Gedanken, ihn irgendwo auszukippen.

»Halbe Stunde ... Dreiviertelstunde.« Coates zuckte mit den Schultern. »Aber ich würde mit mehr rechnen«, fügte er mit einem wissenden Nicken hinzu. Er nutzte die Loyalität in den unteren Rängen der Krankenhausangestellten geschickt für seine Zwecke aus. »Gibst du auch den Kollegen Bescheid?«

»Mache ich. Danke«, sagte der Mann, der keine weiteren Informationen benötigte, um Verschwörungstheorien über »die da oben« zu fabrizieren, die irgendwelche Machenschaften vor dem Personal geheim halten wollten. »Na, dann bringe ich Sie mal zurück in den Wartebereich, Des!«, rief er laut, obgleich sein Patient ein ausgezeichnetes Gehör zu haben schien.

Coates sah den beiden nach. Im nächsten Moment war der Fünf-Minuten-Timer an seiner Digitaluhr bei o angelangt.

Er trat über die von ihm selbst errichtete Barrikade hinweg und stellte sicher, dass ihn niemand sah, ehe er durch die Türen schlüpfte, wobei er kurz innehielt, um sich eine Atemmaske aufzusetzen und den Sauerstoffzylinder aufzudrehen, aus dem mit einem scharfen Zischen die Luft entwich. Er nahm den Zylinder am

Griff und schlenderte den kurzen Verbindungsgang entlang durch die Doppeltür am anderen Ende.

Auf der sonst so hektischen Station war es vollkommen still, bis auf den sich drehenden Lüfter, der die kontaminierte Luft über den Menschen verteilte, die am Boden lagen oder auf ihren Schreibtischen zusammengesunken waren. Er stieg über eine stämmige Schwester hinweg, die versuchte, auf allen vieren wegzukriechen, ging zum Getränkewagen, schaltete den Wasserkocher aus und öffnete dann das Aufbewahrungsfach, um seinen Rucksack hervorzuholen.

Er konsultierte den mit Filzstift geschriebenen Belegungsplan hinter dem Tresen der Schwesternstation und begab sich zu einem der Sechserzimmer. Nach einem verächtlichen Blick auf die gebrechliche Frau, die im Bett zu seiner Linken schlief, ging er an drei leeren Betten vorbei zu den zwei Patienten ganz am Ende. Beide waren bewusstlos, geradezu jämmerlich in ihrer Hilflosigkeit, und beider Leben hing von veralteten Apparaten ab – einer der vergilbten Kästen wurde buchstäblich nur noch von Klebeband zusammengehalten.

Er näherte sich der Frau im Bett am Fenster. Ohne zu zögern, schaltete er nacheinander sämtliche Geräte aus und brachte die diversen Alarmtöne zum Verstummen. Fasziniert sah er zu, wie der Beutel, der Luft in ihre Lunge drückte, seine Arbeit einstellte und das warme Blut, das zurück in ihren Körper gepumpt wurde, dickflüssig und träge wurde. Als Nächstes trat er ans Bett gegenüber und betrachtete den darin liegenden Mann, der trotz seiner frischen Verbände friedlich seinen medikamentengestützten Schlaf schlief. Er schloss die Augen und stellte fest, dass er seinen Atemrhythmus unwillkürlich dem Säuseln des Beatmungsgeräts angepasst hatte. Er fand das Geräusch seltsam beruhigend auf

der ansonsten totenstillen Station. Fast scheute er sich, es auszuschalten.

Er legte den Daumen auf den Schalter der Maschine, hielt jedoch inne, um noch einen letzten Blick auf einen der wenigen
Menschen auf diesem höllischen Planeten zu werfen, mit dem er
sich tatsächlich identifizieren konnte ...

Er hat etwas Besseres verdient – ein schöneres Ende.

Er nahm die Hand wieder weg, stellte die Sauerstoffflasche auf
den Boden und öffnete seinen Rucksack. Er holte einige metallene Gegenstände und eine prall gefüllte Plastiktüte heraus, dann
zog er den Vorhang vor dem hinteren Teil des Zimmers zu.

Denn er hatte noch viel zu tun.

KAPITEL 25

»Sie bleiben im Wagen!«, rief Chambers, als er schlingernd neben drei verlassenen Einsatzfahrzeugen vor dem Eingang des Krankenhauses am Straßenrand hielt. Er, Marshall und Winter machten Anstalten auszusteigen.

»Ich habe gesagt, Sie bleiben im Wagen!«

»Sorry, ich dachte, Sie meinen ...«, begann Winter, doch die beiden anderen befanden sich bereits außer Hörweite. Sie bahnten sich einen Weg durch den Pulk der Journalisten, die draußen vor den gläsernen Türen von Kollegen in Schach gehalten wurden. »Schon verstanden. Es interessiert Sie nicht.« Ein wenig beschämt stieg er wieder ein, setzte sich neben Eloise und zuckte mit den Achseln, wie um zu sagen: *Was soll man machen?*

Sie umfasste den Türgriff und stieg aus.

»He!«, rief er ihr nach, als sie in Richtung Gebäude eilte. »... He!«

Nachdem sie sich bei dem Kollegen am Eingang ausgewiesen hatten, eilten sie zur Aufwachstation. Dort herrschte heilloses Chaos. Nachdem die Hausmeister ein Gasleck ausgeschlossen und den verdächtigen Wasserkocher entfernt hatten, hatten die unverwüstlichen Schwestern sämtliche Fenster aufgerissen und verrichteten nun wieder ihre Arbeit, gänzlich unbeeindruckt von ihren noch immer benommenen Kollegen und dem Tatort ganz in der Nähe.

Chambers erreichte das Zimmer. Er hatte keine Zeit gehabt, sich für den Anblick zu wappnen, und das, was sich ihren Augen darbot, raubte ihm den Atem, als hätte er einen Schlag in die Magengrube bekommen.

Grotesk ... elegant ... brutal.

»Oh mein Gott!«, keuchte Marshall neben ihm, die es auch nicht weiter ins Zimmer geschafft hatte als er.

Mittig zwischen den beiden hinteren Betten sahen sie zwei ausgebreitete weiße Flügel, die aus dem Rücken eines knienden Mannes zu wachsen schienen. Sie blockierten das Licht, das durch die Fenster hereinfiel, und warfen lange Schatten, denen beide Detectives instinktiv auswichen.

»Chambers«, flüsterte Marshall. »... Chambers?«

»Ich brauche einen Moment«, sagte er.

Sie nickte verständnisvoll und ging, um ihre Kollegen abzufangen, bevor diese ihn sahen.

»Marshall«, stellte sie sich einem völlig überfordert wirkenden uniformierten Officer vor. »Ich arbeite mit Detective Chambers zusammen.«

»Oh! Ich war *buchstäblich* noch nie so froh, jemanden zu sehen!«, sagte er, ehe er sich wieder der geflügelten Abscheulichkeit zuwandte. »Ich meine, ganz im Ernst, was ist das für ein kranker *Scheiß?*«

Sie betrachtete die beiden Toten, einen Mann und eine Frau, und ihr wurde klar, dass das, was von der anderen Seite des Zimmers wie eine zufällige Anordnung ausgesehen hatte, in Wahrheit eine nur allzu vertraute und sorgfältig inszenierte Pose war.

Der nackte Mann stützte sein Gewicht auf sein ausgestrecktes rechtes Bein, während er den leblosen Körper der Frau in den Armen hielt.

Marshall ging um die Leichen herum zum Fenster. Im Sonnenlicht wurden auch die dünnen Fäden sichtbar, mit denen die Flügel fixiert waren, und sie stellte voller Entsetzen fest, dass die engelsgleichen Schwingen tatsächlich im Rücken des Mannes steckten. An den Wundrändern war ein Ring dunklen Blutes zu sehen.

»Schwäne ... *glaube* ich«, sagte der Officer.

Sie nickte und ging in die Hocke, um das komplizierte Metallgerüst zu betrachten, das so aussah, als würde es direkt aus dem Boden wachsen. Es war an verschiedenen Stellen zu Stützen gebogen, um die beiden Toten in der gewünschten Position zu halten.

»Das hat er nicht hier gemacht«, sagte Chambers. Marshall erschrak, sie hatte ihn nicht kommen hören. Er streifte sich ein Paar Handschuhe über und berührte das Ende einer der Metallverstrebungen, das sich ohne viel Krafteinsatz in eine andere Form bringen ließ. »Biegsam. Eine Art Aluminium? Befinden sich irgendwelche erkennbaren Markennamen oder Logos auf dem Köcher?«

»Köcher?«, wiederholte Marshall. So weit war sie noch gar nicht gekommen.

»Und die da gibt es auch noch.« Der Officer zeigte auf den Boden.

»Der Pfeil, mit dem er sie aufgeweckt hat, und das Gefäß mit dem Wasser des Styx«, murmelte er.

»Ähhh ... wie bitte?«

»Das muss Sie nicht interessieren«, entgegnete Marshall. »Wann wurden sie entdeckt?«

»Vor etwa dreißig Minuten, als eine Reinigungskraft kam und

feststellte, dass das gesamte Pflegepersonal bewusstlos am Boden lag.«

»Bewusstlos oder nur bewegungsunfähig?«, fragte sie ihn. »Das ist nämlich ein Unterschied.«

»Hm. Ich erkundige mich. Jedenfalls hat keiner den Täter rein- oder rauskommen sehen. Es ist, als wäre er unsichtbar.«

»Vielleicht war er das ja wirklich«, murmelte Chambers niedergeschmettert.

Der Officer sah ihn an, als wüsste er nicht, ob dies Kritik an seiner Polizeiarbeit war oder Chambers an Geister glaubte. »Das war wieder Robert Coates, oder?«, sagte er. »Die Statuen?«

Chambers drehte sich ruhig zu ihm um. »Die Presse ist bereits hier. Ich gehe davon aus, dass ich mich auf Ihre Diskretion verlassen kann?«

»Selbstverständlich, Sir.«

»Sehr gut ... und jetzt raus.«

»Jawohl, Sir.«

Durch Amors Flügel wechselten er und Marshall einen Blick.

»Ich habe die Bilder gesehen«, sagte sie benommen, sobald die Schritte des Officers verklungen waren. »Ich wusste, womit ich rechnen muss ... Aber *das hier* hat mich trotzdem kalt erwischt.«

»Haben Sie schon im Gefäß nachgeschaut?«, fragte jemand vom Türrahmen her.

Auf der anderen Seite des Zimmers stand Eloise. In ihrem Gesicht war keinerlei Angst oder Abscheu zu erkennen – nur ehrfürchtiges Staunen.

Hinter ihr kam Winter ins Zimmer gestürzt, dicht gefolgt von dem Officer, an dem sie sich vorbeigemogelt hatten.

»Die zwei gehören zu mir«, erklärte Chambers und schickte den Constable weg, ehe er seine Aufmerksamkeit den Neuankömmlingen zuwandte. »Ich habe Ihnen doch gesagt, Sie sollen im Auto warten.«

»Ich habe versucht, sie aufzuhalten«, japste Winter. In seinen Zügen spiegelten sich nur Angst und Abscheu, von Ehrfurcht keine Spur.

»Sie dürfen nicht hier sein«, wies Chambers sie zurecht.

»Haben Sie schon im Gefäß nachgeschaut?«, wiederholte Eloise, als hätte sie ihn gar nicht gehört.

»Dies hier ist ein Tatort!«

»Das ist *Robert!*«, gab sie durch zusammengebissene Zähne zurück, ehe sie sich langsam dem geflügelten Gott und seiner Prinzessin näherte. Mit leuchtenden Augen nahm sie jede Einzelheit in sich auf.

Voller Unmut ging Chambers dorthin, wo auf dem am Boden liegenden Bettlaken ein Keramikgefäß stand. Er ging in die Hocke, um den Deckel abzunehmen, zögerte jedoch einen kurzen Moment, denn sein Kopf war voll von Sagen über rachsüchtige Göttinnen und Flüche aus der Unterwelt.

Behutsam hob er den Deckel an ... und spähte ins Innere.

»Was ist drin?«, rief Winter von der Sicherheit des Flurs aus.

»Blätter«, antwortete Chambers und warf Eloise einen besorgten Blick zu. »... Lorbeerblätter.«

»Das gefällt mir nicht.« Chambers und Marshall waren nach draußen getreten, um einen Kaffee zu trinken und frische Luft zu schnappen. Sie standen in einem Innenhof, der schon vor langer Zeit von den Rauchern unter den Krankenhausmitarbeitern in Beschlag genommen worden war.

»Bisher hat sie sich für uns als extrem wertvoll erwiesen.«

»Sie haben ihr Gesicht dadrin doch gesehen. Sie versucht

nicht mal, es zu verbergen. Sie geilt sich daran genauso sehr auf wie Coates.«

»Das heißt aber nicht zwangsläufig, dass sie seine Komplizin ist«, gab Marshall zu bedenken.

»Und dass sie uns hilft, beweist nicht das Gegenteil.«

Sie nickte und musste die Augen zusammenkneifen, als die Novembersonne hinter den Wolken hervortrat.

»Sie haben recht. Es wäre möglich.«

»Und dann«, fuhr Chambers fort, »sind da noch die Blätter, die er an seinen Tatorten zurücklässt, damit wir sie finden – wie kleine Liebesbotschaften für sie.«

»Angenommen, es ist so, wie Sie sagen – warum sollte sie uns dann bei den Ermittlungen behilflich sein?«

»Aus demselben Grund, aus dem *er* uns behilflich ist. Warum hat Coates uns Ihr Skizzenbuch hinterlassen?«

»Wie wir bereits sagten: um uns zu provozieren«, meinte Marshall. »Oder als Drohung? ... Als Hilfeschrei?«

Chambers schüttelte den Kopf. »Ich glaube nicht, dass Robert Coates daran interessiert ist, Spielchen zu spielen. Er hätte jederzeit zur Presse gehen können, aber das hat er nicht getan. Er ist nicht auf Ruhm aus und würde sowieso nicht erwarten, dass die Welt ihn versteht. Er tut das alles ausschließlich für *sich*.«

»Was glauben *Sie* dann, weshalb er es für uns zurückgelassen hat?«

»Wenn ich das wüsste, ginge es mir *deutlich* besser. Aber was auch immer der konkrete Grund war, er hat es *sich selbst* zuliebe getan, nicht unseretwegen. Wir tun gut daran, das nicht zu vergessen.« Er sah auf seine Armbanduhr. »Wainwright müsste bald hier sein. Ich muss ihr erklären, weshalb es zwei *neue* Leichen gibt und ein kompletter Krankenhausflügel mit Betäubungsmitteln außer Gefecht gesetzt wurde.«

»Ich komme mit.«

»Ich schaffe das schon allein. Sie sollten mit Eloise reden – entscheiden Sie, ob wir sie weiterhin dabeihaben wollen oder nicht.«

»Sie trauen mir diese Entscheidung zu?«, fragte sie erstaunt.

»Ich habe genug andere Dinge zu tun«, antwortete er schlicht und kehrte ins Gebäude zurück.

»Wer waren die beiden?«, fragte DCI Wainwright, die immer noch aufmerksam die Flügel des falschen Gottes betrachtete, als könnten sie jeden Moment anfangen zu schlagen.

»Javier Ruiz und Audrey Fairchild.«

»Die zwei aus den Nachrichten?«, fragte sie eindringlich.

Da Chambers seit Beginn der Ermittlungen keine Zeit gehabt hatte, sich eine Zeitung zu besorgen oder fernzusehen, konsultierte er Hilfe suchend seine Notizen.

»Das Transplantations-Pärchen«, schob sie erklärend hinterher.

»Ja. Lungentransplantation. Sie litt an ...«

»Zystischer Fibrose«, beendete Wainwright den Satz, die die beiden Opfer auf einmal mit einem ganz anderen Gesichtsausdruck betrachtete. »Man hatte ihr noch sechs Monate zu leben gegeben.«

»Aha!« Chambers faltete sein nutzloses Blatt Papier wieder zusammen.

»Ihr Freund hat sich als Lebendspender zur Verfügung gestellt. Die Ärzte meinten, so einfach wäre das nicht, er müsste perfekt passen, und ohne einen zweiten Spender müsste man ihm eine derartig große Menge Gewebe entnehmen, dass sein Leben danach nie mehr dasselbe sein würde. Aber er war fest entschlossen, und irgendwie meinte das Universum es gut mit ihnen ... Die

Presse hat die Geschichte aufgegriffen, weil sie vor der OP noch ihren Heiratstermin festgelegt haben – auf den Tag genau sechs Monate nach der Diagnose«, schloss Wainwright traurig. Fast sah sie so aus, als wollte sie das tragische Liebespärchen umarmen. »Warum ausgerechnet diese beiden?«

»Zur falschen Zeit im falschen Krankenhaus«, sagte Chambers achselzuckend. »Und Heirat scheint bei ihm ein wiederkehrendes Thema zu sein. Vielleicht geht es im Endeffekt um nichts anderes als ›Mann rettet die Frau, die er liebt‹. Ganz ehrlich – wer weiß das schon?«

Seine Chefin schien sich über seine Unverblümtheit ein wenig zu wundern.

»Der Kerl hat nicht alle Latten am Zaun«, fuhr Chambers mit einer leichten Schärfe in der Stimme fort. »Im Grunde haben wir keine Ahnung, wie sein kranker Geist die Verbindung zu den Opfern zieht. Wir können nicht vorhersagen, auf wen er sich als Nächstes fixieren könnte, und es gibt kein Verhaltensmuster, das wir abarbeiten können, weil er gar keine echte Person ist. Er ist ein Spiegel, der andere nur nachahmen kann ... Die Örtlichkeiten«, sagte er entschieden. »Es geht *einzig und allein* um die Örtlichkeiten. Die sind unsere *einzige* Konstante, der einzige Vorteil, den wir ihm gegenüber haben.«

Wainwright quittierte die plausible Zusammenfassung mit einem zustimmenden Nicken. »Was brauchen Sie?«

»Wir haben von seiner Ex eine Liste mit wichtigen Orten erhalten. Ich würde gerne jeden dieser Orte rund um die Uhr observieren lassen, bis der Fall abgeschlossen ist.«

»Um wie viele Orte geht es dabei?«

»Möglicherweise vier.«

»Sie haben eine Woche«, teilte Wainwright ihm mit. »Wenn

Sie bis dahin keine Fortschritte vorweisen können, wird man uns alle höchstwahrscheinlich sowieso anderen Fällen zuteilen.«

Marshall und Eloise hatten sich einen Tisch in der hinteren Ecke der Krankenhauscafeteria gesucht. Die beiden Frauen gaben ein denkbar ungleiches Paar ab: Eloise, ungeschminkt und natürlich schön, farbenfroh und bequem gekleidet, die lockigen Haare zu einem unordentlichen Pferdeschwanz gebunden; Marshall wie immer mit dunkler Kriegsbemalung, jede Bewegung behindert durch mehrere Schichten schwarzer Kleidung und Leder.

Winter hatte so lange ausgehalten, wie es nur ging, und für seine einstündige Fahrt zur Arbeit fünfzig Minuten Zeit eingeplant. Wenigstens bedeutete das, dass er es voraussichtlich vor dem pickelgesichtigen Dan schaffen würde. Solange Sophie, die hochnäsige Neue aus einer anderen Filiale, ihn nicht anschwärzte, konnte ihm eigentlich nichts passieren.

Marshall schüttelte den Kopf. Woher wusste sie das überhaupt?

Die Frauen mieden ganz bewusst alle offensichtlichen und unangenehmen Gesprächsthemen und machten stattdessen Small Talk, hauptsächlich über die Kunstgalerie. Eloise erzählte begeistert von ihren Plänen, und Marshall verhagelte ihr die Petersilie, indem sie die Galerie als einen weiteren potenziellen Ort notierte, an dem Coates ihnen eine Leiche hinterlassen könnte.

Als in der Unterhaltung eine natürliche Pause entstand, sprach Marshall endlich das Problem an, das sie wirklich beschäftigte.

»Es ist seltsam ... wenn man zum ersten Mal im Leben eine Leiche sieht«, begann sie. »Ganz anders als im Fernsehen – da liegt nicht einfach nur jemand still da. Irgendwie sind Tote *verändert*.«

»Halb so schlimm«, versicherte Eloise.

»Sie scheinen das wirklich erstaunlich gut wegzustecken. Erst die Tatortfotos im Büro ... und jetzt das.« Marshall machte eine erwartungsvolle Pause.

»Ich weiß nicht genau, was Sie von mir hören wollen.«

»Warum verlieren Sie nicht die Fassung?«, platzte Marshall heraus. »Sie haben gerade einen der verstörendsten Tatorte gesehen, mit denen ich oder Chambers jemals zu tun hatten.«

Eloise lehnte sich auf ihrem Stuhl zurück und spielte mit dem Plastik-Rührstäbchen in ihrem Tee.

»Weil es wunderschön war.«

»Wunderschön? Es waren Leichen.«

»Manche Dinge können gleichzeitig schrecklich und schön sein.«

Marshall beobachtete Eloise aufmerksam und überlegte, wie sie weiter vorgehen sollte. Am Ende kam sie zu dem Schluss, dass Direktheit der beste Weg war.

»Chambers macht sich Ihretwegen Sorgen. Und ich auch, wenn ich ehrlich bin.«

»Sorgen worüber?«

»Dass Sie Coates den Erfolg wünschen könnten.«

» ... das stimmt ja auch.«

Verblüfft verschränkte Marshall die Arme vor der Brust und sah der anderen Frau in die Augen. »In dem Fall haben wir ein ernsthaftes Problem.«

»Ich wüsste nicht, wieso. Moralisch gesehen, ist die Sache klar: Ich will Ihnen dabei helfen, ihn aufzuhalten, bevor er noch jemanden tötet. Aber von einem künstlerischen Standpunkt aus betrachtet, finde ich, dass wir uns geehrt fühlen sollten, Zeugen seines Genies zu werden, in welcher Ausdrucksform auch immer. Da ist definitiv ein Teil von mir, der sehen will, wie er seine … Sammlung vollendet.«

»Seine Sammlung?«, fragte Marshall angewidert. Allmählich bekam sie Kopfschmerzen. »Okay. Sagen Sie mir eins: Wenn es zum Äußersten kommt und Sie sich zwischen den beiden Seiten entscheiden müssen, welche wird dann gewinnen?«

»Ganz ehrlich? Ich weiß es nicht.«

Verärgert schüttelte Marshall den Kopf. »Lieben Sie ihn immer noch? Nach *allem*, was er getan hat?«

»… ja.«

»Haben Sie denn gar keine Angst vor ihm?«

»Todesangst.«

»Weil er ein Monster ist!«, rief Marshall, die das Gefühl hatte, sich im Kreis zu drehen.

»Oh ja, ganz ohne Zweifel«, pflichtete Eloise ihr bei. »Aber er ist *mein* Monster.«

KAPITEL 26

Mit seinem beigefarbenen Hemd und einem Jackett, das derart mottenzerfressen war, dass man sich fragte, wie es überhaupt noch zusammenhielt, war DS Phillip Easton das Paradebeispiel eines ausgebrannten Polizisten, der verzweifelt seine Pensionierung herbeisehnte.

Er hatte alles gesehen und alles gemacht und war zu dem unausweichlichen Schluss gekommen, dass Unwissenheit tatsächlich ein Segen war.

Nach einem arbeitsreichen Vormittag ohne eine Minute Pause kehrte er mit einem Snack aus der Bäckerei aufs Revier Harrow on the Hill zurück und nahm Kurs auf seinen Schreibtisch.

»Du hast Besuch«, empfing ihn einer seiner Kollegen.

Er seufzte. »Ich muss was essen. Kannst du dich nicht darum kümmern?«

»Vermisstenanzeige.« Der Kollege zuckte die Achseln. »Dein Spezialgebiet.«

Easton legte den Kopf in den Nacken und blickte durch das Dachfenster, das praktischerweise so angebracht war, dass man dem lieben Gott noch besser den Stinkefinger zeigen konnte.

»Kann man *nicht mal eine Sekunde* lang seine Ruhe haben?!«, schimpfte er und durchquerte vor sich hin brummelnd das Büro. »Ich wollte *einfach nur* kurz einen Happen essen, *verdammt noch* ...

Guten Tag!« Er lächelte höflich und legte sein Mittagessen beiseite, ehe er Platz nahm. »Ich bin Detective Sergeant Easton. Wenn Sie möchten, können Sie mich auch Phil nennen.«

Die altmodisch gekleidete Frau, die ihm gegenübersaß, sah ihn an, als hätte sie kein Wort verstanden.

»Also gut.« Er überflog die wenigen Details, die sein Kollege notiert hatte. »Sie sind Griechin?«, fragte er mit geheucheltem Interesse. »Was kann ich denn für Sie tun, Mrs ...« Mit zusammengekniffenen Augen blickte er auf das Formular. »Pap...a...dop...ou...lou.«

»Papadopoulou«, sagte sie mit starkem Akzent.

»Papadopoulou«, berichtigte er sich. »Wenn ich es richtig verstehe, möchten Sie jemanden als vermisst melden?«

»Meinen Sohn«, antwortete sie. Ihr Englisch war gebrochen, doch die Sorge war klar und deutlich herauszuhören. »Er ist nicht gekommen nach Hause von ...« Sie schien nicht mehr weiterzuwissen.

»... der Arbeit?«, sagte Easton.

»Ja! Arbeit. Er heute ist nicht gekommen nach Hause von Arbeit.«

»Heute?«, hakte Easton mit leicht gepresster Stimme nach. »Die Sache ist nämlich so ... Normalerweise nehmen wir keine ...«

»Er hat ... Kopf ... von Kind«, unterbrach sie ihn.

»Verstehe«, sagte Easton und kreuzte auf dem Formular das Kästchen für »hilfebedürftige Erwachsene« an. »Ist das schon mal vorgekommen?«

»Nein!« Die Frau brach in Tränen aus.

Er gab ihr ein Taschentuch und rang sich ein aufmunterndes Lächeln ab. »Dann lassen Sie uns einige Einzelheiten abklären. Könnten Sie mir bitte seinen vollständigen Namen nennen?«

»Evan Ioannou Papadopoulos.«

»Nicht Papadopoulou?«

»Papadopoulos.«

Er ließ sich den Namen von ihr buchstabieren.

»Geburtsdatum?«

»Sieben Oktober 1973.«

»Damit wäre er … zweiundzwanzig«, sagte Easton etwas lauter als nötig, um seine Rain-Man-gleichen Kopfrechenfähigkeiten unter Beweis zu stellen. »… Moment. Nein. Dreiundzwanzig?« Am Ende zählte er es an den Fingern ab. »Weiter: Größe?«

»Oh. Zwei und vierundfünfzig.«

Easton machte ein verwirrtes Gesicht. »In Metern und Zentimetern, wenn es geht.«

»Ja. Zwei und vierundfünfzig.«

Er setzte die Kappe auf den Kugelschreiber und trommelte damit ungehalten auf seinen Schreibtisch.

»Wie wäre es, wenn wir später noch mal darauf zurückkommen. Haben Sie aktuelle Fotos von Evan bei sich?«

»Ja.« Sie kramte in ihrer Handtasche und reichte ihm ein Foto ihres Sohnes im Kreis der restlichen Papadopouli. Easton studierte es aufmerksam, dann sah er die verzweifelte Frau an, ehe er sich nach den kichernden Kollegen umblickte. Schließlich nahm er wieder die Kappe von seinem Kugelschreiber.

»Größe: zwei Meter, vierundfünfzig Zentimeter.«

· · ·

Königliches Observatorium (der Unfall)
abgebrannter Kunstflügel (Birkbeck College)
Grab seiner Mutter
der Lorbeerwald

Nachdem er für den Abtransport der Leichen aus der Aufwachstation gesorgt hatte, wobei der Anblick weißer Federn, die unter der Decke hervorschauten und über den Boden schleiften, genug Stoff für mindestens ein halbes Jahr voller Albträume bot, hatte Chambers den Vortragssaal des Krankenhauses requiriert.

Bevor die anderen kamen, kritzelte er mit einem Stift, von dem er inzwischen vermutete, dass es sich um einen Permanentmarker handelte, eine Liste der für Robert Coates bedeutsamen Örtlichkeiten ans Whiteboard.

DCI Wainwright, die etwas abgespannt wirkte, nachdem sie vor der Presse eine kurze Erklärung abgegeben hatte, war die Erste, die zu ihm stieß, und suchte sich einen Platz ganz vorn. Wenig später folgte Marshall, die zu überlegen schien, in welcher Entfernung sie zu der Ehrfurcht gebietenden Frau sitzen konnte, ohne unhöflich zu erscheinen – zwei Plätze weit weg, lautete offenbar die Antwort.

»Sind wir dann vollständig?«, fragte Chambers vielsagend, da sie seit ihrem Gespräch keine Gelegenheit gehabt hatten, sich gegenseitig Bericht zu erstatten.

Wie auf ein Stichwort hin kam Eloise mit einem Kaffeebecher in der Hand durch die Tür geeilt.

»Sorry!«, sagte sie atemlos, ehe sie sich zwei Plätze von Marshall entfernt hinsetzte.

»Also gut«, begann Chambers. »Eloise Brown, meine Chefin DCI Wainwright. Boss, Robert Coates' Ex-Freundin Eloise Brown.« Er stellte die Frauen einander vor, ehe er direkt zur Sache kam und hinter sich auf das Whiteboard deutete. »Das hier sind unsere *vier* potenziellen Orte für die *drei* verbleibenden Morde.«

»Vielleicht sind es auch fünf«, meldete sich Marshall zu Wort. »Eloises Galerie?«

Chambers warf einen Blick zu Wainwright, die widerstrebend nickte.

Er fügte den Ort zur Liste hinzu.

»DCI Wainwright hat die Observierung der aufgelisteten Orte für eine Woche genehmigt, unter der Voraussetzung, dass wir mithelfen«, sagte er und schielte zu Marshall.

Da diese unbedingt einen guten Eindruck bei ihrer zukünftigen Vorgesetzten machen wollte, gab sie sich beinahe ekstatisch bei der Aussicht, die nächsten sieben Tage ihres Lebens in eiskalten Autos zu verbringen.

»... und Winter hoffentlich auch«, fügte er hinzu. Er hatte seine Chefin überredet, die Rückkehr des Gelegenheits-Constables zu beschleunigen, sofern das Gespräch mit der Personalabteilung gut verlief und sein Arzt ihm die Arbeitstauglichkeit bescheinigte. »Die Frage ist nur«, fuhr er fort, »auf welchen Ort wir unsere Anstrengungen konzentrieren sollen.« Er wandte sich an Eloise. »Glauben Sie, Sie könnten die Orte priorisieren – vom wichtigsten zum unwichtigsten?«

»Ich ... weiß nicht ...«, stammelte sie. Offenbar fühlte sie sich unter Zugzwang gesetzt.

»So gut Sie es vermögen«, ermunterte er sie.

Sie stellte ihren Kaffeebecher hin, stand auf und nahm im Vorbeigehen den Stift von ihm entgegen. Einen Moment lang starrte sie auf das Whiteboard, dann begann sie entschieden die oberste Zeile auszuradieren.

»Es geht nicht ab.«

Chambers verzog das Gesicht. »Machen Sie eine neue Liste«, riet er ihr und zeigte auf den Flipchart.

1. *der Brand*
2. *das Grab*

Sie gab ihm den Stift zurück.

»Erklären Sie uns das«, bat Chambers.

»Na ja, die Galerie ist mir wichtig, aber Robert eigentlich nicht. Deshalb kommt sie als Ort zwar grundsätzlich infrage, aber ich halte sie für eher unbedeutend. Und ich würde sagen, dass mein Unfall bereits hier im Krankenhaus abgehandelt wurde.« Sie warf einen Blick auf ihre neu geordnete Liste. »Das Wichtigste für Robert – das, was ihn *definiert* –, ist seine Kunst, gefolgt vom Hass auf seine Mutter. Erst *danach* kommen ich und unsere Beziehung«, schloss sie bitter.

»Die Lorbeerblätter legen eine andere Vermutung nahe«, gab Chambers zu bedenken. »Nämlich dass er all das womöglich für Sie tut ... oder weil er ultimativ hinter Ihnen her ist.«

»Robert würde mir nie was antun.«

»Ich bin nicht bereit, das Risiko einzugehen. Wir sind uns einig«, sagte er nach einem erneuten Blick in Wainwrights Richtung, »dass Sie von jetzt an rund um die Uhr unter Polizeischutz gestellt werden. Wann immer Sie nicht bei uns sind, wird ein kompetenter uniformierter Kollege Sie begleiten ... Oder Winter.« Er drehte sich wieder zum Whiteboard um. »Ich denke, wir sollten Prioritäten setzen ...«

Wainwright räusperte sich.

»Verzeihen Sie, Detective, aber das hört sich ja so an, als wären Sie in Gedanken schon bei der nächsten Leiche, ohne auch nur *das Geringste* zu tun, um den Mord an den beiden aufzuklären, die wir gerade in einen Van geladen haben.«

Chambers sah sie herausfordernd an. »Von ihnen können wir nichts Nützliches mehr erfahren.«

»Sie sind ganz schön kaltschnäuzig.«

»Ich bin *Realist*.«

»Ich bin mir nicht sicher, ob das für die Familien der Opfer ein Trost ist.«

»Oder für die Millionen Menschen, die vor dem Fernseher auf ihrem Arsch sitzen und über uns urteilen«, gab er bissig zurück. »Aber letzten Endes spielt es keine Rolle, was sie denken, oder?«

»Und *ich* dachte, Sie wären Realist«, entgegnete Wainwright ruhig. »Das gesamte Land beobachtet jeden unserer Schritte mit Argusaugen. Ist es so abwegig, dass sie sehen wollen, wie der leitende Ermittler *ein Mindestmaß* an Anstrengungen unternimmt, um den Fall aufzuklären?«

In dem Moment flog die Tür so schwungvoll auf, dass sie gegen die Wand knallte, und ein aufgeregter Mann in einem Nadelstreifenanzug kam in den Saal gestürzt.

»Ist das hier der Vortrag über ...« Er warf einen Blick auf seinen Besucherausweis. »... Pro und Kontra von Darmspiegelungen zur Krebsvorsorge?«

»Nein. Auch wenn es mir allmählich so vorkommt«, knurrte Chambers. Er schickte den Mann hinaus, dann wandte er sich abermals an Wainwright. »Wir haben begrenzte Ressourcen und können die Toten nicht wieder lebendig machen. Wir wissen, dass diese Menschen von Robert Coates ermordet wurden, der zweifellos sein Aussehen verändert hat, um sich Zugang zu ihnen zu verschaffen. Nichts davon hilft mir auch nur im Entferntesten weiter. Wir haben die Aufnahmen der Überwachungskameras angefordert und dabei den Fokus auf die Kameras im Außenbereich der Klinik gelegt, für den Fall, dass er dumm genug war, in ein Auto oder einen Bus zu steigen. Unsere Leute kontaktieren sämtliche lokale Parks mit Seen, um rauszufinden, ob irgendwo verstümmelte Schwäne gefunden wurden, und wir haben Erdreste an einigen der Blätter aus dem Gefäß sichergestellt. Ich habe das Labor beauftragt, sie auf ihre genauen Bestandteile hin zu analysieren, vielleicht können wir so eingrenzen, aus welchem Teil der Stadt sie stammen. Javier Ruiz' und Audrey Fairchilds Tod wird aufgeklärt werden, aber ich würde meinen Job nicht richtig machen, wenn ich nicht bereits nach vorn schauen würde.«

Schweigen.

Die angespannte Konfrontation endete mit einem knappen Nicken von Wainwright.

»Erzählen Sie uns etwas über die nächste Statue«, forderte Chambers Eloise auf und brachte sie damit zum zweiten Mal innerhalb von fünf Minuten in Verlegenheit. Er konsultierte seine Notizen. »Die ... *Nike von Samothrake?*«

»Ich habe meine Präsentation nicht dabei, aber ich kann Ihnen selbstverständlich einen Überblick verschaffen«, sagte sie lächelnd, wenngleich mit einer Spur von Schärfe in der Stimme.

»Ich bin gerade irgendwie nicht so wild aufs griechische Altertum«, sagte Marshall. »Schon wieder ein Gott?«

»Eine Göttin«, berichtigte Eloise sie. »Die Siegesgöttin Nike.«

»Nie von ihr gehört«, gab Chambers zu und setzte sich.

»Doch, natürlich. Was glauben Sie, nach wem die Sportmarke benannt wurde? Und bestimmt haben Sie auch schon mal die silberne Dame auf der Motorhaube eines Rolls-Royce gesehen? Nike ist sogar auf der olympischen Medaille abgebildet. Sie ist die Göttin des Sieges und Tochter von Pallas und Styx.«

»Nicht schon wieder Styx!«, stöhnte Chambers und rieb sich müde das Gesicht.

Wainwright sah ihn fragend an.

»Das ist der Name des Flusses, der die Welt der Lebenden vom

Tor zur Hölle trennt ... Oh Mann! Das *Höllentor!*« Er wünschte, er hätte den Mund gehalten.

»Die Griechen glaubten, dass Nike sie unbesiegbar machen und ihnen Kraft und Geschwindigkeit verleihen konnte, damit sie bei jeder Unternehmung erfolgreich waren«, erklärte Eloise. »Hinterher belohnte sie die Sieger dann mit einem Lorbeerkranz.«

Eine Pause folgte. Niemand machte sich die Mühe, darauf hinzuweisen, dass auch bei dieser dritten weiblichen Statue Lorbeerblätter eine Rolle spielten.

»Mit welchem Ereignis aus seinem Leben korrespondiert sie?«, wollte Chambers wissen.

»Das weiß ich nicht.«

»Sie ist Sie, stimmt's?«

»Ja.«

»Dann wissen Sie es *sehr wohl*«, sagte er herausfordernd.

»Jetzt lassen Sie sie doch mal in Ruhe, Chambers«, fuhr Marshall ihn an.

Er stand auf. Ungeachtet dessen, was Marshall über die Frau denken mochte, hatte er sich bereits eine eigene Meinung zu Coates' Ex gebildet. »Hier stehen Menschenleben auf dem Spiel!«, rief er. »Denken Sie gefälligst nach!«

»Detective!«, mahnte Wainwright streng, doch er ließ nicht locker.

»Was haben Sie Coates gegeben? Womit haben Sie ihn belohnt? Wobei brauchte er Ihre Hilfe? Was hätte er nicht ohne Sie tun können?!«

Eloise war den Tränen nahe, doch dann hellte sich ihre Miene plötzlich auf. »Der Brand!«, sagte sie. »Die Asche-Skulpturen ... Es geht um den Brand!«

»Und die Belohnung?«, hakte Chambers nach.

Eloise kramte eine Erinnerung hervor, an sie sie lange nicht mehr gedacht hatte. »An dem Abend, als wir mit den Skulpturen fertig waren, hat er mir inmitten all seiner grauen Ascheskulpturen noch mal einen Heiratsantrag gemacht. Es war, als wären Robert und ich die einzigen Farbkleckse in einem schwarzen Bild ... Das war der Moment, in dem ich Ja gesagt habe.«

Zufrieden sah er Marshall an. »Worauf warten wir noch?«

Ihre drei Begleiter waren ins Gespräch vertieft, und Eloise folgte einige Schritte hinter ihnen, als sie auf der Suche nach einem Nebenausgang durch die endlosen Krankenhausflure gingen. Dass Chambers sie gezwungen hatte, sich mit dieser ganz besonderen Erinnerung auseinanderzusetzen, hatte erstaunliche Emotionen in ihr wachgerufen, die ihr nun vor Augen führten, wie lange sie sich selbst belogen hatte, indem sie einen der magischsten Abende ihres Lebens als Fehler betrachtet hatte, den man am besten vergaß. Sie hatte es als Ausdruck jugendlicher Impulsivität betrachtet, Roberts Heiratsantrag angenommen zu haben, obwohl sie sich in Wahrheit nie einer Sache so sicher gewesen war wie in jenem Moment.

Sie sprachen über sie. Das erkannte sie daran, dass Marshall sich immer wieder zu ihr umdrehte und lächelte. Wahrscheinlich war das nett gemeint, aber mit ihrem bleichen Gesicht sah sie aus wie Draculas Braut, und ihre Blicke wirkten eher bedrohlich.

Eloise erwiderte Marshalls Lächeln. Im selben Moment fiel ihr ein Mann auf, der ihnen entgegenkam und sehr an ihrer Entourage interessiert zu sein schien. Er war in Erdfarben gekleidet, hatte einen Rucksack auf dem Rücken, und irgendetwas an ihm kam ihr vage vertraut vor: *nicht sein Gang ... nicht seine Haare ... auch nicht das, was sie von seinem Gesicht sehen konnte. Irgendetwas anderes.*

Als der Abstand zwischen ihnen immer kleiner wurde, nahm Eloise Blickkontakt mit dem Fremden auf und schnappte hörbar nach Luft, als sie ihn erkannte. Coates wirkte gleichermaßen überrumpelt, sie hinter einer Mauer aus Detectives zu sehen, und seine Schritte verlangsamten sich, gerade als Marshall sich erneut nach hinten umdrehte.

Eloise vermochte nicht zu atmen. Sie öffnete den Mund, doch es kamen keine Worte heraus. Coates war jetzt nur noch wenige Meter entfernt. Doch er blieb nicht stehen. Stattdessen ging er weiter auf sie zu – ein Beweis für sein absolutes Vertrauen in sie. Zugleich streckte er unauffällig seine linke Hand aus.

Marshall runzelte die Stirn. »Eloise? Alles in Ordnung?«

Eloise hatte das Gefühl, als würde sie entzweigerissen, und war noch immer unfähig zu atmen, als ihre Gruppe nichts ahnend an Coates vorbeikam. Marshalls Frage aus der Cafeteria hallte in ihrem Kopf wider: *Wenn es zum Äußersten kommt und Sie sich für eine Seite entscheiden müssen, welche wird dann gewinnen?*

Ganz ehrlich? Ich weiß es nicht.

Sie nickte stumm, und Marshall drehte sich wieder nach vorn, gerade als Eloise ebenfalls die Finger ausstreckte, sodass sie und Coates sich für den Bruchteil eines Moments berührten ... Im nächsten Augenblick war er vorbeigegangen.

Mit klopfendem Herzen widerstand sie dem Drang, sich umzudrehen, auch wenn sie es so sehr wollte, dass sie glaubte, explodieren zu müssen. Auf dem Weg nach draußen hatte sie ein echtes Lächeln im Gesicht und fühlte sich neu belebt.

Denn jetzt wusste sie Bescheid.

»Ich will, dass das Tor immer verschlossen bleibt. Jemand wird an dem Fenster da postiert und jemand anders im Gebäude gegenüber«, befahl Chambers, während der Staub eine stetig steigende Gezeitenmarke an seinen Schuhen hinterließ, je länger er auf der mit Asche bedeckten Fläche hin und her lief.

Er und Marshall hatten Eloise mit Wainwright im Krankenhaus gelassen, ehe sie so schnell wie möglich quer durch die Stadt zum Birkbeck College gefahren waren, um den Ort noch bei Tageslicht in Augenschein nehmen zu können.

Wie ein frischer Trieb, der aus einer geschädigten Pflanze spross, hatte sich ein neuer Anbau um den bereits existierenden Gebäudeteil geschlungen, dessen Schatten nun auf das Trümmerfeld fiel, das die Flammen hinterlassen hatten.

Die Kunstakademie am Gordon Square hatte einen Großteil der Lehrveranstaltungen aufgefangen und damit einen zügigen Beginn der Sanierungsarbeiten unnötig gemacht. So bestand der Bauplatz aus wenig mehr als Metallzäunen, bunten Warnschildern und Müllbergen. Der Boden war von der Asche schwarz verfärbt, und ein verlassener Bagger hatte den Schutt in der Mitte zu drei großen Haufen zusammengeschoben.

Chambers konnte von Glück reden, dass es in den letzten zwei Tagen nicht geregnet hatte, denn meistens war das Gelände zweifellos ein unzugänglicher Morast. Ein hoher Zaun trennte es von einem ganz ähnlich aussehenden Areal jenseits des Universitätsgeländes, auf das die Flammen übergesprungen waren wie eine ansteckende Krankheit.

»Finden Sie raus, wie sich das Flutlicht da drüben bedienen lässt«, wies er einen Kollegen an und zeigte auf einen versiegelten Schaltkasten, an den mehrere dicke Kabel angeschlossen waren.

»Jawohl, Sir.«

»Ich will, dass *sämtliche* Kollegen und Fahrzeuge in einer halben Stunde in Position und außer Sicht sind!«, wies er den Rest des Teams an. »Und Sie ... Ja, genau, Sie!« Er rief jemanden zu sich. »Hier sieht es aus, als wäre eine Armee durchmarschiert. Sobald alle weg sind, schnappen Sie sich einen Besen und verwischen die Spuren, so gut es geht. Wir dürfen ihn nicht warnen.«

Als er Marshall am Tor stehen sah, ging er zu ihr. »Alles in Ordnung bei Ihnen?«

»Ein Eingang, ein Ausgang«, teilte sie ihm mit. Alle übrigen Zugänge waren abgesperrt worden.

»Gut.« Er betrachtete zufrieden das Areal, das ihm inzwischen weniger wie eine Baustelle, sondern eher wie ein riesiger Käfig vorkam. »Aber Sie haben meine Frage nicht beantwortet. Ist alles in Ordnung bei Ihnen?«

»Na ja, ich ...«

»Was?«

»Das ist ja alles gut und schön, aber ...«

»Aber es wird trotzdem noch jemand sterben«, beendete er ihren Satz.

Sie nickte.

»Und wir können nichts tun, um es zu verhindern. Das fühlt sich irgendwie nicht richtig an ... Ich weiß, ich weiß«, kam sie einer Entgegnung zuvor. »Wir können unmöglich wissen, auf wen er es als Nächstes abgesehen hat. Ich habe einfach ein mieses Gefühl. Aber natürlich ist es so, wie Sie im Krankenhaus gesagt haben: Wir können die Toten nicht wieder lebendig machen.«

Chambers lehnte sich neben ihr gegen die Wand. »Das ganze Land sucht nach ihm, und die Kollegen befragen jeden, den er jemals gekannt hat.«

»Sie werden ihn nicht finden.«

»Nein ... nein, das werden Sie nicht«, meinte er nachdenklich. »Aber wir sind ganz nah dran. Hier wird es nach all den Jahren enden ... Danke.« Marshall sah ihn verdutzt an. »Ich hatte den Fall schon abgehakt«, führte er aus. »Ich habe gar nicht mehr an ihn gedacht. Aber jetzt stehen wir hier, und zum allerersten Mal überhaupt haben *wir* die Oberhand. Coates wird kommen, er kann nicht anders. Und wenn er kommt, werden wir auf ihn warten. Dafür ... danke ich Ihnen.«

Marshall wusste die Geste zu schätzen und tätschelte freundschaftlich seinen Arm. »Danken Sie mir, wenn alles vorbei ist.«

»Detective!«, rief ein Officer, der neben dem Schaltkasten für die Flutlichter kniete. »Ich glaube, jemand versucht, Sie zu erreichen!« Er deutete auf sein Funkgerät.

Stirnrunzelnd betrachtete Chambers sein eigenes Gerät und drehte die Lautstärke auf, sodass er noch die letzten Fetzen einer verzerrten Übertragung aufschnappte.

» ... erbittet unverzüglich Ihre Anwesenheit. Over.«

Er nahm das Gerät vom Gürtel. »Hier Chambers. War das für mich? Over.«

»Korrekt. Wir haben einen Anruf von einem Bezirksamtsmitarbeiter in irgendeinem Schrebergarten in Putney bekommen«, teilte ihm der Disponent mit, während Chambers das Funkgerät in die Höhe hielt, damit Marshall mithören konnte. »Er meinte, sie hätten Knochen ausgegraben, die möglicherweise menschlichen Ursprungs sein könnten. Over.«

Er und Marshall tauschten einen Blick.

»Verstanden. Weisen Sie ihn an, die Arbeiten sofort einzustellen, und fordern Sie ein Team der Spurensicherung an, das sich dort mit mir treffen soll. Over.«

»Wird ausgeführt. Out.«

»Die Gottlosen haben keinen Frieden.« Chambers gähnte. »Uns steht eine lange Nacht bevor«, fügte er, an Marshall gerichtet, hinzu. »Fühlen Sie sich bitte nicht verpflichtet ...«

»Ich komme mit«, fiel sie ihm ins Wort.

»Wie Sie wollen.«

»Es war längst nicht so tief vergraben wie die anderen«, erklärte

der bärtige Bezirksamtsmitarbeiter, der die Grabungsarbeiten ko-
ordinierte.

Die einst grüne Oase war nicht mehr wiederzuerkennen: Die
Lauben ragten in unregelmäßigen Abständen wie Inseln aus der
Erde hervor, denn ein Großteil der Parzellen bestand nur noch aus
aufgewühltem Mutterboden oder Grabungslöchern. Der Mann
ging voraus. Sie passierten einen Minibagger, ehe sie sich direkt
dahinter um ein flaches Grab scharten, in dessen Mitte eine teilweise freigelegte Leiche lag – beinahe vollständig skelettiert und
im fortgeschrittenen Stadium der Verwesung. An den bleichen
Knochen hingen noch Kleiderfetzen, und auf dem Leichnam lag
ein steinernes Schwert, das an die Ritterzeit erinnerte. Die Grube
selbst war höchstens einen Meter tief – ohne Zweifel in aller Eile
ausgehoben.

»Ich glaube, ich weiß, woher das Schwert stammt«, sagte
Chambers. »Es liegt schon seit Jahren da. Aber die Leiche zu identifizieren wird nicht einfach werden.«

»Christopher Ryan«, teilte ihr bärtiger Begleiter ihnen mit.

»Haben Sie ihn etwa … *wiedererkannt?*«, fragte Chambers trocken und beäugte noch einmal das Iron-Maiden-Albumcover zu
ihren Füßen.

Der Amtsmitarbeiter reichte ihnen eine laminierte, erdver-
krustete Karte.

»Den haben wir gefunden, bevor man uns gesagt hat, dass wir
aufhören sollen«, erklärte er. »Hat unter ihm hervorgeschaut. Ich
schätze, er muss ihn in der hinteren Hosentasche gehabt haben.«

Die Tatsache, dass der Ausweis Coates nicht aufgefallen war,
stützte die Theorie, dass er nicht viel Zeit gehabt hatte, um die
Leiche zu entsorgen.

Chambers nickte zum Dank. Der Mann gesellte sich wieder zu

seinen Kollegen und ließ sie in der Gesellschaft des hohläugigen Toten zurück.

»Es sieht Coates nicht ähnlich, eine Leiche zu verschwenden«, meinte Marshall, die spontan beschlossen hatte, dass sie nach ihrem Ableben eingeäschert werden wollte. »Was meinen Sie?«

»Dass er ohne seine Medusa keine Verwendung mehr für einen Perseus hatte«, antwortete Chambers. Er spürte, wie das Narbengewebe in seinem Nacken spannte. Er blickte hinauf in die tief stehende Novembersonne, spürte die Wärme im Gesicht, atmete tief ein und lächelte. »Das wird ein wunderschöner Sonnenuntergang heute«, sagte er. Marshall runzelte die Stirn über diese Bemerkung, während Chambers dem Grab den Rücken zukehrte und in Richtung seines Autos davonstapfte.

KAPITEL 27

Das letzte Stückchen Himmel loderte in Rosa und Orange gegen die herannahende Nacht an. Die dunklen Wolken lockten ein Raubtier hervor und verhießen einen grausamen, würdelosen Tod für seine Beute.

Chambers sah zu, wie das glühende Farbenspiel über ihm erlosch und dem Spiegelbild seines übermüdeten Gesichts in der Fensterscheibe Platz machte. Als all dies begonnen hatte, war er noch ein junger Mann gewesen, nicht das ergraute, pillenschluckende Wrack, das ihm jetzt aus dem Glas entgegenblickte. Seine Erscheinung hatte Respekt eingeflößt. Seine Körpergröße war noch dieselbe wie damals, aber er war unscheinbar geworden. Während er früher selbst nach zwei schlaflosen Nächten noch reibungslos funktioniert hatte, waren seine Züge mittlerweile von permanenter Erschöpfung gezeichnet. Und er merkte, wie sein einst rasiermesserscharfer Verstand zunehmend träger wurde ...

Er wusste, dass er etwas übersah.

»Ah, gut! Da sind Sie ja«, rief jemand, der durch den Korridor auf ihn zukam.

Als er sich umdrehte, sah er Dr. Drew Sykes. Nachdem er mit seiner Mutter immer gut ausgekommen war, hatte er große Hoffnungen in den jungen Mann gesetzt, als dieser ihre Stelle übernommen hatte. Leider hatte der arrogante und barsche Rechtsmediziner nur wenige Persönlichkeitsmerkmale mit der pensionierten Ärztin gemein. Nichtsdestotrotz schien er Chambers sympathisch zu finden, denn er hatte weniger Konflikte mit ihm als die meisten anderen.

Gemeinsam gingen sie weiter bis zu den Türen am hinteren Ende des Ganges.

»Wollen Sie die gute oder die schlechte Nachricht hören?«, fragte Sykes.

»Die gute.«

»Die Frau, von der ich Ihnen erzählt habe – Fiona? Heute Abend ist unser drittes Date. Sie wissen ja, was das bedeutet!«

Chambers tat so, als würde er Sykes' zum High five ausgestreckte Hand nicht bemerken. »Und in Bezug auf die Leichen?«, fragte er geduldig.

»Oh Gott, nein. Nein, da habe ich nur schlechte Nachrichten für Sie.«

»Wie schön.«

Sie betraten das Labor, in dem die zwei Leichen aus dem Krankenhaus bereits auf Sektionstischen lagen. Ein dritter Tisch war von der Wand neben sie gerückt worden, auf ihm lagen die blutverschmierten Flügel. Mit Schaudern erinnerte Chambers sich daran, was Eloise in ihrer Zusammenfassung über Robert Coates gesagt hatte: dass er wie ein Kind sei, das einer Schnake die Flügel ausreißt.

»Er wird immer abartiger«, meinte Sykes und blies die Backen auf. »Beide standen ohnehin unter starken Betäubungsmitteln, deshalb gibt es keine Einstichstellen. Die Tussi …«

»Audrey Fairchild«, sagte Chambers, verärgert über Sykes' unprofessionelle Art.

»Von mir aus. Audrey Fairchild. Bei ihr haben wir es mit einem klaren Fall von Asphyxie zu tun. Er hat einfach das Beatmungsgerät ausgeschaltet und ... Game over. Der *Mann* hingegen ...« Sie traten zum zweiten Sektionstisch. »Die Flügel wurden *befestigt*, während er noch lebte ... Er war nicht bei Bewusstsein, aber lebendig.«

Chambers warf einen Blick auf die weißen Schwingen, aus deren Ende wie eine Messerklinge ein langer, gesplitterter Knochen über den Rand des Tischs ragte. »*Meine Güte!*«

»Wem sagen Sie das? Die Flügel haben auf beiden Seiten von hinten seine Lunge perforiert – daher auch die Blutflecken auf den Federn. Die Folge war ein katastrophaler Hämatopneumothorax.« Chambers sah ihn verständnislos an. »Im Wesentlichen ist er in seinem eigenen Blut ertrunken«, klärte Sykes ihn auf. Diese Vorstellung schien ein wenig an seiner kaltschnäuzigen Fassade zu rütteln.

»Ersticken und ertrinken unmittelbar am Tag nach einer Lungentransplantation«, grübelte Chambers laut. »Da steckt wohl irgendeine kranke Poesie dahinter.« Er warf einen Blick auf seine Armbanduhr.

»Sie sehen furchtbar aus. Wie kommen Sie bloß mit alldem klar?«, fragte Sykes in scheinbar aufrichtiger Besorgnis.

Es musste wirklich schlecht um ihn stehen.

»Mir geht es gut. Ich muss nur bald weiter. Was ist mit dem Wasserkocher?«, fragte Chambers, da ihm neben dem Federhaufen das im Krankenhaus sichergestellte Beweisstück aufgefallen war.

»Absolut genial«, sagte Sykes, dessen Blick ebenfalls zu dem harmlos anmutenden Küchengerät wanderte.

»*Damit* hat er alle Personen auf einmal betäubt?«

»Ja, definitiv.« Der Rechtsmediziner nickte. »Kein Zweifel ... Allerdings handelt es sich nicht um einen Wasserkocher.«

Chambers sah ihn verständnislos an. »Ich kann Ihnen nicht ganz folgen.«

»Es war mal einer, aber er wurde modifiziert: neu verdrahtet. Der Heizstab wurde durch eine Ultraschall-Membran ersetzt, die Tülle wurde verengt und so geformt, dass sich der Dampf besser verteilt.«

»Und …?«, fragte Chambers, immer noch genauso schlau wie zuvor.

»Es ist ein Zerstäuber in Gestalt eines Wasserkochers. Man kann Pancuroniumbromid nicht kochen. Wasser verdampft bei einhundert Grad, und das Medikament würde sich einfach am Boden absetzen. Aber wenn man die Ultraschall-Membran auf die richtige Frequenz einstellt, verdampfen Wasser und Medikament gleichzeitig zu einem trockenen Nebel. Angeblich befand sich ein Ventilator in der Nähe?«

»Kann sein«, sagte Chambers achselzuckend. Er war zum betreffenden Zeitpunkt mit der geflügelten Leiche beschäftigt gewesen und hatte nicht wirklich auf seine Umgebung geachtet.

»Der hat den Nebel in alle Richtungen verteilt, sodass jeder in der näheren Umgebung eine nicht letale Dosis des Mittels abbekam, die ihn bewegungsunfähig machte … Wie ich sagte: genial.«

Chambers war nicht ganz so begeistert angesichts dieser neuen Informationen. Müde rieb er sich die Augen. »Großartig. Jetzt muss er den Leuten nicht mal mehr eine Spritze verpassen, um sie zu betäuben. Dabei hat er doch sowieso schon alle Karten in der Hand.« Dann kam ihm ein Gedanke, und er runzelte die Stirn. »Es gibt doch sicher eine Therapie dagegen, oder? Etwas, das die Wirkung des Relaxans rückgängig machen kann?«

»Ja, die gibt es – eine Kombination aus Atropin und Neostigmin.«

»Sind Krankenwagen standardmäßig damit ausgestattet?«

»Mit Atropin vielleicht, aber die Sanitäter würden vermutlich gar nicht wissen, wie sie es verabreichen müssen. Warum?«

»Finden Sie nicht, dass wir welches bei uns tragen sollten, zumal wir ja höchstwahrscheinlich die Ersten am Tatort sind?«

Als er begriff, worauf Chambers hinauswollte, trat Sykes unbehaglich von einem Fuß auf den anderen. »Sie sind aber kein Arzt.«

»Das heißt nicht, dass ich nicht jemandem das Leben retten kann«, hielt Chambers dagegen. »Erst recht, wenn Coates mittlerweile ganze Räume voller Menschen auf einen Schlag betäubt.«

Sykes blieb zögerlich.

»Kommen Sie, Drew. Es könnte jemandem das Leben retten – vielleicht sogar einem von uns.«

Er stöhnte auf. »Ich schaue, was sich machen lässt. Aber ich kann nichts versprechen.«

»Danke.« Weil er wusste, dass es besser war, Sykes nicht weiter zu drängen, wechselte Chambers das Thema. »Gibt es schon Fortschritte bei den Bodenproben?«

»Wir haben sie in ihre Bestandteile zerlegt, warten aber noch auf die Ergebnisse.«

Zum zweiten Mal innerhalb von ebenso vielen Minuten sah Chambers auf die Uhr.

»Allerdings ist mir dabei eine Idee gekommen«, fuhr Sykes fort. »Wir könnten dasselbe Prinzip anwenden, um rauszufinden, wo der Schwan herkam.« Er ging zum Tisch, auf dem die Flügel lagen. »An den Federn befinden sich winzige Reste von Wasser. Ich könnte eine Probe nehmen, sie analysieren und dann mit anderen Proben aus unterschiedlichen Bezirken der Stadt vergleichen.« Ohne Atem zu schöpfen, eilte er zu einem Computer. »Klar, das ist arbeitsintensiv, und natürlich würde es eine Weile dauern. Aber wie heißt es so schön: ›Gut Ding will Weile ...‹« Als er den

Blick vom Monitor hob, stellte er fest, dass er allein war. Verwirrt schaute er unter den Sektionstischen nach und fragte sich, wie lange er schon mit sich selbst redete. »... haben.«

»Mir geht es gut.«

»Und dass Sie nach all den Jahren jetzt wieder an den Ermittlungen beteiligt sind, hat bei Ihnen keine neuen Träume über den Vorfall von damals ausgelöst?«

»Nein«, log Winter.

Die Formularausfüllerin von der Personalabteilung füllte ihr Formular aus. »Und die Zusammenarbeit mit Detective Chambers – wie gestaltet die sich bis jetzt?«

»Gut.«

»Keine Spannungen?«

Winter dachte daran, wie Chambers im Pub in Camden einfach aufgestanden und gegangen war.

»Keine Meinungsverschiedenheiten?«

Ihm kam die Erinnerung, wie sie sich im Regen am Flussufer angeschrien hatten.

»Keine gesteigerte Emotionalität?«

Er, Marshall und Chambers, alle drei den Tränen nahe.

Winter schob die Unterlippe vor und schüttelte den Kopf. »Nicht, dass ich wüsste.«

»Ihr Arzt sagte mir, Sie hätten schon seit geraumer Zeit kein neues Rezept für ...« Sie warf einen Blick auf das Fax. » ... Paroxetin mehr abgeholt. Denken Sie, Sie brauchen es nicht mehr?«

Er spürte, wie sich das Döschen in seiner Tasche gegen sein Bein presste.

»Nein. Wie gesagt, es geht mir gut.«

Easton wartete bereits seit mehr als zehn Minuten in einer dunklen Ecke nahe dem Eingang von Thornbee's Gartenzentrum und beobachtete das hypnotische Blinken der Weihnachtsbeleuchtung.

»Detective Easton?«, riss ein schnauzbärtiger Mann ihn aus seinen Tagträumen. »Justin Hume. Ich bin der Filialleiter.« Die Männer gaben einander die Hand. »Wir machen uns alle sehr große Sorgen um Evan. Und ich sage das nicht nur so dahin. Er ist wirklich einer der nettesten, sanftmütigsten Menschen, denen ich je begegnet bin.«

Er begleitete Easton durch eine Tür, die in einen schäbigen, neonbeleuchteten Personalflur führte.

»Was genau macht Evan hier?«

»Hauptsächlich Lagerarbeiten«, sagte der Mann mit einem Anflug von Scham. »Das klingt bestimmt schrecklich, aber ich versichere Ihnen, es hat nichts mit seiner Körpergröße zu tun. Die Kinder lieben ihn, und er liebt sie. Ein echter Riese zum Spielen! Aber Evans Englisch ist nicht besonders gut, und er ist ein bisschen ...« Er suchte nach dem passenden Wort. » ... schwer von Begriff«, schloss er, als ihm nichts Besseres einfiel.

»Ist das ein häufiges Merkmal bei Gigantismus?«, fragte Easton, dem dämmerte, dass Evans Arbeitgeber vermutlich dessen Krankengeschichte kannte und ihm womöglich helfen konnte, einige Wissenslücken zu füllen.

»Evan leidet nicht an Gigantismus.«

Diese Information schlug ein wie eine kleine Bombe. Easton blieb abrupt stehen und drehte sich zu dem anderen Mann um. »Er ist zwei Meter vierundfünfzig groß!«

»Ich meine, im medizinischen Sinne«, stellte der Filialleiter klar. »*Genau genommen* hat er eine Krankheit namens Sotos-Syndrom, die, wenn ich es richtig verstanden habe, zu beschleunigtem Körperwachstum bei Kindern führt, das sich im Erwachsenenalter aber normalerweise verlangsamt ... Normalerweise. *Das ist auch der Grund für seine* ...«

»Lernschwierigkeiten?«, schlug Easton vor, um weiteren diskriminierenden Begrifflichkeiten zuvorzukommen.

»Genau.« Hume öffnete die Tür zu einem beengten Raum, in dem auf einem Schreibtisch ein Stapel Videokassetten lag. »Die hier sind für Sie. Das sind alle Aufnahmen von heute Morgen.«

»Ich nehme sie mit, wenn ich gehe«, sagte Easton. »Hat Evan ein Schließfach oder irgendwelche persönlichen Gegenstände hier?«

»Natürlich. Kommen Sie.«

Sie betraten einen trist aussehenden Personalraum, dessen hintere Wand vollständig mit Schränken aus dünnem blauen Metall zugestellt war. Als der Filialleiter scheinbar wahllos einen der Schränke aufschloss, rutschte das Hosenbein einer Jeans heraus wie ein Tentakel. An der Innenseite der Tür klebte ein Foto von Evan, der sich bückte, um seine Mutter zu umarmen. Easton betrachtete erst den Filialleiter, dann die identisch gekleideten Mitarbeiter, die am Tisch saßen.

»Hat er auch so eine Uniform?«, fragte er.

»Ja.« Hume nickte. Da seine Kleidungsstücke im Schrank lagen, trug der Vermisste also höchstwahrscheinlich noch seine Arbeitskluft.

»Und welche Schicht hatte er heute?«

»Von fünf bis zehn Uhr früh. Eine unbeliebte Schicht, aber wir brauchen jemanden, der die Lieferungen entgegennimmt.«

Easton schloss die Tür des Spinds. »Zeigen Sie mir, wo.«

Easton fröstelte, als sie die Ladebucht erreichten, wo drei große Rolltore, die nicht das Geringste gegen die Kälte ausrichteten, bei jedem Windstoß ein blechernes Donnern von sich gaben.

»Kameras?«, fragte er, da er nirgendwo welche sah.

»Draußen, aber nicht hier drinnen«, teilte ihm der Filialleiter mit, der leichtsinnigerweise nur ein Poloshirt anhatte.

Easton schlenderte zwischen säuberlich gestapelten Kartons umher. Er registrierte Zigarettenstummel am Boden, ein an die Wand gelehntes Fahrrad sowie neben jedem der metallenen Tore zwei rote Knöpfe.

»Sind die Lieferungen von heute schon angekommen?«

»Ja.«

»Alle?«

»Ja.«

»Lassen sich die Tore von außen schließen?«

»Nein.«

Easton nickte nachdenklich, ehe er seine Wanderung durch das Labyrinth aus Lagerbeständen fortsetzte.

»Darf ich fragen, was Sie suchen?«

»Nichts Bestimmtes«, gab er zurück und blieb stehen, als er einige Brocken frischer Erde auf dem Boden sah. Er ging in die Hocke und fuhr mit dem Daumen über einen Riss in einem der Keramiktöpfe … Der Topf daneben war vollständig entzweigebrochen und beim übernächsten fehlte ein größeres Stück. Stirnrunzelnd begann er, die schweren Töpfe nacheinander hervorzuziehen, bis auf dem schmutzigen Hallenboden ein roter Fleck zum Vorschein kam.

»Ich bin ja kein Experte«, meinte der schnauzbärtige Filialleiter, der ihm über die Schulter spähte. »Aber das sieht nicht gut aus, oder?«

Easton seufzte. *Warum bekam er immer die beschissensten Jobs ab?*

»Nein, Justin. Das sieht definitiv nicht gut aus.«

Winter, der immer noch seine Uniform trug, nahm sich einen Augenblick Zeit, um wieder zu Atem zu kommen, und blickte die sieben hinter ihm liegenden Stockwerke hinunter, als hätte er soeben den Mount Everest bezwungen. Sein Triumphgefühl hielt jedoch nicht lange an, denn eine der zerbrechlichsten alten Frauen, die er je gesehen hatte, war ihm ohne sichtliche Anstrengung nach oben gefolgt.

»Verzeihen Sie, junger Mann«, sagte sie zu seiner Kehrseite, und Winter machte ihr Platz. Kurz darauf kam hinter ihr ein mit Einkaufstüten beladener jüngerer Mann die Stufen hinaufgekeucht. Er hätte Marshalls Typ sein können – lange schwarze Haare, schwarze Stiefel, Bartstoppeln, Lederjacke. Er grüßte Winter mit einem Nicken, ehe er die alte Frau zu ihrer Wohnungstür begleitete. Winter, der immer noch dabei war, sich von den überstandenen Strapazen zu erholen, konnte nicht umhin, ihren kurzen Wortwechsel mit anzuhören.

»Sie sind ein Schatz. Ich weiß wirklich nicht, was ich ohne Sie machen würde.«

»Soll ich sie noch reintragen?«

»Nein, nein. Sie haben schon genug getan.«

»Okay. Wenn Sie noch was brauchen, klopfen Sie einfach.«

»Das mache ich.«

Ihre Wohnungstür fiel ins Schloss.

»Die Treppen sind wirklich mörderisch«, sagte der Mann verständnisvoll zu Winter, der nicht sonderlich erfreut darüber war, dass Eloise einen attraktiven Rock 'n' Roller als Nachbarn hatte, welcher kurz darauf in einer der beiden anderen Wohnungen auf der Etage verschwand.

»Blöder Wichser«, brummte er voller Neid.

Nachdem seine Regeneration abgeschlossen war, überprüfte er noch ein letztes Mal die Adresse, die er sich auf den Handrücken gekritzelt hatte, ehe er an die Tür von Wohnung Nummer 23 klopfte. Die Stimmen im Innern verstummten.

»Wer ist da?«, rief jemand.

»Adam Winter – das Beste, was Sainsbury's zu bieten hat.«

Das Schloss klickte, und die Tür öffnete sich einen Spaltbreit. Dahinter kam eine Polizistin zum Vorschein, die ihn bei vorgelegter Kette von oben bis unten taxierte.

»Hi«, sagte er mit einem gewinnenden Lächeln.

»Sie kommen zu spät.«

»*Sie* sind im siebten Stock.«

Die schlecht gelaunte Frau nahm die Kette ab und ließ ihn herein, während sie sich bereits die Jacke überzog.

»War alles ruhig heute. Ich komme dann morgen wieder und löse Sie ab, und zwar um … *zwölf* nach acht«, sagte sie säuerlich nach einem Blick auf die Wanduhr. Dann schlug sie die Wohnungstür hinter sich zu.

»Die scheint ja ganz nett zu sein«, meinte Winter zu Eloise, die sich auf dem Sofa zusammengekauert hatte. Er fand, dass sie atemberaubend aussah. Sie trug eine bequeme Jogginghose und einen Pullover, der ihr mindestens zwei Nummern zu groß war. Die Haare hatte sie sich hochgebunden, und in ihrem Nacken ringelten sich einzelne kastanienbraune Strähnen.

Er glotzte schon wieder.

»Tja, raten Sie mal, wer heute seinen Wiedereinstellungstest bei der Personalabteilung fehlerfrei bestanden hat.«

»Sie?«

»Nein. Aber ich bin durchgekommen, das reicht mir«, sagte er, bevor er ihr die Tüte in seiner Hand präsentierte. »Ich dachte, Sie haben vielleicht Hunger. Ich habe Pizza, Eis und Doritos mitgebracht.«

»Klingt nach Essen für einen Filmabend.« Eloise stand auf, um ihm die Sachen abzunehmen.

»Jetzt, wo Sie es sagen ...« Er zog eine schwarze Box hinter seinem Rücken hervor. »*Jurassic Park* auf Video!«

»Super!« Sie lächelte und verschwand in der kleinen Küche, um den Ofen einzuschalten und das Eis ins Gefrierfach zu stellen.

Winter zog sich derweil die Jacke aus, sperrte noch einmal die Wohnungstür auf und streifte sich draußen auf der Fußmatte die Schuhe ab.

»Ich bin den Nachbarn begegnet«, sagte er im Plauderton. »Scheinen ganz nett zu sein.«

»Ja, Doris ist ein echtes Unikum. Ich glaube, mit Chris habe ich in den zwei Jahren, seit er hier eingezogen ist, nie mehr als fünf Worte gewechselt. Er ist so gut wie nie da.« Winter entspannte sich ein klein wenig. »Aber wenn er da ist, merkt man es sofort. Ich hoffe, es macht Ihnen nichts aus, zu den Klängen von Metallica einzuschlafen«, scherzte sie.

»Sie haben gemalt«, stellte er fest, als er die Leinwand sah, die im Schlafzimmer auf einer Staffelei stand.

»Ich musste mich irgendwie ablenken.«

Während Eloise sich ums Abendessen kümmerte, schlenderte er in ihrem bescheidenen Wohnzimmer umher und betrachtete die weißen Wände und industriell anmutenden Rohrleitungen. Ihre wenigen Möbelstücke waren schlicht, praktisch und frei von unnötigem Schnickschnack.

»Ich mag es, wie Sie Ihre Wohnung eingerichtet haben«, sagte er.

»Was?«, fragte sie, den Mund voller Tortillachips.

»Ich sagte, ich mag es, wie Sie Ihre Wohnung eingerichtet haben. Diesen künstlerisch-minimalistischen Stil.«

»*Ach so*, das. Nein, eigentlich hat das nichts mit Stil zu tun. Ich bin einfach nur pleite und kann mir nichts Besseres leisten.«

»Oh!«, sagte er peinlich berührt.

»Tja, als umstrittene Künstlerin, die die Vorstellungen der Menschen davon, was Kunst ist, infrage stellt und dabei in der teuersten Stadt der Welt lebt, verdient man sich seltsamerweise keine goldene Nase«, witzelte sie und schenkte ihnen ein Glas Wein ein.

»Ich bin im Dienst«, sagte Winter.

»Dann werden Sie dafür bezahlt?«

»Hoffentlich.«

»Na, dann sind Sie auch nur *hoffentlich* im Dienst, stimmt's?«, neckte sie ihn. »Als Dankeschön fürs Abendessen. Sie wollen mich doch nicht allein trinken lassen, oder? Kommen Sie! Nur ein Glas.«

Er trat auf sie zu. »Also gut«, sagte er und knickte ein wie der Dorito, auf den er soeben getreten war. Er nahm das Glas, ehe Eloise ihr eigenes zu einem Trinkspruch hob.

»Prost!«

»Wir können auch ausschalten, wenn Sie wollen?«, schlug Winter vor und pausierte den Film praktischerweise während einer Szene, in der viel geredet wurde.

»Hm?«, fragte Eloise, die seit Auftauchen des Brachiosaurus nach draußen auf die Straßenlaternen gestarrt hatte. »Nein, er gefällt mir.«

»Sie machen sich Sorgen ... wegen Robert.«

»Nein ... vielleicht ... Ich weiß es nicht.«

Winter nickte verständnisvoll, ehe er hervorstieß: »Ich hatte mal ein Meerschweinchen.«

Eloise sah ihn verwundert an.

»Del Boy Trotter«, fuhr er fort, und sie musste lachen.

»Sie haben Ihr Meerschweinchen Del Boy Trotter genannt?«

»Mhm.«

»Warum nicht nur Del Boy?«

»Das wäre zu plump-vertraulich gewesen, finden Sie nicht?«, antwortete er mit todernster Miene. »Meines Wissens haben nur seine engsten Freunde und Familienmitglieder ihn Del Boy genannt. Für alle anderen war er immer Del Boy Trotter. Ist das ein Problem?«

»Nein«, sagte sie grinsend. »Erzählen Sie ruhig weiter.«

»Also. Irgendwann fing Del Boy Trotter an, sich ganz seltsam zu verhalten. Er lief andauernd im Kreis herum, stieß gegen Sachen und fiel von Dingen runter. Wir sind mit ihm zum Tierarzt gegangen, der mir sagte, dass er Del Boy Trotter leider einschläfern müsse. Ich bin natürlich in Tränen ausgebrochen und habe ihn *angefleht*, es nicht zu tun. Ich war sogar bereit, die Behandlung von meinem Taschengeld zu bezahlen, aber davon wollte der Todesarzt nichts wissen. Und was noch schlimmer war: Meine Mutter hat ihm zugestimmt. Also raten Sie, was ich gemacht habe?«

»Was denn?«

»Ich habe gewartet, bis der Todesarzt den Raum verlassen hatte, um die Spritze zu holen, dann habe ich mir Del Boy Trotter geschnappt und bin nach Hause gerannt. Ich bin nach oben in mein Zimmer, habe eine Tasche mit dem Nötigsten gepackt ... im Wesentlichen nur Unterhosen und Schokolade ... und habe meinen Fahrradkorb mit Einstreu und Futter gefüllt.«

»Sie hatten einen Korb am Fahrrad?«

»Ja«, sagte Winter abwehrend. »Für Notfälle wie diesen, bei denen es um Leben und Tod ging. Dann sind wir losgeradelt – zwei Flüchtige, die nichts zu verlieren hatten und sich irgendwo weit weg von zu Hause ein neues Leben aufbauen wollten. Ich habe es bis in den übernächsten Ort geschafft und die Nacht in einem Gewächshaus verbracht, bevor ich meine Mum anrief, damit sie mich abholen kommt.«

»Beeindruckend. Und was wurde aus Del Boy?« Winter runzelte die Stirn. »Trotter.«

»Oh, der ist gestorben. Ich glaube, er war tot, ehe ich an meiner Schule vorbeikam. Er war schwerkrank und hätte zweifellos eingeschläfert werden müssen.«

Eloise musste sich mit aller Gewalt ein Lachen verkneifen. »Das ist eine sehr traurige Geschichte.«

»Was ich damit sagen will ... Manchmal muss man loslassen, was man liebt. Aus seinen Fehlern lernen. Machen Sie nicht das Gleiche wie ich mit Del Boy Trotter.«

Sie lächelte ihn voller Zuneigung an.

»Was?«

»Nichts. Ihre Geschichte hat mir gefallen, das ist alles."

Winter beäugte sie einen Moment lang argwöhnisch, dann nahm er die Fernbedienung in die Hand.

»So, wollen wir uns jetzt ansehen, wie der Anwalt gefressen wird, während er auf dem Klo sitzt?«

Eloise schnappte sich die Doritos-Tüte und rutschte auf ihrem Platz hin und her, um es sich bequem zu machen. »Auf jeden Fall!«

· · ·

Während Eloise ihre Zähne putzte, richtete Winter sich auf dem Sofa eine Schlafstätte ein. Er hatte bei New Scotland Yard Meldung gemacht und sich ein weiteres Mal vergewissert, dass Wohnungstür sowie Fenster gut verschlossen waren.

Eloise kam in Schlafanzughose und Tanktop aus dem Bad.

Sie hatte sich abgeschminkt, wodurch sie aus irgendeinem Grund noch schöner aussah.

»Was ist?«, fragte sie.

»Nichts«, sagte Winter und klopfte sein Kissen auf.

»Also, ich gehe dann jetzt mal ...«

»In Ordnung. Ich bin hier. *Logischerweise*.«

»Gute Nacht.«

»Nacht.«

Mit einem scheuen Lächeln verschwand sie in ihrem Schlafzimmer und zog die Tür hinter sich zu.

Einige Minuten vergingen, in denen Winter sich ein Glas Wasser eingoss, das Licht löschte und vollständig angezogen ins Bett schlüpfte. Dann hörte er ein Knarren, als die Schlafzimmertür aufging.

»Adam?«, flüsterte Eloise.

»Ja?« Er setzte sich im Dunkeln auf.

»Ich ...« Und dann fragte sie, ihrem beständigen Beharren darauf, dass Coates ihr niemals etwas antun würde, zum Trotz: »Haben Sie was dagegen, wenn ich die Tür offen lasse?«

»Nein, natürlich nicht.«

»Danke.« Sie kehrte in ihr Bett zurück und drehte sich auf die Seite, sodass sie mit dem Rücken zu ihm lag.

Winter saß einen Moment lang einfach nur da und lauschte auf das gedämpfte Konzert der Menschen um sie herum: Irgendwo im Gebäude knallten Türen, unten auf der Straße knatterte ein Moped vorbei. Dann legte er sich wieder hin. Sie fehlte ihm jetzt schon.

22:34 Uhr – Chambers und Marshall saßen seit über zweieinhalb Stunden im Dunkeln. Für ihn war das mehr als genug Zeit, um seinen jüngsten Streit mit Eve ungefähr hundertmal im Kopf Revue passieren zu lassen – ihr zweiter Streit in ebenso vielen Tagen.

Sie hatte Angst um ihn ... Für sie hatte ihn der Autounfall auf ewig seiner Männlichkeit beraubt. Er spürte es jedes Mal, wenn sie ihn ansah. Davor war er in ihren Augen unbesiegbar gewesen, jemand mit beinahe übermenschlichen Kräften. Aber jetzt betrachtete sie ihn als schwach und zerbrechlich – als Opfer. Der Gedanke verursachte ihm körperliche Übelkeit, was vielleicht auch der Grund war, weshalb er am Telefon so heftig gegen sie ausgeteilt hatte.

Sie parkten im Schatten des Baugerüsts, das den neuen Kunstflügel umgab. Die Windschutzscheibe rahmte das einzige zugängliche Tor zur Baustelle wie ein Gemälde.

Chambers nahm das Funkgerät in die Hand. »Alpha an alle Einheiten, bitte um kurze Meldung«, sagte er leise, weil die drei schwarzen Ascheberge ihm teilweise die Sicht verbargen.

» ... Beta, Luft ist rein.«

»Charlie: Alles ruhig.«

Ein elektrisches Knistern.

»Delta. Hier so weit auch alles okay.«

Chambers steckte das Gerät zurück in die Halterung und seufzte ungeduldig. »Wo *zum Teufel* bleibt er?«

23:14 Uhr – Chambers unterdrückte sein erstes Gähnen des Abends und trank den Rest von seinem lauwarmen Kaffee.

0:22 Uhr – Weil sie den Motor nicht laufen lassen wollten, hatten Chambers und Marshall sich in muffige Decken gehüllt.

»Sie hätten den Kaffee nicht trinken sollen«, sagte sie zu ihm, während sich auf der Windschutzscheibe Eiskristalle bildeten.

»Warum nicht?«

»Wenn Sie pinkeln müssen, friert Ihnen der Dödel ab.«

Chambers machte ein verärgertes Gesicht. »Vielen Dank ... jetzt muss ich natürlich pinkeln.«

1:37 Uhr – Marshall schnarchte leise auf dem Beifahrersitz, während ein gereizter Chambers sie mit glasigen Augen ansah und die Minuten zählte, bis er Pause machen durfte.

2:44 Uhr – Chambers schnarchte geräuschvoll auf dem Fahrersitz, während eine nachdenkliche Marshall mit großen Augen in den Himmel blickte.

3:33 Uhr – »Sind Sie wach?« Marshall stupste ihn an. »Chambers! Sind Sie wach?«

»Ja, ich bin wach!«, knurrte er und gab sich eine feste Ohrfeige, nur um ganz sicherzugehen.

»Zeit für einen Verbindungscheck«, erinnerte sie ihn.

»In Ordnung.« Er ließ zweimal das Funkgerät fallen, ehe er den *Senden*-Knopf fand. »An alle Einheiten«, sagte er gähnend. »Verbindungscheck.«

»Beta: Kann Sie laut und deutlich verstehen.«

»Charlie: Haben verstanden.«

»Delta: Sind noch wach ... *mehr oder weniger*.«

4:18 Uhr – »Ich habe Ihnen doch gesagt, Sie hätten den Kaffee nicht trinken sollen«, meinte Marshall selbstzufrieden, als Chambers wieder ins Auto stieg, während seine steif gefrorenen Finger noch mit dem Hosenschlitz kämpften. »Geht es Ihnen jetzt besser?«

Zähneklappernd drehte er sich zu ihr um. »... Und wie.«

5:05 Uhr – »Bewegung am Tor!«, kam eine Stimme aus dem Funkgerät. »Bewegung am Tor!«

Augenblicklich hellwach, spähten Chambers und Marshall hinaus in die Dunkelheit. Das Tor wackelte noch, doch vom Verursacher fehlte weit und breit jede Spur.

»Sehen Sie was?«, flüsterte Marshall, ohne den Blick von der menschenleeren Baustelle abzuwenden.

»Nichts«, gab Chambers zurück, der zögerlich das Funkgerät an den Mund hob. »Delta: Waren Sie das? Können Sie was sehen? Ist es Coates?«

Ein statisches Knistern folgte, ehe jemand antwortete:

»Negativ. Entschuldigung. Es war eine Katze. An alle, es war bloß eine Katze. Gehen Sie wieder schlafen.«

»Der hat leicht reden«, brummte Chambers und rutschte unbehaglich auf seinem Sitz herum. »Ich muss noch mal pinkeln.«

6:46 Uhr – Der erste Streifen Himmel färbte sich orange und indigo und kündigte das Ende der Nacht an.

Chambers sah aus, als hätte ihn während einer seiner vier »Ruhepausen« ein Zombie angefallen, und Marshall ging es nicht viel besser.

»Vielleicht waren wir am falschen Ort«, sagte sie. Die Morgendämmerung verlieh ihr das Selbstvertrauen, lauter zu sprechen.

»Der Ort war richtig«, gab Chambers im Brustton der Überzeugung zurück.

»Dann wusste er vielleicht, dass wir hier sind.«

»Oder eine *gewisse* Person hat ihn gewarnt«, entgegnete er und schlug vor Frust gegen das Armaturenbrett. »Was für eine *Zeitverschwendung*!«, fauchte er und stieg aus.

»Chambers!«, rief Marshall. »Wo wollen Sie hin?!«

»Ins Bett.«

KAPITEL 28

Da er wusste, dass Eve an diesem Samstag ins Büro musste, hatte Chambers sich bemüht, rechtzeitig zu Hause zu sein. Doch die aus allen Nähten platzende Stadt hatte andere Pläne gehabt und ihm das Fortkommen auf Schritt und Tritt erschwert.

Als er um die Ecke bog und sah, dass ihr Auto nicht mehr dastand, verlangsamte er seine Schritte. Er ging die Einfahrt entlang und betrat das stille Haus. Da er niemandem etwas vorspielen musste, humpelte er zum Kühlschrank, fand dort jedoch keine Nachricht von ihr vor, nicht einmal eine knappe Anweisung oder Erinnerung, die er seinem Geheimvorrat an Andenken hinzufügen konnte. Er spielte mit dem Gedanken, zu ihr auf die Arbeit zu fahren und ihr ein Getränk aus ihrem Lieblings-Coffeeshop mitzubringen – als nette Geste, um ihr zu zeigen, dass es ihm leidtat. Dass keins der verletzenden Dinge, die er zu ihr gesagt hatte, ernst gemeint gewesen war und er sie in der letzten Woche schmerzlich vermisst hatte. Doch er verwarf den Gedanken schnell wieder und schmunzelte, als er daran dachte, wie furchtbar sie es finden würde, »ihre schmutzige Wäsche in der Öffentlichkeit zu waschen«, wie sie es nannte, und den klatschhungrigen Kollegen ein Gesprächsthema fürs Abendessen zu liefern. Denn ein unangekündigter Besuch hätte ihn genauso überführt wie Blumen oder Pralinen.

Als ihm ein Umschlag auffiel, der auf dem Tresen auf ihn wartete, machte er sich nicht die Mühe, ihn zu öffnen. Er wusste genau, was seine Gehaltsabrechnung ihm verraten würde: dass er seine körperliche und geistige Gesundheit geopfert hatte und auf dem besten Weg war, seine Ehe vor die Wand zu fahren – all das für weniger, als sein Nachbar als Grundschullehrer verdiente.

Er warf den Brief auf den Haufen mit Werbesendungen, schluckte drei Schmerztabletten, humpelte ins Schlafzimmer und brach auf dem Bett zusammen.

...

Wie versprochen, klopfte Officer Resting Bitch Face um exakt zwölf nach acht an die Tür zu Eloises Wohnung.

»Auf die Minute!«, begrüßte Winter sie freundlich, obwohl er wusste, dass er nun zu spät zur Arbeit kommen würde.

»Nicht wirklich. Ich habe eine halbe Stunde draußen gesessen und gelesen.«

Sein Lächeln erstarb. »Ich kann Sie wirklich nicht gut leiden.«

Unbeeindruckt sah sie zu, wie er sich die Jacke anzog. »Heute Abend *Blade Runner*?«, rief er Eloise zu.

»Und nicht vergessen, Sie haben mir ein Curry versprochen!«, erinnerte sie ihn.

Er lachte leise und wollte gerade etwas Geistreiches erwidern, als es Officer Resting Bitch Face zu dumm wurde und sie ihm die Wohnungstür vor der Nase zuschlug.

Nachdem er es auf ganze drei Stunden Schlaf gebracht hatte, war Chambers' erster Stopp auf der Arbeit das kriminaltechnische Labor, wo Sykes, seinem Ruf alle Ehre machend, eine Tüte Chips aß,

während neben ihm die verwesten Überreste aus dem Schrebergarten auf dem Tisch lagen.

Einer ihrer Kollegen hatte den Namen Christopher Ryan überprüft und etwas herausgefunden: Er war ein gefeierter Londoner
Künstler, dessen moderne Werke, die er mit traditionellen Ma-
terialien und Techniken schuf, ihm internationale Anerkennung
eingebracht hatten. Sein berühmtestes Werk mit dem Titel *Fremde
an einer Bushaltestelle* war angeblich »beseelt von der Schönheit und
Kunstfertigkeit eines Caravaggio«, während sein Gemälde von
Randalierern, die einen Streifenwagen anzündeten, »die Atmosphäre und Theatralik eines Jean-Antoine Watteau besaß«.

Außerdem war er 1995 offiziell für tot erklärt worden, nachdem er sechs Jahre lang als vermisst gegolten hatte.

»Was wollen Sie von mir hören?«, fragte Sykes und knüllte
seine Chipstüte zusammen. »Dass er es definitiv ist? Das kann ich
nicht sagen.«

Chambers seufzte.

»Jemand wird mit der Familie sprechen. Wir besorgen Ihnen
Fingerabdrücke.«

»Fingerabdrücke?!« Er lachte. »Für welche Finger? Von denen
da kann ich keine brauchbaren Abdrücke mehr nehmen!«

»Dann eben Blut ... oder Haare ... oder Kleidungsstücke«, korrigierte Chambers sich.

Er war so unfassbar müde.

»*Danke!*«, sagte Sykes entnervt. »Wenn Sie mich nämlich bitten
würden, ihn hier und jetzt zu identifizieren, würde ich sagen, es
handelt sich um ...« Er warf einen Blick auf die Ansammlung von
Knochen. »Skeletor.«

Chambers hatte genug und wandte sich zum Gehen.

»Und für alle Cluedo-Kenner unter uns«, rief Sykes ihm nach.

»Ich glaube, es war He-Man ... im Castle Greyskull ... mit dem Power-Schwert!«

Chambers knallte die Tür hinter sich zu, doch Sykes' Stimme schallte bis hinaus auf den Gang. »Besorgen Sie mir DNA!«

»Detective Chambers!«

Er hatte kaum zwei Schritte ins Büro gemacht, ehe sich eine kleine Menge um ihn scharte.

»Das Schwert, das im Grab sichergestellt wurde, stammt mit an Sicherheit grenzender Wahrscheinlichkeit von der beschädigten Statue vom ersten Tatort«, rief jemand.

»Dachte ich mir.«

»Die Kontaktdaten waren nicht mehr aktuell«, meldete sich eine Kollegin. »Aber ich habe Christopher Ryans Schwester ausfindig gemacht, ich fahre jetzt zu ihr.«

»Gut«, sagte er. »Die Kriminaltechnik braucht DNA-Proben. Fragen Sie sie konkret nach Personen, die kurz vor Ryans Verschwinden neu in sein Leben getreten sind, und nehmen Sie Fotos von Coates mit ... Sobald Sie wieder hier sind, will ich alles über ihn wissen: Finanzen, ehemalige Adressen, Arbeitgeber ... das volle Programm.«

»Jawohl, Sir«, erwiderte die Frau, kurz bevor ein schlaksiger Mann ihren Platz einnahm.

»Kann sein, dass wir einen Hinweis auf den orangefarbenen Lieferwagen haben«, sagte er und drückte Chambers einen Ausdruck in die Hand. »Das kam über die Hotline rein – ein Werkstattbesitzer hat sich daran erinnert, dass er den Schaden, der in der Presseerklärung beschrieben wurde, repariert hat.«

Chambers überflog den Ausdruck und gab ihn zurück. »Sieben Jahre alte Erinnerungen nützen uns nicht viel. Sagen Sie ihm, er soll die Unterlagen dazu raussuchen. Wenn er uns kein Kennzeichen, einen Zahlungsbeleg oder einen Namen samt Adresse nennen kann, die Coates damals benutzt hat, verschwenden Sie keine weitere Zeit mehr damit.«

»Ich rufe ihn sofort an«, erklärte der Mann und machte dem nächsten erwartungsvollen Gesicht Platz.

»Drei weitere mögliche Sichtungen: Islington, Camberwell und Highbury.«

»Priorisieren Sie Islington und Highbury, die liegen relativ dicht beieinander.«

Der Officer nickte und eilte davon. Jetzt war nur noch einer übrig.

»Ja?«, sagte Chambers.

»Ich wollte fragen, ob ich Ihnen vielleicht einen Kaffee bringen kann, Sir?«

»*Oh Gott*, ja! Danke!«, sagte er. Endlich hatte er seinen Schreibtisch erreicht. Eine Handvoll bunter und zweifellos wichtiger Klebezettel flatterte umher wie Schmetterlinge, als er sich auf seinen Stuhl fallen ließ. »Diese *verdammten* Scheißdinger«, schimpfte er und bückte sich, um die Zettel aufzusammeln. Im Schatten der sich gefährlich hoch türmenden Briefe in seinem Posteingangsfach sitzend, spielte er mit dem Gedanken, Marshall anzurufen, wollte sie jedoch nicht stören, falls sie schlief. Er erinnerte sich daran, dass Winter direkt zu seiner anderen Arbeitsstelle gefahren war, und kam zu dem Schluss, dass es wohl ihm zufallen würde, Eloise anzurufen. Er wollte ihr ein paar Fragen über den Mann im Grab stellen, insbesondere, ob sie wusste, weshalb Coates ihn getötet hatte.

Er wählte ihre Nummer und wartete. Es klingelte mindestens zwanzigmal, ehe er es aufgab.

»He!«, rief er und winkte jemanden zu sich.

»Ja, Sir?«

»Sie müssen sich ans Funkgerät hängen. Fragen Sie, wer heute zu Eloise Browns Schutz eingeteilt ist. Vergewissern Sie sich, dass dort alles in Ordnung ist, und dann finden Sie raus, warum zum Teufel niemand ans Telefon gegangen ist, als ich angerufen habe.«

»Jawohl, Sir.«

Die Eisentore der Galerie schlossen sich rasselnd. Eloises Polizeibegleitung sah mit verschränkten Armen zu, wie sie die Kette mehrmals durch die Gitterstäbe fädelte, ehe sie prüfte, ob sie auch gut verschlossen war.

»Danke«, sagte Eloise, als sie die Leinwand nahm und zum Auto trug. »Es ist immer aufregend, wenn man ein Bild verkauft.«

»Was ist das?«, fragte die Polizistin, als sie einstiegen. Stolz hielt Eloise das Bild in die Höhe. »Es ist ein abstraktes Gemälde eines berühmten abstrakten Gemäldes«, sagte sie. »Das Museum, die Menschen, die Wände und der Rahmen wurden alle auf simple Formen reduziert, während das Gemälde im Gemälde in seinen ursprünglichen naturalistischen Zustand zurückversetzt wurde.«

Die Frau betrachtete das Bild mit zusammengekniffenen Augen. »Und das hat jemand gekauft?«

»Ja.«

»Für Geld?«

»Ja.«

»Wie viel?«

»Dreihundert Pfund ... inklusive Versand.«

Kopfschüttelnd ließ die Frau den Motor an. »Das wird bestimmt ein Vermögen wert sein, wenn Sie gestorben sind«, meinte sie, und es vergingen mindestens zwanzig Sekunden, bis ihr klar wurde, dass diese Bemerkung *möglicherweise* etwas taktlos gewesen war. »... an Altersschwäche.«

»Sie waren in der Galerie«, stieß eine unbekannte Kollegin hervor, sobald Chambers aus seinem Meeting mit Wainwright kam.

»Hm?«

»Sie hatten mich doch gebeten, rauszufinden, warum Eloise Brown vorhin nicht zu Hause war.«

»Ach ja, richtig.« Er nickte und konnte sich gerade noch verkneifen, *Das waren Sie?* zu fragen.

»Sie sind zu ihrer Galerie gefahren.« Chambers runzelte die Stirn. »Sie wollten ein Bild abholen oder so«, fügte die Frau achselzuckend hinzu.

Jetzt noch verwirrter, weil er sich den Zustand der unterirdischen Baustelle ins Gedächtnis rief, bedankte er sich bei der Kollegin und kam ganze vier Schritte weit, ehe er die nächste Ablenkung erspähte.

»Warum sitzt eine Vogelscheuche an meinem Schreibtisch?«

»Das ist keine normale Vogelscheuche«, teilte Lewis ihm mit. »Das ist Detective Scarecrow aus Harrow on the Hill. Er hat nach Marshall gefragt, aber ich finde, Sie sollten mit ihm reden.« Er sah seinen alten Freund bedeutungsvoll an.

»Als hätte ich nicht schon genug zu tun«, brummte Chambers, nahm jedoch Kurs auf seinen zerknitterten Besucher.

»Detective Chambers?«

»Höchstpersönlich ... *leider*.« Er schüttelte dem Mann die Hand und setzte sich.

»Phillip Easton ... Phil. Ich kann mir vorstellen, dass Sie im Moment eine Menge um die Ohren haben, deshalb komme ich gleich zum Punkt. Sagt Ihnen der Name Popilopadopaluss was?«

»Ein Dinosaurier?«

»Ein Mensch. Evan Ioannou Popilopidi...« Er gab es auf.

»Nein. Wieso? Sollte der mir was sagen?«

»Ihr Kollege hat bei mir den Eindruck erweckt.« Chambers

war nach wie vor ratlos. »Ich bearbeite gerade einen Vermisstenfall, und ... wenn ich ehrlich bin, ist der ein bisschen seltsam: Es geht um einen zwei vierundfünfzig großen griechischen Riesen mit kognitiver Einschränkung.«

»Ein Riese?« Sofort wurde Chambers hellhörig, auch wenn er sich nicht erklären konnte, weshalb Easton damit zu ihm gekommen war. Einzelheiten über die noch verbleibenden Kunstwerke waren ein streng gehütetes Geheimnis. Seines Wissens war nichts davon an die Presse gedrungen.

»Dann ist es einer von Ihnen?«, fragte Easton interessiert.

»Vielleicht«, sagte Chambers. Da zuvor noch eine andere Statue an der Reihe war, hatte das Team nicht viel Zeit gehabt, über Robert Coates' vorletztes Kunstwerk nachzudenken. »Ich brauche alle Informationen, die Sie haben. Wann er verschwunden ist, wo er zuletzt gesehen wurde – alles, was Sie wissen ...«

»Entschuldigung«, unterbrach ihn der andere Detective. »Ich glaube, da handelt es sich um ein Missverständnis. Ich bin nicht hier, um Ihnen bei Ihrem Fall zu helfen. Ich bin hier, damit Sie mir bei meinem helfen.«

Chambers verschränkte abwehrend die Arme vor der Brust und lehnte sich auf seinem Stuhl zurück. »Weiter.«

»Dort, wo mein vermisster Riese zuletzt gesehen wurde, haben wir Blut gefunden. Jemand war mir noch eine kleine Gefälligkeit schuldig und hat es über Nacht analysiert.«

»Sie haben über Nacht eine Blutanalyse bekommen?«, fragte Chambers skeptisch.

»Okay. Es war eine *große* Gefälligkeit. Und natürlich hilft es, dass die Kollegen vom Rauschgiftdezernat regelmäßig getestet werden.«

»Warum?«, fragte Chambers, da ihm die Richtung, die das Ge

spräch eingeschlagen hatte, nicht behagte. »Wessen Blut war es denn?«

»Das von Detective Constable in Ausbildung Jordan Marshall.«

Panisch wollte Chambers nach dem Telefonhörer greifen, doch er hielt mitten in der Bewegung inne. Stattdessen fasste er sein Chaos der Gefühle, Verwirrung und Müdigkeit in drei treffenden Worten zusammen: »Moment mal, was?!«

Winter war den ganzen Weg bis in den siebten Stock gerannt, und den stechenden Schmerzen in seiner Brust nach war dies der Ort, an dem er das Zeitliche segnen würde. Er hoffte, dass Eloises Chicken Korma nicht ausgelaufen war, als er das erste Mal das Gleichgewicht verloren hatte. Er sammelte sich kurz, dann klopfte er an. Aus der Wohnung gegenüber drang das laute Dröhnen von Rockmusik.

»Wer ist da?«

»Was glauben Sie denn?«

Officer Resting Bitch Face riss die Tür auf. Ihr Blick war voller Verachtung. »Haben Sie was *anderes* mit Ihren Haaren gemacht?«

»Nein. Lassen Sie mich in Ruhe.«

»Sie ist unter der Dusche«, sagte die übellaunige Frau, ehe sie ihn ein weiteres Mal missbilligend ansah. »Nur ein kleiner Rat: *Daraus* wird nie was werden. Sie ist eine Achteinhalb, vielleicht sogar eine Neun, und Sie sind eher eine Zwei ... bei schmeichelhafter, sprich sehr schwacher Beleuchtung.«

»Ja, aber ich bin witzig ... manchmal.«

»Guter Punkt. Ich habe nämlich gerade überlegt, wen ich für den Junggesellinnenabschied meiner Schwester buchen soll – die Chippendales oder Jasper Carrott. *Hmmm.*« Sie rieb sich nachdenklich das Kinn. »Wofür soll ich mich entscheiden? ... Wofür soll ich mich entscheiden?«

»Mein Gott, jetzt gehen Sie doch einfach«, schnauzte Winter sie an. »Grüßen Sie Adolf und Vlad den Pfähler von mir, wenn Sie nach Hause kommen.«

»Ich will nur verhindern, dass Sie sich zum Affen machen«, sagte sie auf dem Weg nach draußen.

»Und nur zu Ihrer Information – Eloise ist ja wohl eine astreine Zehn!«, rief er ihr nach und schlug die Tür zu.

»Was bin ich?«, fragte Eloise. Sie stand, ein Handtuch um die nassen Haare gewickelt, in der geöffneten Badezimmertür.

»Nichts«, antwortete er verlegen lächelnd. »Lust auf Abendessen?«

20:00 Uhr – »Es geht wieder los.« Chambers zog seufzend die Autotür zu, während die Leute von der Tagschicht durch einen Notausgang hinausschlüpften. »Haben Sie geschlafen?«

»Ein bisschen«, sagte Marshall. »Ich habe mir noch mal die alten Akten angesehen für den Fall, dass wir was übersehen haben. Und Sie?«

»Geht so.« Er zögerte. »Ich hatte heute Besuch von einem Detective Easton, der eigentlich zu Ihnen wollte. Er ermittelt im Verschwinden eines zwei Meter vierundfünfzig großen Riesen.«

»Eines Riesen?« Sofort kamen ihr verstörende Bilder von Robert Coates' angekündigter Skulptur in den Sinn.

»Waren Sie schon mal bei Thornbee's in Harrow?«

»Nein. Was ist das?«

»Da wurde der Vermisste zuletzt gesehen ... und man hat Ihr Blut dort gefunden.«

»*Mein* Blut?«, fragte sie fassungslos. »Das ... das ist unmöglich.«

»Ach ja?«, fragte Chambers wissend, der mehrere Stunden Zeit gehabt hatte, über die Sache nachzudenken. Sein Blick zuckte zu ihrer Hand.

»Die Porzellanfigur, die ich zerbrochen habe!« Marshall keuchte. »Und er ... hat mein Blut aufbewahrt?«, sagte sie angewidert. »Warum macht er so was?«

»Ich weiß es nicht genau. Aber Sie müssen die Sache von meiner Warte aus betrachten.«

»Kommen Sie, Chambers. Das kann doch nicht Ihr Ernst sein!«, rief sie in Vorahnung dessen, was er gleich sagen würde.

»Es gibt einen verschwundenen Riesen, und wir wissen, dass Coates einen benötigt. Ihr Blut wird an einem Ort gefunden, wo es nichts zu suchen hat ...«

»Sie *brauchen* mich in dem Fall!«

»... und wir wissen auch, dass er noch *zwei* weibliche Figuren braucht.«

»Chambers!«

»Es tut mir leid«, sagte er bestimmt. »Nach heute Abend arbeiten Sie am Schreibtisch, und für zu Hause teile ich Ihnen einen Kollegen zum Schutz zu.«

Kopfschüttelnd starrte Marshall nach draußen auf die drei Ascheberge. Sie hatte das Gefühl, inzwischen jede Unebenheit ihrer Umrisse zu kennen. Sie waren der einzige Blickfang in einem ansonsten völlig eigenschaftslosen Panorama.

»Bei der Sache mit Easton helfe ich Ihnen«, sagte Chambers. »Ich komme mit zur Befragung. Das haben wir in null Komma nichts geklärt.«

»Danke, aber ich schaffe das schon allein.«

Er gab es auf, zog sich die Decke um die Schultern und machte es sich für die Nacht auf dem Autositz bequem.

20:33 Uhr – Gelangweilt von der Stille, schaltete Chambers das

Radio ein, drehte die Lautstärke allerdings so weit herunter, dass man über dem Pfeifen des Windes kaum noch etwas hören konnte.

»... Ioannou Papadopoulos wurde zuletzt gestern Morgen an seiner Arbeitsstelle, dem Thornbee's Gartencenter in Harrow, gesehen. Wer Hinweise zu seinem Verbleib hat, wende sich bitte an die ...«

»Klingt so, als hätte Wainwright ihren Teil erledigt«, stellte Chambers fest, bekam jedoch keine Reaktion von Marshall. »Wahrscheinlich die richtige Entscheidung. Wenn die Öffentlichkeit irgendjemanden für uns finden kann, dann einen zwei Meter fünfzig großen Riesen mit einer Cartoon-Hummel auf dem Rücken.« Er wechselte den Sender und fand einen UB40-Song. Doch weil der ihn an Eve und ihren Streit vom Vorabend erinnerte, schaltete er das Radio wieder aus. Vielleicht war die Stille doch angenehmer.

21:10 Uhr – »Ich kann Sie übrigens verstehen«, sagte Marshall unvermittelt, sodass Chambers zusammenfuhr, da sie seit über einer Stunde kein Wort gesprochen hatte. »Ich an Ihrer Stelle würde mich auch von dem Fall abziehen.«

»Ich ziehe Sie nicht von dem Fall ab.«

Sie sah ihn ungehalten an.

»Okay, *irgendwie* ziehe ich Sie schon von dem Fall ab – ein bisschen.«

»Es ist nur ... Sie wissen, was er mir bedeutet.«

»Ja. Aber mir ist es lieber, Sie sind wütend auf mich als tot. Der Fall ist nicht wichtiger als Ihr Leben. Kein Fall ist das.«

Marshall zog die Augenbrauen hoch. »Das sagen ausgerechnet Sie.«

Zunächst war er empört, doch nach einer kurzen nachdenklichen Pause nickte er. »Ja. Sie haben schon recht.«

22:04 Uhr – Die ersten Regentropfen fielen auf die Windschutzscheibe.

»Toll.« Chambers gähnte. Nicht nur würde ihr Wagen im Schlamm einsinken und er selbst jedes Mal, wenn er sich erleichtern musste, bis auf die Knochen durchnässt werden, das gesamte Team hätte darüber hinaus auch noch mit stark eingeschränkter Sicht zu kämpfen. Er ließ die Scheibe herunter und streckte die Hand nach draußen. »Es nieselt nur«, versicherte er Marshall, Sekunden bevor der Himmel seine Schleusentore öffnete und eine Sintflut biblischen Ausmaßes auf sie niederging. Hastig kurbelte er das Fenster wieder hoch und griff nach dem Funkgerät. »Alpha an alle Einheiten, hören Sie mich? Over.«

Statisches Rauschen.

»... Alpha an alle Einheiten. Over.«

Diesmal kam eine einzelne gestörte Übertragung zurück. »Ch...ie ver ...n ... ver.«

»Alpha an letzten Sender: Die Übertragung ist gestört, man kann Sie nicht verstehen. An alle Einheiten: Wir haben keine Sicht hier unten. Wiederhole: Sicht gleich null ... Out.«

Er steckte das Gerät zurück in die Halterung und beugte sich auf seinem Sitz nach vorn, um durch den Wasserfall zu spähen, der über die Windschutzscheibe floss.

»Sehen Sie was?«, fragte Marshall.

»Ich glaube ... es regnet«, antwortete er trocken. Im nächsten Moment gab das Funkgerät ein lautes Knacken von sich.

»L...t. ...ten ie s L...ch ...«

»Da hat wohl jemand nicht gehört, dass ich ›Out‹ gesagt

habe«, schnaubte Chambers. Er schnappte sich das Funkgerät. »Hier Alpha: Man kann Sie nicht verstehen. Over.«

»...cht. Sch...n Sie d...s L...t ein.«

Er wandte sich Hilfe suchend an Marshall, aber die zuckte lediglich mit den Schultern.

»*Verdammt noch mal*«, brummte er und drückte erneut auf die *Senden*-Taste. »Hier Alpha, wir können Sie *nicht* verstehen. Bitte wiederholen. Over.«

Da er Mühe hatte, durch das Trommeln des Regens überhaupt etwas zu hören, drehte er die Lautstärke bis zum Anschlag auf, und beide beugten sich ganz dicht über den Lautsprecher ...

»Schal...n Sie das L...cht ein! ... Schalten Sie das Licht ein!«

»*Scheiße!*«, fluchte er, ließ den Motor an und flutete die Baustelle mit dem Licht beider Frontscheinwerfer.

Marshall war bereits draußen. Er sprang nach ihr ins Freie und rannte durch den funkelnden Regen, als über ihnen das Flutlicht erstrahlte wie eine weiße Sonne in der Finsternis.

»Sehen Sie was?«, rief er über das Rauschen des Regens hinweg.

»Nichts!«, brüllte Marshall zurück. Sie schaute auf die Flut aus schwarzem Schlamm, der über ihre Füße spülte. Ihr Blick folgte dem Strom zurück zu den drei Aschebergen. Behindert durch das eiskalte Wasser, das ihr über das Gesicht lief, glitt ihr Blick langsam die in Auflösung begriffenen Haufen aufwärts ... bis zu der kopflosen Büste, die oben aus dem mittleren Berg aufragte und deren geschwärzte Schwingen sich in einem zweitausend Jahre alten Wind zu blähen schienen. Die fehlenden Arme schufen eine unmenschlich wirkende Silhouette.

Ehe sie etwas sagen konnte, war Chambers zum nächstbesten Haufen gestürzt und begann, mit bloßen Händen hektisch die Asche beiseitezuscharren.

»Es könnte noch weitere geben!«, rief er, während Nikes beschmutzte Robe unter der Asche sichtbar wurde. »Überprüfen Sie den letzten!«, befahl er dem Teammitglied, das als Erstes bei ihnen ankam. »Überprüfen Sie den letzten!«

Marshall sah den verdatterten Officer an, schüttelte unauffällig den Kopf und ging dann zu ihrem Vorgesetzten, der inzwischen auf allen vieren die Asche wegschaufelte.

»Warum graben Sie nicht?«, fragte er. »Helfen Sie mir!«

Sie legte ihm begütigend die Hand auf die Schulter. »Sie steht seit mindestens zwei Tagen hier, Chambers. Direkt vor unserer Nase. Und wenn da *wirklich* noch jemand anders vergraben ist, ist er oder sie bereits tot.«

Zunächst sah er sie verständnislos an, doch dann wurde ihm langsam die Wahrheit bewusst. Er hockte im Wasser und schaute zu der enthaupteten Göttin empor wie ein Gläubiger, der um ihre Gunst bitten wollte, und gestand: »Ich bin *so* müde.«

»Ich auch«, sagte Marshall. »Ich auch.«

Ein wenig erstaunt schaute er an sich herunter. Er war verdreckt und nass bis auf die Knochen. Kleidung und Schuhe waren höchstwahrscheinlich nicht mehr zu retten.

»Wir sind hier fertig«, sagte sie, obwohl die Leiche noch nicht vollständig zum Vorschein gekommen war. »Wir suchen nach weiteren Opfern und holen die Spurensicherung her. Warum gehen Sie nicht und trocknen sich ab?« Sie streckte ihm die Hand hin.

Er nickte und ließ sich von ihr auf die Füße ziehen.

»Ich schaffe das hier schon«, sagte sie.

»Das weiß ich.«

»... was ist mit ihm?«, fragte einer der Officer, als er Chambers davongehen sah.

»Nichts. Alles in Ordnung«, gab Marshall kurz angebunden zurück, ehe sie sich wieder der Göttin zuwandte, die sich über ihnen erhob. Sie ging um den Haufen nasser Asche herum. Schwarzes Wasser troff von den ausgestreckten Flügeln. Die Robe bestand aus demselben dünnen Material wie bei den vorangegangenen zwei Morden und war durchsichtig, dort wo es an der Haut klebte. »He!« Sie winkte den Mann zu sich. »Helfen Sie mir hoch«, bat sie drängend, weil sie unter dem transparenten Material etwas Schwarzes entdeckt hatte.

Der Officer legte bereitwillig die Hände zusammen, um für sie eine Räuberleiter zu machen. Marshall achtete darauf, sich nur an dem Sockel abzustützen, auf dem die Statue platziert war. Nach mehreren Versuchen schaffte sie es, mit dem unteren Rücken der Göttin auf Augenhöhe zu kommen, und betrachtete eingehend das vertraute Tattoo: ein übergroßes Paar Schuhe, dünne Beine, ein Rock ... und zwei große Augen unter einem dunklen Helm.

»*Scheiße!*«, rief sie. »Lassen Sie mich wieder runter! Lassen Sie mich wieder runter!«

»Was ist denn?«, fragte der Officer, der sich die schmutzigen Hände an seiner Uniform abwischte.

»Marvin der Marsmensch«, sagte sie ein wenig benommen. Der Mann sah sie verständnislos an. »... ich weiß, wer sie ist.«

Chambers wischte sich mit einer schlammigen Hand das Gesicht. Er verließ den Einflussbereich des Flutlichts und war auf dem Weg zu seinem Auto, als er aus dem Augenwinkel eine Bewegung wahrnahm. Im nachlassenden Regen schaute er hinüber zu seinen Kollegen und zählte sie durch. Langsam näherte er sich dem Maschendrahtzaun, der das Unigelände vom benachbarten Grundstück trennte, und suchte die Dunkelheit auf der anderen Seite nach einem Lebenszeichen ab. Das helle Prasseln der Regentropfen auf dem Metall hatte beinahe etwas Musikalisches.

Nichts.

Er hatte schon kehrtgemacht, als er hinter sich eine leise Stimme hörte: »Ich dachte schon, es würde nie regnen.«

Chambers fuhr herum, sah jedoch nur das Rautenmuster der Drahtmaschen. Er blickte zurück zum weißen Schein des Flutlichts und überlegte, ob er sein Team alarmieren sollte. Er wusste, dass es auf ihrer Seite keinen Zugang zum Nachbargrundstück gab. Also überlegte er es sich anders, trat an den Zaun, steckte die Finger durch die Maschen und presste die Stirn gegen das kalte Metall. Er wartete, bis seine Augen sich an die Finsternis gewöhnt hatten und eine dunkle Gestalt in der Schwärze sichtbar wurde, die sich ihm langsam näherte.

»Ich musste mich vergewissern, dass Sie sie auch finden«, sagte Coates stolz und blieb kaum einen Meter vom Maschendrahtzaun entfernt stehen. Sein Gesicht lag im Schatten, nichts weiter als eine leere Leinwand.

Dann machte er Anstalten zu gehen.

»Sie werden sie nicht kriegen, hören Sie?«, rief Chambers in die Dunkelheit. »Eloise. Wir haben sie. Sie ist in Sicherheit ... Wir wissen, was es mit den Lorbeerblättern auf sich hat!«, stieß er in seiner Verzweiflung hervor. Mehrere Augenblicke vergingen, ehe Coates zurückkehrte.

Seine Neugier gewann die Oberhand, und diesmal trat er ganz dicht an den Zaun heran, um Chambers in die Augen schauen zu können. Ihre Gesichter waren nur noch wenige Zentimeter voneinander entfernt.

»Dann *hatten* wir also recht?« Chambers lächelte herausfordernd. »Bei den Statuen *geht es* um sie.«

Ein Ausdruck der Trauer und des Bedauerns, der nur einem einzigen Menschen gelten konnte, breitete sich auf den Zügen des anderen Mannes aus.

»Es ging *immer* nur um sie – beim Töten ... beim *Nicht*töten.«

Coates schien sich in eine Erinnerung zurückzuziehen. »Haben Sie *eine Ahnung*, wie viel es kostet, zu leugnen, was man ist? Sich für einen anderen Menschen im Innersten zu verändern? Haben Sie jemals einen Menschen so sehr geliebt, dass Sie das getan haben?«

Chambers schwieg beschämt. Er hatte Versprechen gebrochen, um im Dunkeln Serienmördern hinterherzuhinken. Er wusste, dass er sich kein bisschen verändert hatte.

»Sieben Jahre lang habe ich verzichtet«, fuhr Coates fort. Er vertraute sich Chambers an, als wären sie alte Freunde. »… als ich um sie geworben habe, während wir zusammen waren, sogar danach, als ich sie um jeden Preis zurückgewinnen wollte. Ich habe *mich so* sehr bemüht, normal zu sein … Und dann traten Sie wieder in mein Leben. Sie haben mir vor Augen geführt, wie verblendet ich war und dass ich nie mein Happy End bekommen werde, sosehr ich es mir auch wünsche.« Er lachte wehmütig. »Wissen Sie, eine Zeit lang habe ich wahrscheinlich sogar *selbst* geglaubt, dass ich mich geändert habe.«

Chambers spürte den Mantelstoff des Mannes unter den Fingerspitzen.

»Ich werde nicht zulassen, dass Sie ihr wehtun.«

»Ihr wehtun?«, fragte Coates verblüfft. »Weshalb sollte ich ihr jemals wehtun wollen?«

»Weil Sie ein krankes Arschloch sind, das allen anderen die Schuld an seiner Mittelmäßigkeit gibt.« Trotz der Dunkelheit sah Chambers Zorn in Coates' Miene aufflackern. »Dann sind Sie also *doch* in der Lage, Emotionen zu empfinden?«, provozierte er ihn weiter. »Ich war mir da nicht ganz sicher.«

Coates ließ sich einen Moment Zeit mit seiner Antwort. Er richtete den Blick nach unten.

»Wie geht es dem Bein?«, fragte er boshaft. Als Chambers unbehaglich das Gewicht von einem Fuß auf den anderen verlagerte, lächelte er. »Seien Sie sicher, Detective, ich würde keinen einzelnen Tag auf einer Erde verbringen wollen, auf der sie nicht existiert.«

Chambers runzelte die Stirn – etwas an der Inbrunst, mit der Coates dies gesagt hatte, klang aufrichtig.

Auf einmal packte Coates den Maschendrahtzaun. Ein Rasseln pflanzte sich in die Ferne fort, als er sich in Chambers' Hand verkrallte und ihn an sich zog, sodass sein Gesicht gegen den Zaun gepresst wurde.

»Ich würde ihr genauso wenig wehtun wie Ihnen«, spie er, während Chambers vergeblich gegen seinen Griff ankämpfte. »Denn nur die Lebenden können so leiden, wie du leiden wirst.« Mit einem Lächeln gab er ihn frei.

Weiter hinten hörte man die Rufe des Teams und das Geräusch nahender Schritte. Instinktiv schaute Chambers hinter sich. Als er sich wieder zum Zaun umdrehte, stellte er fest, dass er allein war.

»Coates?«, rief er verzweifelt. »… Robert?!«

»Nicht mehr lange, Detective«, kam eine zischende Stimme aus der Finsternis, Augenblicke bevor die Kollegen bei ihm ankamen. »Es ist fast vorbei.«

KAPITEL 29

An der Haustür hielt Chambers inne.

Jahrelang hatte er Eves absonderliche Ansammlung von Glaubensvorstellungen und Bräuchen höflich geduldet, ohne viel auf sie – oder andere Überzeugungen – zu geben. Aber nun zögerte er, denn er wusste: Wenn sie auch nur ein Körnchen Wahrheit enthielten und alles Schlechte auf der Welt in der Tat das Werk böser Dämonen war, die Ungläubige in die Verdammnis führten, so lauerten sie jetzt mit ihm auf der dunklen Schwelle – all die Dinge, von denen er geschworen hatte, sie niemals mit nach Hause zu bringen.

Wider jede Vernunft warf er einen Blick hinter sich, dann ging er in die Hocke, um hinter dem Blumentopf einen Sack mit Reis hervorzuholen: eine weitere Eigenart karibischen Aberglaubens. Er schüttete eine großzügige Menge auf den Boden, um die zwanghaften *Jumbees* zu beschäftigen, die bis zum Sonnenaufgang jedes Korn zählen würden. Er nestelte am Schloss herum, trat hastig ein und schlug die Tür hinter sich zu. Die Spur schmutziger Fußabdrücke, die er im Flur hinterließ, erweckte den Anschein, als wäre er womöglich doch nicht schnell genug gewesen. Beim Versuch, sich die Schuhe abzustreifen, verdrehte er sich den Knöchel und stürzte. Dieses kleine Missgeschick reichte aus, um ihm die Tränen in die Augen zu treiben.

Verschlafen und mit seinem Kricketschläger bewaffnet, streckte Eve den Kopf um die Ecke.

»Ben?«, sagte sie und schnitt im grellen Licht eine Grimasse. »Was um alles in der Welt machst du ...?« Sie verstummte, als sie sah, in welchem Zustand sich ihr völlig durchnässter Ehemann befand. »Ben!«, keuchte sie und stürzte auf ihn zu. »Was ist passiert?«

»Nichts.« Beschämt wischte er sich die Tränen weg. »Ich bin gestolpert, das ist alles. Geh wieder ins Bett. Mir geht es gut.«

»Unsinn«, widersprach sie, während sie an einem schwarzen Schlammfleck auf seiner Haut herumrieb. »Bist du verletzt? Ist es dein Bein?«

Chambers' Augen füllten sich mit Zorn. Er stand vom Boden auf und hinterließ auf dem Weg ins Bad eine Spur dunkler Handabdrücke an den Wänden. Er drehte die Dusche auf und trat vollständig angezogen in die Duschkabine, während Eve hinter ihm herlief.

»Ben, du machst mir Angst!«, sagte sie, als sie sah, wie er sich damit abmühte, sein verdrecktes Hemd auszuziehen. Er warf es in die Badewanne. »Sag mir doch, was passiert ist.«

Dampfschwaden stiegen auf. Chambers schloss die Augen und senkte den Kopf, weil er es nicht glauben konnte. Weil er versagt hatte. Weil er um seinen einst so klaren Verstand trauerte, der ihn einmal mehr im Stich gelassen hatte. »Warum hätte jemand die Asche mitten auf der Baustelle anhäufen sollen?«, fragte er sich selbst voller Frust. »Da ist sie doch nur im Weg. Zu weit weg von den Eingängen, als dass man sie bequem wegschaffen könnte.« Er lachte bitter. »Sie lag *höher* als das freigeräumte Areal!« Er schlug sich mehrmals hintereinander mit der flachen Hand gegen den Kopf. »*Dämlich! Dämlich! Dämlich!*«, flüsterte er.

»Hey!« Eve fing seine Hand ein, ehe er sich weitere Schmerzen zufügen konnte. »Hör auf damit! Wovon redest du?«

Mit leerem Blick drehte er sich zu ihr um.

»Die geflügelte Frau ... er hat sie getötet.«

Eve sagte nichts, sondern legte ihm eine Hand auf die Brust, direkt über sein Herz.

»Hat ihr den Kopf abgeschnitten«, fuhr er mit verzerrtem Gesicht fort. »Und die Arme.«

»Oh, Ben«, flüsterte sie voller Mitgefühl.

»Ich war ihm ganz nah«, gestand er, als das Wasser zu seinen Füßen langsam von schwarz zu grau wurde. »Ich habe ihn *angefasst*. Ich konnte seinen Atem in meinem Gesicht spüren ... Und ich war völlig machtlos. Ich konnte nichts tun.«

Eve, die verständlicherweise sehr beunruhigt aussah, bemühte sich nach Kräften um einen neutralen Ton. »Was meinst du damit, du hast ihn angefasst? Wen?«, fragte sie, obwohl sie fürchtete, die Antwort bereits zu kennen.

»Coates!«, spie er voller Abscheu aus. »Er hat mit mir gesprochen.«

»Ein Serienmörder hat mit dir gesprochen?« Chambers, der mit dem Knopf an seiner Hose kämpfte, nickte. »Lass mich das machen«, sagte sie, doch er schlug ihre Hand beiseite.

»Ich kann das alleine!«, brüllte er. »Und sieh mich nicht so an! Ich halte das schon aus!«

»Was hältst du aus?«

»Alles!«, rief er, riss den Knopf ab und stieg aus seiner durchnässten Hose. »Noch mehr! ... Alles, was kommt! Ich bin *nicht* schwach, auch wenn *du* das vielleicht glaubst!«

Eve wirkte besorgt, verletzt und verwirrt zugleich. »Warum sollte ausgerechnet ich dich für schwach halten?«

»Tu doch nicht so, als ob du mich nicht anders behandeln

würdest, seit *das hier* passiert ist«, höhnte er und deutete auf die Narben, die sich vom Saum seiner Boxershorts über die gesamte Länge seines rechten Beins zogen.

»*Darum* geht es?«, fragte sie und warf seine triefende Hose zu dem Hemd in die Badewanne. »Versuchst du, jemandem etwas zu beweisen? Hast du deshalb den Fall angenommen? Führst du deshalb neuerdings Privatgespräche mit Serienmördern?«

»Ich habe mir das nicht ausgesucht.«

»Aber du hast dich in eine Situation begeben, in der er dich allein erwischen konnte.« Sie sah ihn an, als würde sie ihn komplett durchschauen, und seufzte. »Aber du *hast* recht. Seit dem Unfall sehe ich dich wirklich mit anderen Augen. Und vielleicht bringe ich dir auch weniger Respekt entgegen als früher.«

Obwohl er es stets vermutet hatte, war Chambers tief getroffen von ihren Worten.

»Aber nicht, weil ich dich für schwach halte, Benjamin«, fuhr sie fort. »Sondern für leichtsinnig. Weil ich finde, dass du zu stolz bist. Weil ich glaube, dass du nicht weißt, wann es Zeit ist aufzuhören ... Und selbst wenn du es wüsstest, würdest du es nicht tun.«

»Das ist mein Job«, sagte er.

»Dann wirf ihn hin«, gab sie schlicht zurück. »Kannst du dich überhaupt noch daran erinnern, wann du zuletzt nach Hause gekommen bist und irgendwas Positives über deine Arbeit zu sagen hattest?«

»Ich kann nicht einfach kündigen!«

»Warum nicht?«

»Weil ...«

»Warum nicht?«

»Darum!«

»Weil unser kleines Leben nicht genug ist für dich? Weil du

den Kick brauchst, jedes Mal, wenn wir nicht zusammen sind, fast draufzugehen?«

Weil ihm klar wurde, dass er keine Antwort für sie hatte, wich er ihren Blicken aus.

»Weißt du, was ich mir wünsche?«, fragte sie. »Ich wünsche mir, dass du die Finger von diesem schrecklichen Fall lässt. Ich wünsche mir, dass du ihnen sagst, sie sollen ihn jemand anderem geben. Ich wünsche mir, du würdest ein paar Tage freinehmen, bis die Sache vorbei ist. Ich wünsche mir, du würdest hierbleiben ... bei mir.«

Chambers machte ein schuldbewusstes Gesicht. »Das kann ich nicht.«

»Du könntest schon. Du willst es nur nicht.«

Er streckte eine nasse Hand aus und streichelte ihre Wange. »Ich habe dich nicht verdient.«

»Nein. Das hast du nicht«, sagte sie nüchtern. »Aber ich werde trotzdem hier sein und auf dich warten.«

...

Marshall kam langsam zu sich. Sie lag auf einem ihr unbekannten Fußboden. Stöhnend stemmte sie sich in die Höhe. Die anderen Leute, die mit ihr im Raum schliefen, waren allesamt Fremde.

Sie fühlte sich nicht gut. Ihr Kopf war voller Watte, sie hatte kaum Kontrolle über ihren Körper. Vergeblich versuchte sie aufzustehen und fragte sich, was für einen toxischen Scheiß sie sich diesmal reingezogen hatte. In ihrer Not war sie ein Risiko eingegangen und hatte irgendeinen unbekannten und ganz offensichtlich minderwertigen Stoff genommen. Nun kamen die Schuldgefühle, so wie immer.

Sie griff nach ihrer Tasche und geriet in Panik, als sie merkte, wie leicht sich diese anfühlte. Sie öffnete sie und stellte fest, dass sie ausgeräumt worden war: das Portemonnaie, die Schlüssel ... sogar ihre Monatskarte hatte man geklaut.

»*Scheiße!*«, flüsterte sie und legte sich wieder hin, um in ihrer Jeanstasche nach Kleingeld zu suchen. Sie fand keins. »Scheiße!«

Verzweifelte Situationen erforderten drastische Maßnahmen. Sie sah sich unter den Schlafenden um, doch dann fielen ihr die achtlos im Raum verstreuten Habseligkeiten auf – der komatöse Bodensatz der Gesellschaft war leichte Beute für diejenigen, die auf der sozialen Leiter eine wacklige Sprosse weiter oben standen.

»Du *blöde* ...«, verwünschte sie sich selbst und verzog angewidert das Gesicht, als sie an ihrem T-Shirt roch. Das Zimmer war ein einziges versifftes, stickiges Drecksloch.

Schwankend kam sie auf die Beine. Sie stolperte in den Flur und am hinteren Ende durch eine Stahltür hinaus in eine dunkle Gasse. Der Nieselregen hatte ihre Kleidung innerhalb weniger Sekunden durchdrungen, während sie sich zunächst an der Hauswand übergab und dann in Richtung Straße torkelte. Sie hatte keine Ahnung, wo sie war, und ihr geisterhaftes Spiegelbild suchte die Schaufenster der Läden nach einem Hinweis ab.

HOLLOWAY ROAD STORES

Sie musste sich an einem Laternenpfahl festhalten. Sie konnte sich nicht daran erinnern, wie sie so weit weg vom Stadtzentrum gelandet war.

Unkontrolliert zitternd, versuchte sie die Situation zu analysieren. Es war mitten in der Nacht, und sie befand sich meilenweit weg von ihrer Wohnung – in eisiger Kälte, ohne Geld, ohne Kreditkarte, ohne Fahrschein und kaum fähig, einen Fuß vor den anderen zu setzen.

Sie war am Arsch.

Als sie die menschenleere Straße entlangblickte, erspähte sie das rote Dach einer Telefonzelle.

»Bitte, *bitte, bitte*«, flehte sie, riss erneut ihre Tasche auf und wühlte in dem Durcheinander aus Kassenzetteln und anderem wertlosen Kram, den die Diebe verschmäht hatten. Ihr fiel ein Stein vom Herzen, als sie ihre Visitenkarte von der Metropolitan Police und – noch wichtiger – die zwei Telefonnummern auf der Rückseite fand.

Sie lief über die Straße zur Telefonzelle und schloss die Tür gegen die Kälte. Die übliche Collage aus Werbung für Sex-Hotlines und Callgirl-Anzeigen dekorierte die hintere Wand. Sie nahm den Hörer ab und wählte die Nummer der Vermittlung.

»Hallo? Ja, ich würde gerne ein R-Gespräch anmelden.« Sie nannte die Nummer und wartete. »Komm schon, Winter. Komm schon.«

Dreißig Sekunden verstrichen, ehe die Telefonistin sich zurückmeldete. »Ich fürchte, es nimmt niemand ab.«

»*Scheiße!*«, fluchte Marshall und knallte den Hörer auf. Erst dann fiel ihr ein, dass er natürlich bei Eloise war.

Sie hatte das Gefühl, gleich losheulen zu müssen, als sie auf die zweite Telefonnummer starrte. Sie wusste, dass ihr keine andere Wahl blieb.

Sie sah die Scheinwerfer näher kommen und trat ein wenig ängstlich an den Bordstein, als der Wagen neben ihr hielt. Sie stieg ein. Chambers sah zu Tode erschöpft aus. Als sie das matte Lächeln sah, das er sich ihr zuliebe abrang, fühlte sie sich noch mieser.

»Hey«, grüßte sie ihn und schnallte sich an, während die Scheibenwischer über die Frontscheibe quietschten.

»Hey«, antwortete er und drehte für sie die Heizung auf. Die

Uhr am Armaturenbrett zeigte 5:55 Uhr an, als er den Wagen zurück auf die Fahrbahn lenkte.

Keiner von ihnen sprach, während sie durch die leere Stadt fuhren. Marshall war nicht sicher, ob sie das Schweigen angenehm fand oder sich insgeheim wünschte, er wäre wütend auf sie.

»Wollen Sie mich nicht fragen, was passiert ist?«

»Ich dachte mir, Sie erzählen es schon, wenn Sie wollen.«

Sie nickte beklommen. »Wie geht es Ihnen?«

»Als würde ich nicht mehr lange durchhalten«, antwortete er mit überraschender Ehrlichkeit.

»Geht mir genauso«, gestand sie. Wieder verpasste Chambers sein Stichwort, um sich nach ihrer Nacht zu erkundigen. »Danke, dass Sie mich abgeholt haben.«

»Ich brauche Sie«, sagte er schlicht, ehe er an einem Kreisverkehr hielt und das einzige andere Fahrzeug, das um diese Zeit auf den Straßen unterwegs war, an ihnen vorbeifuhr.

Marshall hatte das Gefühl, jeden Moment platzen zu müssen. Sie machte sich keine Illusionen mehr: Das Geheimnis, das sie mit sich herumtrug, würde sie irgendwann umbringen, wenn sie es nicht loswurde.

»So bin ich eigentlich nicht, wissen Sie?«, begann sie. Chambers konzentrierte sich aufs Fahren. »Vielleicht als ich jünger war, aber jetzt nicht mehr. Ich habe erst im Januar wieder angefangen … und nach allem, was passiert ist …«

»Sie können sich Ausreden zurechtlegen, soviel Sie wollen«, erwiderte Chambers nachdenklich. »Aber falls die vergangene Nacht mich eins gelehrt hat, dann, dass sich die Menschen *niemals* ändern … keiner von uns. Es wird immer eine neue Entschuldigung geben und danach eine neue. Wir alle machen da weiter, wo wir aufgehört haben. Coates fängt wieder an zu morden. Ich setze mich absichtlich der Gefahr aus, um mir etwas zu beweisen. Winter wird in den Job zurückkehren, der sein Leben zerstört hat. Und Sie tun weiterhin das, was auch immer Sie tun. Wir warten alle nur auf eine passende Ausrede.«

Marshall ließ diese deprimierende Erkenntnis einen Moment lang sacken, ehe sie die Heizung herunterdrehte und hinaus auf die blinkenden Lichter blickte. »Ich muss Ihnen was sagen ... Ich muss es irgendjemandem sagen.« Sie holte tief Luft. »Der Abend, als Tobias Sleepe ums Leben gekommen ist ... da war ich bei ihm.« Chambers zog die Augenbrauen hoch, unterbrach sie jedoch nicht. »Ich hatte Ihre alten Fallakten dabei. Es war kalt in seiner Werkstatt – alles war vereist, deshalb sind wir nach oben in sein Büro gegangen. Ich bin wütend geworden, und er hat mich zum Gehen aufgefordert. Ich habe ihn angeschrien. Er hat sich zu mir umgedreht und ... Es war nur ein kleiner Stolperer, aber ich kann mich noch genau an das Geräusch erinnern, als er die Treppe runtergestürzt ist. Und ich stand einfach nur da und habe ihn angestarrt ... Ich habe ihn liegen lassen«, schloss sie voller Scham.

Chambers nahm den Blick nicht von der Straße, als er über eine Antwort nachdachte.

»Erzählen Sie diese Geschichte *niemand* anderem, verstanden?« Marshall nickte. »Tobias Sleepe ist ... *das hier* nicht wert«, fuhr er fort und musterte seine zerzauste Kollegin von oben bis unten. »Ich arbeite schon lange in diesem Job. Ich erkenne einen schlechten Menschen, wenn ich ihn sehe – Sleepe war ein schlechter Mensch, aber Sie sind keiner. Vielleicht werden wir nie erfahren, von wem das Blut an seinem Seil stammte, aber ich bin mir relativ sicher, dass die Welt ohne ihn ein kleines bisschen besser ist.« Sie sah immer noch am Boden zerstört aus. Chambers seufzte. »Als die *einzige* Person, der Sie das *jemals* erzählen werden, erlöse ich Sie von Ihren Sünden. *Scheiß auf ihn.* Und jetzt lassen Sie uns nie wieder davon reden.« Er bog rechts ab.

»Oh, ich wohne in der anderen Richtung«, sagte sie und schaute nach links.

»Ich weiß. Ich will unterwegs einen kleinen Abstecher machen.«

»Was wollen wir hier?«, fragte sie ihn, als sie vor Eloises Galerie hielten. Die Regenwolken am Himmel hatten sich in der Dämmerung verzogen. Chambers stieg aus, ging zu einem Auto auf der anderen Straßenseite und klopfte ans Fenster. Marshall folgte ihm.

Ein Officer mit blutunterlaufenen Augen kurbelte die Scheibe herunter. »Morgen, Detective Sergeant.«

»Ich brauche das Protokoll von gestern«, sagte Chambers, woraufhin ihm der Mann den wenig spektakulären Observierungsbericht reichte.

»Kann ich Ihnen mit irgendwas weiterhelfen, Sir?«, fragte er, während Chambers zurückblätterte und sein Finger auf der Seite nach unten fuhr.

»»Eloise Brown und ihre Polizeibegleitung wurden gesehen, wie sie die Galerie mit einem Gemälde betraten und neun Minuten später mit einem anderen Gemälde wieder verließen««, las er laut vor. »Was für ein Gemälde?«, fragte er Marshall – es war eine rhetorische Frage. »Da sind keine Gemälde drin!«

»Das stimmt nicht ganz, Sir«, erwiderte der Mann im Auto. »Es hing immer eins über dem Eingang.«

Chambers blickte zurück zur Galerie und warf dann das Klemmbrett durchs Autofenster. »Schlüssel!«, befahl er.

Der verschlafene Polizist brauchte eine Weile, um sie zu finden.

»Was ist denn los?«, fragte Marshall. Sie musste rennen, um mit Chambers Schritt zu halten, als der zum eisernen Tor marschierte. Er spähte durch die Gitterstäbe auf das Bild, das, von kleinen Scheinwerfern angestrahlt, in einem Plexiglaskasten über der Tür hing.

»So eine *Scheiße!*«, schäumte er und sperrte das Gitter auf, ehe er den Kasten von der Wand riss.

»Chambers?« Er zwängte die Plastikplatten des Kastens auseinander und holte die Leinwand heraus. »Was machen Sie da?« Er schaltete seine Taschenlampe ein und leuchtete wie zur Erklärung das Gemälde an. »Was ist denn?«, fragte Marshall verständnislos.

»Sie warnt ihn.«

»Sie macht was?«

Er bewegte den Strahl der Taschenlampe über die grauen Blöcke inmitten eines Meeres aus Grün.

»Gräber?«

»Ich ... vielleicht.«

»... Feuer«, sagte er und beschien eine orangerote Stelle in der Ecke.

»Hmmm.«

»Und Bäume.«

»Na und?«

»Das Grab seiner Mutter, der Brand an der Universität und der Lorbeerwald. Sie warnt ihn, dass wir Bescheid wissen!«

»Ich sage das mit allem gebotenen Respekt«, begann Marshall diplomatisch, »aber ich glaube, Sie interpretieren da zu viel hinein. Das sind doch bloß irgendwelche Formen. Sie sehen das, was Sie sehen wollen.«

»Ich traue ihr nicht!«

»Das müssen Sie auch gar nicht! Aber wir *brauchen* sie. Das hier reicht nicht, um sie aufzugeben. Wo wären wir ohne sie?« Darauf wusste er nichts zu erwidern. »Ich meine ja nur, dass wir keine übereilten Entscheidungen treffen sollten.«

»Wir müssen sie genau im Auge behalten.«

»Das werden wir«, beteuerte sie.

Voller Verachtung starrte Chambers auf das Bild. »Ich nehme es trotzdem ab.«

»Guten Morgen«, sagte Eve und steuerte schnurstracks die Kaffeemaschine an, während Chambers über ein Buch gebeugt am Küchentisch saß. »Wann bist du nach Hause gekommen?«

Er blickte nur kurz auf. »Vor etwa einer Stunde« Dann senkte er wieder den Kopf.

»Wie geht es ihr?«

»Wird schon wieder.«

»Warum legst du dich nicht noch mal hin?«, schlug sie vor, obwohl er nicht erkennen ließ, dass er sie überhaupt hörte. Sie schenkte sich einen Kaffee ein, setzte sich neben ihn und schob zwei Bücher zur Seite, um Platz für ihre Tasse zu schaffen. »Was liest du da?«

»Die Bibel«, antwortete Chambers, ohne den Blick von der Seite zu heben. »David und Goliath, um genau zu sein.« Es war noch zu früh am Sonntagmorgen, und Eve verstand nur Bahnhof. »Die vorletzte Skulptur«, klärte er sie mit gequälter Miene auf.

»Was ist damit?«

»Es ist nur … ich verstehe die Bedeutung dahinter nicht.«

»Ich bin keine Expertin«, sagte Eve und nippte an ihrem Kaffee, »aber ist es nicht eine Geschichte darüber, wie das Gute gegen jede Wahrscheinlichkeit über das Böse triumphiert?«

»Gut und Böse sind eine Frage des Standpunkts«, meinte Chambers gähnend.

»Dann nenn es eben eine tendenziöse Underdog-Geschichte«, berichtigte sie sich.

»Das ist es ja gerade.« Er schob ihr ein aufgeschlagenes Buch hin. Es zeigte die dramatische Darstellung eines Jungen, der furchtlos einem scheinbar übermächtigen Feind entgegentrat, während eine ganze Armee ihnen zuschaute. »Die Geschichte besagt, dass der Riese Goliath vierzig Tage lang jeden Tag aus den Rängen der Philister hervortrat und den besten Krieger der Israeliten zum Zweikampf herausforderte, um den Ausgang der Schlacht zu entscheiden, und jeden Tag lehnte König Saul ab, weil er sowohl feige als auch ein unfähiger Herrscher war. Bis der Hirtenjunge David die Herausforderung annahm und mit nichts als seiner Schleuder und fünf runden Bachkieseln das Schlachtfeld betrat. Er traf Goliath mitten an der Stirn und tötete ihn, ehe er ihm mit seinem eigenen riesigen Schwert den Kopf abschlug ... alles im Namen Gottes.«

»Was genau ist dein Problem?«, fragte Eve.

»Mein Problem ist, dass dem Buch unter deinem Ellbogen zufolge eine Schleuder annähernd so viel Energie freisetzen kann wie ein aus einem Gewehr abgefeuertes Zweiundzwanzig-Millimeter-Projektil. Das bedeutet, dass David im Wesentlichen eine Schusswaffe zu einem Schwertkampf mitgebracht hat ... wobei ›Kampf‹ in diesem Fall das falsche Wort ist: Es war eine *Hinrichtung*. Der arme Riese hatte nicht den Hauch einer Chance.«

»Du willst also sagen, dass Goliath in Wahrheit der Underdog der Geschichte ist?«

Chambers nickte. »Und ihn ereilte das entsprechende Schicksal.«

»Okay. Was glaubst *du* denn, was die Geschichte aussagen soll?«

Er schob das schwere Buch beiseite und griff nach seinem lauwarmen Kaffee.

»Dass, wenn er mit einem Kampf konfrontiert wird, den er

nicht gewinnen kann, selbst Gott sich nicht zu schade ist, zu betrügen, so wie jeder andere auch.«

Jemand hatte indisches Essen stehen lassen, dessen Geruch nun das ganze Büro verpestete.

»Was ist denn da los?«, fragte Chambers, der den mittlerweile vierten Kaffee des Tages in der Hand hatte.

»Ich weiß es nicht genau«, antwortete Marshall mit der gleichen ratlosen Miene, als Eloise Winter einen spielerischen Klaps auf den Arm gab.

»Ich meine, ich mag den Kerl ja«, fuhr er fasziniert fort. »Und einmal hat er was Witziges gesagt – aber er ist ja wie ein ...«

»Ja, oder?«, sagte Marshall und nickte.

»Und sie ist wie eine ...«

»Ich weiß!«

»Wenn Sie bisher nicht glauben wollten, dass sie was im Schilde führt ...« Chambers sah Marshall vielsagend an. »Wie auch immer ... Wie wäre es mit Mord?«, schlug er flapsig vor.

»Mord«, willigte sie ein und wählte einen Platz zwei Stühle von Wainwright entfernt, die ebenfalls das ungleiche Paar beobachtete, als wäre sie sicher, etwas Wesentliches verpasst zu haben.

Wie nicht anders zu erwarten, war die Stimmung zwischen ihnen ein wenig hölzern. Marshall wusste, dass sie für immer in Chambers' Schuld stehen würde, und Chambers schämte sich für seinen Nervenzusammenbruch an der Universität. Und dann hatte er die Situation noch schlimmer gemacht, weil er sie ohne dickes Make-up und Leder aus einem Meter Entfernung nicht erkannt und sie gebeten hatte, ihm ein Sandwich aus der Kantine zu holen.

Noch immer peinlich berührt von dem Vorfall, nahm er seinen Platz neben der hingekritzelten Tabelle vorn im Raum ein.

STATUE	ORT	OPFER	EREIGNIS
Der Denker	Hyde Park	Henry John Dolan	*seine Geburt? ein Künstler und Intellektueller, der nie dazugehört*
Pietà	Cranbrook Council Estate	Alphonse und Nicolette Cotillard	*ein drogenabhängiges Baby, das beinahe in den Armen seiner Mutter stirbt*
Perseus mit dem Medusenhaupt	British Museum	(Benjamin Chambers) und ???	*befreit sich endlich von seiner drogensüchtigen Mutter*
Venus von Milo	Flussufer	Tamsin Fuller	*Eloise tritt in sein Leben/ ihr erster Kuss/sie lehnt seinen Heiratsantrag ab*
Amor und Psyche	Queen Elizabeth Hospital	Javier Ruiz und Audrey Fairchild	*Eloises Unfall/er rettet sie*
Nike von Samothrake	Birkbeck College	Pflegerin aus Tall Oaks	*baut seine berufliche Heimat aus Asche wieder auf/Eloise nimmt Heiratsantrag an*
Bronzedavid			
Apollo und Daphne			

»Das ist der derzeitige Stand der Dinge«, begann er mit einem Seufzer. »Ich habe jemanden beauftragt, sich die Aufnahmen der Überwachungskameras aus dem Krankenhaus anzuschauen, und jemand anders kümmert sich um die Christopher-Ryan-Geschichte. Der orangefarbene Lieferwagen war eine Sackgasse, und wir wissen immer noch nicht, wo und wann er sich die Pflegerin aus dem Heim gegriffen hat. Wir haben noch zwei weitere Statuen vor uns, einen Riesen, der seit mittlerweile mehr als achtundvierzig Stunden vermisst wird, und Marshalls Blut an dem Ort, wo der Riese zuletzt gesehen wurde. Ich habe beschlossen, sie zu ihrer eigenen Sicherheit in den Innendienst zu versetzen. Sie ist ziemlich angefressen.«

»Stimmt«, bestätigte Marshall. »Er ist ein herablassender, übervorsichtiger Idiot.«

»Sag ich doch. *Ach,* und wie Sie ja alle schon wissen, hatten Coates und ich gestern Nacht Gelegenheit zu einem kleinen Plausch«, ergänzte er mit gespielter Lässigkeit und mied bewusst Marshalls Blick, weil diese genau wusste, wie dünn seine Fassade war.

»Wie geht's dem alten Sack?«, fragte Winter, bereitwillig mitspielend.

»So weit ganz gut. Falls es jemanden interessiert: Er hat behauptet, in den vergangenen sieben Jahren niemanden umgebracht zu haben. Wir haben ein bisschen über das Wetter gesprochen und über mein Bein, und dann hat er mir erzählt, dass er es nicht einen Tag lang auf der Erde aushalten würde, wenn seine Eloise nicht mehr da ist.«

»Wie rührend«, sagte Winter sarkastisch, doch Eloises Gesichtsausdruck legte nahe, dass ihm soeben ein narzisstischer, wahnhafter Serienmörder den Rang abgelaufen hatte.

»Das gestern Nacht war ein schwerer Schlag«, fuhr Chambers in ernsterem Ton fort. »Wir gehen davon aus, dass es sich bei der Leiche um eine gewisse Maisey Jeffers handelt, die in dem Pflegeheim gearbeitet hat, in dem Coates' Mutter lebt, aber ohne Kopf und Fingerabdrücke müssen wir für eine endgültige Bestätigung die Ergebnisse der Bluttests abwarten. Nichtsdestotrotz hat unser Plan Hand und Fuß. Wir sind auf dem richtigen Weg, das hat die gestrige Nacht gezeigt. Die Orte sind der Schlüssel. Coates hatte einfach nur Glück, dass er die Leiche bereits deponiert hatte, bevor wir kamen.«

»Er muss doch damit rechnen, dass wir die Örtlichkeiten observieren«, warf Wainwright ein. Chambers und Marshall wechselten einen Blick.

»Das ist richtig.« Chambers nickte. »Aber er kann seine Vergangenheit nicht neu schreiben, und ich glaube kaum, dass er eins seiner ›Werke‹ an einem Ort hinterlassen würde, der für ihn keine besondere Bedeutung hat.«

Erwartungsvoll wandten sich alle zu Eloise um.

Die wirkte ein wenig unbehaglich. »... das sehe ich genauso.«

Prompt drehten sich alle wieder nach vorn.

»Somit bleiben noch vier Orte übrig«, verkündete Chambers und zeigte auf die entsprechende Liste.

1. ~~der Brand~~
2. *das Grab*
3. *der Wald*
4. *das Observatorium*
5. *die Galerie*

»Mit dem Brand lag Eloise richtig, deshalb konzentrieren wir unsere Bemühungen jetzt auf das Grab von Coates' Mutter und den Lorbeerwald ...«

»Und wo ist der genau?«, wollte Wainwright wissen.

»Wimbledon Common«, antwortete Eloise. »Ein Stück westlich der Windmühle.«

»... während wir an den anderen beiden Orten eine passive Observierung beibehalten«, schloss Chambers, als wäre er nicht unterbrochen worden. Er schaute zu Winter. »Sie müssen heute Abend Marshalls Platz einnehmen. Ich bitte einen Constable von

einer nahe gelegenen Dienststelle, solange bei Eloise zu bleiben.«
Mit Ausnahme von Wainwright schien niemand mit diesem neuen
Arrangement sonderlich zufrieden zu sein. »Gut. Dann ist es be-
schlossene Sache.«

Er zögerte kurz, ehe er abermals einen Blick mit Marshall
tauschte. »... Ms Brown?« Er trat beiseite, um ihr Platz zu machen.

»Der Bronzedavid. Donatello. Mitte des fünfzehnten Jahrhun-
derts«, begann Eloise mit ihrer inzwischen allseits bekannten und
wie immer überflüssigen Einleitung.

Marshall schlug die entsprechende Seite im Skizzenbuch auf
und hielt es hoch, damit die anderen es sehen konnten. »Das Original steht im Museo Nazionale del Bargello in Florenz, aber es
gibt Nachbildungen sowohl im Victoria and Albert Museum als
auch in Kew Gardens hier in London, falls es jemanden interessiert.«

Es interessierte niemanden.

»Die Skulptur stellt einen jungen, sehr feminin wirkenden Da-
vid in den ersten Augenblicken nach seinem Sieg über Goliath dar.
Er trägt nichts als Sandalen und einen mit Lorbeer bekränzten
Hut, und einer seiner Füße ruht auf dem abgetrennten Kopf des
Riesen.«

»Ist das nur meine Meinung«, platzte Winter heraus, »oder ist
es ein bisschen zu platt für Coates, einen Riesen zu benutzen, um
einen Riesen darzustellen?«

»Ganz zu schweigen von der thematischen Ähnlichkeit zu einem der vorangegangenen Kunstwerke – *Perseus mit dem Medusenhaupt*«, setzte Marshall hinzu.

»Das er allerdings nicht vollenden konnte«, rief Chambers den
anderen ins Gedächtnis und spürte das vertraute Kribbeln im Nacken, so wie jedes Mal, wenn er an die Ereignisse jenes Abends

dachte. Er warf einen Blick in Eloises Richtung. »Irgendwelche Theorien dazu?«

»Ich habe die ganze Nacht darüber nachgegrübelt«, sagte sie. »Bis jetzt haben alle Kunstwerke die wichtigsten Momente in Roberts Leben dargestellt, und zwar in chronologischer Reihenfolge.« Sie deutete auf die Tabelle. »Insofern könnte man annehmen, dass der David mit einem Ereignis korrespondiert, das entweder passiert ist, *nachdem* ich ihn verlassen habe, oder ...«

»... oder?«, bohrte Wainwright nach.

»*Oder* ... dass wir ihn endlich eingeholt haben.«

»Eingeholt?«, fragte DCI Wainwright. »Tut mir leid, ich kann Ihnen nicht folgen.«

»Damit meine ich, dass wir in der Gegenwart angekommen sind. Dass es um etwas geht, was jetzt gerade passiert«, erklärte Eloise. »Robert hat Chambers bereits die Rolle als größtem Monster in seinem Leben zugewiesen. Vielleicht soll die nächste Skulptur darstellen, wie Robert ihn – oder die Polizei im Allgemeinen – ein für allemal bezwingt.«

Marshall hob die Hand.

»Ähhh, ja?«, sagte Eloise verunsichert.

»Ich finde, wir sollten Chambers zu seiner eigenen Sicherheit in den Innendienst versetzen.«

Er maß sie mit einem Blick, der ihr deutlich zu verstehen gab, dass er die Bemerkung nicht witzig fand.

»Moment mal«, meldete sich Winter mit einem verdatterten Stirnrunzeln. »Wenn das stimmt und die nächste Skulptur ein Ereignis *aus der Gegenwart* symbolisiert ... Wofür *zum Geier* soll dann die letzte stehen?«

Erneut schauten alle zu Eloise, die einen Moment lang einfach nur verlegen dastand und nichts sagte.

»Na ja, wenn man der Logik folgt, dann sollten wir uns wohl

darauf einstellen, dass Roberts großes Finale, der Punkt, auf den sich sein ganzes Leben zubewegt, der definierende Moment seiner Existenz ... noch bevorsteht.«

Ein bleiernes Schweigen senkte sich über den Raum. Alle versuchten, sich auszumalen, welche Abscheulichkeit Robert Coates noch geplant hatte, um das bisherige Grauen zu übertreffen ... Alle außer Winter, dessen knurrender Magen verriet, dass ihm gerade ganz andere Dinge durch den Kopf gingen.

»Will noch jemand den letzten Zwiebel-Bhaji?«

KAPITEL 30

»Ich verstehe nicht, inwiefern das relevant sein soll.«

»Bei allem Respekt – ich verstehe nicht, inwiefern das, was Sie als relevant oder irrelevant erachten ... relevant sein soll. Also, warum tun Sie mir nicht einfach den Gefallen und antworten mir? Stimmt es, oder stimmt es nicht, dass Sie ein persönliches Interesse an dem Fall haben, in dem Sie derzeit ermitteln?«

»So wie jeder im Team.«

»Und Sie empfinden das als angemessen?«

»Ich empfinde es als motivierend.«

»›Motivation‹ ist ein sehr schwammiger Begriff. Er umfasst so ziemlich alles von Überstunden über persönliche Racheaktionen bis hin zu irrationalem Verhalten und Verzweiflungstaten. Wie wäre es, wenn wir uns einen Moment lang darauf konzentrieren?«

Nach der Teambesprechung hatte Marshall, im Wissen, dass sie Chambers schon genug schuldete, ihre Sachen gepackt und war nach unten in den vierten Stock gefahren, wo sich die notorisch unbeliebte Abteilung für Qualitätssicherung befand. Dort war man so zuvorkommend gewesen, Easton einen Raum zur Verfügung zu stellen, in dem er seine Kollegin befragen konnte, während ihr Gewerkschaftsvertreter, ein komplett eigenschaftsloser Mann im billigen Anzug, stumm neben ihr saß. Marshall hatte sich einen selbstbewussten, eloquenten Anwalt vorgestellt, der mutig einschritt und alle unangenehmen Fragen des Detectives abschmetterte, nicht diesen nutzlosen Haufen Fleisch, der seinen Mund nur zum Atmen benutzte.

Die Befragung hatte, ganz wie erhofft, als ungezwungene Routineangelegenheit angefangen, jedoch rasch eine Wendung genommen: Anschuldigungen wurden mit derart hoher Geschwindigkeit über den Tisch gefeuert, dass sie gar nicht mehr wusste, auf welche sie zuerst reagieren sollte. Es war seltsam, dass eine Vernehmungstaktik, die Marshall durchschaute, weil sie sie selbst erlernt hatte, trotzdem so wirkungsvoll gegen sie war.

»Sie sagten, andere Mitglieder Ihres Teams hätten jeweils ihre ganz eigene ›Motivation‹ bei dem Fall«, sagte Easton in einem Ton, als würde er auf einer Dinnerparty ein kontroverses Thema zur Sprache bringen. »Haben Sie das untereinander diskutiert?«

»Natürlich«, antwortete Marshall. »Wir würden keine gute Arbeit machen, wenn wir uns nicht mit der Geschichte des Falls beschäftigt hätten, oder?« Der Satz klang deutlich giftiger als beabsichtigt, und ihr war bewusst, dass Easton dies mit großem Interesse registrierte. »Wieso fragen Sie mich das überhaupt?«

Sie stieß dem Mann zu ihrer Linken den Ellbogen in den Bauch, um sich zu vergewissern, dass er nicht eingeschlafen war.

»Es *wäre* hilfreich, wenn Sie darlegen könnten, weshalb dieses Detail wichtig ist«, sagte er zu Easton. »Detective Marsham ...«

»Marshall«, zischte sie ihm zu.

»... Marshall ist in einen höchst brisanten Fall involviert, und dementsprechend gibt es Einzelheiten, die sie zum gegenwärtigen Zeitpunkt nicht preisgeben darf.«

Nicht gerade Johnnie Cochran, aber immerhin ein Anfang.

»Hören Sie.« Easton gab sich etwas freundlicher. »Ich versuche Ihnen doch nur zu helfen. Ich bin auf Ihrer Seite. Aber ich habe einen vermissten Mann, und *Ihr* Blut wurde am Ort seines

Verschwindens nachgewiesen. Es sind jetzt mehr als achtundvierzig Stunden vergangen. Wir haben es mit einer Entführung, wenn nicht sogar mit Mord zu tun, und Sie weigern sich zu kooperieren.«

»Ich habe Ihnen doch schon gesagt, dass ...«

»... Sie sich während eines inoffiziellen Besuchs in Robert Coates' Haus die Hand aufgeschnitten haben. Ehe Sie dem Fall überhaupt zugeteilt wurden«, vervollständigte er ihren Satz.

Der Gewerkschaftsvertreter holte scharf Luft, als wäre er am Ende seiner Geduld angelangt und machte sich bereit, Eastons verzweifelten Versuchen, Marshall in Ermangelung eines wahren Verdächtigen etwas anzuhängen, endlich einen Riegel vorzuschieben ...

Dann nieste er.

Marshall verdrehte die Augen und zog das Pflaster an ihrem Daumen ab, um Easton die fast verheilte Wunde zu zeigen.

»Ich nehme mal an, Sie haben Zeugen, die bestätigen können, wann und wie Sie sich diese Verletzung zugezogen haben?«

Sie wollte gerade etwas erwidern, da klopfte es an der Tür. Als eine vertraute Gestalt den Raum betrat, lächelte sie erleichtert.

»Detective Chambers«, sagte Easton kühl. »Mir war nicht bewusst, dass Sie die Absicht hatten, sich zu uns zu gesellen.«

»Mir auch nicht.«

»Sonst hätte ich Ihnen gesagt, dass Sie sich die Mühe sparen können. Dies hier ist eine private ...«

»Ich will ihn dabeihaben!«, stieß Marshall hervor.

»Das mag sein, aber wie Sie sehen, sind wir voll besetzt.«

»Macht nichts«, erwiderte Chambers. »Ich nehme Martys Platz. Er ist ohnehin so gut wie nutzlos.«

»Das finde ich nicht korrekt«, beschied ihn der Gewerkschaftsvertreter.

»Aber Sie streiten es auch nicht ab«, sagte Chambers. Er hielt dem Mann, mit dem er zu seinem Leidwesen bereits häufiger zu tun gehabt hatte, die Tür auf, während dieser seine Sachen zusammenpackte und aufstand.

»... Benjamin.«

»... Marty.«

Chambers ließ die Tür hinter ihm ins Schloss fallen und nahm neben Marshall Platz.

»Ich dachte, ich hätte Ihnen gesagt, dass ich allein klarkomme«, flüsterte sie.

»Das haben Sie. Aber Sie haben mir *auch* gesagt, dass ich ein ›herablassender, übervorsichtiger Idiot‹ bin«, gab er zurück, ehe er seine Aufmerksamkeit dem schäbig gekleideten Mann auf der anderen Tischseite zuwandte, der seine Felle langsam, aber sicher davonschwimmen sah.

Nachdem sie Easton fürs Erste zufriedengestellt hatten, fuhren Chambers und Marshall wieder nach oben ins Morddezernat, wo sie sich an ihre nächste Aufgabe machten.

»Mir sind da die Hände gebunden«, erklärte Wainwright ungerührt. »Die Assistant Commissioner höchstpersönlich hat es untersagt.«

»Aus welchem Grund?« Chambers gab sich keine Mühe, seinen Frust zu verbergen. Er hatte zusätzliche Kräfte für die Überwachung von Eloises Wohnhaus beantragt.

»Weil die Presse uns in der Luft zerreißt! Weil bereits mehr Kollegen, als wir entbehren können, an *vier* verschiedenen Orten in der Stadt herumsitzen. Einer von ihnen passt permanent auf Ms Brown auf, jetzt müssen wir auch noch jemanden für Detective Marshall abstellen, und momentan sieht es *nicht* danach aus, als würden wir Coates in absehbarer Zeit tatsächlich fassen!«, gab sie unwirsch zurück. Auch bei ihr machte sich der wachsende Druck bemerkbar.

»Robert würde mir nie etwas antun«, beharrte Eloise zum wiederholten Mal. Allmählich klangen die Worte hohl. »Das hat er Ihnen doch selbst gesagt.«

»Bei der *ganzen* Sache geht es doch ausschließlich um Sie!«, widersprach Chambers eher anklagend als besorgt.

»Detective«, ermahnte Wainwright ihn in strengem Ton, während sie die ersten Anzeichen von Kopfschmerzen verspürte. »Wenn Sie sich *solche* Sorgen um Ms Browns Sicherheit machen, dürfen Sie gerne einen Teil der Observierungs-Teams umdisponieren.«

»Ich brauche sie dort, wo sie sind!«

»Ich kann bei ihr bleiben«, bot Winter an. »Rund um die Uhr.«

»Nein, ich will Sie bei mir haben«, widersprach Chambers.

»Vielleicht könnte *ich* helfen?«, fragte Marshall vorsichtig. Sie wollte den Mann, der an diesem Tag bereits zweimal zu ihrer Rettung herbeigeeilt war, nicht vor den Kopf stoßen.

»Fangen Sie gar nicht erst an«, warnte er sie, ehe er sich an Eloise wandte. »Warum bleiben Sie nicht einfach hier? Bei uns wären Sie in Sicherheit. Nur so lange, bis es vorbei ist.«

»Was, ich soll hier *wohnen*?«, höhnte sie. »Nein danke.«

»Dürfte ich einen Kompromiss vorschlagen?«, klinkte Marshall sich abermals ein. »Sind wir uns nach dem bisherigen Verlauf der Ereignisse einig, dass alle Anzeichen auf das Grab von Robert Coates' Mutter als nächsten Tatort hindeuten? Das wäre doch der passendste Ort, um sein besiegtes Monster zu inszenieren. Coates hat eine glaubwürdige Drohung gegen mich ausgesprochen, indem er mein Blut an einer Stelle deponiert hat, wo es auf jeden Fall entdeckt werden würde, und wir wissen, dass er den Riesen in seiner Gewalt hat. Von daher erscheint es mir sehr un-

wahrscheinlich, dass sein vorletztes Werk mit Eloise zusammen-
hängt.«

Sie sah Chambers in die Augen, und die beiden führten eine
stumme Diskussion.

»Also ... wie wäre es, wenn Eloise *fürs Erste* mit einem Kollegen
zum Schutz bei sich zu Hause bleibt, aber falls wir ihn nicht aufhalten können und es ihm wider Erwarten gelingen sollte, den
Bronzedavid zu vollenden und zu fliehen, kommt sie unverzüglich
her und darf erst wieder in ihre Wohnung, wenn er gefasst
wurde?«

Eine Pause trat ein, während die anderen sich den durchaus
soliden Plan durch den Kopf gehen ließen.

»Ich wäre einverstanden«, sagte Eloise.

Winter lächelte sie an.

»Chambers?«, fragte Wainwright. Er nickte widerstrebend.

»Fantastisch. Die Assistant Commissioner *wird* begeistert
sein«, meinte sie trocken und warf einen Blick zur Uhr. »Müssten
Sie nicht längst im Bett liegen?«

»Doch«, sagte Chambers, obwohl die Nachmittagssonne ins
Zimmer schien. »Ich fahre zum Margravine Cemetery, halte kurz
Rücksprache mit der Tagschicht und nehme für heute Abend
eventuelle Veränderungen vor. Dann fahre ich nach Hause und
lege mich hin. Marshall, macht es Ihnen was aus, den übrig ge-
bliebenen Papierkram von gestern Nacht zu erledigen?«

»Es wäre mir ein Vergnügen«, erklärte sie säuerlich.

»Eloise, sobald Sie zu Hause sind, sollten Sie eine Notfallta-
sche packen. Winter, Sie fahren mit. Erklären Sie dem zuständi-
gen Kollegen, was zu tun ist, falls sie herkommen muss.«

»Wird gemacht«, sagte er gut gelaunt.

Chambers stieß einen Seufzer der Erschöpfung aus. »Dann sehen wir uns wohl alle auf dem Friedhof.«

Durch puren Zufall führte Chambers' Route zum Margravine Cemetery in Hammersmith ihn durch South Kensington und den Museumsbezirk, wo sich ein gewaltiger Pseudopalast an den anderen drängte, während sich der Rest der Welt um sie herum unaufhaltsam weiterentwickelte.

Nachdem er sich über fünf Minuten lang nicht von der Stelle bewegt hatte, schaltete er den Motor aus und blickte hinüber zum Victoria and Albert Museum auf der anderen Straßenseite. Gleichmütig dachte er an Eloises Vortrag und die Begeisterung, mit der sie ihnen eröffnet hatte, dass irgendwo in den weitläufigen Hallen des Museums eine lebensgroße Nachbildung des *Bronzedavid* stehe.

Er konzentrierte sich wieder auf den Stau, in dem er steckte, und das nichts Gutes verheißende Heulen der Sirenen ein Stück voraus. Einen Fluch murmelnd, ließ er den Motor wieder an und bog in einem etwas fragwürdigen Wendemanöver auf den Parkplatz in der Prince Consort Road ein, um sich auf die Suche nach Kaffee und einer Toilette zu machen.

Als Chambers auf den onyxschwarzen Abguss von Donatellos Meisterwerk starrte, überkam ihn dieselbe Mischung aus Ehrfurcht und dem Gefühl der eigenen Unwichtigkeit, das er sieben Jahre zuvor in Tobias Sleepes Werkstatt verspürt hatte. Die Nachbildung war aus bemaltem Gips gefertigt und sah auf den ersten Blick genau so aus, wie Eloise sie beschrieben hatte. Doch je länger er sie betrachtete, desto mehr kleine Details offenbarten sich ihm: das zerbrochene Schwert – bestimmt war die Klinge auf dem Weg durch die Gurgel seines Besitzers in einem Knochen oder Knorpel stecken geblieben – oder die Sorgfalt, mit der jedes einzelne Lorbeerblatt am Hut des jungen Siegers modelliert worden war.

Der Anblick war wunderschön, grausam, zart und schaurig zugleich. Goliaths langer Bart ringelte sich um den Fuß seines Bezwingers, als stünde der Junge schon eine ganze Weile lang so da, als hätte er vielleicht sogar die Zehen in die Haare seines gefällten Feindes gekrallt. Das war die dunkle Seite vom Triumph Gottes, die in den Geschichten ausgelassen wurde ... die verräterischen Anzeichen eines zukünftigen Psychopathen.

Marshall schützte die winzige Flamme ihrer Kerze mit der Hand vor dem Wind, während sie im Kreis von Tamsin Fullers Freunden und Verwandten stand. Die Mahnwache, die am Ufer des Flusses abgehalten wurde, wo man ihre Leiche gefunden hatte, war eine private Veranstaltung, von der sie nur im Zuge der Ermittlungen erfahren hatte. Sie wollte der verstorbenen *Venus von Milo* die letzte Ehre erweisen. Das war sie der Frau, die ihretwegen hatte sterben müssen, schuldig.

Die trauernden Eltern hatten ihre vage Auskunft, sie sei »eine Freundin von der Arbeit«, akzeptiert, ihr eine Kerze und ein Heißgetränk gereicht und sie wie ein Familienmitglied in ihrem Kreis willkommen geheißen. Nachdem sie ihr gesamtes Lebensmittelbudget für den Monat in die Spendenbüchse geworfen hatte, lauschte Marshall, wie diejenigen, die Tamsin am nächsten gestanden hatten, Geschichten über sie erzählten, gemeinsam eisige Tränen weinten und wehmütig lachten. Keiner von ihnen wusste, dass ihr Blut an Marshalls Händen klebte – dass sie diejenige war, die den TOD herausgefordert hatte.

Sobald der letzte Trauergast gesprochen und Mr Fuller allen für ihr Kommen gedankt hatte, zerstreute sich die kleine Schar wie Glühwürmchen, die aus dem Gras aufgescheucht worden waren.

»Jordan?«

Marshall tat so, als hätte sie nichts gehört, und ging weiter die Anhöhe hinauf.

»Jordan!«, wiederholte Tamsins Mutter, die die ganze Zeit stoisch neben ihrem tränenüberströmten Mann gestanden hatte. »Sie *heißen* doch Jordan, nicht wahr?«, sagte sie, als sie sie eingeholt hatte.

»Ja. Tut mir leid, ich war mit meinen Gedanken woanders.« Die flackernde Kerze in Marshalls Hand betonte ihre verschmierte Wimperntusche.

»Sie sagten, Sie arbeiten … Sie *haben* mit Tammy an der Uni gearbeitet?«

»Mhm.«

»Sehen Sie Ted am Montag?«

Marshall zögerte. »Ich weiß noch nicht genau.«

Die argwöhnische Miene der Frau war Bestätigung genug. Sie war in eine Falle getappt.

»Wer sind Sie wirklich? … Presse? … Irgendein Freak, der von unserer Tragödie gehört hat und dachte, er könnte mal gucken kommen?«

»Nein, nichts dergleichen.« Marshall blickte nach oben zum Tor und dachte an Flucht.

»Was dann?«

»Ich musste Ihnen einfach in die Augen schauen und Ihnen sagen, wie leid es mir tut.« Sie spürte, wie ihr erneut die Tränen kamen. »Weil ich glaube, was Tamsin zugestoßen ist, ist meine Schuld.«

»Wieso um alles in der Welt sollten Sie das glauben?«

Marshall holte tief Luft. »Ich bin Polizistin, und die Person, die Tamsin dies angetan hat, hat vor sieben Jahren schon mal jemanden getötet, den ich damals sehr gern mochte.«

»Das tut mir leid«, sagte Mrs Fuller und nahm ihre Hand. Die

Geste war zu viel für Marshall, die anfing, wild draufloszureden, um ihren Tränen Einhalt zu gebieten.

»Ich wollte ihn unbedingt fassen. Ich habe nie daran gedacht, was das vielleicht nach sich ziehen könnte. Und jetzt ist sie tot, und wir haben ihn immer noch nicht geschnappt, und ... es tut mir so unendlich leid!«

»Schhh! Schhh!«, flüsterte Tamsins Mutter und nahm sie fest in die Arme. »Wissen Sie, was Tammy an dem Abend gemacht hat, als sie verschwunden ist? Sie hat ein Kleid zurückgebracht, das sie mir zum Geburtstag geschenkt hatte.« Sie löste sich aus der Umarmung und nahm stattdessen wieder Marshalls Hände. »Würden wir diese Unterhaltung führen, wenn ich nicht darauf bestanden hätte, dass mir das blaue besser gefällt? Und sehen Sie den jungen Mann da drüben, der gerade mit meinem Ehemann spricht? Das ist ihr Ex-Freund Stephen. Vor einem Monat hat er sich von ihr getrennt. Davor sind sie jeden Mittwochabend mit Freunden zum Pubquiz gegangen, ohne Ausnahme. Bei ihnen wäre sie in Sicherheit gewesen ... Und haben Sie ihre Schwester gesehen, die sich gerade dort oben unterhält?«

Marshall nickte, voller Ehrfurcht für diese Frau, die so vernünftig und gefasst blieb, während alle anderen zusammenbrachen.

»Die beiden hatten seit mehr als vier Monaten kein Wort mehr miteinander gesprochen. Das Letzte, was sie zu Tammy gesagt hat, war, dass sie sie hasst. Sie hat es natürlich nicht so gemeint, aber jetzt kann sie es nie mehr zurücknehmen. Und was noch schlimmer ist: Sie hat an dem Abend einen Anruf von Tammy bekommen und ist nicht rangegangen. Was ich damit sagen will: Es gibt mehr als genug Schuld für alle. Jeder einzelne dieser Faktoren hat zu Tammys Tod geführt und zugleich kein einziger von ihnen. Denken Sie, es ist *meine* Schuld, dass meine Tochter tot ist?«

»Nein! Natürlich nicht!«

Die ältere Frau lächelte traurig. »Dann ist es auch nicht Ihre.«

Auf dem Friedhof war es vollkommen still bis auf das Rascheln der vom Wind bewegten Blätter, den gelegentlichen Ruf einer Eule irgendwo in den Bäumen und Winters Schlürfgeräusche, während er die letzten Reste des braunen kohlensäurehaltigen Wassers von Burger King aus seinem Becher saugte.

»Könnten Sie das bitte *lassen?*«, knurrte Chambers. Keine vierzig Minuten waren vergangen, und schon jetzt vermisste er Marshall.

Winter nahm den Trinkhalm aus dem Mund und stellte den Pappbecher zum restlichen Anfall in den Fußraum.

»Sorry!«

Beide schauten wieder über das Meer aus Grabsteinen, die im Mondschein hin und wieder sichtbar wurden und aus der Erde ragten wie Knospen in Erwartung des Frühlings.

Während des Tages war Chambers den kompletten Friedhof abgegangen und hatte nach aufgeworfener Erde oder frisch gesätem Rasen gesucht, da er sich keinen besseren Ort vorstellen konnte, um eine Leiche vor ihrer großen Enthüllung zu verstecken. Die Stunde, die er in Gesellschaft der Toten verbracht hatte, ging ihm immer noch im Kopf herum.

»Ich habe ihr Grab gefunden.« Es war untypisch für ihn, dass er ein Gespräch anfing. »Das von Coates' Mutter«, fügte er erklärend hinzu.

»Ob wir hier sitzen würden, wenn sie nicht so ein Wrack gewesen wäre?«

»Das habe ich mich auch schon gefragt«, sagte Chambers. Er beugte sich nach vorn, weil er etwas gesehen hatte, entspannte sich jedoch gleich wieder, als ein Jogger am Tor vorbeilief. »Wissen Sie, wie die Inschrift lautete?«, fragte er. »Elizabeth Marie Hallows. 1949 bis 1977.«

»Mehr nicht?«

»Mehr nicht. Kein Wort darüber, dass sie ein Junkie war, selbst während ihrer Schwangerschaft ... dass sie beinahe ihr eigenes Kind umgebracht hätte, indem sie ihr vergiftetes Blut zusammen mit ihrer Sucht an es weitergegeben hat ... und dass infolge ihrer Schwäche *neun* Unschuldige sterben mussten.«

»Ja, so was wird normalerweise weggelassen«, meinte Winter.

»Vielleicht sollte man es aber nicht weglassen«, grübelte Chambers. »Wenn man *alle* Sünden in den Stein meißeln würde, unter dem die Menschen die Ewigkeit verbringen, würden sie sich vielleicht zweimal überlegen, ob sie sie begehen. Dann würden sie vielleicht ein bisschen mehr Verantwortung für den kranken Scheiß übernehmen, den sie einander antun.«

Winter musterte seinen trübsinnigen Kollegen. »Alles in Ordnung mit Ihnen?«

»Wahrscheinlich bin ich bloß müde.«

»Aber ein Gutes hatte die ganze Sache immerhin.«

Chambers stöhnte. Ihm stand nicht der Sinn nach einer Unterhaltung über Winters frisch erblühtes Liebesleben.

»Ich hatte schon seit längerer Zeit das Gefühl, dass etwas in meinem Leben fehlt«, fuhr dieser nichtsdestotrotz fort.

»Aha!«

»Ich war irgendwie nicht ausgefüllt.«

Chambers schnitt eine Grimasse.

»Denken Sie, das soll ich in meinem Brief erwähnen?«

»Brief? Seien Sie ein Mann. Darauf stehen sie«, riet Chambers ihm weise, obwohl er nicht wusste, weshalb er sich überhaupt einmischte. »So was sollte man der betreffenden Person immer von Angesicht zu Angesicht sagen.«

Winter knibbelte nervös an seinen Fingernägeln. »Ich weiß nicht, ob ich mit einer Zurückweisung umgehen könnte … Und selbst wenn sie *Ja* sagt – was, wenn ich nicht mehr so gut bin wie früher?«

Chambers konnte sein Entsetzen nicht länger verbergen.

»Es ist ja schon eine ganze Weile her, und ich war von Anfang an nicht gerade einer der Besten.«

»*Mein Gott!*«, rief Chambers, der so weit von Winter abgerückt war, wie der enge Innenraum des Fahrzeugs es erlaubte.

»Aber ich glaube, ich bin bereit.« Winter nickte zuversichtlich. »Ich träume auch nicht mehr so oft von Ihrem Bein.«

»*Was?*«, fragte Chambers verwirrt, während er zugleich das Gefühl hatte, als hätte Winter eine intime Grenze überschritten. »Wovon *zum Teufel* reden Sie da?«

»Von meiner Versetzung ins Morddezernat«, sagte Winter.

»Oh … Oh!«

»Wieso? Was dachten Sie denn?«

»Nichts. Genau das, natürlich. Der Job.«

Ein hölzernes Schweigen trat ein, in dem beide Männer die Unterhaltung noch einmal Revue passieren ließen.

»Wissen Sie«, wechselte Winter das Thema, als eine Nebelschwade über den Rasen wallte wie die einlaufende Flut. »Ich denke immer noch daran, wie wir Alphonse Cotillard und seine Mutter gefunden haben. Das war natürlich grauenhaft, aber das meine ich nicht. Mir ist was anderes im Gedächtnis geblieben. *Sie*. Sie waren so unfassbar gut. Sie haben innerhalb von Sekunden Dinge wahrgenommen, die uns in zehn Minuten nicht aufgefallen waren. Ich glaube, deshalb hat mich das, was passiert ist, auch so sehr mitgenommen. Nicht nur wegen Ihres Beins, das übrigens echt widerlich aussah …«

»Gut zu wissen.«

»... sondern weil ich dachte: Wenn *selbst Ihnen* so was zustoßen kann, was habe ich dann schon für Chancen?«

Chambers reagierte nicht auf das Kompliment, sondern hatte seinen Blick auf die klischeehafte Szene jenseits der Windschutzscheibe gerichtet. »Sie sind ein guter Polizist, Winter. Das meine ich ernst. Und Sie überschätzen mich. Ich war leichtsinnig und dumm – das ist der Grund, weshalb ich am Ende verletzt auf der Straße lag. Man kann den ganzen Tag lang alle möglichen winzigen Details bemerken, das ist vollkommen bedeutungslos, wenn man nicht in der Lage ist, zwischendurch auch mal einen Schritt zurückzutreten und das große Ganze zu sehen.«

»Sehen wir denn das große Ganze?«, fragte Winter. »Hier? Jetzt? Im Hinblick auf Coates?«

Chambers schaute ihn an. Unbehagen spiegelte sich in seinen traurigen Augen.

Er zögerte. »Nein. Ich fürchte nicht. Hoffen wir einfach, dass wir trotzdem genug erkennen.«

MONTAG

KAPITEL 31

»Chambers? ... Chambers?«

Er erwachte mit einem Ruck. Alles tat weh, und er wusste zunächst nicht, wo er war, als das schmutzige Licht eines wolkenverhangenen Morgens ihm in die Augen schien.

»In zehn Minuten sind die Leute von der Tagschicht da.«

Benommen starrte er Winter an und rieb sich das Gesicht. »Scheiße! Sorry!«

»Kein Ding.« Winter lächelte, was die dunklen Ringe unter seinen Augen nur noch mehr betonte. »Ich glaube, Sie brauchten den Schlaf.«

Chambers setzte sich auf und blickte hinaus auf den Friedhof. Der Wind hatte aufgefrischt und sorgte dafür, dass der Teppich aus bernsteingelbem Laub sich um die Grabsteine herum bewegte wie Wasser, das steinerne Bojen umspülte.

»Keine Neuigkeiten?«, fragte er.

»Nichts.«

»Haben Sie von den anderen gehört?«

»Die hätten uns angefunkt, wenn es was zu berichten gegeben hätte.«

Immer noch halb schlafend, nickte Chambers, während er versuchte, nicht zu tief einzuatmen. Bei dem Geruch, den Winters Fast-Food-Verpackungen ausdünsteten, drehte sich ihm der Magen um.

»Ist das nur mein Eindruck, oder spielt er mit uns?«

Winter zuckte die Achseln. »So war es doch von Anfang an.«

Marshall stieg in ihre Stiefel, doch als sie zur Tür hinausgehen wollte, zuckte sie vor Schreck zusammen.

»*Mein Gott!*« Keuchend presste sie sich eine Hand aufs Herz. »Ich habe ganz vergessen, dass Sie hier sind«, sagte sie zu dem Officer mit Babyface.

»Schön, dass ich einen bleibenden Eindruck hinterlassen habe«, witzelte er.

Mit Ausnahme von einem Glas Wasser und zwei Pinkelpausen hatte sie nichts von dem Mann bemerkt, der pflichtbewusst – und zweifellos unter Androhung des Todes durch Chambers – die ganze Nacht vor ihrer Wohnungstür Wache gehalten hatte.

»Wollen wir irgendwohin?«

»*Ich* fahre zur Arbeit.«

Er sah sie geduldig an.

»*Wir* fahren zur Arbeit«, seufzte sie.

Er nickte, wie um zu sagen: *Schon besser*, dann fragte er: »Aber Sie wollen doch nicht *so* rausgehen, oder?«

Verunsichert betrachtete Marshall ihr Outfit. Es war eine ihrer farbenfroheren Kombinationen – das dunkle Braun der Jeans kam im Kontrast zum schwarzen Rest richtig gut zur Geltung.

»Doch. Wieso?«

»Weil Sie eine Jacke brauchen.« Er klang wie eine besorgte Großmutter. »Da draußen ist die Apokalypse angebrochen.«

Kaum hatte er dies gesagt, als Marshall das tiefe Brausen des Windes vernahm, der durch die Belüftungsschächte fegte. Mit einem Stöhnen stapfte sie zurück in die Wohnung, zog sich ihre dickste Winterjacke über und nahm das Skizzenbuch, das sie auf dem Küchentisch hatte liegen lassen.

»Jetzt zufrieden?«, fragte sie, als sie die Tür hinter sich zuzog.

»Outfit genehmigt«, sagte er grinsend. »Aber mal im Ernst, haben Sie für die Woche noch nicht die Wettervorhersage gesehen?«

»Ich war mit anderen Dingen beschäftigt«, gab sie schnippisch zurück, als sie den Flur entlanggingen.

»Heftige Unwetter heute Abend«, zitierte er und verwandelte sich vor ihren Augen von einer achtzigjährigen Großmutter in einen Fernseh-Meteorologen. »Mit Böen von bis zu hundert Meilen pro Stunde.« Ihr offensichtliches Desinteresse schien ihn zu frustrieren. »Sie haben gesagt, heute Abend besteht ein erhöhtes Risiko für Gebäudeschäden und sogar Lebensgefahr.«

Marshall setzte sich ihre Kapuze auf. »Mit anderen Worten: ein ganz normaler Abend in London.«

...

»Das ist seltsam«, meinte die Polizistin, die damit beauftragt worden war, Informationen über die mehrere Jahre alte Leiche aus dem Schrebergarten zu sammeln.

»Was?«, fragte ihr gelackter Kollege, dem jede Ausrede recht war, um mit seinem Stuhl an ihren Schreibtisch heranrücken zu können. Eine Wolke aus Aftershave umgab ihn, als er ihr unangenehm nahe kam, um auf ihren Monitor schauen zu können.

»Es gibt immer noch regelmäßigen Zahlungsverkehr auf seinem Konto«, erklärte sie.

»Und?«

»Er ist seit sieben Jahren tot.«

»Oh! Dann kann es nur zwei Gründe haben: Entweder die Familie hat nie daran gedacht, sein Konto aufzulösen ... so was kommt schon mal vor.«

»Oder?«

»Oder es handelt sich um Identitätsdiebstahl. Passiert oft bei inaktiven Konten, wenn Leute den Löffel abgeben. Machen Sie einen Vermerk«, sagte er im Befehlston, obwohl sie beide den gleichen Dienstrang hatten.

Nachdem er wieder weggerollt war, druckte sie einige der fragwürdigen Transaktionen aus und markierte sie, ehe sie sie in eine blaue Mappe steckte. Sie durchquerte das Großraumbüro und klopfte an die Tür zum Einsatzraum.

»Ist Detective Chambers da?«, fragte sie die Kollegen.

»Noch nicht im Haus«, antwortete einer von ihnen zerstreut.

»Wo ist sein Schreibtisch?«

Den achtlos hingeworfenen Gesten folgend, ging sie hin, und weil sein Posteingangsfach vor Mappen nur so überquoll, riss sie einen Klebezettel ab, um ihre zu beschriften.

Christopher Ryan – wichtig!

Sie klebte den Zettel vorn auf die Mappe und legte sie vorsichtig auf den Stapel. Doch schon als sie sich zum Gehen wandte, rollte sich eine Ecke des farbigen Papiers auf, weil die Haftkraft des Klebstoffs zu schwach war.

Winter lag mit dem Gesicht in seinem Frühstück auf Eloises Küchentisch. Er konnte sich noch daran erinnern, wie er nach Ende seiner Schicht auf dem Friedhof mit einer Tüte frisch gebackener Köstlichkeiten zu ihr gefahren war – und nun hatte er sie zerquetscht, ohne dass einer von ihnen auch nur einen Bissen davon gegessen hatte.

»Eloise?«, sagte er und stand auf, weil sich die Vorhänge wie Segel im Wind blähten. »Eloise!«, rief er lauter, als keine Antwort kam. »Eloise!«

Die Wohnungstür ging auf, und Eloise kam mit einer leeren Tasse herein.

»Sie sind ja wach«, begrüßte sie ihn.

»Wo waren Sie?«

»Ich habe mich mit Patrick unterhalten.«

»Patrick?«

»Der ist heute Nachmittag der unglückliche Gewinner des Sauren Apfels in Gold von der Metropolitan Police.«

»Nachmittag?«, murmelte Winter mit trüben Augen.

»Es ist zehn nach drei«, teilte sie ihm mit und trat ans Fenster, um den drohenden Weltuntergang auszusperren. »Ich möchte heute Abend bei dem Wetter nicht gerne da draußen sein«, meinte sie, während sie zusah, wie der Regen in horizontalen Streifen gegen die Scheiben peitschte. Die wenigen Bäume, die wundersamerweise in der Metropole gediehen, bogen sich in ihrem verzweifelten Überlebenskampf gegen die rebellischen Launen der Natur hin und her. »Angeblich soll es noch schlimmer werden.«

Sie hockte sich hin, um die Blätter und Zweige aufzusammeln, die ins Zimmer geweht worden waren. Der Anblick erinnerte Winter an etwas.

»Hey … Also, ich habe diese Sache mit den Lorbeerblättern nie so ganz verstanden«, gab er zu und hob die paar Blätter auf, die es bis zum Küchentisch geschafft hatten. »Zum Beispiel, weshalb sie so wichtig für ihn sind ... für Sie beide.«

Eloise zögerte und trat zum Mülleimer, ehe sie antwortete. »Na ja, um das nachvollziehen zu können, muss man die letzte Statue verstehen, *Apollo und Daphne*.«

Winter setzte sich wieder hin. »Ich habe den ganzen Tag Zeit.«

»Nein, haben Sie nicht.

»Stimmt, hab ich nicht. Wenn ich meine Dusche sausen lasse, bleiben mir vielleicht vierzig Minuten. Trotzdem würde ich es sehr gerne hören.«

»Also gut.« Sie setzte sich ihm gegenüber an den Tisch. »Berninis Skulptur gilt weithin als eins der schönsten Kunstwerke, die jemals geschaffen wurden. Es stellt den entscheidenden Moment des Mythos von Apollo und Daphne dar, so wie er in Ovids *Metamorphosen* erzählt wird. Die Geschichte geht ungefähr so: Hochmütig und berauscht von seinem Sieg über die große Schlange Python, trifft Apollo auf Amor ...«

»Schon wieder Amor?«

»Ja. Amor, der mit Pfeil und Bogen spielt. Apollo provoziert den jungen Gott und verspottet ihn, indem er ihn fragt, wofür er überhaupt eine Waffe braucht. In seinem Zorn zieht Amor zwei verschiedene Pfeile aus seinem Köcher – einen, der die Liebe entfacht, und einen anderen, der sie auslöscht – und trifft den mächtigen Apollo mit dem ersten mitten ins Herz, woraufhin sich dieser unsterblich in die Nymphe Daphne, Tochter eines mächtigen Flussgottes, verliebt. Dann nimmt Amor den zweiten, mit einer Bleispitze besetzten Pfeil und schießt damit auf die wunderschöne Daphne, die sich, angewidert von Apollos Avancen, in den Wald flüchtet. Doch weil Apollo sich nach Daphne verzehrt und keine Frau findet, die ihr gleichkommt, folgt er ihr eines Tages und macht Jagd auf sie. Er fleht sie an, stehen zu bleiben, doch sie läuft immer weiter vor ihm davon, sodass er sie mit jedem Schritt nur noch heftiger begehrt. ›So ist eilig in Furcht das Mädchen, der Gott in Erwartung.‹ Am Ende ist er schneller als sie, und als ihre Kräfte langsam schwinden, ruft sie ihren Vater um Hilfe an. ›Verwandle diese Gestalt, die Grund meiner Kränkung!‹ Kaum hat sie diese Worte ausgesprochen, als eine Taubheit ihre Glieder befällt. Ihre Brust wird von zarter Borke umschlossen, ihre Haare verwandeln sich in Blätter, und als ihre Arme zu Zweigen werden und ihr flinker Fuß zur trägen Wurzel wächst, hört Apollo tief im Innern immer noch einen leisen Herzschlag. Untröstlich umarmt er das, was noch von Daphne übrig ist, und übersät das Holz mit Küssen. Und da seine Liebe zu ihr noch genauso groß ist wie zuvor, schenkt er ihr ewiges Leben und verspricht, dass ihre Blätter für immer grün sein werden ... dass sie niemals welken und verwesen wird.«

Winter blies die Backen auf. »Heftig.«

»Und wissen Sie, was das griechische Wort für *Lorbeer* ist?«, fragte sie ihn. »Daphne.«

»Es ist immer wieder das gleiche Thema, oder? Unerwiderte Liebe, Hochzeit und die Flucht vor einem Liebhaber.«

»Robert hat mich früher immer seinen Lorbeerbaum genannt«, sagte sie traurig.

»Jetzt macht es Sinn«, meinte Winter mit beunruhigter Miene. »Weiß Chambers Bescheid?«

»Zum Teil. Aber ...«

»Ja, *ich weiß*. Robert würde Ihnen nichts antun.«

»Wenn er all das für mich tut, dann will er doch, dass ich es sehe.«

Winter wirkte nicht ganz überzeugt. »Haben Sie eine Tasche gepackt?«

»Gestern schon.«

»*Sobald* wir Sie anrufen und sagen, dass Sie zu uns kommen müssen ... dann tun Sie es, verstanden?« Er klang ungewohnt autoritär. »Ich meine es ernst. Versprechen Sie es mir.«

»Versprochen.«

Er umarmte sie fest, ehe er nach einem wenig begeisterten Blick auf das Unwetter draußen zur Tür ging.

»Moment mal. Wo wollen Sie hin?«

»Die Sache zu Ende bringen, damit ich aufhören kann, mir Sorgen um Sie zu machen.«

Winter gab Patrick an der Tür letzte Anweisungen, dann ging er vorsichtig die glatten Stufen nach unten und grüßte Eloises durchnässten, langhaarigen Nachbarn unterwegs mit einem latent aggressiven Nicken.

Als er ins Freie trat, gesellte sich zu dem gnadenlosen Wind, der durch die Stadt fegte, ein seltsames Dröhnen, das zugleich gespenstisch und machtvoll klang – wie der Atem Gottes.

Chambers betrat das Morddezernat.

» ... Rechtsmediziner will Sie sehen ...«

Er schnaubte und machte postwendend wieder kehrt.

»Detective Chambers, Christopher Ryan. Christopher Ryan ... ja, schon verstanden, das interessiert Sie nicht, weil Sie tot sind.«

»Ich nehme an, die DNA war ein Treffer?«, fragte er Sykes ungehalten.

»Das war sie in der Tat.«

»Sie hätten auch einfach anrufen können.«

»Vielleicht ist das nicht der Grund, weshalb ich Sie sehen wollte«, gab Sykes zurück und machte einen Schritt auf Chambers zu. »Das haben Sie *nicht* von mir«, raunte er, als machte er sich

Sorgen, die Leichen in ihren Kühlfächern könnten mithören, als er Chambers eine kleine Metalldose in die Hand drückte.

Dieser öffnete sie und betrachtete den Inhalt.

»Das ist eine Dosis«, teilte Sykes ihm mit. »Und fragen Sie gar nicht erst, wo ich das herhabe.«

»Okay.« Chambers zuckte mit den Schultern. Er wollte es ohnehin nicht wissen. »Danke.« Er steckte die Dose in die Innentasche seiner Jacke, ehe er sich zum Ausgang wandte.

»Ich habe einen Gefallen bei Ihnen gut, Chambers! ... *Einen großen!*«, rief Sykes ihm nach, kurz bevor die Tür ins Schloss fiel.

»Wir kommen hier morgen wieder zusammen, und zwar um ...« Chambers warf einen Blick auf seine Armbanduhr, weil er jegliches Zeitgefühl verloren hatte. »Meine Güte, um fünf Uhr.« Damit war die Teambesprechung vertagt.

Wainwright stand sofort auf und machte sich auf den Weg zu ihrem nächsten Termin, während die anderen sitzen blieben.

»Hat sonst noch jemand ein mieses Gefühl, was heute Abend angeht?«, fragte Winter.

Weder Chambers noch Marshall gab eine Antwort. Anscheinend gingen ihnen ganz ähnliche Gedanken durch den Kopf.

»Es sind immer die Tage, an denen die richtig schlimmen Jobs anstehen«, fuhr er fort. »Da *spürt* man den Druck körperlich ... diese Spannung in der Luft.«

Chambers warf ihm einen unergründlichen Blick zu und wandte sich an Marshall. »Lust auf ein paar Überstunden?«, fragte er betont beiläufig.

»Um was zu tun?«

»Papierkram. Ein bisschen Aktenarbeit. Von mir aus können Sie auch die ganze Nacht im Pausenraum sitzen und *EastEnders* glotzen. Mir wäre es einfach lieber, wenn Sie heute Nacht hierblieben.«

»Sie lassen sich von Winter runterziehen«, sagte sie zu ihm.

Es raschelte, als eine der Rollen seines Drehstuhls einen Klebezettel überfuhr, der auf den Teppichboden gefallen war. Chambers beachtete es nicht weiter. »Ich weiß. Trotzdem …«

Das Heulen des Windes, der draußen an den Fenstern vorbeifegte, klang wie ein Schrei, und die Scheiben erzitterten immer heftiger, ehe die Bö schließlich nachließ.

»Ja, sicher«, sagte sie in einem plötzlichen Sinneswandel. »Ich habe nichts weiter vor.«

Chambers griff gerade nach dem blauen Hefter und diversen losen Blättern ganz oben in seinem Posteingangsfach, als es laut an der Tür klopfte.

»Detective Chambers?«, sagte eine gestresst wirkende Kollegin, ohne auf ein »Herein« zu warten. »Ich habe da was, was Sie sich anschauen müssen … Nur Chambers, bitte«, fügte sie hinzu, als alle drei aufstanden.

Stirnrunzelnd folgte er der Frau nach draußen und ging mit ihr zu ihrem Computer im Großraumbüro.

»Ich habe die letzten zwei Tage damit verbracht, die Aufnahmen aus dem Krankenhaus durchzugehen. Wie gewünscht habe ich jede männliche Person notiert, die das Krankenhaus im fraglichen Zeitraum – zwei Stunden vor bis zwei Stunden nach den Morden – betreten beziehungsweise wieder verlassen hat. Soweit es anhand der Aufnahmen möglich war, habe ich auch ihre Bewegungen dazwischen rekonstruiert.«

»Okay«, sagte er, machte sich jedoch nicht die Mühe, Platz zu nehmen

»Genau das«, fuhr die Frau fort, »habe ich auch mit dieser Person hier gemacht.« Sie spielte einen dreisekündigen Clip ab, in dem ein Mann mit Rucksack und Blumenstrauß die Klinik durch den Haupteingang betrat. Es war unmöglich, auf den grobkörnigen Bildern das Gesicht des Mannes zu erkennen. »Und jetzt schauen Sie sich das hier an.« Sie wechselte zu einer anderen Kamera: Zwei Pfleger verschwanden in einem Raum, und unmittelbar hinter ihnen folgte derselbe Mann wie zuvor, um die zufallende Tür noch zu erwischen.

Nun doch neugierig geworden, zog Chambers sich einen Stuhl heran.

»Das hier ist drei Minuten später.« Die Frau spulte vor. Der Mann tauchte wieder auf, allerdings trug er jetzt einen weißen Kittel.

»Das ist er. Das ist Coates«, rief Chambers aufgeregt.

»Ich wollte Sie gerade holen kommen, als mir einfiel, dass ich den Mann auch noch woanders gesehen habe.« Sie klickte ein letztes Video an. Chambers versteifte sich, als er sich selbst zusammen mit Wainwright und Marshall am Bildschirm sah. Einige Schritte hinter ihnen war Eloise zu erkennen.

Sie drückte auf Play.

Chambers beugte sich vor und sah voller Bestürzung zu, wie Coates direkt an ihnen vorbeiging. Er ließ den Kopf in die Hände sinken und atmete aus.

»Ist es Ihnen aufgefallen?«, fragte sie.

»Was soll mir aufgefallen sein?«

»Beobachten Sie Eloise Brown«, wies sie ihn an. Sie wirkte ein wenig nervös, als sie den Clip noch einmal in Zeitlupe abspielte. Da war sie, die diskrete, aber deutlich sichtbare Bewegung von Eloises pixeliger Hand, die sich in seine Richtung ausstreckte, als die beiden einander im Gang begegneten.

Dieselbe Sequenz wiederholte sich in Dauerschleife, während

die Frau erneut das Wort ergriff. »Tut mir leid, falls ich eben unhöflich war. Ich wusste nur nicht ...«

»Sie haben alles richtig gemacht«, versicherte Chambers ihr
und blickte quer durchs Büro zur Glasscheibe des Einsatzraums,
in dem sich Marshall und Winter miteinander unterhielten.

Sie durften keine Zeit mit weiteren Diskussionen über Eloise
Brown vergeuden – die Lorbeerblätter, das Gemälde in der Galerie, und jetzt auch noch dies. Er hatte seine Entscheidung getroffen.

»Ich möchte, dass das fürs Erste unter uns bleibt«, bat er die
Polizistin.

»Jawohl, Sir.«

Er nickte. »Könnten Sie mich kurz allein lassen? Ich muss Ihr
Telefon benutzen.«

Es klopfte an die Wohnungstür.

»Kommen Sie rein, Patrick!«, rief Eloise aus dem Schlafzimmer. Während sie ihre Wäsche faltete und stapelte, hörte sie, wie
der Officer von innen den Riegel der Wohnungstür vorschob.

»Tee?«, rief sie, als er im Türrahmen auftauchte. Sie bemerkte,
wie er unbehaglich von einem Fuß auf den anderen trat. »Patrick?«

»Ich habe gerade eine Nachricht von Detective Chambers bekommen«, sagte er.

»Ist alles in Ordnung?«

»Nicht wirklich.«

Er nahm die Handschellen von seinem Gürtel.

»Oh!«

»Befehl«, sagte er entschuldigend, als er das Schlafzimmer betrat. »Eloise Brown, ich verhafte Sie wegen Verdachts auf Beihilfe
zum Mord ...«

Wie betäubt ließ Eloise sich auf die Bettkante sinken. Die

Stimme des Polizisten nahm sie nur noch wie aus weiter Ferne wahr, und sie spürte kaum das kalte Metall, das sich um ihre Handgelenke schloss. Sie blickte nach draußen in das heraufziehende Unwetter – was für ein enttäuschendes Ende einer derart aufwendigen Inszenierung. Doch sie wusste, dass es das Schicksal einer Muse war, still und unbemerkt aus dem Leben des Genies, dessen Werk sie inspiriert hatte, zu scheiden.

»Ich habe noch keinen Appetit.«

»Essen Sie.«

»Aber ...«

»Essen Sie jetzt, oder bleiben Sie hungrig«, sagte Chambers schlicht. »Ich verbringe keine zweite Nacht in Ihrem Burger-Gestank.«

Wie ein Kind, das sich zwingen musste, seinen Rosenkohl zu essen, schob Winter sich den Rest seines Whoppers in den Mund, während Chambers ein paar Pommes aß. Von ihrem Platz im Burger King aus sahen sie der Prozession von Scheinwerfern zu, die auf den bereits überfluteten Straßen, auf denen das Wasser immer höher stieg, vorbeizogen.

»Wir machen uns besser auf den Weg, bevor wir nicht mehr durchkommen.«

»Aber Sie haben doch gerade gesagt ...«

»Ich weiß, was ich gesagt habe.« Zum zweiten Mal innerhalb von dreißig Sekunden kam sich Chambers wie ein strenger Vater vor. »Das war, bevor mitten in Chelsea ein neuer Fluss entsprungen ist.« Dummerweise hatte er Winter gegenüber erwähnt, dass sie auf der Fahrt am Victoria and Albert Museum vorbeikommen würden. Noch dümmer war, dass er ihm auch verraten hatte, dass er tags zuvor dort gewesen war, um sich die Statue anzuschauen, über die Eloise so leidenschaftlich gesprochen hatte.

Winter schaute geknickt drein.

»Okay. Meinetwegen«, sagte er gereizt. »*Falls* der Verkehr nicht zu schlimm ist und wir einen Parkplatz finden, können wir hinfahren. Aber nur ganz kurz. Abgemacht?«

»Abgemacht.« Winter lächelte.

Marshall hatte sich an Chambers' Schreibtisch häuslich niedergelassen. Das warme Licht der Schreibtischlampe spiegelte sich in den dunklen Fensterscheiben, und die Heizung neben ihren Beinen verströmte heiße Luft, während nur wenige Zentimeter entfernt das Unwetter tobte. Sie hatte das Gefühl, wieder in der Schule zu sein – all die Abende, die sie in Alfies Zimmer verbracht hatte, während er vergeblich versuchte, ihr Physik beizubringen.

Sie verlor sich in der Erinnerung und wurde erst durch das gedämpfte Klingeln des Telefons in die Gegenwart zurückgeholt. Sie war versucht, es zu ignorieren, doch dann stellte sie fest, dass es sich um eine interne Durchwahl handelte. Womöglich war es sogar jemand aus dem Büro nebenan, der sie sehen konnte.

»Detective Chambers' Apparat«, meldete sie sich und wunderte sich über die seltsamen Geräusche, die aus der Leitung drangen.

»Ist Chambers da?«, schrie jemand. Die Worte waren wegen des Sturms im Hintergrund kaum zu verstehen.

»Nein, ist er nicht.« Marshall versuchte, sich einen Reim darauf zu machen, wie ein interner Anruf von draußen kommen konnte.

»Er ist nicht am Platz!«, wurde ihre Antwort an jemanden weitergegeben. »Wer spricht denn da?«, fragte der Anrufer als Nächstes.

»Detective Marshall. Ich arbeite mit ihm zusammen.« Noch immer hatte sie keine Ahnung, worum es ging.

»Marshall!«, rief der Mann, übertönt vom Unwetter. »Sie hat gesagt, ihr Name ist Marshall!« Es dauerte eine Weile, bis er an den Apparat zurückkehrte. Die Wettergeräusche verstummten abrupt, als er, so vermutete sie, ins Gebäude zurückkehrte. »Hallo, Detective Marshall?«

»Ich bin noch dran«, sagte sie.

»Wir haben hier eine … Situation. Sie müssen sofort nach unten kommen.«

»Okay. Jetzt haben Sie sie gesehen. Können wir dann gehen?«, fragte Chambers ein wenig zu laut für die stille Galerie, was ihm einen bösen Blick von dem Museumsführer einbrachte, der gerade eine Gruppe Rentner mit seinem Wissen über eine der anderen Statuen fesselte.

»Eine Minute noch?«, fragte Winter flehentlich, ehe er zum wiederholten Mal um die kostbare Nachbildung herumging. Er strich sich nachdenklich mit der Hand übers Kinn, als überlegte er, ob er ein Kaufangebot abgeben sollte.

Chambers schüttelte den Kopf. Er betrachtete das Meisterwerk mit weitaus weniger Begeisterung. Diesmal sah er nichts anderes als die völlig gegensätzlichen Mienen der beiden Männer – das selbstzufriedene Lächeln des Hirtenjungen und den Ausdruck von Erstaunen, Entsetzen und Reue im Gesicht des Riesen, der dem jungen Mann willentlich in die Falle gelaufen war.

...

»Detective Marshall?«, fragte ein bewaffneter Officer, der auf sie zugeeilt kam, um sie in Empfang zu nehmen, als sie die Lobby durchquerte. »Nighton«, stellte er sich vor und gab ihr die Hand.

»Was ist los?«, fragte sie, als sie über das Telefonkabel hinwegstieg, das vom Empfangstresen bis zu den Türen reichte.

»Sagt Ihnen der Name Papadopoulos was?« Er bedeutete ihr, ihm zu folgen.

»Der Riese?«, fragte sie aufgeregt. »Sie haben ihn gefunden?«

»Nicht direkt«, entgegnete Nighton, während einer seiner Kollegen Marshall eine kugelsichere Weste sowie ein Ohrmikrofon reichte. »Ich würde eher sagen, er hat uns gefunden.«

»Er ist hier?«, fragte sie, weil sie die Situation immer noch nicht durchschaut hatte.

»Er hat nach Detective Chambers gefragt«, erklärte Nighton, der an der Tür stehen geblieben war. »Aber er schien auch Ihren Namen zu kennen. Sagte, er wolle mit niemandem sonst sprechen.« Er zögerte. »Er hat einen Sack bei sich.«

»Einen Sack? Was ist drin?«

»Das wissen wir nicht ... deshalb die Weste.«

»Verstehe.« Sie nickte nervös.

»Hören Sie, ich kann Sie nicht zwingen, da rauszugehen. Aber mir wurde mitgeteilt, dass er als vermisst gemeldet wurde und Lernschwierigkeiten hat, deshalb wollte ich ihm eine Chance geben.«

»Eine Chance?«

»Wenn er sich weigert, den Sack abzustellen und sich zu ergeben, lässt er uns keine andere Wahl. Dann müssen wir die Bedrohung neutralisieren«, erklärte er ungerührt. »Dienstvorschrift.«

Unwillkürlich kam Marshall ein Bild von Goliaths abgeschlagenem Kopf in den Sinn. »Nein. Tun Sie das nicht. Ich rede mit ihm.«

»Sind Sie sicher?«

Sie nickte. »Aber tun Sie mir einen Gefallen. Holen Sie Detective Chambers ans Funkgerät.«

»Ich versuche es weiter«, versprach Nighton und stieß die Tür gegen den Widerstand des Windes auf, damit Marshall hinaus ins Unwetter treten konnte.

KAPITEL 32

Der Boden schimmerte unter ihren Füßen, und jeder ihrer Schritte sandte kleine Wellen über den überfluteten Gehweg in Richtung des Mannes, der im Licht stand: Er war deutlich über zwei Meter groß und hatte die Arme um einen Sack geschlungen, in den problemlos ein Erwachsener hineingepasst hätte. Sie näherte sich ihm langsam und mit erhobenen Armen. Sie kam ganz dicht an einem bewaffneten Polizisten vorbei, beachtete ihn jedoch nicht weiter. Sie wollte nicht so wirken, als gehörte sie zu den Männern, die mit ihren Waffen auf den unerwarteten Besucher zielten.

»Nicht näher als drei Meter«, hörte sie Nighton in ihrem Ohrmikrofon.

Während eine Schar von Schaulustigen aus den Fenstern der umliegenden Gebäude das Geschehen verfolgte, trat Marshall ins Licht und machte noch vier Schritte, ehe sie stehen blieb – David, der ganz allein dem Riesen Goliath gegenübertrat.

Winter trat beiseite, als die Tourgruppe sich um den *Bronzedavid* scharte, und gesellte sich zu Chambers, der mit seinem Funkgerät zu kämpfen schien.

»Hier Chambers. Bitte kommen.« Statt einer Reaktion folgte lediglich eine Reihe von Klick- und Knackgeräuschen. »Wiederhole: Hier Chambers. Reden Sie!«, rief er. Diesmal bestand die Antwort aus missbilligendem Zungeschnalzen und Kopfschütteln der älteren Besucher, die ohnehin bereits Mühe hatten, ihren Museumsführer zu verstehen.

»Wer war das?«, fragte Winter.

»Keine Ahnung. Dieses *verdammte* Wetter ...«, knurrte er. »Ich suche ein Telefon. Sie bleiben hier.«

»Okay.«

»Rühren Sie sich nicht vom Fleck.«

»Verstanden.«

»Wir fahren, *sobald* ich wieder da bin.«

»Alles klar.«

Anscheinend zufriedengestellt, eilte Chambers davon, um einem Museumsmitarbeiter seinen Dienstausweis unter die Nase zu halten. Winter nutzte die Zeit und sah sich einige der anderen Exponate an, während der Museumsführer seinen Text aufsagte.

» ... und stellt natürlich die biblische Geschichte von David und Goliath dar, mit der Sie alle vertraut sind, nehme ich an?«

Ein Meer grauhaariger Köpfe wippte auf und ab.

»Nun, das hier ist nicht das Original, nichtsdestotrotz handelt es sich bei dieser Nachbildung, die im späten achtzehnten Jahrhundert angefertigt wurde, um ein eigenständiges Kunstwerk.«

Winter schlenderte weiter zur nächsten Statue, wobei er stets die Tür im Auge behielt, für den Fall, dass Chambers zurückkehrte.

» ... eine *perfekte* Kopie von Donatellos Meisterwerk – bis auf eine Kleinigkeit ...«

Mit gespitzten Ohren näherte sich Winter den Ausläufern der Gruppe.

»Kann mir jemand sagen, welche das ist?«

Alle machten ratlose Gesichter, doch dann hob jemand eine gebrechliche Hand in die Luft.

»Ja?«

»Das Schwert ... beziehungsweise das fehlende Schwert.«

»Sehr gut! Sie dürfen auf der Rückfahrt vorne sitzen«, scherzte der Museumsführer. »Also, hat ...«

»He! Entschuldigen Sie!« Winter drängelte sich nach vorne durch. »Verzeihung!«

»Kann ich Ihnen irgendwie weiterhelfen?«

»Was ist damit?«

»Tut mir leid, Sir, aber wie Sie sehen, habe ich hier gerade eine Gruppe, die ...«

»Das Schwert!«, unterbrach Winter ihn mit lauter Stimme. »Was ist damit?«

»Er hat keins«, gab der Mann gereizt zurück.

»Ja, das sehe ich.«

»Das Original hingegen schon. Der *Bronzedavid* in Florenz hält noch die Waffe in der Hand, mit der er den Riesen enthauptet hat.«

Mit einem Blick wachsender Beunruhigung schob sich Winter zurück durch die Menge und stürzte auf der Suche nach Chambers aus dem Saal.

»Evan?«, sagte Marshall, während ihr der Regen schmerzhaft auf die Kopfhaut trommelte. Sie sah deutlich die Angst des Mannes. Seine blutunterlaufenen Augen verrieten, dass er geweint hatte, und er umklammerte den Sack so fest, als hinge sein Leben davon ab.

»Detective … Marshall?«, fragte er. Seine Stimme war tief, hatte aber zugleich etwas Kindliches.

»Ja, genau.« Sie lächelte. »Ziemlich viele Leute suchen nach Ihnen.«

Er runzelte die Stirn, weil er sie wegen des Regens nicht richtig verstehen konnte.

»*Keinen* Schritt weiter!«, erklang die barsche Stimme in ihrem Ohr. Marshall drehte sich wütend zum Empfangsbereich um, dann wandte sie sich wieder an den Riesen.

»Ich sagte: Ziemlich viele Leute haben sich große Sorgen um Sie gemacht!«, rief sie. »Wo sind Sie denn gewesen?«

»Bei Robert.«

»Ist er auch hier?«, fragte sie und blickte nach oben zu ihren Zuschauern in den erleuchteten Fenstern.

»Nein.«

»Wissen Sie, wo er ist?«

»Nein.«

»Aber er weiß, dass Sie hier sind?«, fragte sie, während sie sich ein kleines Stück auf ihn zubewegte.

»Ja.« Evan nickte, dann zuckte sein Blick nervös zu dem bewaffneten Polizisten zu seiner Linken. »Er hat mir gesagt, ich soll das hier nur Ihnen oder Detective Chambers geben.« Er tätschelte den prall gefüllten Sack in seinen Armen.

Marshall sah, wie im Hintergrund die Kollegen von der Kampfmittelbeseitigung ankamen, ließ sich jedoch nichts anmerken, sondern betrachtete das ominöse Geschenk von Coates. Sie fürchtete sich vor der Antwort, wusste aber, welche Frage sie als Nächstes stellen musste.

»Was ist in dem Sack, Evan?«

···

Das Telefon auf Chambers' Schreibtisch klingelte zum dritten Mal, und diesmal fühlte sich Lewis bemüßigt, aufzustehen und ranzugehen.

»Apparat von DS Chambers«, meldete er sich und trank einen Schluck von seinem Tee.

»Lewis?«

»Chambers?«

»Wo ist Marshall?«

»Anscheinend ist sie runter in die Lobby gegangen, da gab es irgendeinen Zwischenfall.«

»Was für einen Zwischenfall.«

»Irgendeinen«, wiederholte Lewis.

»Sie müssen was für mich tun. Liegt irgendwo auf meinem Schreibtisch ein Skizzenbuch?«

Nach einem weiteren genüsslichen Schluck Tee ließ Lewis den Blick über die Papierstapel schweifen, die den Computer belagerten.

»Leider nein.«

»*Scheiße* ... sind Marshalls Sachen da?«

»Ja. Ihre Jacke und ihre Tasche.«

»Schauen Sie rein«, befahl Chambers.

»Ähhh. Das ist mir nicht ...«

»Tun Sie's einfach!«

»Okay! Okay!« Lewis schaute sich verstohlen um, damit niemand sah, wie er in den persönlichen Habseligkeiten einer Kollegin wühlte.

»... Ich hab's.«

»Gut. Nehmen Sie es, und bringen Sie es nach unten zu Marshall.«

»Aber sie ist ...«

»Stellen Sie mich zum Empfang durch, und dann bringen Sie sofort das Skizzenbuch runter. Was immer sie gerade macht, muss warten. Es kann unmöglich wichtiger sein als das hier.«

»Was ist in dem Sack, Evan?«

Er hielt ihn ihr entgegen.

»Nicht nehmen«, erklang Nightons Stimme in ihrem Ohr.

»Evan, Sie haben getan, worum Robert Sie gebeten hat«, sagte Marshall leise. »Stellen Sie den Sack einfach ab, und treten Sie zurück.«

Er schüttelte den Kopf. »Er hat mir gesagt, ich muss ihn Ihnen geben.«

»Ich kann den Sack nicht nehmen. Sie müssen ihn abstellen, damit die Leute dort drüben ihn sich ansehen können.« Sie deutete auf die Männer von der Kampfmittelbeseitigung, die in der Nähe bereitstanden.

»Nein!«, rief er, zunehmend aufgewühlt.

Als er in Richtung Gebäude zurückwich, konnte sie hören, wie die Polizisten ihre Waffen entsicherten.

»Warten Sie!« Marshall streckte verzweifelt die Arme aus, als sie die Furcht und Verwirrung in Evans Miene sah.

Wieder meldete sich Nighton in ihrem Ohr. »Tun Sie es nicht. Ich meine es ernst, Marshall. Nehmen Sie ihm nicht den Sack ab.«

»Wenn ich es nicht mache, flieht er«, erwiderte sie entschieden und zwang sich zu einem Lächeln, ehe sie sich langsam dem verängstigten Mann näherte.

Zaghaft reichte er ihr den Sack, der erstaunlich wenig wog.

»Okay, Evan. Sie haben Ihren Auftrag erledigt. Jetzt müssen Sie genau das tun, was ich Ihnen sage, in Ordnung?«

Er nickte.

»Sie müssen sich jetzt auf den Boden knien.«

»Aber … der ist nass.«

»Ich weiß. Aber es ist notwendig.«

Mit einiger Anstrengung ließ sich der riesige Mann auf die Knie nieder. Selbst so war er immer noch mehrere Zentimeter größer als sie.

»Und jetzt nehmen Sie die Hände hinter den Kopf.« Er sah zu, wie sie es ihm vormachte, und verschränkte gehorsam seine Finger. »Richtig … genau so.«

»Zugriff! Zugriff!«, brüllte einer der Officer. Evan warf ihr angesichts ihres Verrats einen bitteren Blick zu, kurz bevor er bäuchlings auf die Erde gedrückt wurde und man ihm die Arme fesselte.

»Detective Marshall«, meldete sich Nighton. »Ich will, dass Sie ganz vorsichtig den Sack abstellen und dann langsam in meine Richtung kommen.«

Sie befolgte die Anweisungen, und die Kollegen von der Kampfmittelbeseitigung übernahmen das Kommando, während Nighton auf sie zugeeilt kam.

»Ich habe Detective Chambers für Sie am Telefon.«

Marshall kehrte ins Gebäude zurück und runzelte fragend die Stirn, als sie ihr Skizzenbuch auf dem Empfangstresen liegen sah. Sie hob den Hörer ans Ohr.

»Chambers?«, sagte sie und schniefte. Aus ihren nassen Haaren troff das Wasser.

»Was ist los bei Ihnen?«

»Eastons Riese ist eben hier aufgetaucht.«

»Lebendig?«

Zu ihren Füßen begann sich eine Pfütze zu bilden, und die durchnässte Kleidung auf ihrer Haut fühlte sich eiskalt an.

»Er wollte uns was geben: einen Sack … von Coates.«

»Was war drin?«

Sie blickte nach draußen zu der Gruppe, die sich in unförmigen Schutzanzügen um den Sack geschart hatte. Die Szene hatte beinahe etwas Komisches.

»Die Kollegen von der Kampfmittelbeseitigung prüfen das gerade.«

»Haben Sie Ihr Skizzenbuch?«, fragte er sie.

»Ja.« Als sie seinen drängenden Ton hörte, griff sie danach und beschloss, nicht nachzufragen, wie es an den Empfang gekommen war.

»Der *Bronzedavid*«, sagte er.

Sie blätterte die Seiten um, von denen jede einzelne für ein ausgelöschtes Leben stand, bis sie zur vorletzten Zeichnung kam.

»Okay?«

»Hat er ein Schwert in der Hand?«

»Hä?«

»Ein Schwert. Hat der David ein Schwert in der Hand?«

Sie starrte auf Coates' Zeichnung. »... Nein. Wieso?«

Chambers drehte sich zu Winter um und schüttelte den Kopf. Beide Männer tauschten einen besorgten Blick.

»Er hat die Nachbildung gezeichnet«, sagte Chambers, während er verzweifelt versuchte, den Sinn dahinter zu entschlüsseln. »Warum hat er die Nachbildung gezeichnet?«

Auf der anderen Seite der Stadt spiegelte Marshalls Gesichtsausdruck den ihrer beiden Kollegen wider, als sie zusah, wie ein Mitglied des Bombenräumkommandos den großen Sack aufhob und damit in Richtung Eingang ging.

»Sie bringen den Sack jetzt rein«, teilte sie Chambers mit. Die Seiten ihres Skizzenbuchs flatterten wild, als der Officer von draußen hereinkam. Mit missmutigem Gesicht stellte er den Sack zu ihren Füßen ab.

»Gesichert«, sagte er zu Nighton auf eine Art und Weise, die deutlich machte, dass dieser ihre Zeit verschwendet hatte.

»Was ist in dem Sack?!«, rief Chambers.

Den Hörer zwischen Ohr und Schulter eingeklemmt, ging Marshall in die Hocke. Vorsichtig zog sie die Kordel auf, um hineinschauen zu können. Dann tauchte ihre Hand tief in den raschelnden Inhalt.

»Marshall, was ist in dem Sack?!«, fragte er ein zweites Mal.

»Laub«, antwortete sie und holte eine Handvoll schwarzbrauner Blätter heraus, die zwischen ihren Fingern zerbröselten. »Bloß Laub.«

»Lorbeer?«, fragte Chambers, während Winter ungeduldig auf und ab tigerte.

»Schwer zu sagen«, meinte Marshall. »Sie sind alle vertrocknet, aber ... ja, ich glaube schon.«

»Warum sollte er uns einen Sack voller vertrockneter Lorbeerblätter schicken?«, grübelte er laut.

»Eloise!«, stieß Winter hervor und packte Chambers am Arm. Seine Augen waren weit aufgerissen vor Angst.

Es dauerte einen Moment, ehe er begriff – das große Ganze, das sie bisher nicht gesehen hatten: Coates, der ihnen das Skizzenbuch hinterließ. Der die Nachbildung einer Statue zeichnete, die nie wirklich ins Bild gepasst hatte. Der Vermisste, der garantiert ihre Aufmerksamkeit erregen würde, und die leere Drohung gegen Marshall – all das war ausschließlich dazu gedacht gewesen, ihre ohnehin bereits begrenzten Kräfte zu binden, damit Coates Gelegenheit hatte, sein Werk zu vollenden.

Es war von Anfang an nur um sie gegangen.

»Marshall«, sagte Chambers mit einem hörbaren Zittern in der Stimme. »Sie müssen für mich rausfinden, wo Eloise hingebracht wurde.«

Winter starrte ihn verdattert an.

»Hingebracht?«, wiederholte Marshall.

Er hatte nicht gewollt, dass sie es auf diese Weise erfuhren.

»Ich habe sie heute am späten Nachmittag festnehmen lassen«, gestand er. Inzwischen befürchtete er, dass dies ein Fehler gewesen war.

»Sie haben *was*?«, brüllte Winter und stieß ihn rückwärts gegen die Wand, ehe er die Fäuste ballte.

»Wann hatten Sie vor, uns das zu sagen?«, fragte Marshall, deren Sorge größer war als ihre Wut.

»Finden Sie einfach raus, wo sie ist«, befahl Chambers. So wie Winter ihn ansah, wusste er, dass dieser ihm niemals verzeihen würde. »Sagen Sie ihnen, dass er es auf Eloise abgesehen hat ... Sagen Sie ihnen, sie sollen alle verfügbaren Kräfte schicken.«

KAPITEL 33

Die Lichter der Stadt verschwammen zu einer neonfarbenen Traumlandschaft, als Winter den Wagen durch den Verkehr lenkte. Chambers hatte ihm die Schlüssel überlassen. Seine Probleme hätten ihr Fortkommen nur behindert. Er spürte die Schrauben, die sein Bein zusammenhielten, und klammerte sich mit beiden Händen am Sitz fest, weil er jedes Mal, wenn sie mit hoher Geschwindigkeit eine Kurve nahmen, Angst hatte, das Auto könnte sich überschlagen.

»Können Sie da rangehen? ... Chambers? ... Chambers, gehen Sie ran!«, brüllte Winter und wich dem Wagen vor ihnen aus, wobei er nur um Haaresbreite der Kollision mit einem entgegenkommenden Lkw entging.

Die Stimmen aus dem Funkgerät wurden übertönt vom Brummen des Motors, die orangefarbene Hintergrundbeleuchtung des Displays ging im Kaleidoskop der Farben jenseits der Fenster unter. Chambers ließ den Sitz los und griff nach dem Gerät.

»Chambers hier. Sprechen Sie.«

»Sie sind nie auf der Dienststelle angekommen. Bei Eloises Telefon und am Funkgerät des Kollegen meldet sich niemand«, berichtete Marshall. Die Panik in ihrer Stimme war nicht zu überhören. Das Heulen der Sirenen, das aus den Lautsprechern drang, bildete eine schrille Dissonanz mit ihren eigenen. Winter warf ihm einen Blick zu. In seinem Gesicht spiegelten sich zu viele Emotionen, als dass Chambers sie alle hätte deuten können.

»Wir sind auf dem Weg zu ihrer Wohnung«, fuhr sie fort. »Drei Minuten, bis der Streifenwagen dort ist.«

»Und das Team im Wald?«, fragte Chambers, der sich jetzt, um das Gleichgewicht zu halten, mit einer Hand am Armaturenbrett abstützte.

»Wurde alarmiert.«

Als die Ampel vor ihnen auf Rot umsprang, trat Winter aufs Gas. Chambers ließ das Funkgerät los und klammerte sich am Türgriff fest, als sie über die Kreuzung schossen. Aus allen Richtungen kamen Frontscheinwerfer auf sie zu, Bremsen quietschten und Hupen tröteten, ehe sie weiterfuhren und die Geräusche wieder leiser wurden.

Zitternd hob Chambers das Funkgerät wieder an den Mund. »Verstanden. Out.«

»Da sind sie!«, rief Winter und deutete auf eine Reihe von Fahrzeugen, die mit Blaulicht über die Brücke rasten.

Er riss das Lenkrad herum, und beide wurden kurz aus ihren Sitzen gehoben – einmal, als der Wagen den Bordstein hinaufholperte, um die Abkürzung durch einen kleinen Fußgängerbereich zu nehmen, und dann noch ein zweites Mal, als sie auf der anderen Seite wieder auf die Fahrbahn wechselten. Auf der Rampe, die zur Brücke führte, beschleunigte Winter aggressiv. Sobald die übrigen Autos eine Gasse für sie gebildet hatten, trat er das Gaspedal bis zum Anschlag durch. Wenig später hatten sie das Ende des Polizeikonvois erreicht.

»Komm schon, komm schon, komm schon«, murmelte er halblaut. Ein Straßenschild flog vorbei.

»Zu ihrer Wohnung oder zum Wald?«, fragte Chambers. Es stand zu viel auf dem Spiel. Er konnte diese Entscheidung nicht alleine treffen.

Ein Stück voraus begann der Zubringer für die Schnellstraße, die Fahrbahn wurde mit jedem Meter breiter. Unentschlossen lenkte Winter den Wagen über die Fahrbahnmarkierungen und fuhr halb auf der einen, halb auf der anderen Spur, während die Gabelung unaufhaltsam näher kam.

»Ihre Wohnung oder der Wald, Winter?!«, rief Chambers und streckte die Beine nach vorn aus, um sich zurück in den Sitz zu drücken.

Gerade als draußen die Leitplanke in Sicht kam wie ein entgegenkommender Zug, wechselte Winter auf die Spur für die Ausfahrt und schaltete einen Gang herunter. Die Blaulichter ihrer Kollegen flackerten vorbei und wurden von der Dunkelheit verschluckt, als er einen nach dem anderen links überholte.

Vor dem Hintergrund einer im Regen funkelnden Stadt, in der die Spitzen der allseits bekannten Hochhäuser zwischen tief hängenden Wolken verborgen waren, bewegte sich die Spur aus Blaulichtern durch eine der zahlreichen Betonvenen wie das zu schwache Gegenmittel gegen eine systemische Erkrankung.

Alle bis auf eins: Ein einzelnes tanzendes Licht trennte sich von den anderen.

Ein einzelnes tanzendes Licht, allein in der Dunkelheit.

Mehrere Einheiten waren bereits vor Ort, als Marshall aus dem Wagen sprang und ins Haus rannte. Auf der Treppe überholte sie mehrere Kollegen. Sie stürzte in Eloises Wohnung und traf dort auf zwei uniformierte Kollegen, die einem dritten, der reglos im Wohnzimmer am Boden lag und kaum noch zu atmen schien, Erste Hilfe leisteten. Es gab eindeutige Zeichen eines Kampfes.

»Eloise?«, rief Marshall. »Eloise!«

»Sonst ist niemand hier«, sagte einer der Officer. »Obwohl die Tür von innen abgeschlossen war.«

Sie sah ihn verständnislos an.

»Die Nachbarin hat Schreie gehört«, vermeldete einer der Polizisten, die sich nach ihr durch die Wohnungstür drängten. »Sie dachte, es wäre nur Musik oder der Fernseher.« Er musste den Ausdruck nackter Verzweiflung in ihrem Gesicht wahrgenommen haben, denn er fügte noch hinzu: »Es tut mir leid.«

Sie blickte auf den reglosen Mann zu ihren Füßen. »Ist der Krankenwagen unterwegs?«

»Ja.«

»Sagen Sie dem Notarzt, es ist Pancuroniumbromid. Haben Sie das verstanden? Pan...cu...ronium«, wiederholte sie, bereits auf dem Weg ins Schlafzimmer. »Hier ist Blut!« Sie folgte der dunklen Spur bis zu einer blutigen Schere auf dem Teppich.

»Es ist nicht seins!«, rief einer der beiden Polizisten, die sich um ihren Kollegen kümmerten.

»Funkgerät!«, befahl Marshall, woraufhin jemand zu ihr geeilt kam und ihr eins reichte.

»Chambers. Winter. Bitte kommen.«

Chambers zuckte zusammen, als die Beifahrertür an einem hölzernen Zaunpfahl vorbeischrammte, und tastete nach dem Funkgerät, während Winter den Wagen durch den überfluteten Eingang von Wimbledon Common lenkte und einen Kiesweg entlangraste.

»Ich höre«, sagte er über das Röhren des Motors hinweg.

»Sie ist nicht hier. Wiederhole: Sie ist nicht hier!«

...

»Detective Marshall«, rief der Polizist, dessen Funkgerät sie sich ausgeborgt hatte und der gerade in den Kleiderschrank in der Ecke spähte. Als sie seine Miene sah, rutschte ihr das Herz in die Hose.

»Warten Sie ganz kurz«, bat sie Chambers. Sie machte sich auf das Schlimmste gefasst, als sie um das Bett herumging. Erst jetzt fielen ihr die Blutspuren an der hölzernen Schranktür auf. Der Officer trat zur Seite, und sie holte tief Luft.

Sie hatte mit einer Leiche gerechnet und war dementsprechend überrascht, als sie stattdessen durch ein großes Loch in der Wand in die Nachbarwohnung schauen konnte.

Sie wandte sich an den gleichermaßen fassungslosen Kollegen. »Nehmen Sie zwei Leute mit, und gehen Sie durch die Wohnungstür rein ... Na los!«, befahl sie, als er keine Anstalten machte, sich von der Stelle zu rühren. Sie selbst betrat den dunklen Schrank und schob die Kleider auf der Stange beiseite, ehe sie durch den halbrunden Durchbruch, aus dem sorgfältig die Ziegelsteine entfernt worden waren, in eine albtraumhafte Version des Zimmers trat, das sie gerade verlassen hatte.

Überall standen ungenutzte Gestänge und Halterungen herum, tödlich wie riesige Fallen, die nur darauf warteten, dass man ihnen zu nahe kam. Die Wände, bei flüchtiger Betrachtung dunkelgrau, bestanden in Wirklichkeit aus Schicht um Schicht übereinanderliegender Zeichnungen ... Hunderte und Aberhunderte, jede einzelne ein Kunstwerk für sich. In der Mitte des Zimmers lag ein schwarzer Haarschopf, als hätte der Fußboden den dazugehörigen Menschen verschlungen. Zögernd kniete sie sich hin und hob die feuchte, zottelige Perücke auf. Im selben Augenblick wurde die Wohnungstür aufgebrochen.

»Mein Gott«, murmelte sie und hob erneut das Funkgerät an den Mund. »Chambers? ... Chambers, bitte kommen.« Das Kreischen von Feedback war die einzige Antwort. »Chambers, bitte kommen!«

»Mr Christopher Ryan«, hörte sie einen der Officers laut vorlesen, der gerade einige Briefe durchsah. Sie waren an eine sieben Jahre alte Leiche adressiert, die derzeit im Kühlschrank der Rechtsmedizin aufbewahrt wurde.

»Chambers!«, versuchte sie es erneut, ehe sie niedergeschmettert das Gesicht in die Hände sinken ließ.

»Marshall?!«, brüllte er ins Funkgerät. Kieselsteine trafen die Karosserie wie Pistolenkugeln, während sie durch ein Spalier aus Bäumen rasten.

»Es ist der Nachbar«, sagte sie. »Er muss sich irgendwie getarnt haben. Coates war die ganze Zeit ihr Nachbar!«

Winter drehte sich zu Chambers um. Er machte ein Gesicht, als hätte er Eloise eigenhändig die Kehle aufgeschlitzt, während er sich den langhaarigen Mann im Treppenhaus ins Gedächtnis rief, dem er erst vor wenigen Stunden begegnet war.

»Er hat sie sich geschnappt«, fuhr Marshall fort. »Er war die ganze Zeit direkt vor unsere Nase.«

Chambers drückte die Senden-Taste, doch er übertrug nur Hintergrundgeräusche. Er hatte keine Ahnung, was er sagen sollte.

»... Verstanden.«

Sie bogen schlingernd auf den Parkplatz neben der Windmühle ein, und Winter sprang aus dem Wagen, noch bevor dieser vollständig zum Stillstand gekommen war. Die Scheinwerfer leuchteten ihm den Weg, als er im Laufschritt zwischen den Bäumen verschwand.

»Winter! Winter, warten Sie!«, rief Chambers, der ebenfalls ausgestiegen war. Seine Worte wurden von Wind, Staub und umherwirbelnden Abfällen, die ihn von allen Seiten attackierten, verschluckt. Es regnete buchstäblich Blätter. »Winter?!«, rief er noch einmal. Er folgte seinem Kollegen in den Wald, doch schon nach wenigen Schritten machte der unebene Boden seinem Bein schmerzhaft zu schaffen.

Geräusche erfüllten die Luft, wie er sie noch nie zuvor gehört hatte: das Rauschen von einer Milliarde Blätter, als würde eine Klapperschlange sich zum Angriff bereit machen, das Knarren der Äste über seinem Kopf, hin und wieder durchbrochen von einem scharfen Krachen, wann immer die mächtigen hundertjährigen Bäume ein weiteres Glied verloren, und das Pfeifen des Windes, der durch die Bäume brauste wie riesige Wellen, die gegen Felsen schmetterten.

»Eloise!«, hörte er Winter ein Stück voraus rufen. »Eloise, wo sind Sie?«

Unter heftigen Schmerzen stolperte Chambers auf die Stimme zu.

»Eloise?! ... Eloise?!«

Obwohl er sicher war, dass er aufgeholt hatte, hörte er plötzlich nichts mehr.

»Winter!«, schrie er, erhielt jedoch keine Antwort.

Er ignorierte seine Schmerzen. Blindlings rannte er durch den vom Regen sumpfigen Wald. Eine böse Vorahnung erfüllte ihn, als er die Bäume erkannte, die zu beiden Seiten standen: grün und lebendig inmitten des toten Waldes.

Irgendwann gelangte er auf eine kleine Lichtung mit einem

angeschwollenen Bach, der die Heimstatt eines Flussgottes hätte sein können. Winter war im Schlamm auf die Knie gesunken.

»Winter?«, fragte Chambers.

Er reagierte nicht.

»... Winter!«

Langsam trat Chambers näher und blickte an seinem Kollegen vorbei zu einer Stelle, an der das Laub aufgewühlt war. Jetzt verstand er den Grund für Winters Schweigen.

»Oh Gott«, flüsterte er und humpelte zu den beiden Leichen, die, von einem komplizierten Metallgerüst gestützt, dem Sturm trotzten: Robert Coates, der selbst im Tod noch seiner Geliebten nachjagte, hatte den linken Arm um Eloises nackten Leib geschlungen, während sie sich ein allerletztes Mal von ihm abwandte.

Sanft presste Chambers die Finger seitlich an ihren Hals ... Die Temperatur ihrer Haut sagte ihm alles, was er wissen musste. Er schaute zurück zu Winter und wünschte, er könnte ihm einige tröstende Worte sagen, doch ihm fielen keine ein.

Er wandte sich dem reglos dastehenden Coates zu und wiederholte die Prozedur ... nur um seine Hand gleich darauf erstaunt wegzuziehen. Ein überwältigendes Gefühl von Déjà-vu stellte sich ein, als er daran dachte, wie er vor all den Jahren die eisbedeckte Leiter zum erfrorenen *Denker* emporgeklettert war. Der gespenstische Blick des erstarrten Mannes ruhte auf ihm, als würde er jede seiner Bewegungen genau beobachten. Die kaum wahrnehmbare Bewegung seines Brustkorbs beschleunigte sich.

»Winter!«, rief Chambers, ohne den Blick von der lebenden Statue loszureißen. »Ich brauche Sie hier. Jetzt sofort!«

Zögerlich stand Winter auf. Er vermied es ganz bewusst, in Eloises Richtung zu schauen, und trat zu Chambers, während dieser eine kleine Metalldose aus der Innentasche seiner Jacke fischte und aufklappte. Darin befanden sich eine kleine Ampulle, eine Spritze sowie mehrere Nadeln.

»Was ist das?«, fragte Winter mit stockender Stimme.

»Das Gegenmittel. Ich habe es mir von Sykes besorgt.«

Mit großen Augen schaute Winter zu Eloise.

»Nicht für sie«, sagte Chambers traurig. »... für ihn.«

Wie in Zeitlupe drehte Winter sich zu Coates um. Chambers erkannte seinen Freund nicht wieder – all die Wut, all der Schmerz, all die Macht, die er plötzlich über den Mann hatte, spiegelten sich auf seinen Zügen.

»Er ist noch am Leben«, sagte Chambers, ehe er Winter die Dose reichte und ihm Platz machte. »Es ist Ihre Entscheidung.«

»Meine Entscheidung?«, fragte Winter verwirrt und starrte auf die Dose in seinen Händen, während die beiden Statuen sanft im erbarmungslosen Wind schaukelten.

Chambers nickte. »Ihre Entscheidung. Aber denken Sie daran – *das* ist es, was er will. Wenn er stirbt, hat er gewonnen.«

Winter dachte nach, allerdings nur kurz. »Im Grunde ist es mir egal. Ich will einfach nur, dass er verschwindet«, sagte er mit der Stimme eines gebrochenen Mannes. Er griff in die Dose, nahm die gläserne Ampulle heraus und ließ sie auf die Erde fallen.

Da Chambers keine Anstalten machte, ihn davon abzuhalten, hob er den Fuß, um Coates mit einem Fußtritt ein für alle Mal aus ihrer aller Leben zu tilgen ... Doch dann zögerte er. In seiner Miene spiegelte sich der innere Widerstreit, als er erst den falschen Gott betrachtete, der ausnahmsweise einmal machtlos war, dann die stille, elegante Eloise – und schließlich seinen Partner. Sein Fuß begann zu zittern. Er atmete tief ein, biss die Zähne aufeinander und richtete den Blick nach unten auf die Ampulle ...

Mit tränenüberströmtem Gesicht schrie er in den Wind und wich einen Schritt zurück.

»Tun Sie es«, sagte er und schloss die Augen, als könnte er es nicht ertragen hinzusehen.

»Sind Sie sicher?«

»Tun Sie es einfach.«

Im Wissen, dass es womöglich schon zu spät war, eilte Chambers zu Coates. Die angsterfüllten Augen des bewegungsunfähigen Mannes registrierten jeden seiner Handgriffe, als er sich bückte, um die Ampulle aufzuheben. Die steifen Finger zuckten kaum merklich, als Chambers ihn von Eloise losmachte und auf den Boden legte. Er zog die Spritze auf und schaute zu Winter, um ihm noch eine letzte Möglichkeit zum Widerspruch zu geben, doch er schwieg. Chambers stach die Nadel tief in Coates' Hals. Sein Daumen schwebte über dem Kolben.

»Robert ... Robert, können Sie mich hören?«, wisperte er dem sterbenden Mann ins Ohr. Langsam fanden ihn die dunklen Augen. »Nur die Lebenden können so leiden, wie du leiden wirst«, sagte Chambers mit Genugtuung, ehe er den Daumen senkte und ihm den gesamten Inhalt der Spritze in die Blutbahn injizierte.

Nachdem er Coates mit Handschellen an sein eigenes Metallgestell gefesselt hatte, stand er wieder auf und trat zu seinem Kollegen, während sich über ihnen die Bäume bogen und die Sicht auf den Himmel verdeckten.

Einige Minuten lang standen sie schweigend da.

»Ich rufe einen Krankenwagen«, sagte Winter schließlich und wandte sich von dem Figurenensemble ab. Der Anblick, wie Coates neben Eloises dramatisch inszenierter Leiche wider Willen zum Leben erwachte, war mehr, als er ertragen konnte.

Weil er nicht wusste, was er sagen sollte, tätschelte Chambers ihm lediglich den Rücken und sah ihm nach, als er davonging. Nach nicht einmal fünf Schritten war Winter zwischen den tanzenden Bäumen verschwunden.

Nunmehr allein, näherte sich Chambers zaghaft der Frau, die er so kläglich im Stich gelassen hatte – Eloise: zart, wunderschön, in der Flucht erstarrt. Er nahm sich einen Moment Zeit, um Coates' letztes tragisches Meisterwerk zu betrachten.

»Es tut mir so leid«, flüsterte er, nun selbst den Tränen nahe.

Er war wie betäubt und hätte sie gerne zugedeckt, auch wenn er wusste, dass er dies nicht durfte. Die dünne Robe, mit höchster Präzision so platziert, dass es den Anschein hatte, als wäre sie ihr ganz von selbst vom Körper gerutscht, ging nach unten hin Zentimeter für Zentimeter in einen Berg aus Erde und Zweigen über, der ihre Beine verschlang. Ihre Hände waren mit liebevoller Sorgfalt entfernt und durch zwei Äste voller tiefgrüner Lorbeerblätter ersetzt worden. Der Kulminationspunkt von Robert Coates' Lebenswerk endete mit dem Beginn ihrer Metamorphose.

Sieben Monate später ...

DONNERSTAG, 3. JULI
1997

KAPITEL 34

Winter blickte zu dem orangefarbenen Leuchtschild des Supermarkts empor. Wahrscheinlich war seine Rückkehr hierher von Anfang an nur eine Frage der Zeit gewesen. Er fluchte, als ihm bewusst wurde, dass er sich bereits verspätet hatte, ließ von seinen belanglosen Grübeleien ab und eilte hinein.

» ... seitdem konnten wir ermitteln, dass Partridge zur selben Zeit in der Bar war wie dieser Mann.« Marshall hielt ein Bild in die Höhe, das sie von den Aufnahmen der Überwachungskameras kopiert hatte, damit alle im Morddezernat es sehen konnten. Sie präsentierte zum allerersten Mal einen Fall bei der wöchentlichen Besprechung – eine nervenzerfetzende Erfahrung. »Wir haben noch keinen Namen, aber er ist ein bekannter Komplize von keinem Geringeren als Charlie Slattery«, fuhr sie fort und fing Chambers' Blick ein, als sich angesichts dieser Neuigkeit ein erregtes Murmeln im Raum erhob.

Sie hatte ihn gebeten, in der ersten Reihe zu sitzen – zur moralischen Unterstützung. Allerdings schien sie diese nicht zu brauchen, denn sie hatte – noch dazu als zweitneuste Kollegin im Dezernat – den Ermittlungen soeben zum entscheidenden Durchbruch verholfen.

»Okay, Detective«, meldete sich Wainwright von ihrem Platz an der Fensterbank aus. »Und wie wollen jetzt weiter vorgehen?«

In dem Moment wurde Lewis von der aufschwingenden Tür getroffen, weil ein abgehetzter und zerrupfter Winter mit zwei großen Schachteln den Raum betrat. Die Kollegen empfingen ihn mit lautem Gejohle und warfen zusammengeknüllte Papierkugeln nach ihm, als er nach vorn ging.

»He! He!«, protestierte er und stellte die Schachteln ab.

»Du kommst zu spät, Frischling!«, rief jemand.

»Weil ich eure *gottverdammten* Donuts besorgen musste!«, beschwerte er sich.

»Bitte, setzen Sie sich einfach«, wies Wainwright ihn an, ehe sie sich an den Rest der ausgelassenen Gruppe wandte. »Schon gut. Beruhigen Sie sich. Beruhigen Sie sich!«

Einige letzte Papierkugeln trafen Winters Kopf, als er sich neben Chambers setzte, der die ganze Situation mit einer gewissen Belustigung verfolgt hatte.

»Hey.«

»Hey«, antwortete Chambers.

»... warum haben Sie eine Seite aus Ihrem Notizbuch gerissen?«

Kopfschüttelnd wandte Wainwright sich wieder an Marshall. »Ich bitte um Entschuldigung, Detective. Wie möchten Sie weiter verfahren?«

»Ich muss den Mann vom Foto finden. Er ist unsere einzige Verbindung zum Täter. Aber das bedeutet viel Zeitaufwand und Laufarbeit. Ich glaube nicht, dass ich das alleine bewältigen kann.«

»Das würde ich auch nicht von Ihnen verlangen«, entgegnete Wainwright schlicht. »Also ... Wen brauchen Sie?«

Auf diese Frage war Marshall nicht vorbereitet. Doch da man

ihr offenbar soeben ihren ersten eigenen Fall übertragen hatte, blickte sie von ihrem Platz ganz vorn im Besprechungsraum zu Chambers und Winter, die sich in der Ecke zankten, und lächelte ...

KAPITEL 35

Denise Smith nahm ihre gewohnte Position zwischen dem Feueralarm und dem schwarzen Fleck an der Wand ein, den sie trotz aller Anstrengungen nie wegbekam, und wartete, während die Wachen den Häftling zu seinem halbstündigen Hofgang eskortierten. Mit dicken weißen Verbänden an beiden Unterarmen – noch eine Sauerei, die sie hatte beseitigen müssen – schlurfte der Gefangene an ihr vorbei. Denise hielt den Blick gesenkt. Aufgrund dessen, was sie täglich tat, fühlte sie sich immer ein bisschen schuldig.

»Sie können!«, rief eine der Wachen ihr zu.

Sie stieß sich von der Wand ab, packte pflichtschuldig den Stiel des Wischmopps und schob ihren Eimer in die leere Zelle.

Sie schloss die Augen und atmete tief durch, um sich zu wappnen. Dann schlug sie die Augen wieder auf.

Als eine der wenigen Personen, die jemals das Innere der Zelle zu sehen bekamen, betrachtete sie es als ihre Pflicht, sich zunächst ein paar Momente Zeit zu nehmen, um ihre Umgebung zu würdigen. Jeder letzte Zentimeter der tristen Wände, der Decke und des Fußbodens war mit atemberaubenden Kunstwerken bedeckt: zarte Bleistiftskizzen, schemenhafte Umrisse, die tiefdunkle Schatten warfen, oder farbenfrohe, lebendige Porträts in Pastell – jede Zeichnung war einzigartig, ein Werk von unübertroffener Genialität. Und wie immer stellten sie alle dasselbe Motiv dar: das Gesicht einer wunderschönen Frau, wieder und wieder und wieder repliziert.

Doch dann fiel Denise etwas auf, das nicht in dieses Panorama der Liebe und Trauer zu passen schien: eine einsame Gestalt, in achtlosen Kohlestrichen hingeworfen. Die zackigen, verschwommenen Linien wirkten so zornig, als hätte jemand sie direkt in die Wand gekratzt. Sie trat näher, um das trostlose Bild zu betrachten, und erkannte die Züge des Häftlings in denen des siegreichen Kriegers wieder, der triumphierend den abgetrennten Kopf eines schlangenhaarigen Feindes – dunkelhäutig und mit toten Augen – in die Luft reckte, als wollte er seine Trophäe den Göttern präsentieren.

Das Bild war ihr unheimlich. Sie verzog das Gesicht und wich zurück, um den Rest ihrer ganz persönlichen Kunstgalerie in Augenschein zu nehmen.

»Unglaublich«, murmelte sie und schüttelte in ehrfürchtigem Staunen den Kopf. Wie gewohnt, waren die Details in den verschiedenen Gesichtsausdrücken der wunderschönen Frau so lebensecht, dass Denise beinahe das Gefühl hatte, sie zu kennen. »Einfach unglaublich«, sagte sie noch einmal. Dann wrang sie ihren Mopp über dem Eimer mit Seifenwasser aus, hob ihn an ihr heutiges Lieblingswerk und begann zu schrubben.

DANKSAGUNG

Zuallererst möchte ich meiner neuen Lektorin Georgia Goodall danken, weil sie mich daran erinnert hat, diesmal tatsächlich eine Danksagung zu schreiben. Bei *Wolves – Die Jagd beginnt* hatte nämlich jemand vergessen, mich daran zu erinnern, ja nicht zu vergessen, die betreffende Person daran zu erinnern, dass ich die Danksagung höchstwahrscheinlich komplett vergessen würde (was dann ja auch passierte) – ein unbeabsichtigter Schlag ins Gesicht für all die großartigen Menschen, die das Buch möglich gemacht haben.

Also, in willkürlicher Reihenfolge:

Ein riesengroßes Dankeschön an meinen Lektor Sam Eades. Als jemand, von dem man sagen könnte, dass er eine Aversion gegen Lektoren hat, stelle ich fest, dass es Spaß gemacht hat, zusammen an diesem Buch zu arbeiten, und dass ich mich auf viele, viele weitere gemeinsame Projekte freue. Ebenfalls auf der Herausgeber-Seite: Ellen Turner, Yadira Da Trinidade, Rachel Neely, Jade Craddock, Anna Valentine, Katie Espiner und der Rest des Teams bei Hachette.

Wie immer geht ein Dankeschön an meine einmalige Agentin Susan Armstrong für ihren Rat und ihre Anleitung sowie an die gesamte Mannschaft bei C&W: Dorcas Rogers, Tracy England,

Jake Smith-Bosanquet, Alexander Cochran, Kate Burton und Matilda Ayris, um nur einige zu nennen.

... an meine dreiviertelwilde Katze Chonky, die mir gestattet hat, lange genug zu leben, um dieses Buch fertig zu schreiben, und an den Rest meiner Familie: L 2theB, Sarah, Ma & Ossie, Melo & Indiana B, Bob & KP.

Keinesfalls will ich meine sehr guten Freunde Rob Parsons und Matt Muschol vergessen; danke für eure beständige Unterstützung und dafür, dass ihr euch noch mehr als ich selbst darüber zu freuen scheint, dass ich Schriftsteller bin.

Mein aufrichtiger Dank gilt meinen Leserinnen und Lesern für ihre Treue und Begeisterung sowie allen Buchbloggerinnen und Buchbloggern da draußen, die diesen Roman rezensieren und dabei helfen, dass er inmitten dieser lauten Welt wahrgenommen wird.

Und zu guter Letzt: ein ganz besonderes Dankeschön an Alexandra Limon, die mit ihrem erstaunlichen Talent die wunderschönen Illustrationen angefertigt hat, die diesem Roman Leben einhauchen.

Bis zum nächsten Mal ...

»Ragdoll macht süchtig. Großartige Charaktere und ein unglaublicher Twist.« Rachel Abbott

Ein grausamer Fund erschüttert London. An unzähligen Fäden hängt im riesigen Fenster eines Hauses eine zusammengeflickte Leiche. Ein Finger zeigt auf die gegenüberliegende Wohnung, ihr Mieter: Detective William Oliver Layton-Fawkes, genannt Wolf. Als der Presse eine Liste mit sechs Namen und genauen Todesdaten zugespielt wird, besteht kein Zweifel mehr, was dieser Fingerzeig zu bedeuten hat. Denn einer der Todeskandidaten ist Wolf selbst. Ein Wettlauf gegen die Zeit beginnt, und nichts deutet darauf hin, dass er und sein Team den Mörder stoppen können. Atemberaubender Stoff für Serien-Fans: der Auftakt zur Thriller-Reihe von Daniel Cole

Daniel Cole
Ragdoll - Dein letzter Tag
Thriller

Aus dem Englischen von Conny Lösch
Taschenbuch
Auch als E-Book erhältlich
www.ullstein.de

ullstein